SELO MEDICI

Theresa Breslin

O Selo Medici

Tradução de
Ricardo Silveira

2ª edição

GALERA RECORD
RIO DE JANEIRO • SÃO PAULO
2013

```
CIP-BRASIL. CATALOGAÇÃO NA FONTE
SINDICATO NACIONAL DOS EDITORES DE LIVROS, RJ
```

B85s   Breslin, Theresa
       O Selo Médici / Theresa Breslin; tradução Ricardo Silveira. – Rio de Janeiro : Galera Record, 2013.

       Tradução de: The Medici seal
       ISBN 978-85-01-07784-4

       1. Itália – História – Século XVI – Ficção. 2. Novela escocesa. I. Silveira, Ricardo. II. Título.

07-3405   CDD: 828.99113
                                                  CDU: 820(411)-3

Copyright © Theresa Breslin, 2006

Todos os direitos reservados. Proibida a reprodução, no todo ou em parte, através de quaisquer meios.

Texto revisado segundo o novo Acordo Ortográfico da Língua Portuguesa.

Direitos exclusivos de publicação em língua portuguesa somente para o Brasil adquiridos pela
EDITORA RECORD LTDA.
Rua Argentina, 171 – Rio de Janeiro, RJ – 20921-380 – Tel.: 2585-2000, que se reserva a propriedade literária desta tradução.

Impresso no Brasil

ISBN 978-85-01-07784-4

Seja um leitor preferencial Record.
Cadastre-se e receba informações sobre nossos lançamentos e nossas promoções.

Atendimento e venda direta ao leitor
mdireto@record.com.br ou (21) 2585-2002

EDITORA AFILIADA

Este livro é para Laura

NOTA DA AUTORA

A Itália da Renascença

A Itália, na época da Renascença, não existia como um país inteiro e distinto. A península era formada por várias cidades-Estado em cada região, e o reino de Nápoles ficava ao sul. Esse reino de Nápoles foi tomado pela França e pela Espanha, o que significava que havia exércitos de ambos os países ocupando o território italiano. Na fronteira do norte, a poderosa república de Veneza também buscava novas conquistas.

Além dos assuntos espirituais, o papa tinha poderes temporais, com autoridade sobre uma área central que incluía a România.

Dentro das cidades-Estado italianas, famílias de muitas posses e influência detinham o controle, sendo a dos Médici de Florença uma das mais proeminentes. O patronato dos Médici, particularmente o de Lourenço, o Magnífico, fomentou uma época esplêndida de arte e cultura. Mas, quando Lourenço morreu, somente alguns anos mais tarde, em 1494, os Médici foram expulsos de Florença.

Parte Um
Assassinato

*Itália, na România,
verão de 1502*

Um

O primeiro golpe atinge minha cabeça pelo lado.
Fico tonto e quase caio no chão.
Sandino se adianta, passando por cima do homem morto a seus pés. O homem que eu o vi matar. Agora ele quer me matar.
Dou um passo em falso para trás.
Ele me acerta um golpe forte com o porrete na barriga.
Contorcendo-me, vou cambaleando até as pedras longe dele.
Ele rosna, enfurecido, e vem.
Olho ao redor, desesperado. Somente o rio, atrás de mim, com suas águas volumosas, corre lá embaixo.
Sandino abre um sorriso.
— Não há como fugir, garoto.
Ele levanta o braço. Torna a brandir o porrete.
Jogo a cabeça para o lado de forma a evitar o golpe. Meus pés escorregam na superfície molhada.
Ele trageja.
Estou caindo.

O choque súbito da água fria.
E o rio me engole.
A corrente chacoalha meu corpo, repuxando minhas roupas, arrastando minhas pernas. Bebo golaços d'água, mas me esforço para fazer a cabeça chegar à superfície e tento nadar. Minhas braçadas são inúteis

contra a força da correnteza rio abaixo, que me traga a seu bel-prazer. Preciso tentar alcançar a margem de um dos lados. Preciso alcançar.

Mas estou enfraquecendo. Não consigo manter a cabeça erguida.

De repente, um ruído me apavora. Uma queda-d'água!

O barulho aumenta, a corredeira acelera. Estou a segundos de distância da morte. Num último esforço, jogo os braços para cima e grito por socorro. Sou arremessado pela cachoeira e desabo na torrente borbulhante.

Uma massa de água revolta me castiga o corpo, puxando-me para baixo. Pego pelo redemoinho, não consigo me livrar de sua força mortal. Minha cabeça está esticada para cima, a boca escancarada numa busca frenética por ar. A queda-d'água distorce minha visão. Um arco-íris despedaçado. Depois dele há luz e vida. Meus olhos giram nas órbitas, o sangue ribomba em meu cérebro.

Agora tenho a impressão de me ver de uma grande altura. Como se minha mente avistasse meu corpo a partir de outro plano. Retirado desta Terra para um lugar diferente, olho para baixo e assisto aos estertores de um menino de 10 anos.

Agonia. Respiração. Nada agora.

Lampejos de luz e escuridão absoluta.

Dois

Duas mãos seguram minha cabeça.
Não vejo nada. Não ouço nada. Nenhum cheiro penetra minhas narinas. Mas o toque, sim. Dedos longos sob meu queixo e, com firmeza, em minha testa. Uma boca, ah, tão delicadamente, sobre a minha. Cobrindo meus lábios com os seus. Completamente. Soprando a vida para dentro de mim com seu beijo.

Minhas pálpebras se abrem. O rosto de um homem olha para mim.

— Sou Leonardo da Vinci — diz o homem. — Meus companheiros o tiraram do rio.

Agasalha-me com um manto, ajeitando-o bem em torno de mim.

Eu pisco. A cor do céu fere meus olhos, fria e dolorosamente azul.

— Qual é seu nome? — me pergunta.

— Matteo — digo, com a voz sussurrada.

— Matteo. — Sua voz faz um volteio a cada sílaba. — É um belo nome.

Os traços de seu rosto perdem a nitidez. Eu tusso, vomitando água e sangue.

— Vou morrer — digo, e começo a chorar.

Ele esfrega meu rosto com as mãos e responde:

— Não. Você vai viver, Matteo.

Três

Ele me chama de Matteo.
  É porque, quando me resgatou na cachoeira, embora semiafogado, tive o bom senso de não lhe dar meu nome verdadeiro, e Matteo foi o primeiro que me veio à mente.
  Assim como o nome, quase tudo o que lhe disse depois daquilo foi mentira.
  No dia de meu resgate, eles fizeram uma pequena fogueira, ele e seus dois companheiros, ao lado da cachoeira, para tentar me secar. Eu gostaria de me afastar ao máximo daquele lugar, mas não tive escolha. Minha cabeça estava rachada do golpe de Sandino e eu mal conseguia ficar de pé, muito menos ir embora. Enrolaram-me no manto com forro de pele e me deitaram ao lado da fogueira que haviam montado. Estávamos no fim do verão. O tempo não estava muito frio, mas os dias estavam ficando mais curtos, e o sol descrevia um arco mais baixo no céu.
  — *Zíngaro?*
  O mais gordo de seus dois companheiros falou a palavra deles para "cigano" enquanto colocava achas no fogo.
  Fechei os olhos quando aquele que se chamava Leonardo olhou na minha direção.
  — Ele se parece com aquele povo, mas...
  O terceiro homem, em cujo manto eu me encontrava agasalhado, balançou a cabeça.

— Talvez seja de um grupo viajando para o sul. Os nômades agora estão proibidos de entrar em Milão, sob acusação de todo tipo de roubo e patifaria.

— Há um acampamento cigano em Bolonha — disse o homem gordo. — Não fica muito longe daqui.

Fiquei tenso ao ouvir aquela conversa. Bolonha era onde meu povo se assentaria para passar o inverno. Se esses homens achassem que eu era cigano, poderiam decidir me levar até eles. Se isso acontecesse, eu seria reconhecido, os ciganos me acolheriam e me levariam para o acampamento. Mas eu não queria ir para Bolonha. Seria um dos primeiros lugares em que o bandoleiro Sandino iria me procurar, se pensasse haver alguma chance de eu ainda estar vivo. De fato, até já poderia ter mandado alguém à frente para me pegar na estrada caso eu tentasse me refugiar por lá. Chegaria facilmente à conclusão de que eu não teria outro lugar para onde ir, de forma que despacharia alguns de seus próprios vilões com instruções para me levar até ele, o chefe, caso eu desse as caras. Estremeci só de lembrar da tremenda porretada que levei dele e que me jogou dentro do rio, onde fui arrastado para longe.

O tal do Leonardo, que respirou para dentro de mim de forma a expulsar a água dos meus pulmões, disse:

— O garoto é atarracado, mas isso pode ser por desnutrição. Logo vai ficar claro se faz parte daquele grupo de proscritos, depois que escutarmos o que tem a dizer quando acordar.

Ali eu fiquei sabendo que não deveria lhe contar minhas origens. Eles poderiam ser solidários com um menino se afogando, mas já tinham determinações claras contra a minha raça.

Povos errantes são conhecidos em muitas terras. Temos uma reputação de fazer boas ferraduras, tecermos bons cestos e trabalharmos bem o metal, e ainda de termos o dom de prever o futuro. Este último é suspeito, mas, se requisitada, mediante pagamento, a contar o destino de alguém, uma cigana, como qualquer outra pessoa, pode fazer uma suposição abalizada do que o futuro de uma pessoa pode lhe trazer.

Minha avó era muito boa nisso. Praticava a arte da conversa, de forma que qualquer pessoa que falasse com ela em breve descobria que lhe havia contado muito mais sobre sua vida do que imaginava. Então, ela adequava o conselho à situação, conforme um alfaiate corta o tecido para se ajustar ao freguês. Porém, minha avó era uma verdadeira curandeira. Compreendia a doença do corpo e do espírito. Em geral, eram as dores da humanidade que perturbavam as pessoas — amor não correspondido, solidão, medo de envelhecer.

Muitos vinham procurá-la atrás de remédios. Não era uma visão mística que lhe permitia discernir o que atormentava uma pessoa, e sim a mera observação, tão objetiva quanto a observação do céu para se prever o tempo, ou das árvores para se saber a estação do ano. Era preciso apenas olhar com atenção e interpretar o que se via.

Uma pessoa cujo branco dos olhos estivesse amarelado tinha doença do fígado ou dos rins e precisava de uma infusão de salsa para purificar o sangue. Para quem demonstrasse insônia ou ansiedade, ela recomendava camomila para relaxar e o suco leitoso extraído da alface como sedativo. Sabia se uma mulher era estéril pela condição do pescoço. A pele ressecada ou dobras enrugadas nessa região indicavam um ventre vazio. A mulher ficava extasiada com minha avó, que sabia de seu pedido sem que ninguém lhe contasse, e saía com as esperanças renovadas, levando um purgante de arruda e bagas de zimbro para limpar os caminhos que levam ao ventre.

Moças jovens em geral queriam um meio de saber a identidade de seu verdadeiro amor. Ganhavam talos de mil-folhas para colocar embaixo do travesseiro e algumas palavras para recitar antes de dormir:

Aos pés de Vênus tu cresces,
Ó erva, cujo nome verdadeiro é milefólio,
Deixa-me sonhar com meu verdadeiro amor,
Antes que eu acorde amanhã.

Minha avó sabia todas essas coisas e muitos outros segredos do imaginário popular.

Assim como soube também a hora da própria morte.

Não porque tivesse alguma clarividência. Mais por conhecer como o coração deveria bater e por ter percebido que o seu estava ficando mais fraco.

Essas adivinhações não são mágicas e não exigem um dom especial — ou seja, a menos que a ausência de estupidez seja tida como dom. Mas essa habilidade gera inveja, e foi por isso que nunca conseguimos ficar muito tempo no mesmo lugar. As guildas e demais comerciantes das cidades não gostavam de concorrência. E o preconceito contra nós é tal que, mesmo sem ser condenado ou simplesmente acusado de qualquer malfeitoria, o mero fato de ser cigano pode significar a morte.

Por isso resolvi que iria mentir. Comecei a preparar uma história para contar a esses três homens que haviam me tirado da água enquanto os observava entre pálpebras semicerradas.

Certamente não eram mercenários, pois não carregavam armas. Seus cavalos eram montarias requintadas, com ancas robustas que não serviam para exibição; próprias, sim, para cobrir longas distâncias mais que para a velocidade. Não havia equipamento de caça preso às selas; os alimentos eram compostos de itens básicos: queijo, pão, frutas e vinho. Deduzi que deveriam viajar durante o dia e descansar em algum tipo de acomodação à noite.

Tentei decifrar o propósito de sua viagem. Os alforjes estavam repletos, mas não de mercadorias ou tecido. Eram livros e papéis que traziam. Mas esses três homens não eram mercadores ou comerciantes, e, entre eles, patente não parecia ter muita importância. Estavam à vontade na companhia um do outro, contudo tratavam com deferência o tal Leonardo da Vinci, aquele que pronunciara meu nome com tanto cuidado.

Desde o início chamei-o de Maestro. Mais tarde, fui corrigido por um de seus companheiros para usar o termo Messer, que, de certa maneira, goza de maior status, mas na ocasião ele interrompeu e disse:

— Se o menino gosta de me chamar de Maestro, que assim seja. Deixem-no chamar-me de Maestro, se quiser.

Para mim, ele será sempre Maestro.

Quatro

Já passava do meio-dia e eles se aqueciam ao fogo enquanto tiravam comida para se alimentar.

O gordo, que se chamava Graziano, viu que eu estava acordado e me ofereceu um pouco. Eu me retraí. O Maestro parou de comer, esticou a mão e falou para eu me aproximar. Balancei a cabeça.

— Então, esperaremos até que você venha. — Ele colocou o pé para o lado e pegou um livro. Fiquei olhando para ver o que iria acontecer. Ninguém o perturbou.

Seus dois amigos ficaram conversando baixinho enquanto ele lia. A comida deles estava no chão. Eu estava com muita fome. O frio da água atingira meus ossos. Então, me aproximei da fogueira e me sentei.

O Maestro largou o livro e me entregou um pedaço de pão.

— Nesta casa, comemos todos juntos — disse.

Olhei para seus companheiros ao redor. Eles conversavam animadamente, passando-me comida e bebida como se eu fosse um igual.

— Deveríamos prosseguir — disse Graziano — se quisermos chegar ao nosso destino antes do cair da noite.

— A casa da sua família fica aqui por perto? — perguntou-me o Maestro.

— Não tenho família. Sou órfão. Trabalho como cavalariço, quando consigo trabalho, ou na colheita. — Tinha as frases prontas para responder de imediato.

— E onde você trabalha? Certamente o estarão procurando, agora que está escurecendo.

Balancei a cabeça.

— Não, vão achar que simplesmente fui embora. E é o que estava fazendo — não tardei em acrescentar. — Eles me batiam, me chutavam e não me davam comida suficiente, de forma que vou atrás de outro lugar onde trabalhar.

— Decerto — disse o homem mais magro. — Está claro que você não come há um bom tempo. — Ele riu e indicou o pedação de pão que eu havia comido.

Fiquei vermelho e deixei cair o pedaço que estava na minha mão.

— Cale a boca, Felipe — repreendeu-o seu senhor. — O menino está com fome. — O Maestro o pegou e o devolveu para mim. — Felipe está de brincadeira — disse.

— Um menino assim está sempre faminto — falou Felipe em tom sombrio.

Mais tarde eu viria a saber que Felipe era responsável pela compra de mantimentos e comida, e era necessária toda a sua capacidade contábil para assegurar que o Maestro e sua comitiva tivessem o suficiente para trabalhar e viver.

— Quer viajar conosco até nossa próxima escala? — perguntou-me o Maestro enquanto eles se preparavam para partir.

— E onde será?

— Cruzamos na ponte rio abaixo e tornamos a subir o território do outro lado em direção a um lugar chamado Perela.

Tentei pensar no que Sandino estaria fazendo nesse momento. Iria querer me encontrar. Não que se importasse se eu havia me afogado ou não, mas por outra razão totalmente diferente. Eu tinha algo que ele desejava, um objeto precioso que ele me induzira a roubar.

Meses atrás ele aparecera no acampamento cigano onde eu morava depois do enterro de minha avó. Desde que eu me entendia por gente, minha avó e eu sempre viajamos juntos pelas estradas, já que minha mãe morrera quando eu era um bebê e meu pai era desconhecido. Em geral, mantínhamo-nos afastados de outros bandos de ciganos, até que minha

19

avó, dando-se conta de que estava doente, levou sua carroça para um acampamento ao norte de Bolonha para que eu não ficasse só depois que ela morresse. Sandino alegou algum tipo de parentesco com minha avó. Morta, ela não podia concordar nem discordar. Fui com ele diante da promessa de uma vida de pirata e sempre me encantara a ideia de navegar pelo oceano. Ser um bucaneiro, conforme ele descreveu, foi uma coisa que me atraiu. Mas levar-me para um navio não era sua intenção verdadeira. Sandino ouvira falar de minha destreza para abrir trancas e, a serviço de outrem, tinha um plano mortal que exigia minha habilidade. Eu era a pessoa que ele achava capaz de ajudá-lo, e foi o que fiz — em parte: não lhe entreguei aquilo que roubei em seu nome. Ainda levava aquele furto comigo.

Portanto, eu temia que Sandino fosse capaz de seguir rio abaixo para tentar recuperá-lo do meu corpo, morto ou vivo. Eu não tinha como saber a distância que havia percorrido. O rio estava rápido, cheio por causa das chuvas. Só pude supor que havia me arrastado alguns quilômetros. Sandino e seus homens não tinham cavalos, e teriam de caminhar. E também gastariam tempo procurando por mim nas margens. Com sorte, ele pensaria que eu fora arrastado até o mar ou que ficara preso nos juncos, sendo afinal comido pelas enguias. Mesmo supondo que eu tivesse sobrevivido, se eu cruzasse para o outro lado e subisse com esses homens até a aldeia de Perela, Sandino não acharia que eu teria tomado aquela direção, no sentido contrário àquele de onde eu vinha. Meus salvadores tinham cavalos, o que significava que eu viajaria mais rápido. Resolvi ir com eles e, depois, fugir quando fosse seguro.

— Devemos chegar a Perela antes de escurecer — disse Graziano.

— Vamos nos hospedar no castelo lá. — Felipe se dirigiu a mim. — É provável que eles deem de comer a um menino capaz de ajudar nas estrebarias.

O Maestro esticou a mão e a colocou em minha testa. Seus dedos eram ligeiramente afilados, e o contato, delicado.

— Você ainda está meio tonto por ter batido com a cabeça. Acho que é melhor levá-lo num dos nossos cavalos até lá. Tudo bem, Matteo?

Concordei.

— O Borgia vai estar lá para falar com você? — perguntou-lhe Felipe.

O Maestro deu de ombros.

— Quem sabe onde está *Il Valentino*, ou onde estará? Não é uma de suas prerrogativas como comandante militar? Ninguém sabe sua localização exata. Ele ataca como uma cobra, desaparecendo em seguida, tornando a reaparecer em algum outro lugar quando menos esperado.

Foi a primeira vez que os ouvi mencionar o príncipe Cesare Borgia, conhecido como *Il Valentino*, embora estivesse familiarizado com o nome. E quem não estava? A família Borgia era conhecida em toda a Europa. Rodrigo Borgia sentava-se ao trono de são Pedro e comandava a Igreja como papa Alexandre VI. Esse facínora e seus filhos bastardos, os infames Cesare e Lucrezia, tencionavam dominar toda a Itália.

A filha Lucrezia, de cabelos claros e bonita, casara-se recentemente com o herdeiro do duque de Ferrara. E eu vira esse casamento de uma Borgia celebrado na primavera deste ano em Ferrara, quando estava às voltas com os negócios de Sandino. O casamento dela propiciara entretenimento para os cidadãos e espectadores. Embora nem todos a olhassem com simpatia, pois a noiva era tida por muitos dos ferrarenses como uma dissimulada cujo pai, o papa, pagara ao duque de Ercole um polpudo dote para casá-la com seu filho mais velho, Alfonso, o futuro duque de Ferrara. Ouvi murmúrios e vaias no dia do casamento ao passar pela multidão.

Uma mulher comentou sobre o escudo dado pelo rei da França a Alfonso como presente de casamento, dizendo:

— O novo escudo do duque exibe uma imagem de Maria Madalena. Não era ela também uma mulher de vida airada?

Muitas pessoas nas proximidades da mulher riram, embora algumas olhassem nervosamente por cima do ombro para ver se alguém tinha notado que faziam graça da casa dos Borgia. A vingança dos Borgia contra quem os ofendia era terrível. Mas o estado de espírito da multidão era festivo e as tiradas continuaram.

Quando a procissão passou para a grande catedral para a cerimônia do casamento, um sussurro alto ecoou na praça:

— Que as orações do noivo sejam fortes para que ele tenha uma vida mais longa que a do marido anterior, estrangulado por ordem do próprio irmão dela.

Pois, então, descobri que esses homens que me resgataram, e com quem eu concordara em viajar, tinham alguma conexão com Cesare Borgia. Mas achei que, no momento, isso poderia me ajudar mais que prejudicar.

Cruzamos o rio por uma pequena ponte de pedra e viramos em direção a Perela. Era um ponto bastante movimentado, e muitos cavalos percorriam o trecho entre o rio e a estrada. O Maestro me colocara em sua sela, à sua frente. Eu ainda estava agasalhado pelo manto de Felipe e mantive o rosto escondido enquanto ele mostrava ao guarda da ponte o passe que trazia, assinado pela mão do próprio Borgia.

Até chegarmos à aldeia de Perela, tive tempo de pensar mais em Sandino e no que ele poderia fazer. Agora achava que não deveria mais fugir na primeira oportunidade. Além de cobrir Bolonha, Sandino manteria espiões nas estradas principais em torno desta área. Mas ele sabia que eu havia descoberto que a família Borgia lhe pagara para fazer o serviço sujo. Se estes homens, que me haviam resgatado, iriam se hospedar no castelo em Perela, então, por um período curto pelo menos, ficar com eles seria o mais seguro para mim. Perela, uma fortaleza dos Borgia, seria o último lugar, no entender de Sandino, para eu buscar abrigo. Ele não me procuraria lá.

Nisso eu, de fato, acreditava.

Cinco

— O que acha de nos contar sua história, Matteo? Já havia alguns dias que estávamos na fortaleza de Perela quando me convocaram para contar a história da minha vida. Uma noite depois do jantar, o Maestro me chamou para perto dele à beira da lareira. Colocou de lado o alaúde que dedilhava e falou comigo.

— Talvez nos entretenha hoje à noite, Matteo. Tenho certeza que nossos anfitriões adorariam ouvir como foi que você quase se afogou na cachoeira.

Eles nos acolheram com carinho e nos deram boa comida: o comandante da fortaleza, capitão Dario dell'Orte, e sua família. E sua hospitalidade me pareceu derivar mais do fato de serem gente simples e amável que do meu senhor trazer consigo um passe dos Borgia.

Perela era uma aldeia muito pequena, nada mais que uma fortaleza posicionada no alto de uma colina, com uma fazenda e mais uma ou duas casas espalhadas pelos arredores. A torre era uma construção bemfeita com muralhas sólidas e altas e um robusto portão de castelo para protegê-la. Um dos lados dava para uma garganta onde o terreno caía uns 100 metros até uma ravina lá embaixo. As cozinhas ficavam no andar térreo, com um salão no primeiro andar onde as refeições eram servidas e a família passava a maior parte do dia. Acima ficavam os quartos para o capitão e sua família, com mais dois ou três cômodos sobressalentes. Foi aí que alojaram o Maestro e seus dois companheiros, propiciando-lhes acomodações para dormir e um local de trabalho para espalhar livros e materiais. Os poucos serviçais do castelo dormiam nas cozinhas, e mais ou menos uma dúzia de guardas nos cômodos acima da estrebaria, nos fundos. A mim, me deram um colchão no sótão, sob o telhado.

Il Valentino, Cesare Borgia, astucioso comandante militar que era, viu a localização da cidade como ponto importante entre Bolonha e Ferrara. Em março de 1500, Cesare fora feito gonfaloneiro da Igreja e capitão geral dos exércitos papais, recebendo instruções para conquistar as partes da Romênia que escapuliram ao domínio do papa. Mas seu sonho não era só afirmar a autoridade do papa nas áreas que pertenciam ao Vaticano; ele queria tudo o que pudesse pegar. A Itália era cravejada de cidades importantes e abastadas — Ferrara, Imola, Urbino, Ravenna e Bolonha. Sitiadas, tomadas por assalto ou artimanha, durante os dois últimos anos, cada cidade foi caindo nas mãos do Borgia, de forma que agora *Il Valentino* tinha a península sob seu controle e segurava a Itália pela garganta. E, já que ele queria que suas cidades resistissem a ataques, cada uma tinha de ser inspecionada e suas fortificações, consolidadas. Portanto, seu engenheiro designado, Leonardo da Vinci, estava agora em Perela.

O capitão Dario dell'Orte fora ferido quando estava a serviço dos exércitos papais há alguns anos. Devido à contusão nas costas, não podia mais cavalgar durante horas a fio e fora designado comandante deste baluarte. Viera para o sonolento recanto de Perela a contragosto, considerando-se um velho cavalo de batalha retirado dos campos e, conforme nos disse, preparado para viver na infelicidade e no marasmo até o fim de seus dias. Mas, então, aconteceu o inesperado.

Apesar de já entrado nos anos, apaixonou-se por uma jovem aldeã, Fortunata, e, para seu próprio espanto, ela por ele. Disse-nos que os anos aqui passados foram os mais felizes de sua vida. Encontraram júbilo um no outro e nos quatro filhos. O mais velho, Paolo — com 12, mais ou menos um ano a mais que eu — era um rapagão com a mesma disposição que o pai. Depois dele, vinham irmãs mais próximas da minha idade, ambas nascidas no mesmo dia, uma mais extrovertida que a outra, como acontece com as gêmeas, e depois outro bebê, chamado de Dario pelo pai. A família inteira saudava os visitantes com entusiasmo e me tratava como hóspede, não como criado. Não me deram tarefa alguma a cumprir. As crianças me viam como um novo amigo com quem brincar: Paolo, o menino mais velho, me via como um camarada, alguém com quem podia praticar luta e combate. Ficou deleitado quando cheguei. Faltavam meninos da idade dele pelas redondezas e ele fez amizade comigo logo de início, ignorou meus modos introvertidos e me aliciou a ir brincar com ele lá fora, treinando para a vida de soldado. Praticamente no momento em que fiquei bom o suficiente para me levantar, as meninas vinham me puxar os braços para brincar com elas. Paolo, irmão mais velho delas, as rechaçou com firmeza mas simpatia. Era o líder, e elas acolhiam o que ele dizia.

Nessa noite em que me pediram para falar, ele fez as irmãs mais novas se sentarem no chão para escutar enquanto todos me instigavam a lhes contar minha história.

E foi o que fiz.

Mas menti.

Em parte porque não queria admitir minhas origens, mas, também, meu pavor de Sandino me fazia querer deixar a maior quantidade de pistas falsas que me fosse possível. Então, menti, instintiva e facilmente, floreando meu conto com um pouco de verdade para arrematar o conjunto. Quis dar-lhes somente um breve traçado da minha vida. Mas, quando nos sentamos ao redor da fogueira naquela noite e eu lhes contei minha história, ela ganhou mais no próprio relato e cresceu, qual bola de neve rolando ladeira abaixo.

Contei-lhes que era órfão. Disse que fora criado numa fazenda afastada, numa colina, cujo nome não conseguia recordar. Quando meus pais morreram, um tio mau tomou a terra que era deles e me fez trabalhar de graça para ele.

— Sua fazenda fica perto da montanha que tem neve no pico durante o inverno? — perguntou a gêmea mais falante com muita curiosidade. Chamava-se Rossana e, como a irmã, era muito bonita.

— Acho que sim — respondi.

Rossana acolheu minha resposta com um aceno de cabeça.

— Consigo ver essa montanha da minha janela. É muito alta. Mama diz que é alta assim porque os anjos moram lá para estarem perto do céu. Mas parece que faz muito frio por lá. Era frio quando você morava lá, Matteo? Você viu algum anjo? Será que isso significa que o Paraíso é frio?

Elisabetta, a gêmea, estremeceu.

— Não gosto de frio. Quando for para o Paraíso, vou levar um cobertor da cama comigo.

— Silêncio, Elisabetta — falou a mãe delas. Pegou a criança menor, Dario, que caía de sono com o polegar na boca, e o sentou no colo. Ele se aninhou, e ela lhe acariciou a cabeça. — Silêncio, Rossana. Deixe Matteo continuar.

Não me importava a conversa das meninas. Dava-me tempo para ponderar sobre minha próxima mentira.

— Os invernos eram muito frios. — Peguei o fio que Rossana me dera e o entremeei na minha história. — E eu nunca comia o suficiente. Minhas roupas eram finas, e eu era forçado a dormir num abrigo fora da casa, sem lenha para acender uma fogueira. Então, mais ou menos um ano atrás, esperei chegar a primavera e fugi.

— Passou por muitas aventuras? — perguntou Paolo, cheio de curiosidade.

— Passei, sim — respondi —, mas falarei delas noutra ocasião.

— Eu adoraria sair pela estrada afora — disse Paolo.

O pai dele riu.

— E dormir embaixo de uma sebe? Logo você, que nem consegue sair da caminha quente de manhã?

Vi seu olhar ansiando por ouvir uma boa história e me esqueci que precisava tomar cuidado. Moradores de lugares mais tranquilos adoram novidades. Os mercadores e mascates que viajam pelo interior sabem que seus clientes vivem esperando notícias, quaisquer notícias. Por mais trivial que seja o incidente, por mais insignificante o evento, as pessoas anseiam por uma história. E aqueles que acrescentam rumores à mercadoria tiram uma margem bem maior nas vendas. Um bom contador de histórias consegue hospedagem e alimentação gratuita nas estalagens e castelos. Já vi mulheres comprando mais rolos de fita e novelos de lã do que jamais conseguiriam usar somente para manterem o vendedor falando.

De forma que, embora omitisse alguns dos viajantes ou acampamentos de viajantes, não consegui resistir a lançar mão de algumas das minhas experiências verdadeiras. Minhas viagens me levaram a diversos lugares, disse-lhes. Já estivera em Veneza, a cidade que tem água nas ruas, e vira as gôndolas singrando a laguna. Passeara por docas e vira barcos despejarem cargas imensas de sedas e especiarias de Catai e da Arábia, e outros carregados de frutas incomuns e iguarias estranhas que vinham lá do Novo Mundo. Já estivera nas praças públicas de cidades famosas e presenciara execuções e desfiles. Em Ferrara, visitara as casas de homens e mulheres riquíssimos. Que mobílias! Que decorações! Cômodas de carvalho dourado e cedro, mesas cobertas de damasco decoradas em ouro, afrescos coloridos e tapetes de parede, estátuas de bronze e mármore, almofadas de cetim em várias cores. E como se vestiam! Deixavam atônitos quem para eles olhava.

As meninas dell'Orte me imploraram para que lhes descrevesse essas roupas e joias, e eu sabia por que estavam tão interessadas. A fortaleza de Perela, onde viviam os dell'Orte, não era ricamente decorada. Uma única peça de tapeçaria recobria a parede do salão grande, mas o restante do interior era rústico, só tinha emboço. As roupas das meninas não eram feitas de tecidos caros, tampouco estavam na última moda. Assim como a mãe, elas estavam ansiosas por ouvir quaisquer detalhes que eu lhes pudesse fornecer sobre roupas, sapatos e penteados mais na moda.

Descrevi-lhes as coisas que vira ainda naquele ano em Ferrara — numa das celebrações por ocasião do casamento de Lucrezia Borgia com Alfonso d'Este. Foram construídas nas ruas plataformas especiais de forma que as pessoas pudessem enxergar o clero, a nobreza e seus serviçais quando passassem. Seus vestidos e gibões eram de seda forrada, usados por baixo de capas com arremate de pele. Usavam luvas perfumadas com pesados anéis nos dedos. Rosários de contas almiscaradas pendiam das mãos das damas. Rubis, esmeraldas e pérolas decoravam seus pescoços e cabelos.

Lucrezia Borgia dera para um de seus bobos da corte um vestido feito com tecido de ouro e adornado por um longo véu à moda espanhola. Ele o vestiu e saiu atrás da procissão a passos miúdos, imitando a postura dos nobres ao andar. Numa das mãos trazia um leque, na outra um cajado comprido, pintado de vermelho, de onde pendiam sinetes. Na praça, esse bufão sacudiu o cajado embaixo do nariz do cardeal Ippolito, chacoalhando os sinos, e não saiu até o cardeal tirar uma moeda da carteira e jogá-la para ele. Então, ficou fazendo travessuras diante da catedral, saracoteando as anáguas e se empertigando, para o divertimento da multidão. E Lucrezia Borgia, conhecida por seu senso de humor mundano, riu e aplaudiu as cabriolas.

Naquela noite em Perela, todos se reuniram à minha volta, querendo ouvir falar da mulher mais escandalosa de toda a Europa.

— Ela é loura mesmo como dizem? — perguntou-me Donna Fortunata.

— Bastante — respondi. — O cabelo dela é comprido e, quando ela se mexe, fica tremeluzindo qual a água quando o sol bate em cima. Numa estalagem, ouvi um homem cuja mulher trabalhava de criada no palácio contar a todo mundo que as aias de Lucrezia levavam dois dias para lavar e pentear seu cabelo. Ela usa um preparado que contém açafrão e mirra, ambos muito caros, e é por isso que o cabelo brilha como ouro. E para manter a compleição clara, as claras de seis ovos frescos, os bulbos de seis lírios brancos e os corações de seis pombas brancas são moídos juntos e misturados a uma pasta com leite fresco. Ela aplica isso à pele uma vez por mês.

— Ela parece má? — perguntou Rossana.

— Parece... — fiz uma pausa, para buscar a verdade dessa questão, pois não faria diferença alguma na minha história contar minha verdadeira impressão de Lucrezia Borgia. — Parece jovem e... e... — De relance, vi Rossana me fitando, com a boca entreaberta, os olhos brilhando, o cabelo solto sobre os ombros, e as palavras que pronunciei não pretendiam artifício algum. — É quase tão bonita quanto você.

Soltaram-se algumas risadas, e eu ergui os olhos, confuso.

— Se quer cortejar minha filha, Matteo, precisa falar comigo primeiro — falou o capitão dell'Orte com falsa seriedade.

O rosto de Rossana ficou rosado.

— Elisabetta também é muito bonita — falei depressa, querendo acobertar qualquer encabulamento, mas também porque era verdade.

Os adultos explodiram numa grande gargalhada.

— Agora Matteo está tentando cativar as duas com um só elogio — disse Graziano.

Mais gargalhadas se seguiram ao comentário.

— Uma economia assim Felipe aprovaria — acrescentou o Maestro.

Meu rosto estava totalmente ruborizado. Eu não sabia o que fazer. Quando disse que Rossana e Elisabetta eram bonitas foi porque vi que eram. À medida que os comentários e a risada continuaram entre todos os presentes no salão, me dei conta, tarde demais, de que havia cometido um erro de etiqueta. Não sabia como proceder.

As meninas se abraçaram, aos risos.

Paolo, que tinha mais autoridade sobre elas que qualquer dos pais, aquietou-as.

— Chega — ordenou. — Deixem que Matteo continue com sua história.

— Dizem que Lucrezia Borgia fala várias línguas — disse Donna Fortunata, encorajando-me a recomeçar. — E que tem uma mente ágil, mais esperta que muitos homens.

— Mas que usa seus dotes para tramar e elaborar o desmando dos outros — murmurou Felipe.

De repente, o salão ficou em silêncio.

Estávamos em território perigoso. Lembrei-me da verdadeira razão para eu estar em Ferrara e me dei conta de que deveria encontrar uma forma de conduzir minha história para um local mais seguro.

O capitão Dario dell'Orte também deve ter ficado pouco à vontade com a direção que a conversa tomara. Sendo um capitão contratado por Cesare Borgia, tinha ciência das consequências caso palavras erradas fossem relatadas a seu senhor. Era sabido que Cesare nutria uma afeição estranha pela irmã e não seria bom se algo impróprio a respeito dela chegasse aos ouvidos de *Il Valentino*. Não fazia muito tempo, em Roma, cortaram a língua de um homem acusado de falar mal da família Borgia e pregaram-na na porta da casa dele.

O capitão dell'Orte mudou de posição no assento e falou tranquilamente com a esposa.

— Não seria bom deixarmos Matteo prosseguir com sua própria história?

— É claro. — Donna Fortunata fez silêncio imediatamente, mas sorriu para o marido para mostrar que não se ofendera.

Eu falei que não tinha mais o que dizer sobre aquela parte da minha vida, de qualquer forma. As cidades, embora interessantes, eram cheias de gente e insalubres. Contei-lhes que a razão pela qual abandonara Ferrara foi que eu preferia o ar puro do campo e podia viver vendendo minha força de trabalho. No último lugar em que trabalhei, eu abria as redes e cutucava as olivas com uma vara, como se fazia desde antigamente.

— É por isso que sou tão moreno — acrescentei, lembrando-me que os homens que me haviam resgatado observaram que minha pele era clara para um viajante, porém mais escura que a deles. Ao dizer isso, esperava dispersar qualquer especulação que ainda pairasse em suas mentes. — O dono do olivedo não era um bom senhor, de forma que resolvi seguir em frente. No dia do meu infortúnio, tinha ido ao rio pescar e caí, sendo arrastado pela correnteza.

Paolo perguntou sobre o hematoma na minha cabeça, se aquilo tinha acontecido quando caí dentro d'água.

Disse que não me lembrava. Descobri que, se hesitasse ou interrompesse minha história, algum dos ouvintes faria uma sugestão ou mesmo terminaria a frase por mim. Assim, eu poderia concordar ou discordar, conforme o que fosse mais adequado. Afinal, não disse ter sido o golpe de um porrete que me fez cair no rio.

— Você sabe nadar? — perguntou Rossana. — Paolo sabe.

— Isso — disse Elisabetta. — Paolo sabe nadar muito bem. Ele vai lhe ensinar, e assim você não vai correr perigo novamente.

— Eu sei nadar — falei. — Mas a correnteza era forte e...

— ...em algum momento sua cabeça bateu em algo duro. — Graziano me forneceu uma solução.

— Deve ter batido numa pedra quando caiu da cachoeira — declarou Paolo, satisfeito com sua própria habilidade para deduzir.

As meninas concordaram.

— Pobre menino! — A mãe delas, Donna Fortunata, se inclinou para perto de mim e me acariciou a cabeça. — E você está tão magrinho. Vamos lhe dar bastante comida.

Senti um estremecimento. Não me lembrava do toque de uma mãe, e aquilo me causou uma emoção que eu jamais vivenciara antes. Sentar-me ao seio desta pequena família, desfrutando de sua atenção e interesse, me fez ficar vulnerável. Engoli em seco e retomei do ponto em que falava de ter batido com a cabeça.

— Isso mesmo — falei. — Foi assim que aconteceu.

Abri a boca para continuar quando o Maestro falou.

— Qual era o peixe? — perguntou.

— O quê?

— Diga o nome do peixe que você estava tentando pescar naquele rio.

Franzi o cenho. Para que ele iria querer saber essa informação? Estaria tentando me pegar com a pergunta?

— Vários tipos de peixe — respondi.

Pensei nos peixes que pegara em rios e lagos quando viajava com minha avó. Sempre parávamos perto de um riacho, pois a água corrente tem poderes especiais. Tem propriedades curativas, e faz bem tomar banho nela, beber dela, olhar para ela e escutá-la. Minha avó conseguia detectar a presença d'água, mesmo na seca do alto verão, colocando a orelha ao chão. Em seguida, apontava para onde tinha ouvido o barulho de um córrego no seio da terra e eu cavava para encontrar uma fonte.

Eu tinha conhecimento suficiente sobre peixes para dar o nome de alguns que comera numa ocasião ou noutra.

— Perca, salmão, enguia, truta — falei. — Todos esses.

O Maestro ficou intrigado.

— Isso não pode ser.

— Por que não?

— Por causa da cachoeira à jusante de onde você estava pescando, a que o pegou no redemoinho. É uma barreira natural e evitaria que certas espécies subissem o rio.

Dei de ombros e retruquei com a máxima calma de que fui capaz:

— Eu não sabia exatamente o que estava esperando pescar. Só queria encontrar alguma coisa para comer.

Ele pegou a caderneta que trazia pendurada ao cinto e a abriu.

— Não estou familiarizado com esse lugar — falou com o capitão dell'Orte. — Que tipo de peixe você pesca nos rios daqui?

Paolo e as meninas saíram ditando os nomes de vários peixes, e o Maestro começou a fazer anotações ligeiras na caderneta. Ao terminar, fechou-a, prendendo-a com um laço e guardando-a. Então, recostou e fechou os olhos, mas eu sabia que não estava dormindo.

Ele deve ter percebido ali que a história que eu dizia ser minha não estava correta; minha história, qual o agasalho de um mendigo, estava cheia de furos. Talvez, desde o início, ele estivesse ciente que eu não era o que aparentava.

Seis

O tempo que passei em Perela eu considero um pequeno oásis na minha vida turbulenta.

A princípio, não sabia exatamente como me comportar no seio daquela adorável família composta pelo capitão dell'Orte, sua esposa e os quatro filhos. Minha mente não estava em sintonia com seu jeito de ser.

Eu tinha mais experiência com o mundo do que Paolo, Rossana e Elisabetta, mas isso não me ajudava no trato com eles. Era fisicamente diferente, magro onde eles eram rechonchudos, tinha braços e pernas esquisitos. A mãe deles me deu roupas para substituir as que eu usava, mas as mangas da túnica que fora de Paolo eram compridas demais e passavam dos meus pulsos. Dava-me uma aparência estranha, e de fato eu era estranho. Meus modos eram algo rudimentares, faltava-lhes sofisticação em comparação com os deles. As meninas em especial, embora tivessem mais ou menos a minha idade, eram um pouco mais altas e muito mais elegantes em tudo. Falavam educadamente e com deferência aos adultos, enquanto era contra a minha natureza não falar despojadamente. Para muitos, falar despojadamente era o mesmo que falar grosseiramente. Mas para mim, quando se falava diretamente, isso economizava tempo e evitava mal-entendidos.

À mesa, comiam com refino e uma lentidão deliberada. Eu, que sabia o que era a fome, não via razão para esperar quando a comida era colocada à minha frente. Somente quando percebi seus olhares me observando enquanto eu jogava carne para dentro da boca o mais rápido que podia foi que me dei conta de que o comportamento deles à mesa seguia um padrão prescrito.

Foi Rossana quem me ajudou, colocando a delicada mão sobre a minha, perguntando-me qualquer coisa sobre o tempo que passei em Veneza e fazendo-me retardar o próximo mergulho no prato servido para agarrar mais um pedaço de comida. Nada foi dito entre nós, mas eu percebi que ela estava me orientando. Então, observei e prestei atenção, e aprendi os modos com que se dirigiam uns aos outros e como se portavam.

Paolo queria, mais que tudo, tornar-se um soldado igual ao pai e me fez praticar esgrima e outros esportes militares com ele. Em nossas brincadeiras de luta, batia-me com facilidade, acertando-me fortes pancadas no peito com sua lança de madeira. A princípio, eu levava isso a sério, ficava chateado e parava de brincar com ele. Mas, a cada vez que eu caía, as meninas vinham me defender e Paolo passava a me bajular, e eu acabava sendo persuadido a voltar.

Era a brincadeira preferida deles. Rossana e Elisabetta fingiam-se de damas da alta sociedade adulando o corajoso cavaleiro que deveria lutar por elas. Rossana, a mais animada das duas, sempre me escolhia como seu paladino e atava suas fitas em torno do meu pescoço. Mas eu logo me chateei por conta das constantes humilhações de ser derrotado por Paolo. Ele não tinha a menor intenção de me magoar, só se aproveitava de ser mais pesado e forte que eu. Mas ele não era superior em tudo. O que me faltava em massa, eu compensava em astúcia e velocidade. E numa coisa eu tinha a experiência que lhe faltava. Ele carregava um pequeno punhal enfiado no cinto para se mostrar.

No meio em que fui criado, as facas eram para ser usadas, não exibidas.

Um dia, quando ele estava em cima de mim brandindo sua espada e declarando-se vitorioso outra vez, reagi por instinto. Estiquei-me rapidamente, tirando-lhe a faca do cinto, e coloquei a ponta em sua garganta antes que ele pudesse tomar fôlego novamente. Isso calou sua bazófia. E calou também a torcida das meninas que assistiam.

Paolo arregalou os olhos. E eu vi algo ali que tanto me impressionou quanto me assustou: medo.

Ele abriu a boca. Cravei-o com meu olhar. Não sei que pensamento lhe passou pela cabeça.

Ele disse uma palavra.

Meu nome.

— Matteo?

— *Matteo!*

Outra voz me chamou. O Maestro olhou do alto do muro da fortaleza, onde estava supervisionando uma obra.

Recuei e virei o punho da adaga para Paolo. Ele a pegou. Suas mãos tremiam. Tornou a colocá-la no cinto. Então, recuperou-se e curvou-se numa reverência a mim, saudando-me.

As meninas aplaudiram. Rossana pulou do muro onde estava sentada e correu em nossa direção. Tinha na mão a coroa de bagas e heras que ela e a irmã faziam todos os dias para o vencedor.

— Ajoelhe-se, senhor cavaleiro. Vou coroá-lo vencedor da justa.

Ajoelhei-me à sua frente e ela colocou a coroa sobre minha cabeça. Ergui os olhos e encontrei os seus, rasos d'água. E naquele momento senti que pendíamos para o amor.

Foi um sinal do cavalheirismo e da boa índole de Paolo ele não me querer mal por tê-lo ameaçado com o próprio punhal. Sua lança e espada eram feitas de madeira, e embora os golpes que me acertava me abalassem e deixassem tonto, não havia como fazer-me algum mal de verdade. Eu, por outro lado, tivera sua vida ao alcance do meu braço. E ele viu em meu rosto a intenção, mesmo que por um breve segundo, de levar a lâmina a seu destino. Mas, verdadeiro cavalheiro que era, Paolo se desculpou pelas lutas injustas que travava comigo. Disse-se tão arrebatado por ter um companheiro que não se deu conta dos meus sentimentos por ser constantemente derrotado. Doravante, antes de travarmos combate, não deixava de colocar-se de alguma forma em desvantagem para que ficássemos mais equiparados em nossas disputas. O que passou a ocorrer, daí por diante, foi que eu ganhava com tanta frequência quanto ele.

Assim passaram-se os dias em Perela, onde eu fazia algo que jamais fizera antes na vida.

Eu brincava.

Provavelmente tive brinquedos quando pequeno, mas só guardo vagas lembranças de bebê cambaleando sobre um soalho de lajotas com

35

música tocando ao fundo. Viver viajando de um lugar para outro deixava pouco espaço para brincadeiras. Minha função era carregar a cesta com nossos medicamentos e remédios para vender. Ficava na companhia da minha avó, olhando outras crianças brincarem com bolas e paus enquanto ela passava horas a fio com as mulheres da fazenda. Mas não tínhamos dinheiro nem tempo para essas trivialidades. Durante três estações do ano, precisávamos vender, economizar e armazenar para sobrevivermos à quarta — o inverno.

Quando não estava ajudando minha avó a colher ou preparar ervas, eu catava lenha para a fogueira ou cuidava da casa. Vivíamos melhor que muitos dos nossos. Tínhamos uma carroça boa onde nos abrigar nas noites ruins, o que também significava que minha avó podia andar nela quando cansada. Mas, em geral, cobríamos as estradas a pé, percorrendo caminhos pelo meio das florestas e trilhas cheias de musgo até começar a faltar-lhe o fôlego.

Mas em Perela, com Paolo, Rossana, Elisabetta e o caçula Dario, aprendi a brincar. Eles tinham aulas de manhã, mas eu falei que não precisava disso. Fiquei assistindo da porta da sala de aula um dia e vi que as meninas conseguiam ler com facilidade e formar as letras para escrever sem hesitação. Paolo, sob a tutela do padre da paróquia local, estava progredindo com o latim e o grego. Eu sabia que minha falta de aprendizado apareceria logo se me sentasse ao lado deles. Certamente ririam de mim ao descobrir que eu não conhecia as palavras que eles recitavam com tanta fluência.

O capitão dell'Orte e sua esposa adoravam ver os filhos aprendendo. As meninas tinham bons tutores, mas em breve suas mãos seriam prometidas. A bem da verdade, já o teriam sido há muito tempo, mas Donna Fortunata convencera o pai delas a esperar um pouco. Provocava-o dizendo que, se aguardassem, talvez as meninas encontrassem seu verdadeiro par no amor, qual ela mesma encontrara. Ele só fingia protestar. Era claramente apaixonado pelas filhas e ficaria de coração partido quando elas fossem morar longe de seu raio de alcance. De forma que os filhos mais velhos tomavam suas aulas toda manhã, e eu, sem domínio algum dos livros, fingia-me avançado demais para seu tutor. Disse ter aprendido tudo o que precisava com meus pais, quando vivos, e ia me divertir nas cozinhas ou estrebarias, ou, mais frequentemente, ficava vendo o Maestro trabalhar.

Ele estava supervisionando os guardas na obra de reconstrução dos muros, e eu gostava de olhar para as plantas e ver aquilo fluir e se transformar numa construção de verdade, de pedra e cimento. Eu procurava ficar dentro da fortaleza o máximo possível, de forma a não ser visto pelos trabalhadores da fazenda e não me tornar assunto de fofocas. Mas, para todos os efeitos, eu chegara com o Maestro e fazia parte de sua comitiva.

Foi, portanto, por acidente que, certo dia, escutei-o confabulando com o capitão sobre um projeto secreto que Cesare Borgia queria que ele assumisse na maior quantidade possível de seus castelos. Eu estivera nos estábulos com os cavalos, pois, além de saudades da minha avó eu também sentia saudades da companhia do cavalo que durante tantos anos puxara nossa carroça. Fazia calor, e eu subira até as vigas de cima para tirar uma soneca nos fardos de feno por ali. Quando acordei, encontrei o capitão dell'Orte parado bem embaixo de onde eu estava, com um dos desenhos do meu senhor aberto na mão.

Eles discutiam a construção de um cômodo escondido, um local secreto, de forma que, se o castelo fosse tomado, uma ou duas pessoas poderiam se esconder e se salvar. Haviam entrado nos estábulos, longe da vista de todos, em busca de privacidade. Era óbvio, para mim, que eu não deveria tomar parte dessa conversa, mas não havia o que eu pudesse fazer. Fiquei em silêncio enquanto eles resolviam o melhor lugar.

O Maestro falou para o capitão que somente os dois se encarregariam da construção e ninguém mais em toda a fortaleza deveria ficar sabendo de sua existência. O próprio Cesare Borgia assim o ordenara.

— Compreendo — retrucou o capitão dell'Orte.

— Nem mesmo sua esposa.

— Certamente que não.

— Mas eu já vi sua esposa — disse o Maestro, provocando-o. — Fica difícil guardar segredo de uma mulher assim. Ela é muito bonita.

— Exatamente! — riu-se o capitão dell'Orte. — Mas, quando estou com Fortunata, não desperdiçamos tempo falando de construções, tijolos e cimento.

* * *

Uma noite, a mãe das crianças lhes pediu que demonstrassem sua capacidade de leitura para o pai. A refeição da noite já tinha sido retirada, e havia livros e pergaminhos abertos em cima da mesa. Enquanto esperava sua vez, Rossana me perguntou:

— Você sabe ler, Matteo?

— Claro — respondi de imediato, mas, rapidamente, antes que me chamassem, acrescentei: — Mas prefiro não ler.

— Ah, mas você vai gostar muito — disse ela. — Não é chato de aprender. Há muitas histórias interessantes para ler.

— Já conheço muitas histórias — vangloriei-me. — Não preciso de livros para isso. De qualquer forma, ler e escrever é trabalho para artesãos. Quando vivos, meus pais empregavam um escriba para escrever nossas cartas, de forma que não tivéssemos de lidar com a pena.

— Seu pai? — o Maestro olhou para mim. — Quando nos contou a história de sua vida, Matteo, não nos falou muito de seu pai. Como era o nome dele?

— Pietro — falei, ligeiro.

— Um bom nome — disse o Maestro, devagar. Não olhou para mim enquanto falava. Fitava apenas o manuscrito à sua frente. Acompanhei seu olhar. Havia um pergaminho aberto à nossa frente.

Um escriba colocara seu nome ao pé da página. Um nome simples que reconheci.

Pietro.

O Maestro recolheu o manuscrito e o enrolou bem.

— Um ótimo nome — tornou a dizer. — Uma pessoa com um nome assim certamente saberia ler e escrever com excelência. — Amarrou o barbante em torno do pergaminho. Em seguida, levantou-se e colocou-o entre outros numa prateleira alta.

Assim que pude, pedi licença e saí da sala.

Fui para o quarto que me haviam designado no andar mais alto da casa. Era um sótão pequeno com um colchão rústico que ficava em cima de uma plataforma de madeira. Embrulhei minhas coisas e examinei a pochete que mantinha amarrada à cintura.

De repente, percebi que não estava só. Dei meia-volta.

O Maestro estava parado à porta. Teria visto que eu verificara a pochete na minha cintura?

— O que está fazendo? — perguntou.

— Vou-me embora agora — falei.

— Por quê?

— Para evitar uma surra.

— Ninguém vai lhe dar uma surra.

Fiquei olhando para ele, pois um menino pego na mentira sempre merecia castigo.

— Diga por que você mentiu.

Dei de ombros.

— Não sei.

— Pense bem e me diga. — Ele foi até a janela e olhou para fora. — Eu espero.

Continuei olhando para ele. Não agia como se estivesse prestes a me bater.

— Estou com vergonha — finalmente falei.

— De não saber ler direito? — Ele sorriu. — Sabe o suficiente para decodificar o nome do escriba no manuscrito.

Não respondi.

— A mentira come a alma da gente — falou. — Quando se torna um hábito, vai corroendo as bordas do espírito. Contar a verdade, embora às vezes seja mais difícil, fortalece o coração. Faz mal à pessoa não contar a verdade.

Nem tanto, pensei comigo mesmo. Ele nunca passara fome, nunca precisara roubar para comer. Mentir salvara minha pele em diversas ocasiões. Mas não expressei esse pensamento em voz alta.

— Qual é a sua verdade, Matteo?

Jamais lhe contaria toda ela, mas uma coisa ao menos ele poderia saber.

— Não foi tanto a vergonha de não saber ler com fluência — respondi. — É a vergonha de não conhecer meu pai. — Deixei cair a cabeça. — Sou um filho bastardo — disse, aos sussurros.

— Ah, é isso? — Ele soltou uma pequena gargalhada. — Metade dos cortesãos da Europa e a maior parte da poderosa Roma são bastardos. Nosso empregador, meu patrão do momento, Cesare Borgia, é um bastardo.

— Isso não é uma recomendação para a bastardia.

Ele riu e tornou a rir.

— Essa piada nós não devemos compartilhar com mais ninguém. Maldizer um Borgia é perigoso.

— Ele tem berço nobre. É diferente para quem vem de berço nobre.

— Pode até ser mais difícil para eles. Têm de provar tantas coisas, lutar por tantas outras. Tanto a perder.

Balancei a cabeça.

— É uma vergonha ser um bastardo que não tem o nome do pai...

— Sua mãe o teria amado, Matteo.

— Minha avó jamais falava dela, de forma que não posso ter certeza disso. É até possível que a vergonha do meu nascimento a tenha feito odiar-me.

O Maestro esperou um pouco antes de responder. No silêncio, ouvi o pavio da lâmpada estalar, o encaixe de uma tranca sendo fechada noutro ponto da edificação. Ele ficou olhando para os próprios dedos. Então falou cuidadosamente:

— É inerente à mãe amar o filho, seja ele legítimo ou não.

— Nem sempre — teimei.

— Você é impossível! — gritou ele. — Recusa-se a deixar-se convencer.

Estremeci. Deixara-o zangado.

— Sinto muito — comecei a dizer. — Não quis aborrecê-lo.

Ele balançou a cabeça.

— Não me aborreceu. Você me deixou triste.

Apoiou-se nos cotovelos e ficou olhando pela janela estreita. As de cima não tinham vidro qual as dos cômodos nos andares mais baixos da fortaleza, ficavam ao sabor dos elementos, com uma porta de madeira a ser fechada quando fizesse mau tempo.

Um pássaro viera voando e pousara no parapeito. O Maestro se afastou para não atrapalhá-lo. Sua mão foi procurar a caderneta no cinto; de repente, ele se lembrou da minha presença, olhou para mim e disse rapidamente:

— Eu sou bastardo.

Fiquei olhando para ele.

— Eu sou bastardo — ele repetiu a frase.

— Mas tem um segundo nome — retruquei.

— Ah, sim — falou ele. — Leonardo da Vinci. Mas Vinci não é o nome do meu pai. Vinci é um lugar.

— Nem isso eu tenho — falei. — Sou só Matteo.

Ele se virou da janela e disse, sorrindo:

— Sente-se no colchão que vou lhe contar uma história, Só Matteo.

Recostou-se então no recesso da janela e começou a contar sua história.

— Havia um bom homem que cuidava de seus afazeres de forma bastante honesta. Um dia, outro homem o repreendeu, trazendo à atenção deste homem honesto o fato de que ele não era filho legítimo de seu pai. "Nascer fora do casamento significa ser ilegítimo", disse o homem.

"O homem honesto retrucou dizendo que ilegítimo queria dizer ilegal e não havia uma criança que não fosse legal. 'Como pode uma criança ser ilegal?', perguntou. Uma criança é uma criança, nascida da união de um homem com uma mulher. Uma criança não sabe, não se importa, ou sequer tem qualquer controle sobre as circunstâncias de sua concepção.

"Portanto, segundo a lei natural, declarou o homem honesto, ele era filho legítimo da espécie humana. Era o outro que era bastardo, pois se comportava mais como fera que como homem.

Eu não disse nada.

— Matteo, me escute. Ser legítimo é um... um tecnicismo. Não significa que haja algo errado com você. Os homens usam "bastardo" como forma de xingamento. Mas usar o termo dessa maneira mostra que eles próprios são menos dignos que os seres humanos. Meu avô me trouxe para esta casa e meu amado tio cuidou de mim, e eu me beneficiei mais com essa criação do que com qualquer outra.

41

Tornou a se virar para a janela. O pássaro já se fora, mas ele continuou olhando para o ponto onde havia pousado. Deixara-se levar por um de seus devaneios. Depois despertou e examinou a lua.

— Isto aqui não vai mais servir. Está ficando muito frio à noite para você dormir neste lugar. Pode dormir no andar do meu atelier, se quiser. Embora eu tenha de partir em poucos dias. Preciso inspecionar o castelo de Averno, que é muito maior e precisa de muito mais atenção, de forma que vou passar pelo menos um mês lá. Você já pensou no que vai querer fazer durante o inverno?

Balancei a cabeça.

— Então pode ir conosco por ora. Haverá tarefas que você poderá desempenhar para pagar pelos seus custos.

Fiquei sentido por ir embora de Perela.

Antes de se vivenciar o amor e a amizade, a gente não se dá conta do vazio da vida sem isso. Mas eu sabia que estaria mais seguro distante daquela área. Perela ficava perto demais de onde Sandino e eu nos separáramos. Algum espião dele poderia pegar um fio da minha história; e, se ficasse sabendo de um menino que apareceu do nada, ele iria investigar.

Meu coração ficou apertado ao vê-los acenando da janela da fortaleza: Paolo, Rossana, Elisabetta, e o bebê Dario sentado sobre os ombros de Paolo.

A imagem deles foi diminuindo à medida que nos afastávamos. Eu nunca tinha sentido tanta tristeza ao ir embora de um lugar. Fizeram tanta algazarra na nossa saída que pude ter uma boa ideia da afeição que sentiam por mim, colocando tantos pequenos presentes em nossas mãos e nos fazendo prometer que voltaríamos depois do inverno.

O Maestro dissera que eu poderia prosseguir mais adiante na jornada com ele. Naquele momento, não tinha como prever a doença de Graziano e a ausência de Felipe. Mas, bem pouco tempo depois de chegarmos a Averno, seus dois companheiros não estavam mais disponíveis para ajudá-lo com seu trabalho.

Em troca de comida e acomodação, fui contratado como criado, e, assim, ele se voltava para mim quando precisava de assistência especial.

Parte Dois
O Borgia

*Itália, na Romània,
inverno de 1502*

Sete

Meu coração.
Parecia grande demais para o espaço embaixo das costelas. Batia tão alto que achei que meu senhor, andando logo atrás de mim, seguindo a luz do lampião que eu segurava para iluminar nosso caminho, seria capaz de ouvir.

— Alto lá, menino — disse ele baixinho. Tirou o lampião da minha mão e ergueu-o até o nome da rua pintado no muro. — *Rua das Almas* — murmurou. — Isso. O lugar é este mesmo.

Ficou com o lampião e entrou no beco.

E eu fiquei parado, tendo de sair correndo atrás dele em seguida. Olhando para todos os lados, com medo. Caminhando pela rua estreita, ele ergueu o lampião bem alto e a escuridão se dispersou. Mas a escuridão se fechava assim que passávamos, no nosso encalço, trazendo os espectros que pairam na noite para saltar sobre os desprevenidos.

Fiz o gesto usado pelos ciganos para afastar o mal, e, então, quando captei o olhar deliciado do Maestro, risquei o sinal da cruz sobre a testa, o peito e os ombros. Ele riu alto de mim, mas sem crueldade.

— Guarde seus sinais mágicos para afastar os perigos *deste* mundo, Matteo. O mal que os homens fazem uns aos outros nas batalhas é muito pior que o de qualquer espírito.

Chegamos a uma porta encravada numa parede. Não estava marcada, mas não era desconhecida. A porta do necrotério do hospital da cidade de Averno.

— Segure o embornal, Matteo. — Ele me entregou a sacola que continha suas ferramentas de trabalho, seus papéis, pergaminhos e greda.

Eu só fazia parte da comitiva havia pouco tempo, mas sabia que isso era uma honraria. Levei a alça ao ombro e segurei a pesada sacola de couro com ambas as mãos.

Ele posicionou a lâmpada de forma a iluminar seu próprio rosto. Em seguida, bateu à porta. E aguardou. A esta hora da noite, o porteiro estaria dormindo ou bêbado em seu posto. Depois do pôr do sol, ninguém vinha recolher os mortos.

O Maestro ergueu o punho e esmurrou a porta. Passaram-se minutos. Depois a grade recuou. Um rosto mal-humorado nos olhou.

— Tenho permissão do magistrado para examinar os corpos dos mortos. — Retirou uma ordem das dobras da manga e apresentou-a.

— Estou falando com...? — perguntou o porteiro, do outro lado da grade, no tom de superioridade daqueles cuja autoridade é pouca.

— Leonardo, engenheiro, e... pintor. Do lugar conhecido como Vinci.

— Vinci? Nunca ouvi falar.

— Trago outro passe também — falou o Maestro discretamente —, que me dá livre acesso a todo lugar que eu queira. Traz o selo pessoal de Borgia.

O homem retrocedeu.

— *Il Valentino* — continuou o Maestro, sem mudar a expressão do rosto —, Cesare Borgia. Talvez você tenha ouvido falar dele. — Colocou mais carinho que ênfase na última palavra da frase.

O encarregado do necrotério abriu a porta antes mesmo que o Maestro pudesse tomar fôlego novamente. E curvou-se tanto na reverência que sua testa quase encostou no chão.

Enquanto passávamos, o Maestro piscou para mim.

Meu coração se alvoroçou. Pois, para começar, naquelas primeiras semanas como seu criado, nem sempre eu sabia de seus humores. Não estava familiarizado com seus momentos de reflexão profunda, quando ele mal falava, comia ou dormia. Ainda não me acostumara com suas intensidades e preocupações.

Oito

Estávamos agora num pequeno pátio.
 Jamais estivera num lugar assim. Havia um cheiro rançoso que o sabão, as ervas aromáticas e o incenso não conseguiam esconder. Era o odor da morte.
 Os viajantes costumam enterrar seus mortos de forma diferente daquela utilizada por quem mora em casas. Se um líder cigano ou um homem ou mulher de respeito na comunidade morre, sua residência é queimada.
 E assim a carroça de minha avó foi enviada com sua alma para o outro mundo. Minha avó, que cuidara de mim na ausência de qualquer outra pessoa, foi posta para descansar nas vestes tradicionais de seu povo, com ervas e flores espalhadas por cima. As ferramentas de seu ofício — potes de infusões, colheres e medidores, livro de receitas — foram enterradas numa caixa de madeira perto do local onde ela morreu.
 Depois que minha avó partiu, rejeitei ofertas de abrigo feitas pelas demais pessoas do acampamento, preferindo passear livremente durante o dia e, à noite, deitar-me embaixo das rodas de qualquer carreta com os cães, um de cada lado, para me aquecer. Lembro-me de estar constantemente com fome, apesar do carinho e das refeições compartilhadas pelas outras famílias. Minha barriga sempre vazia acabou forçando minhas mãos a pegarem o que estivesse disponível para enchê-la. Uma porta de cozinha aberta, uma barraca desguarnecida no mercado, e eu era rápido como um martim-pescador à beira de um lago. Nada que fosse comestível estava a salvo das minhas mãos. E, caso a comida não estivesse à

vista, isso não importava, eu logo desenvolvi uma habilidade para abrir fechaduras e trancas. A fome foi o estopim para que eu aprendesse a arte da ladroagem.

E foi meu talento para o roubo que atraiu a atenção de Sandino, que entrou na minha vida e me levou para fazer parte de seu bando de salteadores. E foi assim que me vi fatalmente emaranhado em suas tramas de intriga e assassinato.

Agora, o Maestro e eu esperávamos do lado de dentro do lugar da morte enquanto o porteiro nos observava num misto de temor e curiosidade.

Meu senhor baixou o lampião e ficou olhando para as estrelas, murmurando seus nomes baixinho:

— Castor e Pólux, e a grande Vênus atrás. Acaso aquelas outras seriam...? Não, o ano já vai longe para elas ocuparem tal posição para o solstício de inverno, com a lua nessa fase. — Pegou a caderneta que carregava sempre ao cinto e pôs-se a fazer anotações.

Seu ato de olhar para a lua e murmurar algumas coisas em voz baixa deixou o porteiro desconfiado. Parecia que estava rogando alguma praga! Isso e mais o grande manto jogado sobre os ombros para protegê-lo do frio da noite davam a impressão de que o Maestro era um feiticeiro. O porteiro se deu conta de que não estávamos ali para recolher um parente ou qualquer ente querido, e não trajávamos as roupas nem carregávamos o aparato dos praticantes de medicina. Mas o terror invocado pelo nome dos Borgia impediu-o de fazer qualquer pergunta que fosse.

O porteiro fez soar internamente a sineta noturna. O hospital de Averno era administrado pelos irmãos da Ordem da Santa Compaixão de Jesus e, depois de alguns minutos, um monge surgiu no alpendre e veio caminhando em nossa direção.

Com os pés calçados por sandálias, ele andava silenciosamente, mesclando o cinza de suas vestes com a escuridão da noite. O capuz do hábito estava levantado. As tochas flamejantes colocadas a intervalos fixos ao longo da parede lançavam sombras sobre seu rosto.

O homem se apresentou como padre Benedito, o monge encarregado do necrotério. Olhou para mim e para meu senhor com interesse. Em seguida, pegou o passe dos Borgia e a ordem do magistrado para ler de perto.

— Este documento, assinado por Cesare Borgia... *Il Valentino*, o Honorável — teria havido alguma hesitação ao pronunciar esta palavra? —, duque dos Valentinos e príncipe da România, lhe dá acesso aos castelos e edificações fortificadas de toda a România e outras partes sob seu domínio.

— É isso mesmo. — O Maestro inclinou a cabeça.

O monge ergueu o pergaminho e leu sem hesitar.

— *Esta Ordem é para todos os nossos tenentes, castelães, capitães,* condottieri, *oficiais, soldados e súditos, e para quaisquer outros que leiam este documento.*

"SAIBAM QUE:

"Nosso queridíssimo arquiteto e engenheiro geral, Leonardo da Vinci, portador deste passe, está encarregado de inspecionar os palácios e fortalezas de nossos legados, para que os mantenhamos conforme suas necessidades e sob seu aconselhamento.

"É nossa ordem expressa que todos permitam ao mesmo Leonardo da Vinci livre passagem, sem obrigá-lo, ou a qualquer de seus acompanhantes, ao pagamento de taxas ou tributos, ou a quaisquer outros percalços.

"Todos deverão acolhê-lo amistosamente e permitir que meça e examine aquilo que ele bem escolher.

"Com esta finalidade, desejamos que lhe sejam entregues quaisquer provimentos, materiais e homens que ele porventura requeira, e que receba toda ajuda, assistência e favor que solicitar."

O monge levantou os olhos.

— Esta edificação não é fortificada.

— Contudo, está sob o comando dele — destacou meu senhor.

— Disso temos plena ciência — o monge falou baixinho.

Houve um momento de silêncio.

A brutalidade do regime do príncipe Cesare Borgia e dos esforços que seu governador, general Remiro de Lorqua, empenhava para mantê-lo na România estava se tornando conhecida em toda a Itália. Esse Remiro de Lorqua, ao executar as instruções do príncipe para impor a ordem local,

49

enquanto os exércitos dos Borgia conquistavam e subjugavam o resto da região, espalhara terror por todo canto. Seus métodos de tortura e execuções públicas intensificavam o medo e o ódio ao nome Borgia.

Haveria de ser um homem de muita coragem para tentar se opor a um senhor tão implacável. Monge corajoso, mais que eu imaginava. A última frase do documento de Borgia, que ele não leu, dizia: *Que nenhum homem aja contra este decreto, a menos que deseje incitar nossa ira.*

— Seria um prazer efetuar uma doação de verbas para sua instituição — sugeriu meu senhor.

Mas esse monge do necrotério era um irmão da Ordem da Sagrada Compaixão, cuja reputação também se espalhava bastante. O devoto cavaleiro chamado Hugo, que a estabeleceu durante as Cruzadas, partilhava com seus seguidores o preceito de atender a todos os carentes de cuidados médicos. Esse bom cavaleiro, doutor, soldado e, posteriormente, santo não permitia qualquer distinção entre homens e mulheres, civis e militares, cristãos e pagãos. Desafiando as setas de ambos os lados, e sem receber nada de qualquer deles, cuidava dos feridos e enfermos onde quer que caíssem nos campos de batalha. Em casa, seus monges cuidavam dos mais miseráveis dentre os pobres, das vítimas da peste e das pragas, de mendigos e meretrizes. Diferentemente dos demais, não rejeitavam ninguém, nem aqueles para quem a estrada era o seu lar. Era uma verdadeira vocação a sua, diferente daquela do clero secular, que se ligava à Igreja em prol de lucro pessoal. Não havia suborno capaz de corromper esse monge, nem ameaça que o fizesse temer. Ele caminhava com a morte várias vezes ao dia.

Ignorou a oferta do meu senhor e disse:

— Se está envolvido com estudos de engenharia, qual é seu interesse aqui?

— Acaso não é o corpo humano a mais perfeita obra de engenharia? — perguntou-lhe meu senhor.

O homem ficou fitando os olhos do Maestro durante um bom tempo, retrucando ao fim:

— É esse seu propósito, então? Um estudo do corpo humano?

— Sim. Com a máxima sinceridade. Sou engenheiro e pintor.

— Já ouvi falar em seu nome, Messer da Vinci — interrompeu-o o monge. — E de suas obras famosas. Vi seu afresco da Última Ceia no mosteiro dominicano em Milão, e seus esboços da Virgem com o Menino Jesus e Santa Ana na igreja da Anunciação em Florença. As imagens que criou são obras-primas... com a graça de Deus.

— Ah! — meu senhor olhou para o monge e perguntou, intrigado: — Interessa-lhe a maneira como as Escrituras podem ser ilustradas pelo homem, através da arte visual?

— Messer da Vinci — retrucou o monge —, dizem que sua obra contém muitos códigos e símbolos, e que devemos tentar encontrar seu verdadeiro significado.

Meu senhor não disse nada, de forma que o padre Benedito prosseguiu.

— As explicações de tais obras, conforme sugerem os irmãos dos mosteiros, propõem-nas como meditações teológicas. Na Última Ceia, os Apóstolos estão retratados em poses de espanto e descrédito ante a acusação de que um deles está prestes a trair Nosso Abençoado Senhor. Contudo, poder-se-ia dizer que a força que emana de Cristo também é espiritual.

O Maestro não comentou essa interpretação de sua obra, mas inclinou a cabeça, como que prestando bastante atenção.

— E no desenho de Florença, a retratação de Santa Ana, com a Virgem e o Menino Jesus, exibe o conceito de Três em Um. Minha atenção foi atraída pelo fato de que o todo é construído como um tipo de pirâmide e, na base da obra, somente três dos pés das figuras adultas são mostrados; fatores que indicam a Trindade. E também podemos ver que a Virgem, temendo pela segurança de seu filho, tenta trazê-lo de volta a seu colo para afastá-lo do perigo. Ele se estica para a frente. Contudo, a expressão de Santa Ana indica que ela sabe que a Criança precisa cumprir Seu destino para levar a cabo a Salvação da Humanidade.

"E depois se vê o desafio de retratar a interação entre Cristo e seus Apóstolos no afresco, e entre as três figuras no desenho.

"Acho impressionante a força dinâmica do movimento em seu desenho.

51

— Faço estudos de vários aspectos. — Meu senhor pareceu ponderar e hesitar antes de retrucar. — Muitos, muitos esboços de diferentes poses. As mãos de Cristo na Última Ceia, quando ele busca o prato no mesmo momento que Judas. Os braços da Virgem... O esforço pela forma dos membros, considerando com o máximo cuidado todas as opções... — e deixou que sua voz se esvaísse num tom indagativo.

— Sim, compreendo que seu trabalho requer bastante reflexão.

O Maestro pareceu levar essas palavras bastante a sério. Fez um aceno de cabeça e esperou.

— Eu diria — continuou o monge — que a maior parte do impacto se origina na maneira como as figuras estão agrupadas, e nisso, como estão retratadas em suas várias ações.

— Portanto, consegue apreciar que retratar e compor essas figuras santas depende do meu estudo da anatomia. Não se chega lá sem isso.

O Maestro trouxera o monge para onde o queria. O monge reconheceu isso com uma leve inclinação de cabeça.

Meu senhor aprofundou o argumento:

— Além do mais, o interesse que nutro pela anatomia tem mais usos que a representação fidedigna das figuras, humana e divina. Em termos médicos, é muito valioso examinar os corpos dos que morreram. É a forma de descobrir o que causou a morte.

— Deus causa a morte. — O monge falou com firmeza.

— De fato, padre Benedito. Mas a morte pode ser postergada. Decerto que seu trabalho neste hospital lhe mostra isso.

— Quando o Divino Criador o chama para Si é porque seu tempo aqui acabou. Não há um reles mortal que seja capaz de mudar isso.

— Não obstante — meu senhor persistiu —, não pode deixar de ser uma boa coisa prolongar a vida.

— Não dá para enganar a morte. Deus ordenou a hora e o lugar. A Bíblia diz: *Não se sabe o dia nem a hora em que a alma será chamada.*

— Não estou empenhado em frustrar os planos do grande Criador — retrucou o Maestro. — A pesquisa resulta em conhecimento. E o conhecimento é benéfico para todos.

— Pode-se dizer que não fomos feitos para saber demais. O homem comeu da Árvore do Conhecimento do Bem e do Mal e foi banido do Jardim do Éden. O conhecimento pode ser perigoso.

O conhecimento pode ser perigoso.

Foi a primeira vez que ouvi pronunciarem essa frase. Tornaria a pensar nela quando sua verdade me fosse comprovada da maneira mais bárbara.

Meu senhor fez um gesto com as mãos, porém não retrucou.

O monge foi dobrando os documentos oficiais devagar e entregou-os de volta para o Maestro. Pegou uma das tochas do consolo na parede e fez sinal para que o seguíssemos.

Nove

Entramos no necrotério.
 Ao fim do alpendre. Vários degraus abaixo.
 O recinto ao qual chegamos era um salão subterrâneo, com pé-direito baixo em forma de arco e piso desgastado. Era desesperadamente frio. A meia altura da parede havia um balcão que corria por toda a volta. Embaixo dele, vassouras, baldes, esfregões e materiais de limpeza. Em cima, muito bem arrumados, jarros de unguentos, caixas de temperos e mortalhas dobradas. Cavaletes e pranchas rudimentares postos num lado. Duas mesas montadas no meio do salão. Lençóis cobriam o que se encontrava sobre elas.
 — Nossos últimos mortos foram recolhidos por seus parentes antes do pôr do sol. Exceto um homem e uma mulher. Acreditamos que estes não serão reclamados.
 As mortalhas de linho haviam sido lavadas recentemente. O padre Benedito era cioso de suas obrigações e tratava cada corpo com respeito. Estava claro que os monges hospitaleiros da Sagrada Compaixão não distribuíam sua misericórdia como outros religiosos.
 — Eis aqui uma fêmea que morreu após dar à luz ontem.
 — É possível vê-la?
 O monge nos levou para a primeira mesa. Descobriu a cabeça.
 — Esta moça era uma prostituta. Fazia ponto nas ruas perto do rio, com os passantes mais frequentes, barqueiros, tropeiros e afins. — Fez uma pausa e continuou: — É bem provável que esteja infectada.

O Maestro olhou para a moça. O cabelo dela fora penteado e jazia solto de cada lado da cabeça. Mas ainda estava úmido, como se impregnado pelo suor do trabalho de parto. Seu rosto estava magro de fome.

— Não.

— O filho, natimorto? — O monge apontou para um pequeno embrulho encostado ao lado da moça.

Meu senhor olhou para mim, hesitou, balançou a cabeça.

O monge recobriu a moça com delicadeza. Passou para a outra mesa.

— Um vagabundo? Encontrado semimorto nas montanhas.

Este velho fora encontrado caído à beira de uma estrada por um pastor montanhês que trazia seu rebanho para passar o inverno em pastagens mais baixas. O pastor sentiu que a vida ainda pulsava no corpo envelhecido e, por piedade, jogou o homem ao ombro e o trouxe a pé por quase 10 quilômetros até o hospital. O velho morrera dormindo na manhã daquele dia.

— Que doença tomou-lhe o corpo?

O monge deu de ombros.

— Ele não reclamou de nada específico, somente de uma fraqueza geral. Seu pulso não estava forte. Depois de pouco tempo, parou de vez. Era muito idoso. Talvez essa tenha sido a causa.

— Ah, claro — disse o Maestro prontamente. — Eu gostaria de examiná-lo. Posso?

O monge consentiu. Ouvira o interesse surgir na voz do Maestro. Formou-se em seu rosto um leve traço de desgosto.

Meu senhor não pareceu ter percebido. Era uma coisa que eu estava começando a descobrir nele. Conseguia se desaperceber muito rapidamente das nuanças das emoções humanas comuns. Especialmente se estivesse enfronhado em algum aspecto de um problema ou pesquisa científica. Seu trabalho excluía quaisquer considerações acerca dos sentimentos daqueles à sua volta. E ele raramente se desculpava ou justificava seu comportamento. Era como se fosse compelido a direcionar todas as energias para um assunto sem atinar que os demais não acompanhavam sua obsessão.

55

— Posso começar meu trabalho, ou há mais alguma coisa a fazer com este homem?

— Todos receberam a extrema-unção.

— E foram lavados?

O monge nos olhou com frieza.

— Neste hospital, não esperamos que os pacientes morram para limpá-los. Os irmãos e as boas irmãs que nos ajudam lavam todos os doentes que chegam, independentemente da doença.

— Perdão, padre. — Finalmente o Maestro captou o tom na voz do monge. — Não tive a intenção de insultar seu hospital.

Ele tirou a bolsa de couro do meu ombro e a colocou sobre o balcão. Abriu-a e tirou um pacote rígido embrulhado em camurça, que desembrulhou.

Vi o monge franzir o cenho.

Quando o esticou no plano, pude ver que a peça de camurça fora apetrechada com bolsos de vários tamanhos, costurados pela face de dentro. Cada qual continha uma faca. Eu entendo de facas. Sou cigano. Mas nunca tinha visto facas como essas. Algumas tinham a lâmina comprida; outras, curta. Umas de hastes finas recurvadas longe do punho enquanto outras lembravam punhais muito pontiagudos. Todas afiadas, de corte apuradíssimo. Os punhos eram trabalhados para favorecer a pega tanto pela mão direita quanto pela esquerda. Feitos especialmente para o encaixe dos dedos do Maestro. Para esse propósito específico. Junto havia uma pequena pedra de amolar envolta num pedaço de linho e, ao lado, um cantil com um pouco d'água.

O monge pigarreou.

— Vou mandar levar este corpo para outro recinto, onde poderá trabalhar sem ser incomodado.

— Pois não. — O Maestro enrolou a algibeira de couro com as facas e colocou-a debaixo do braço. — Obrigado, padre Benedito. Seria possível mandar montar outra mesa lá também, por favor? — Ele pegou a bolsa e se virou para mim. — Matteo, traga o lampião e um daqueles baldes debaixo do balcão.

O monge fez uma pausa antes de nos deixar.

— O nome do homem. Talvez queira saber. É Umberto.

Dois serventes chegaram, carregaram a mesa com o corpo do velho Umberto em cima para um cômodo menor nas proximidades, onde prepararam outra mesa sobre cavaletes, com um grande candelabro, uma pia, uma jarra com água limpa e alguns panos dobrados. Meu senhor lhes deu algumas moedas e eles foram embora.

Estávamos a sós com o cadáver.

Eu tremia.

Meu senhor se curvou. Seu rosto ficou no mesmo nível do meu. Ele colocou as mãos sobre meus ombros.

— Escute, Matteo. Não há o que temer da morte. O espírito partiu. Este homem recebeu a extrema-unção de um padre. A alma foi se encontrar com o Criador. Isto — apontou para o corpo sobre a mesa — é nada mais que a casca onde habitava o espírito. Já não serve ao homem que habitou e respirou aí.

Meus olhos escorregaram para o lado, evitando os dele. Isso não parecia o verdadeiro ensinamento da Igreja Católica. Até eu, um viajante ignorante, sabia disso. A alma está entrelaçada ao corpo e, embora o espírito fuja na morte, não precisamos do corpo para nossa ressurreição?

— Não vou tirar nenhuma parte humana daqui — assegurou-me o Maestro. — Umberto será enterrado inteiro, para a Segunda Vinda de Cristo.

Mas eu podia ver a mão desse homem se destacando por baixo da mortalha. E não foi só o mundo dos espíritos que mandou o medo me arrepiar. Suas unhas estavam sujas e compridas, amarelentas e retorcidas, qual as presas de um javali velho. Fizeram-me lembrar de outro, Sandino, que deixava crescer as dos polegares e as afiava, deixando-as qual verdadeiras garras. Ainda este ano, em Ferrara, eu o vira usá-las para arrancar os olhos de um homem.

O Maestro retirou a coberta.

Eu vi o corpo sem vida. Por inteiro.

O rosto.

O peito.

O tronco.

Os tufos de pelos pubianos. O pênis flácido entre as pernas.

O Maestro acompanhou meu olhar.

— Um órgão de aspecto tão insignificante. Contudo, fonte de tanta miséria. — Ele pegou uma das facas.

Por um momento, pensei...

Ele me olhou no rosto.

— Não se preocupe tanto, Matteo. — Puxou o lençol de volta até a cintura. — No momento, estou buscando a causa da morte em idade avançada. Quero olhar o funcionamento interno do corpo dele, das partes próximas ao coração. Talvez consiga determinar por que parou de bater.

O Maestro colocou seu embornal de couro na segunda mesa. Desta sacola, retirou muitas coisas: outra lâmpada menor, instrumentos de medição, papel, giz.

Desenrolou a bolsa das facas.

Dez

— Pegue o balde de água suja e mije nele.
Na sala do necrotério, meu senhor me entregou um pedaço de pano dobrado.
— Embeba-o, depois esprema um pouco de forma que não fique pingando.
Olhei-o fixamente.
— Por quê?
Ele pendeu a cabeça para o lado.
— Você pergunta por que, Matteo. Isso é bom. Vou lhe dizer. É para usar como máscara de respirar.
Uma onda de choque percorreu meu corpo inteiro. Consegui dizer, gaguejando:
— Vou encontrar o banheiro e fazer isso lá.
Ele sorriu.
— Muito bem. Explicarei mais quando você voltar.
Minhas mãos tremiam quando segurei o pedaço de pano dobrado e tentei mijar em cima dele sobre o ralo.
Quando o Maestro me pegou e me deu de comer logo no início, considerei-o um homem gentil. Agora estava achando que caíra nas mãos de um maluco. Para um verdadeiro viajante, é uma impureza muito grave tocar em qualquer tipo de excreção humana. É necessário desfazer-se dos dejetos do corpo longe do local da moradia, evitando qualquer contato que nos leve a ingeri-los, pelo toque ou por via aérea. As pessoas que moram em casas podem usar roupas caras, mas têm o hábito de usar o pe-

nico e, imediatamente em seguida, sem lavar as mãos, levam um pedaço de comida à boca, comem e ainda lambem os dedos. Só de pensar, minha garganta se fechou. Ele esperava que eu respirasse meu próprio mijo pela boca! Eu não poderia fazer isso. De qualquer forma, meu órgão se recusou a funcionar direito para molhar o pano que ele me entregara.

Tornei a pensar em fugir. Mas como iria conseguir? Era quase certo que o porteiro na entrada não me deixaria sair impune para a rua. Indagaria por que eu estava saindo só, talvez até alertasse meu senhor. Então, o Maestro exigiria uma explicação. Que desculpa eu daria para não lhe despertar suspeitas a meu respeito? Com todo o seu conhecimento, talvez tivesse ciência das regras dos viajantes em relação às funções do corpo e deduzisse a razão para meus atos tão estranhos.

De qualquer forma, se eu conseguisse escapar deste lugar, teria de me afastar de Averno e de suas vizinhanças. E eu estava me sentindo seguro aqui. Já fazia algumas semanas desde que meu senhor me retirara da cachoeira e me restaurara à vida. A cada dia que passava, crescia em mim a confiança de que Sandino fora embora desta área, pensando que eu lhe teria escapado ou, mais provavelmente, que me afoguei quando me acertou com o porrete e eu caí no rio.

Ao considerar tudo isso, também vi que estava mais seguro na comitiva do Maestro, apesar de suas estranhezas. No momento, ele estava a serviço de Cesare Borgia e trazia consigo seu passe. De forma que eu também estava sob a proteção dos Borgia e residia primordialmente dentro de suas propriedades. Era o único lugar, a meu ver, onde Sandino, sabendo-me conhecedor do fato de que ele era pago pelos Borgia, não iria me procurar. Decerto me imaginaria fazendo todos os esforços para me distanciar ao máximo de qualquer conexão com os Borgia. Eu estava mais seguro agora do que se estivesse nas colinas ou matas, onde o líder dos bandoleiros poderia estar à minha caça com homens e cães atrás daquilo que eu lhe roubara.

Minha água explodiu de dentro de mim num jato dourado em cima do pano. Fechei os olhos quando espremi o excesso de líquido. Muito relutante, trouxe o pedaço de pano úmido de volta para o Maestro.

Ele se manteve ocupado na minha ausência e já esvaziara a bolsa de couro, dispondo metodicamente todo o conteúdo numa fileira em cima da segunda mesa. Cadernos, papel, pena, tinta, lápis, carvão, giz, pedaços de barbante, garrafas e frascos com líquidos, pós e unguentos. Além das facas, havia instrumentos técnicos, tesouras de formato estranho e um pequeno serrote.

Despejei água limpa do jarro na vasilha, enfiei minhas mãos e esfreguei-as furiosamente com um pano. Esvaziei o conteúdo da vasilha no balde. Vi que o Maestro observava minhas ações enquanto envolvia o pano dobrado num tecido de linho e amoldava-o contra a parte inferior do meu rosto.

— Inspire pelo nariz e expire pela boca. Suas fossas nasais ajudam a filtrar impurezas do ar.

— Não posso respirar meu próprio mijo!

— Sua urina é limpa. É um dejeto seu. Não há como lhe fazer mal.

— Ele riu. — E também acho que ajuda a superar o cheiro dos mortos.

— Então, por que o senhor também não usa a mesma coisa?

— Já usei no passado, mas atrapalhava minha visão. De qualquer forma, percebo que, quando trabalho, esqueço o cheiro. Curioso, não? Que a mente possa se ocupar tanto de um assunto que os sentidos deixem de registrar os efeitos pertinentes. Mas veja só. — Ele abriu a boca e soltou um imenso suspiro. Formou-se imediatamente diante de sua boca uma névoa branca. — Está tão frio neste recinto que o corpo demora a se decompor. Não devemos nos preocupar com cheiros rançosos hoje à noite.

Ele firmou o pedaço de pano em torno do meu nariz e boca. Engasguei enquanto isso, mas ele o amarrou bem apertado com barbantes por trás da minha cabeça.

— O ácido da sua urina ajudará a protegê-lo de quaisquer elementos ruins lançados no ar quando eu abrir o corpo. — Em seguida, com o brilho de uma risada, acrescentou: — E a ardência nos seus olhos significa que você não deverá desmaiar.

Percebi que ele colocara no embornal várias velas e as acendera, dispondo-as ao redor da mesa. Não eram velas baratas, de banha, mas de cera de boa qualidade, que faziam mais claridade e ajudavam a perfumar

61

o ar. A lâmpada mais pesada, de rua, ele colocou no chão ao pé da mesa. A menor, com protetor de vidro, passou para mim.

— Segure esta lâmpada perto das minhas mãos, Matteo. Você tem a altura exata para isso. É importante ter luz quando trabalho. Não foi por acidente que lhe pedi para me acompanhar hoje à noite. Escolhi-o porque percebi que você é capaz e tem determinação. Segure-a bem perto e com firmeza. Sei que consegue.

Assim, com elogios e confiança, aproximou-me bastante dele, da mesma forma que os barbantes amarravam o chumaço de pano contra meu rosto.

Tirou a tampa de uma garrafinha e despejou algumas gotas de um líquido com cheiro forte num pedaço de pano, que usou para esfregar o peito do homem.

Escolheu, então, uma faca.

Com força, cortou a pele do homem. Primeiro fez dois cortes em formato de V, inserindo a lâmina na frente de cada ombro e esticando cada qual em direção ao centro, de forma que os dois talhos se encontraram na base do pescoço.

A pele se abriu com bastante facilidade, o que não me surpreendeu. Assim que começou, percebi que não era a primeira vez que fazia isso. Existe uma arte nesse tipo de trabalho que é parte técnica, parte intuitiva. Minha avó conseguia despelar um coelho em meio minuto. E a pele desse homem, Umberto, estava velha, com a consistência mais próxima do pergaminho que do velino. Abriu-se facilmente sob o fio da faca.

Em seguida, o Maestro fez uma longa incisão a partir da ponta do V. Cortou até o umbigo do homem. Depois, escolhendo uma ferramenta diferente, começou a separar a pele da carne, descascando-a para cada um dos lados.

Há não muito tempo, eu estava no mercado de uma cidade perto de Imola quando um homem foi trazido para ser despelado. Ele estivera implicado em alguma resistência quando Cesare Borgia adentrara Urbino e fizera o duque Guidobaldo fugir para se salvar. *Il Valentino* capturou Urbino, e qualquer um que ele achasse estar ajudando o duque Guidobaldo deveria ser punido. Como exemplo para os demais, esse prisioneiro deveria ser executado em praça pública. Mas, à maneira do governador da Romênia, Remiro de Lorqua, ficou decidido que ele deveria ser torturado antes. As ruas em torno do mercado estavam tão lotadas de gente que não consegui deixar de ver o corpo do homem sendo despelado, mostrando a carne viva por baixo. Seus berros e gritos de misericórdia ressoaram acima do barulho da multidão. Por outro lado, o velho Umberto estava ali deitado na mesa sem protestar, dignificado na morte.

Foi aí que vi, subitamente, a razão pela qual o padre Benedito, o monge do necrotério, nos dissera o nome do homem: para que fôssemos respeitosos com a pessoa de Umberto, que, embora falecido, ocupava seu próprio lugar na criação.

Fiquei observando meu senhor trabalhar. Ele descolou a pele de ambos os lados e as costelas recobertas por tecidos humanos se revelaram. Tornou a usar o pano para esfregar e limpar as partes expostas. Em seguida, pegou o pequeno serrote e atacou a caixa torácica. Pode parecer um paradoxo, pois dissecar um homem é de fato um ato de açougueiro, mas o Maestro o fez com delicadeza e consideração.

Houve um barulho quando ele começou a serrar os ossos de ambos os lados. Foi diferente de qualquer outro que eu tenha ouvido antes. Mais cruel, pareceu, do que quando um cão abocanha um naco de carne, mais visceral que o som de um homem faminto arrancando os membros de um frango.

Sangue.

Minha cabeça deu voltas. Fiquei ofegante. O cheiro acre do meu próprio mijo atingiu o fundo da minha garganta e eu tossi, retomando os sentidos.

Meu senhor sorriu para mim e me fitou diretamente nos olhos.

— A tontura vai passar — sussurrou-me. — Fique firme.

Eu aguentei.

Ele enfiou a mão dentro do vão do corpo. E aí ficou parado. Estava olhando para algo que tinha na mão. Um órgão amarronzado e polpudo, pesado e rechonchudo.

Era o coração de Umberto. A carne tremelicava. Meu próprio coração estremeceu em resposta.

— Olhe — disse ele. — Olhe, Matteo.

Eu balancei, mas ele não notou.

— É o coração. Há poucas horas, batia como o nosso bate agora.

Fiz um movimento com a cabeça para mostrar que havia compreendido.

— Não é tão grandioso assim, não é mesmo?

— Mas é, sim — falei, com a voz abafada pela máscara.

— Contudo, sem ele, o homem não pode viver — continuou, como se não tivesse ouvido minha resposta.

Vi que não falava de fato comigo: pensava em voz alta.

— É vital, sim, pois qualquer ferida nele significa a morte, enquanto é possível sobreviver quando se perde um membro...

Eu sabia disso. O homem pode existir sem um braço ou uma perna. Uma vez, vi um homem sem braços nem pernas. Ele ganhava a vida contando histórias. Escorado numa cadeira e enrolado num cobertor, ele contava histórias ao entardecer ao lado do grande chafariz nos jardins de Bolonha.

— Quer descobrir por que o coração parou de bater? — perguntei.

— Também gostaria de saber por que ele começou a bater.

Isso eu não fui capaz de compreender. Será que se referia à maneira como uma vida começa? Decerto sabia como se fazem os bebês. Mesmo eu, um menino, sabia disso. Já tinha visto o suficiente com os cavalos no acampamento cigano. Todo ano, na estação, é levado um garanhão para cobrir as éguas. Muitos ciganos se reúnem para o evento e pagam para que um garanhão especial emprenhe suas éguas. O macho das espécies tem um órgão capaz disso, e é por isso que o recebeu. É praticamente a mesma coisa entre o homem e a mulher. Minha avó me explicou isso. A semente vem do homem. Dentro da cavidade do corpo da mulher fica uma câmara onde o bebê cresce até a hora de nascer. O homem precisa plantar essa semente na mulher e isso acontece quando o homem entra na mulher ao se deitarem juntos. Dá um grande prazer fazer isso. Pode acontecer de fazerem isso somente uma vez, por erro, por luxúria ou por amor, e pode-se formar um filho. E uma vez feito, não se pode desfazer. Porém, da mesma forma, um homem e uma mulher podem fazer isso várias vezes e não aparecer filho algum.

Para gerar os filhos e botar as mulheres para cuidar deles, é necessário mais do que a cópula. Muito embora minha avó vendesse remédios para mulheres desesperadas por conceberem, havia algumas cujos ventres, ela sabia, jamais dariam frutos. E todo o dinheiro do mundo não é capaz de garantir que você vai ter um filho simplesmente porque quer um. O rei da França precisou fazer uma petição ao papa para anular seu casamento porque sua primeira esposa não podia produzir um herdeiro.

O Maestro falou novamente.

— Quando ainda não somos, em que ponto nos tornamos?

Não pude responder. Pois não havia captado a forma de seus pensamentos. Não entendi o que ele disse, tampouco sua intenção por trás da pergunta.

— Pois — continuou ele — *isso* é o que eu gostaria de saber. Mas por ora vou me contentar em discernir como seu coração parou de se mexer.

— Padre Benedito nos disse — murmurei. — Foi a vontade de Deus.

— Estas passagens aqui — meu senhor apontou com o dedo ensanguentado — são cruciais para o funcionamento dele.

— Como sabe disso?

— Já dissequei corpos de animais, por interesse próprio... e já havia feito algum trabalho com restos humanos.

A essa altura, eu já adivinhara que ele tinha experiência em dissecar seres humanos mortos. Supus que tivesse sido com criminosos executados por seus crimes e, portanto, embora úteis para o estudo da anatomia com vistas à pintura ou escultura, não teriam tanto interesse para investigar a causa da morte, sendo esta qualquer método empregado pelo carrasco.

— Acho que podemos concluir que foi a idade avançada do homem que fez o coração parar. As passagens estão estreitas, e o fluxo do sangue parou.

— Da mesma forma que os rios assoreiam e o fluxo da água diminui? — perguntei-lhe.

— Isso! — Ele me lançou um olhar de aprovação. — É exatamente assim.

Pensei no coração da minha avó, lutando dentro de sua caixa torácica. O corpo se reduzindo à medida que a idade avançava. A pele e os ossos como os do vagabundo Umberto, morto ali à minha frente, seco e magro.

Esse homem a quem eu chamava de Maestro, com suas facas afiadas e mente ainda mais, aventurava-se numa terra desconhecida. E o fazia por mais que uma curiosidade passageira. Pois eu conseguira enxergar a verdade, pelo menos parcial, do que ele dissera ao monge do necrotério. Se descobrimos um problema, podemos explorar uma forma de resolvê-lo. Pois estava claro o que acontecera aqui com o coração de Umberto. Com a idade, os canais que entram e saem se estreitaram e restringiram o fluxo de sangue. Mas saber disso não adiantava. Não haveria forma de limpar essas passagens para que minha avó pudesse ter vivido mais tempo. Em seus últimos meses de vida, o coração cambaleava sob o peso dos anos.

Lembro-me de minha avó pegando minha mão e colocando-a sobre o peito fino. Por baixo do feixe de ossos sob seus seios murchos, senti o ritmo trêmulo e incerto. Dentro da cavidade de seu corpo, o coração palpitava, estremecia e depois se estabilizava. Minha avó tinha consciência de que seu corpo se desgastava, mas não sabia exatamente o que estava acontecendo.

— Talvez tenha sido assim que minha avó morreu — falei.

— Com que idade ela estava?

Não pude responder a essa pergunta. Entre nós, a idade não era medida em anos. As estações são o que usamos para marcar nossa passagem por esta vida. Ela viveu muitas estações nesta terra. Este era o segundo verão que se passava desde que eu enterrara seus pertences de metal e papéis, e vi sua carroça pegando fogo. Dei de ombros e respondi:

— Muito velha.

Meu senhor me olhou com curiosidade.

— Eu não sabia que você tinha conhecido sua avó, Matteo. Você nunca a mencionou antes.

Meus dedos apertaram a lâmpada que eu segurava. Não falei nada. Quando relatei minha história de vida naqueles primeiros dias que passamos na fortaleza de Perela, declarei-me um órfão abandonado. Não fiz referência a uma avó.

Fui pego!

Onze

— Sua avó?
　　Eu pisquei.
　　Meu senhor interrompeu o exame.
— Matteo? — instou-me a falar. — Você disse que sua avó estava velha quando morreu.
— Eu... eu... — Baixei os olhos e murmurei algumas palavras sem sentido.

Ele retomou o trabalho. Enquanto se ocupava dessa outra parte da anatomia, eu teria tempo de elaborar alguma história fictícia sobre minha avó. Relaxei um pouco.

— Havia outras pessoas mais na sua família, além da sua avó?

Eu não estava pronto para responder, mas ele não pareceu perceber minha conturbação e continuou tranquilamente.

— Percebi que, quando contou sua história em Perela, num dado momento, você disse "nós".

Meu olhar estremeceu de espanto.

— Foi quando falava do tempo que passou em Veneza. — Ele me deu um sorriso encorajador. — Indicou que estava na companhia de outras pessoas quando observava os barcos na lagoa. Era a sua avó com quem você estava na ocasião? E quando disse "nós", referiu-se apenas à sua avó, ou existem outras pessoas na sua família?

Meu coração se retraiu todo de medo.

— Eu... eu não me lembro de ter dito "nós" — gaguejei. — Não é nada. Uma forma de falar... gramática ruim. Não fui à escola.

— Não, não é isso. Sua gramática é muito boa, embora um pouco antiquada. Se foi com a sua avó que você adquiriu a fala e o vocabulário, então ela lhe ensinou muito bem. Você diz ter nascido numa fazenda nas encostas dos Apeninos, contudo o sotaque de lá tem uma vogal puxada que não se costuma ouvir noutros lugares. É a maneira de colocar a língua quando formam o "u" e o "o". Ela vem mais para a frente da boca. Você não faz isso, Matteo. Mas, se passou algum tempo com sua avó, cujas raízes familiares estão noutro lugar, então é possível que você tenha pegado algumas das inflexões da fala dela. Mas onde ela foi criada? Você sabe? Seria interessante descobrir. Há frases que você pronuncia com um toque parecido com o do leste.

Não respondi. Não tinha como. Acaso ele seria um mágico para saber todas essas coisas? Ter descoberto tanto sobre mim nas poucas semanas que passamos juntos só poderia significar que ele vinha me estudando com atenção, mesmo sem que eu percebesse.

Ele me lançou um olhar indagativo.

— E seu uso de "nós" contém mais que significado linguístico. É como se você se achasse diferente. — E me observou cuidadosamente. — A princípio pensei que fosse cigano, mas agora não tenho tanta certeza assim. O tom da sua pele é mais claro que o da maioria deles. Embora não tenha sido essa a única razão, pois o tom da pele não é consistente em nenhuma raça. O povo errante costuma ter mãos e pés menores, e você demonstra essa característica. Porém, é mais que isso. Tem a ver com seu jeito independente. Você tem uma postura distinta... distante.

Balancei a cabeça.

— Não deve se envergonhar de suas origens, Matteo.

Ao ouvir isso, ergui a cabeça e olhei para ele com ferocidade. Eu não tinha vergonha da minha avó ou do povo dela.

— Ah! — O meu gesto repercutiu nele. — Toquei num nervo.

Havia parado de trabalhar e estava me olhando com curiosidade. Baixei a cabeça de forma a evitar seu olhar.

— Pronto, eis aqui um mistério — ele foi falando devagar. — Quando estávamos em Perela, ouvi da sua própria boca que você era um filho bastardo e que isso o envergonhava. Sei que se sente humilhado por ter nascido fora dos laços do matrimônio, pois você mesmo me disse isso. Contudo — ele esticou a mão e ergueu meu queixo para que pudesse enxergar meu rosto —, quando mencionei suas origens, você se virou para mim com fúria no olhar.

Passou alguns instantes estudando meu rosto. Mas o pano dobrado que ele me dera escondia minha boca e meu nariz, e eu já me recuperara o suficiente para dissimular a expressão dos meus olhos.

— Então?

Eu não conseguiria escapar sem responder.

— Não estou zangado — falei. — Qualquer desfeita à minha avó eu considero um insulto pessoal. É, tem razão, ela cuidou de mim... durante um tempo.

— E foi sua primeira professora?

— Foi.

— Sua única professora?

Confirmei. E, em seguida, sentindo-me compelido a defender a única pessoa que mostrou amor por mim no início da vida, falei:

— Ela me ensinou muitas coisas. Tinha muito conhecimento, mais pela sabedoria dos anos e do povo que aprende diretamente da natureza que pelo aprendizado através dos livros.

— Mas essa é a melhor espécie! — exclamou meu senhor. — Não a desprezo de forma alguma. Quando criança, não estudei latim, de forma que os textos das grandes mentes do passado me foram negados. Sinto profundamente essa perda e me esforcei imensamente para dar um jeito nessa situação. Aprendi latim para poder estudar certos escritos no original. Dentre eles, encontram-se tratados sobre o corpo humano e eu absorvi seus ensinamentos. Mas agora, que estou progredindo com meus próprios estudos das formas de vida animal e quando anatomizo um corpo humano, começo a perceber que não devo me fiar tanto na sabedoria recebida.

Ele parou de falar um pouco. Parecia esperar que eu contribuísse para a conversa. E eu começava a perceber que deixar de falar quando esperam que a gente fale pode acabar atraindo mais atenção.

— Minha avó fazia suas próprias observações e tirava deduções sobre doenças e ferimentos no corpo — falei. — Às vezes, entrava em conflito com os médicos.

— Era curandeira?

Confirmei.

— Então era sábia de confiar na própria sabedoria. Só existe uma forma de conhecer verdadeiramente um assunto, que é explorá-lo e examiná-lo por conta própria. Estou compilando meu próprio tratado sobre cada um dos assuntos que me interessam, usando uma combinação de desenhos e textos para chegar à cobertura mais ampla que esteja ao meu alcance.

— Indicou a cavidade do corpo aberto diante dele. — Daí a importância de eu mesmo fazer minhas próprias dissecações, de examinar cada parte detalhadamente e fazer desenhos e tomar notas de cada aspecto conforme eu o veja. — Apontou para o papel em cima da mesa menor, no qual desenhava e escrevia durante as pausas que fazia de tempos em tempos.

Olhei para o papel. Em seguida, tornei a olhar.

A princípio não me dei conta do que estava escrito ali, porque na ocasião não sabia ler muitas palavras. Minha avó havia me instruído a partir de seu conhecimento popular, de forma que eu conhecia quase todas as plantas e ervas e como fazer delas preparados com poder curativo. Eu não sabia soletrar palavras simples do dia a dia, como gato ou cachorro, mas sabia como dizer em latim, siciliano, florentino, francês, catalão e espanhol todas as curas para resfriado, dor de estômago, varíola, peste, gota e as cólicas que as mulheres têm nos fluxos mensais. Reconhecia algumas palavras que minha avó me ensinara, mas eram, na maioria, nomes. Primeiramente, meu próprio nome, Janek, e depois outros que memorizei. Isso foi para que eu pudesse entregar encomendas para nossos fregueses. Encarregava-me dessa parte em toda cidade por onde passávamos.

A família Scutari na Via Veneto precisa de um unguento para ajudar com um surto de furúnculos.

Maria Dolmetto, que vive em cima da loja do fabricante de velas, precisa de uma pomada para joanetes.

Um cataplasma para o filho de Sr. Antonio. O pai se encontra no cartório perto da Piazza Angelo.

Entregue este frasco para o Alfredo, que cuida de uma estalagem no caminho de Mereno. Ele está com a doença das quedas e precisa de uma infusão.
E não só para gente, como também para cavalos. Os treinadores de cavalos das famílias nobres buscavam nossos remédios para seus garanhões premiados, suas éguas reprodutoras ou suas aves doentes. Éramos mais baratos que os boticários, e nossos medicamentos, às vezes, mais eficazes. Minha avó tinha a reputação de conseguir curar e aliviar a dor.

Então, embora eu não conseguisse ler tudo, estava familiarizado com as formas da linguagem florentina que meu senhor falava e escrevia. Mas as palavras que anotou no papel esta noite não estavam em escrita que eu tivesse visto antes. A princípio achei que fosse a língua dos judeus ou as letras usadas pelos turcos e muçulmanos, mas, ao observar mais atentamente, vi que não era nenhuma dessas línguas.

De repente, vi mais uma coisa. Havia uma esquisitice na maneira como ele colocava a pena sobre o papel. Ao desenhar, usava ambas as mãos, transferindo o giz ou a pena de uma para a outra, da direita para a esquerda, parecendo até não se dar conta disso. Mas, ao escrever, usava a esquerda. Contudo, seu ato de escrever não era desajeitado, como acontece normalmente com os canhotos, quando o papel fica inclinado e a mão retorcida como um gancho. O Maestro escrevia impecavelmente da direita para a esquerda. Observei-o fazendo isso. Era um truque esperto, de forma que sua mão não obstruía o trabalho.

Mas não consegui decifrar o que era. Como é que ele conseguia ler aquilo? Como é que outra pessoa conseguiria? Será que as palavras estavam na ordem inversa? Ou será que, na cabeça, ele pensava de trás para a frente e escrevia dessa maneira no papel de forma que o leitor conseguisse ler na ordem certa? Cheguei mais perto. Fiquei olhando para o que estava escrito, mas não consegui entender nada.

De repente, percebi a razão, e minha alma ficou gélida como mármore.

Sua escrita corria da esquerda para a direita. Não eram palavras em ordem inversa, mas letras. Tudo. Era escrita espelhada — para ser lida pelo Demônio.

Ele deve ter escutado quando eu tomei fôlego.

— Vai achar difícil ler o que está escrito aí, Matteo.

— Por que escreve assim? — perguntei. — Como é que consegue ler o que o senhor mesmo escreveu?

— Já me acostumei. — E então, sem parar, disse: — Fale mais de sua avó.

— Não há muito o que contar. — Na minha cabeça, construí uma história para satisfazê-lo, que passei a relatar nesse momento. — Morei com ela em diferentes épocas da minha vida. Mas era idosa e não podia tomar conta de mim, de forma que eu arranjava trabalho aqui e ali. Então ela morreu e eu fiquei sozinho.

— Como ela vivia? — perguntou ele. — Não, deixe que eu adivinho — acrescentou antes que eu pudesse responder. — Era curandeira e vendia seus medicamentos para aqueles que precisavam deles?

Confirmei, desconfiado.

— E não cobrava muito. Sendo pobre e solidária, não queria auferir lucro a partir da dor do próximo.

Como ele conseguia fazer isso? Avaliar tão minuciosamente o caráter da minha avó, sem tê-la conhecido e com um mínimo de informação minha?

Seus olhos reluziram quando ele percebeu, na minha expressão, que estava correto.

— Suponho que, à medida que sua reputação foi crescendo, gente de dinheiro e posição passou a procurá-la, chegando a preferir seus remédios aos dos médicos e boticários estabelecidos. — Ele aguardou minha reação. Eu ainda estava tonto demais para falar; ainda assim, inclinei levemente a cabeça. Ele prosseguiu como um homem a caçar, que vê sua presa pronta para ser apanhada. — Então, eu acho... eu acho que esses profissionais e agremiados a viam como ameaça, e ela, sem ser rica e desfrutando de pouco status, poderia ser facilmente forçada a encerrar seu negócio. Provavelmente precisava se mudar de uma cidade para outra. Você se encontrava com ela quando isso acontecia? Sim, isso explicaria sua compleição. Passou grande parte da sua vida a céu aberto, Matteo.

Agora que me fizera revelar a existência da minha avó, o que mais quereria saber? Ou já estaria supondo?

Doze

O dia já estava quase raiando quando voltamos do necrotério.
A alvorada fria derrotava a escuridão invernal. Subia do rio uma névoa fina. É nessa hora que os mortos errantes voltam às pressas para seus túmulos antes que a luz do dia os pegue e destrua suas almas.

Fiquei perto do meu senhor, quase correndo para acompanhar sua marcha. Ele ia cantarolando uma simplória canção popular que o povo da roça canta na época da colheita. Trabalhara a noite inteira cortando, explorando, dissecando, descobrindo camada após camada de órgãos que um dia tiveram vida. Eu segurei a lâmpada enquanto ele media e tomava notas, verificando dimensões e tornando a verificá-las, depois desenhando o que vira, às vezes rápida e precisamente num fluxo único e contínuo, outras laboriosamente, com traços mínimos, delineando os percursos minúsculos dos vasos sanguíneos e veias.

A lâmpada não era pesada, mas meu braço doía do esforço de mantê-la parada. Numa ocasião, ele esticou uma das mãos para trás totalmente às cegas enquanto segurava com a outra uma parte do corpo humano que eu desconhecia. Dando-me conta de que ele queria a tesoura, peguei-a e a entreguei. Ele teve um ímpeto e eu percebi que, longe de apreciar meus esforços para permanecer de pé durante tanto tempo e manter a lâmpada firme, ele se esquecera de que eu estava ali. Não descansou enquanto não ouvimos o cântico dos monges em sua função matinal e os ruídos do despertar do hospital se preparando para um novo dia.

Eu agora estava exausto; contudo, ele caminhava a passos largos para o castelo, tinindo de energia com todo o seu ser.

Precisamos esperar até que os guardas noturnos nos identificassem direito e nos deixassem entrar. Os vigias do portão olharam-no, curiosos, mas não lhe perguntaram em que estivera metido. Sabiam que o Maestro estava sob a proteção de seu comandante, Cesare Borgia, e que seria um desastre questioná-lo ou retardá-lo. Mas a segurança era rígida e precisamos passar por três guaritas para chegar aos bastiões. Esses soldados não trabalhavam da mesma forma relaxada que aqueles em Perela. Por estarem mais próximos do quartel-general dos Borgia, em Imola, mantinham-se vigilantes o tempo todo.

O castelo de Averno era muito maior que a fortaleza do capitão dell'Orte, e suas fortificações, mais robustas. Além das muralhas, tinha um fosso e uma ponte levadiça. Meu senhor estava instruindo os construtores quanto a aumentar a altura das muralhas e fazer engastes para instalar mais canhões. Todo dia ele desenhava plantas para fortalecer as defesas e montava diagramas e maquetes de complicadas máquinas de guerra. Mensageiros eram despachados com cópias dos croquis para Cesare Borgia inspecionar, enquanto as maquetes eram colocadas em prateleiras no atelier à espera do dia em que *Il Valentino* viesse ao castelo para aprová-las.

Depois que chegamos a Averno, Felipe foi para Florença encomendar e trazer mais suprimentos específicos de que o Maestro precisava para trabalhar. Mal saíra quando Graziano caiu de cama, doente do estômago. Foi aí que me coube cuidar de uma variedade de coisas: das roupas do Maestro, de suas refeições e de manter seu local de trabalho arrumado, de forma que ele não precisasse se preocupar com os pormenores da vida cotidiana.

Era meticuloso com a toalete, exigindo camisa e roupas de baixo limpas toda manhã, e eu, seguindo uma prática da minha avó, pedi às lavadeiras do castelo que pendurassem lavanda ao lado das camisas enquanto secavam.

Ele notou logo e fez um comentário:

— Desde que você passou a cuidar das roupas, Matteo, minhas camisas têm um cheiro melhor que o do sabão.

Dificilmente isso poderia ser computado como um grande elogio, mas fiquei ridiculamente satisfeito. Cuidava para que suas roupas estivessem em bom estado, e botas e sapatos bem engraxados. No atelier, mantinha seus instrumentos de desenho em ordem, e todo dia preparava-lhe uma nova provisão de papel em branco. (Ele usava uma quantidade imensa de papel.) Ia buscar e levar mais, sempre que necessário. Dessa forma, pude observar o funcionamento do castelo e tudo o que acontecia dentro dele.

O prédio da estrebaria foi aumentado para caberem mais cavalos. As despensas foram esvaziadas, e novos carregamentos de trigo, cevada, farelo, milho e grão-de-bico foram guardados. Pipas de vinho, tonéis de frutas secas, peixe salgado e conserva de carne foram trazidos para os porões. Havia pilhas de forragem para os animais, refugo dos cereais, palha e feno estocadas nos pátios. Diariamente passavam pelos portões imensos blocos de pedras transportados em carros de boi diretamente das pedreiras da Bisia. Telhas, madeira e outros materiais de construção eram trazidos para a cidade em chatas e desembarcados nos portos rio abaixo. O castelo estava sendo preparado para a ação, possivelmente para aguentar, caso fosse sitiado.

Por ora, em toda a Romania e além, começavam a circular histórias inquietantes — histórias de traição dos *condottieri*, os mercenários capitães militares que haviam prometido a Cesare sua lealdade e trazido seus próprios soldados para lutar por ele. Dizia-se que esses capitães haviam se desiludido com Cesare e temiam seu poder cada vez maior, e que estavam alarmados pela facilidade com que ele se voltava contra uma pessoa que lhe havia empenhado sua amizade. E o nome da cidade de Urbino era o exemplo que usavam.

Neste ano mesmo, o duque Guidobaldo de Urbino dera as boas-vindas à irmã de Cesare Borgia, Lucrezia, durante sua viagem de Roma a Ferrara para se casar. Para prestar as devidas honrarias a Lucrezia, o duque Guidobaldo cedeu seu magnífico castelo de Montefeltro para Lucrezia e seu séquito. Deu um baile em sua homenagem e cobriu-a de presentes. Mas sua generosidade não o protegeu da ambição do irmão dela, que posteriormente entrou e tomou a cidade.

Depois, Cesare Borgia proclamou abertamente que suas ações foram necessárias: tivera evidências de que o duque tramava contra ele. Contudo, nenhuma prova foi exibida. Mas todos sabiam que a fortificação serrana de Urbino controlava a passagem através da România e da Toscana. Cesare precisava ter certeza de que seus exércitos poderiam se locomover livremente, conforme seus desígnios, e essa foi a verdadeira razão pela qual tomou para si o ducado de Urbino.

Esse ato chocou toda a Itália. Os outros lordes e nobres acreditavam que suas posições estavam ameaçadas e que Cesare e seu pai, o papa, haviam se tornado tiranos que não descansariam enquanto não tivessem toda a terra sob seu próprio domínio.

Em Averno, diziam as fofocas de cozinha que os nobres queriam revidar. Havia rumores de uma liga secreta, uma conspiração para derrubar *Il Valentino*, envolvendo capitães *condottieri*. Mas eu já vira a justiça rápida dos Borgia, de forma que não participei dessas conversas descuidadas. Era hora de tomar cuidado e falar pouco.

O Maestro colocou a mão no meu ombro enquanto caminhávamos para o conjunto de cômodos reservados para ele.

— Matteo, é melhor não comentar onde a visita de hoje à noite nos levou. — Era da sua natureza não me fazer prometer silêncio. Uma vez que admitia uma pessoa em seu círculo de amigos, confiava nela. Acho que pensava que, se confiasse numa pessoa, isso bastaria para fazer dela uma pessoa confiável. Tinha cuidado com seus pensamentos mais pessoais e afetos privados, e mantinha seu trabalho em segredo através da escrita espelhada e símbolos que só ele conhecia. Entretanto, acolhia gente em seu lar com toda a liberdade, compartilhando refeições, piadas e histórias.

Quando chegamos a seus aposentos no castelo, coloquei o lampião no chão e aguardei sua permissão para ir descansar. Eu dormia num quartinho ao lado do atelier, onde ele podia me chamar se precisasse de mim.

— Ficou incomodado com nossa visita ao necrotério hoje à noite? — Preparou uma pena, tinta e papel em branco. Obviamente, iria continuar trabalhando.

— O que o senhor faz é... estranho — falei.

— Não é uma prática tão rara a de fazer a anatomia de um corpo.

Isso lá era verdade. Eu já ouvira falar de corpos sendo usados dessa maneira em universidades. Costumavam ser cadáveres de criminosos, executados por alguma transgressão contra o Estado. Às vezes, escultores tinham permissão para observar ou até participar dessas dissecações, de forma que pudessem retratar em suas estátuas de bronze e mármore como era a carne de verdade.

— Isso será útil para muitos ramos da ciência — prosseguiu meu senhor. — Mas existe gente que causa problema, por medo ou ignorância.

— O monge do necrotério — retruquei. — Padre Benedito. Ele pode falar o que o senhor estava fazendo.

— Bem observado, Matteo. Aquela ordem de monges hospitaleiros não tem voto de silêncio em suas ordenações. — Ele pensou um tempo. — Mas não. Não acho que o padre Benedito dirá alguma coisa sobre nossa visita. Minha sensação é de que ele era bastante consciente de como meu trabalho pode ser visto por gente de compreensão mais limitada.

— Ele me deu medo.

Meu senhor me olhou com interesse.

— Por quê?

— Parecia estar dizendo que o que o senhor fazia era errado.

— Ele não chegou a ponto de afirmar isso.

— E se o entregar para as autoridades?

— Não acho que vá fazer isso.

— Ele discutiu com o senhor. Não lhe pareceu que estava chateado?

— De jeito algum.

— Ele o ameaçou.

— Ora, não — disse meu senhor. — O padre Benedito estava apreciando uma discussão desafiadora. Você não percebeu como seus olhos se avivaram enquanto ele deliberava se deveria me dar acesso àqueles que se encontram sob seus cuidados?

Enquanto falava, o Maestro pegou um pedaço de carvão e, com poucos traços, desenhou-o rapidamente num pedaço de papel à sua frente.

Engoli em seco.

Ele registrou os traços do padre Benedito em vários pequenos esboços. O primeiro croqui mostrava o monge parado à cabeceira da prostituta. O cabelo da moça escorrendo por cada lado de sua cabeça qual fios d'água da chuva. As mãos do padre Benedito lhe ofereciam a bênção enquanto ele se debruçava sobre ela. Cada traço da figura do monge demonstrava compaixão, em cada sombra que aparecia e que não aparecia.

Olhei para meu senhor. Pensei no momento em que entramos no salão do necrotério. Como sua mente devia estar funcionando: pensando em sua pesquisa científica, ponderando que corpo escolher, medindo seu interesse a partir dos corpos disponíveis e, ao mesmo tempo, debatendo a ética da situação enquanto o monge o objetava. Conduziu o monge em sua avaliação da Arte até o ponto em que ele teve de reconhecer que a Obra de Deus era finamente retratada pelo artista que usava o estudo da anatomia para realizá-la. Meu senhor fez tudo isso e argumentou lucidamente com o monge enquanto memorizava cada detalhe de seu rosto.

O Maestro desenhou outra vez, desta feita apenas meio rosto, o nariz, uma sobrancelha, um olho, a boca.

— Sei que o padre Benedito gostou do debate — falou. — Sabe, ele tinha o hábito de franzir o cenho enquanto argumentava. Aparecia uma linhazinha na ponte do nariz, bem no ponto em que ela se encontra com as sobrancelhas. — O Maestro se esticou na minha direção e encostou a ponta do dedo na ponte do meu nariz. — Mas não era uma careta de mau humor, e sim uma demonstração que seu rosto fazia da energia de sua mente quando ele precisava pensar para retrucar o que eu dizia. — Meu senhor tamborilou no papel. — Não aparecia quando ele estava em terreno mais seguro, citando as Escrituras, por exemplo.

— Porque isso ele sabe de cor — falei.

— Exatamente isso, Matteo! — o Maestro olhou-me num átimo de segundo. — Que percepção, a sua, se dar conta disso!

Sua mão começou a desenhar novamente enquanto ele falava.

— O que você diz é verdade. E também o monge acredita no versículo, de forma que talvez agora o mistério das palavras tenha se perdido para ele ou... — O Maestro se interrompeu e falou, meio para si mesmo: — Não, talvez seja melhor dizer, no caso particular deste monge, de qualquer forma, que ele absorveu tão completamente o Verbo que era capaz de repeti-lo fluentemente sem precisar ponderar.

Fiquei aguardando, sem saber se meu senhor havia terminado, incapaz de compreender plenamente o significado de sua fala.

— Compreende o que estou dizendo, Matteo? Ele acredita no Verbo. Entregou-se a isso e, portanto, isso faz parte dele. Vive a Palavra de Cristo, obedece ao ensinamento do Senhor para alimentar aqueles que estão doentes ou desafortunados.

— Felizes daqueles que se encontram em necessidade e não têm a quem recorrer — retruquei. — Quer dizer que ele nem mais pensa no significado, que simplesmente diz as palavras?

— Por que pergunta isso?

— Porque não tem valor de verdade quando se faz isso. Qualquer pessoa consegue recitar uma passagem das Escrituras.

Ele me olhou com intensidade.

— Por exemplo? — perguntou.

Meu coração deu um pulo. Estaria me testando?

Sua mão ainda desenhava, mas eu sabia que ele esperava minha resposta. Seu cérebro, eu agora me dava conta, era capaz de lidar atentamente com mais de duas coisas ao mesmo tempo. Eu teria de recitar alguma passagem para ele. Isso mostraria se eu era cristão ou não. Mas eu tinha certeza de que passaria no teste. Minha avó gostava de ler em voz alta os salmos e passagens da Bíblia, e eu tinha a memória apurada para linguagem rica.

— Ah, qualquer pedaço conhecido — retruquei despretensiosamente.

— Recite para mim, agora.

Minha mente titubeou. Mas, então, recordei-me do monge do necrotério e sua referência ao Livro da Gênese, em que Adão e Eva foram expulsos do Jardim do Éden. Peguei-o como guia e falei:

— *E quando ouviram a voz do Senhor Deus, Adão e sua esposa se esconderam do Senhor Deus, por entre as árvores do Paraíso.*

"*E o Senhor Deus chamou Adão e lhe perguntou: 'Onde estás?'*"

"*E Adão disse: 'Ouvi Vossa voz no Paraíso; e receei pois estava nu, e me escondi.'*"

— E você acha errada a nudez? — O Maestro continuou desenhando com traços leves, mas eu sabia que sua mente estava no nosso discurso.

— Não sei — retruquei. — *Desnudos viemos ao mundo e desnudos dele sairemos.*

— Você me deixa intrigado, Matteo. Uma pessoa que viaja só, mas pensa no plural! Um viajante que não é um viajante. Um menino que não é um menino. Vestido como camponês, você fala como um estudioso.

— Se eu o desagrado, vou embora — falei isso rapidamente. Não fazia ideia se fora insultado ou não.

Ele parou de desenhar, mas não ergueu a cabeça. Fez-se um silêncio demorado no quarto.

— Você não me desagrada — disse ele afinal. — Longe disso. Mas precisa ser uma decisão sua ficar na minha companhia.

Treze

À medida que aumentavam os preparativos do castelo de Averno para a guerra, meu senhor ia tendo cada vez menos tempo para suas excursões ao necrotério. Entretanto, nas ocasiões em que ainda se aventurava, escolhia a mim para acompanhá-lo, mesmo depois que Felipe voltou de Florença e Graziano se recuperou das dores no estômago. Na ausência deles, eu me tornara seu companheiro constante mesmo nas incursões diurnas. Eles viram que eu sabia fazer os preparativos para esses passeios e começaram a deixar sob minha incumbência muitos dos detalhes envolvidos. Assim, passaram a depender cada vez mais da minha presença.

Felipe tinha voltado com duas mulas de carga trazendo caixas e pacotes. Além do papel, velino e pincéis novos, trouxe uma variedade de materiais, como algumas peles e couro que seriam transformados em roupas, chapéus e botas para os membros da comitiva de Da Vinci passarem o inverno.

Não me ocorreu que eu seria incluído nesse provimento. Foi, portanto, uma grande surpresa ser convocado pelo Encarregado de Rouparia no castelo e avisado de que deveria ser medido para receber um guarda-roupa e alguns calçados. Graziano e Felipe estavam nas instalações do alfaiate quando eu cheguei.

Além de apreciar comida, Graziano também gostava de se vestir bem e estava usando uma pele de arminho em torno do pescoço.

— Você acha que com isso eu fico parecido com um grande lorde? — perguntou-me assim que entrei.

A pele só servia para enfatizar as dobras de gordura em torno do pescoço, o que significava uma real semelhança com alguns dos grandes lordes e príncipes que eu vira em Ferrara e Veneza. Concordei, parando na porta, mas Graziano me pegou pelo braço e me fez entrar no salão, apresentando-me para Giulio, o encarregado de Rouparia.

Esse homem, Giulio, era bastante apegado a suas próprias opiniões e achava-se mais sofisticado que todo mundo. Olhou-me de alto a baixo enquanto o alfaiate media meus braços e pernas.

— Eu aconselharia que o cabelo dele fosse cortado — disse.

— O que há de errado com meu cabelo? — perguntei. Minha avó sempre insistiu para que o mantivesse comprido e era assim que eu me acostumara a usá-lo.

Giulio torceu o nariz de aversão.

— Além do fato de que há cabelo em demasia aí?

— No inverno, é sensato usar o cabelo comprido.

— O que a *sensatez* tem a ver com moda ou estilo?

Todos riram, inclusive o Maestro, que acabava de entrar no salão.

Giulio pegou um pente e tirou uma mecha de cabelo da minha testa.

— Deixe-me ver o que há por baixo dessa crina de cavalo e quais cores e estilo de roupa podem aprimorar a aparência desse menino.

Fiquei ali parado, ainda temendo que, se o irritasse um pouco mais, ele poderia sugerir que me raspassem a cabeça igual às dos cavalariços quando lhes tiravam os piolhos uma vez por ano.

Aproximou-se de mim e disse:

— Vejo que você tem a marca dos dedos da parteira na nuca. Não se preocupe; vamos aparar seu cabelo abaixo das orelhas.

Senti meu rosto se ruborizando enquanto me sondavam e inspecionavam por todos os ângulos.

Quando tentei protestar, Felipe me lançou um olhar firme e disse que o senhor assim havia ordenado.

Falaram como se eu não estivesse presente, questionando a cor das minhas calças, o estilo de cinto que eu deveria usar e se minhas botas deveriam ficar acima ou abaixo dos joelhos. Senti-me como uma boneca nas mãos de uma menina brincando, a quem ela veste e resolve que roupa vai usar todo dia.

— Dizem que o estilo francês de manga é o que está mais na moda na Europa.

Levantei os olhos, surpreso. Foi a voz do meu senhor que fez esse comentário. Ele estava vasculhando as caixas e embrulhos ainda empacotados, tirando rolos de tecido, brocados e veludos, e comparando cores umas com as outras.

— Gostaria que Matteo tivesse um gibão com forro. Ele precisa de roupas boas o suficiente para uma aparência formal. Pode ser que eu o queira a meu lado quando estiver num jantar.

— Muita forração no tronco dele só vai servir para destacar-lhe as pernas finas — contrapôs Giulio.

— Quem sabe essa calça verde-musgo lhe cairá bem?

— Uma cor escura, com certeza — concordou Giulio —, mas, vestido de verde, com essas pernas, ele pode ser confundido com um gafanhoto.

Houve risadas novamente e eu comecei a sentir uma pontada de irritação, que veio se somar a meu acanhamento. Minha sensação de incômodo aumentou.

Ao ver-me ali parado, Graziano falou:

— Por que não deixamos o próprio Matteo decidir?

— Não me importa o estilo que está sendo mais usado — falei. — Roupas servem para nos cobrir e manter aquecidos.

— Ah, não, Matteo — falou o Maestro. — As roupas têm mais propósitos que funções.

Não deveria me surpreender ao ver meu senhor se interessar por essas coisas. O efeito da cor e do corte fazia parte da mesma atenção que ele dava a tudo.

Olhou-me, então, e perguntou:

— Você não quer saber, Matteo, por que é tão importante um agasalho ter pele costurada nas bordas ou não?

— Não é tanto uma consideração a respeito da moda — retruquei.

— A pele dos animais, especialmente o arminho de verão, é feita para desviar o vento.

O Maestro veio imediatamente para o meu lado. Entregou-me uma pele de arminho.

— Mostre-me, Matteo.

Peguei a pele e corri os dedos no sentido contrário ao dos pelos.

— Vê como volta à posição original? Há um motivo para os pelos nascerem desse jeito; quando a pelagem fica branca no inverno é para permitir que o arminho se esconda na neve.

— Para quê?

Olhei em sua direção quando ele falou. Ele deve saber a razão disso. Senti, mais uma vez, como se estivesse sendo testado.

— Para quê? — repeti. — Para que ele possa viver.

— Ele não viveria de qualquer jeito?

— O arminho de verão é presa de pássaros como milhafres e gaviões. No inverno, eles o veriam com muita facilidade. A pele muda de cor para ocultar melhor o animal quando ele passeia pela neve.

— E como foi que isso aconteceu?

— Pela mão de Deus, é claro — disse Giulio. — A natureza das coisas é desígnio de Deus. — Ele e o alfaiate trocaram olhares.

Meu senhor não percebeu. Mas Felipe sim.

— O que mais para o menino? — interrompeu. — Ligeiro, agora, Giulio, antes que Messer Leonardo resolva examinar o detalhe da urdidura das meias.

Giulio sorriu. Felipe desviara a atenção dele, fazendo-a passar de leve suspeita a descontração.

— Vamos dar uma olhada nos tecidos coloridos que Felipe trouxe de Florença — disse Graziano — e ver como eles podem se encaixar com o resto do conjunto.

Fiquei vendo-os vasculhar os tecidos e percebi ali que meu senhor também buscava estar sempre bem composto e apresentar-se de forma inovadora. Combinava cores que os demais nem sequer considerariam, como vinho com rosa ou roxo e azul, sugerindo enfeites dourados numa túnica verde-escura.

— E o cabelo do menino deve ser cortado — Giulio nos intimou depois que havíamos finalmente saído.

84

Então, fui ao barbeiro do castelo e cortei o cabelo. Depois, qual uma ovelha tosada, fui aos aposentos do Maestro.

— Ora, Matteo! Então, você tem olhos por baixo dessa cabeleira toda! — disse Graziano quando me viu.

Eles estavam sentados em banquetas, juntos, quando entrei no atelier.

O Maestro me chamou para perto e, pegando-me pelo queixo, estudou meu rosto.

— Seus traços me lembram um quadro aqui e ali — cismou. — Sua testa tem profundidade, e seus lábios são totalmente arredondados. As maçãs são bem pronunciadas, o que é bom, pois isso vai definir sua aparência quando você amadurecer. Acho que poderia aspirar a uma certa altivez, se quiser, Matteo.

Baixei a cabeça e tentei soltar meu rosto de sua mão, mas ele me levou até um espelho que colocara encostado a uma das paredes do quarto. O espelho fora colocado num ângulo tal em relação à janela que, independentemente de onde trabalhasse, ele poderia enxergar a vista do lado de fora. Isso parecia agradá-lo, mas ter um espelho descoberto dentro de casa e passar na frente dele me deixava muito pouco à vontade.

Não me sentia bem diante de espelhos. Era uma coisa sobre a qual eu e minha avó discordávamos.

— Você tem sangue supersticioso nas suas veias — ela me advertiu quando insisti em guardar coberto qualquer espelho que porventura tivéssemos.

Mas eu ouvira as histórias contadas ao redor das fogueiras dos outros viajantes e sabia que a alma das pessoas pode se perder dentro do seu reflexo.

Minha avó ria dessa crendice.

— O espelho é um metal polido com esse propósito, ou um pedaço de vidro pintado com um metal líquido no verso que, ao secar, dá o mesmo efeito. É uma coisa simples: alguns elementos têm essa propriedade. A água, que é a fonte de toda vida, é um deles. Num dia calmo, se olhar para dentro de um lago, você vai ver a si mesmo e ao céu.

— Mas — retruquei — veja o que aconteceu com Narciso que, ao olhar para uma poça d'água, viu a si mesmo e achou ser outra pessoa de grande beleza. Apaixonou-se por esse reflexo e não quis mais se afastar da imagem, passando o resto de seus dias à espera desse amor sem esperanças. Por não ser correspondido, ficou ali definhando até morrer e, depois, cresceram flores no lugar.

Minha avó balançou a cabeça.

— Isso é história inventada pelos anciãos para explicar por que a flor chamada narciso costuma crescer à beira d'água.

Mas não me convenceu. Deve haver um fundo de verdade no conto popular de que a água funcionou como espelho e deixou Narciso grudado à beira do lago. Que outra razão haveria para que se concebesse uma história dessas?

— Porque nós não compreendemos tudo, Matteo — continuou minha avó. — E, por sermos humanos, sempre tentamos.

Lembrei-me agora de que ele, o Maestro, também dissera isso: *Esforçamo-nos por compreender*.

— E quando não conseguimos — prosseguiu ela —, criamos histórias para explicar o que achamos ser inexplicável. Antigamente, pensávamos no Sol da mesma forma. Contava-se a história de que a luz veio à Terra a partir do grande deus Rá, que nascia todo dia um bebê e morria à noitinha um velho, e era levado numa carruagem dourada de um lado ao outro do céu. Agora sabemos que isso não é verdade. Da mesma forma que sabemos não haver razão alguma para temer uma imagem refletida.

No caso dos espelhos, entretanto, não me convenci da não existência de algum tipo de encantamento neles. A história de Narciso é apenas uma das muitas que falam de pessoas presas a um espelho. Então, quando o senhor me levou a olhar para mim mesmo, dei apenas uma olhadela de relance. Ou melhor, quis dar apenas uma olhadela, mas minha atenção foi capturada pela figura que ali estava.

Fiquei olhando fixamente.

O menino do espelho também me olhava.

Eu não o conhecia. Sua aparência era, ao mesmo tempo, estranha e familiar, com as orelhas de abano, olhos imensos e rosto anguloso.

O senhor deve ter percebido meu olhar de espanto.

— Não se assuste — disse. — Você se encontra no incômodo estágio de não ser mais criança nem estar totalmente crescido. Os traços rechonchudos de criança se foram, mas você ainda não virou adulto. É uma época difícil. Mas acredito que, ao se tornar um adulto pleno, vai abalar o coração de muitas mulheres.

Franzi o cenho no que esperei ser uma careta bem feia.

Ele riu de mim e me deu tapinhas na cabeça.

— Se está tentando ser repulsivo, não está conseguindo atingir seu intento. Você fica ainda mais interessante quando está bravo, Matteo. Quando se exalta de raiva, assoma-se em sua figura um ar de ameaça que as mulheres vão achar muito atraente.

Franzi ainda mais o cenho e me afastei dele abruptamente.

— Matteo — falou Graziano carinhosamente —, você precisa aprender a receber elogios.

Eu me afastara para o canto mais distante, de onde soltei uma resposta:

— Não sabia que era um elogio.

— Mesmo que não tivesse sido, você não deve responder a uma coisa que lhe desagrade batendo o pé e indo se amuar num canto — comentou Felipe.

— Ou passando a mão num punhal — disse o Maestro.

Eu contive o fôlego. Ele estava pensando na vez em que me viu colocar a ponta da faca na garganta de Paolo?

— Você precisa aprender a não reagir no calor da emoção.

— Assim não se está sendo sincero consigo mesmo — falei.

— Afinal, vivemos em sociedade — falou Graziano tranquilamente.

— Existem regras de comportamento — disse Felipe. — Os modos nos ajudam a conviver, mesmo sabendo que algumas dessas cortesias são uma besteira.

— Mais razão ainda para a gente se ater à própria maneira de pensar — disse eu, teimosamente. — O que sentimos aqui — coloquei a mão no coração — é o que é verdade, e devemos agir a partir daí.

— Mas não seria melhor — perguntou o Maestro — se você estivesse no controle de suas emoções, em lugar de estarem elas no seu controle?

— E isso não significaria que elas não são mais suas emoções? — perguntei-lhe.

Eles riram, mas ele levou meu argumento a sério, como costumava fazer sempre.

— Concordo que seja difícil discernir isso, especialmente na juventude, quando ser sincero consigo mesmo é uma questão de grande importância. E de fato é assim que deve ser. Mas compreenda-me, Matteo, não são seus sentimentos que estamos rechaçando, mas sim a aplicação de uma ação derivada de seus sentimentos que questionamos. A ação desmedida pode ser desastrosa. Para você mesmo e para os outros. Consegue entender isso?

Respondi, entre resmungos, que sim.

— É melhor pensar cuidadosamente e depois agir — acrescentou ele. — É muito mais impressionante e eficaz.

— Isso poderia ser um slogan para os Borgia — murmurou Graziano.

Felipe lançou-lhe um olhar de relance, e ele logo ficou quieto.

Quatorze

A única parte do meu antigo guarda-roupa que não joguei fora foi o cinto fino com a bolsa que eu usava por baixo da túnica.
    Não dava para ver e, com as minhas roupas mais pesadas de agora, ficava bem escondido. Já resolvera, caso me questionassem, que diria tratar-se de um presente especial. Embora o pequeno peso que carregasse na cintura fosse um lembrete constante de Sandino, já não pensava nele fazia algum tempo. Estávamos a quilômetros de distância de Perela, ao sul da Bolonha e longe do território de Sandino.
    Meu senhor estava trabalhando em coisas militares. Então, além de etiqueta, adquiri informação pertinente à arte militar e ao conflito. Aprendi que a parte mais vulnerável no corpo do homem encontra-se a um palmo acima da clavícula. No pescoço há uma comprida coluna de passagem para o sangue que é crucial para a vida. Quando ela se rompe, o sangue se esvai muito rapidamente.
    — Uma faca — disse o Maestro — ou espada afiada, aplicada aqui — e colocou a mão na parte lateral do meu pescoço —, leva à morte em segundos. Foi por isso que mudei as roupas de baixo dos soldados.
    Mostrou-me o novo esboço para as gargantilhas de cota que pendiam dos elmos. Enquanto os armadores do castelo se ocupavam em confeccioná-las, o Maestro observava os soldados treinando e discutia táticas com os bombardeiros encarregados do canhão. Tinha planos para construir um imenso canhão e estava calculando as dimensões e o peso do cano. Intrigava-me ver que ele adorava a natureza e, no

entanto, construía instrumentos da morte. Mas seus proventos não estavam seguros. Não era filho legítimo e, assim, não podia contar com uma pensão de direito do pai. Toda a sua existência e a daqueles que pertenciam a seu núcleo doméstico dependiam dos serviços que ele prestava a outrem.

Ainda assim, dava sempre um jeito de ir ao campo e se interessava pelo conhecimento popular das plantas que eu lhe passava. Buscava aprender toda minúcia sobre o mundo em que vivemos. Perguntou-me mais sobre minha avó e sua habilidade herbolária, tomando nota dos preparados de que eu conseguia me recordar. Mas eu não tinha todas as receitas de minha avó na cabeça. Seu livro foi enterrado com suas coisas quando ela morreu.

Um dia, quando já cavalgávamos a uma boa distância das muralhas de Averno, Graziano, que vinha gemendo com a mão na barriga desde cedo, pediu-nos que parássemos. Vira uma planta que crescia às margens da estrada. Desmontamos e ele arrancou uma folha, fazendo menção de comê-la. Havia se ajoelhado com esse fim, então ficou na minha altura, que estava de pé a seu lado. Sem pensar, tomei-lhe a folha da mão da mesma forma que se faz com uma criança que está para meter algo perigoso na boca.

— Não pode comer isso — falei.

— É hortelã — protestou ele. — Vai ajudar a sarar a dor no meu estômago.

— Não é hortelã — retruquei.

— O que encontrou? — A voz do Maestro logo se encheu de interesse.

Graziano riu e disse:

— Estou recebendo instruções de um menino. Matteo diz que vou morrer se comer isso.

— Morrer não vai — falei. — Mas terá dor de barriga antes do pôr do sol e durante alguns dias depois.

— Eu tomo hortelã há algum tempo porque sinto dor de estômago constantemente.

— Isso não é hortelã — repeti. — Parece hortelã, mas não é.

O Maestro pegou a planta na mão e a estudou.

— Como é que você sabe, Matteo? — Olhou-me com curiosidade.

— O que o leva a dizer isso?

Isso era uma característica do nosso relacionamento. Ele me perguntava sem sarcasmo algum. Não escarnecia que eu, um menino, pudesse saber mais que ele.

— Parece com a hortelã, mas cresce num lugar diferente — falei.

— Existem muitos tipos de hortelã — disse o Maestro devagar —, em diferentes tonalidades, desde o verde-esmeralda até quase o amarelo, e um tipo chamado *ditamno* com flores pequenas, que vem de Creta. Não seria esta apenas mais uma variedade?

— Não, porque a parte de baixo desta folha tem um padrão que a hortelã verdadeira não tem. — Busquei pelos arredores até encontrar uma folha de hortelã. — Está vendo?

— Estou, Matteo. — Ele pegou a folha de mim. — Variegado. — Tornou a dizer, devagar, de forma que eu pudesse absorver a palavra. — Variegado.

Fiz um gesto com a cabeça para dizer que tinha retido a nova palavra.

— Isso quer dizer que há uma diferença de cor dentro da folha. — Ele a virou na mão. — Deve ter sido uma mutação a partir da hortelã... ou será que a hortelã evoluiu desta? Que interessante!

— A hortelã vem sendo usada na culinária desde antes de Roma ser antiga — teimou Graziano. — Todos sabem que ela ajuda a digestão.

— Esta aqui *desajuda* a digestão — teimei eu também. — Costumávamos dá-la aos animais para induzir vômito quando achávamos que eles precisavam se livrar de outras doenças que tivessem lá dentro.

— Graziano — disse o Maestro —, vamos tentar lembrar. Quando foi a primeira vez que você teve dor de estômago?

— Será que precisamos nos lembrar? — brincou Felipe. — O mundo inteiro sabe quando Graziano passa mal!

— Eu estava com a febre maculosa das planícies em torno de Milão há mais de dois anos — disse Graziano. — A umidade era grande. Recomendaram que eu mascasse folhas de hortelã, que me ajudaram. Desde então, eu pego sempre que encontro.

— E está atacado de dor de estômago desde então — disse o Maestro. — Não vê o que aconteceu? Você estava doente e lhe prescreveram hortelã, que ajuda, sim, mas, como estivemos viajando, acabou colhendo essa hortelã falsa e, longe de apaziguar seu estômago, ela o fez piorar.

— Além disso, você come demais — acrescentei. O que era verdade. Eu o vira comendo tarde da noite ontem. — Quem enche demais o estômago logo antes de dormir acorda passando mal.

— Bem dito, Matteo! — Felipe desatou numa gargalhada.

O Maestro riu também. Eu olhei para um e depois para outro. Não sabia que tinha contado uma piada.

O Maestro me deu tapinhas no ombro.

— Uma criança enxerga com os olhos da verdade!

Graziano deixou pender a cabeça, fingindo-se encabulado.

— Não posso negar que gosto de comer.

— Faça uma refeição mais leve à noite para que possa comer melhor pela manhã — aconselhou Felipe.

— Esperem um momento para que eu possa registrar isso num croqui — disse o Maestro. Seus amigos trocaram olhares indulgentes enquanto ele se sentava sobre uma pedra. De lá, ele os olhou. — Só vai levar um momentinho.

— Igual às refeições de Graziano — emendou Felipe. Mas falou baixinho, de forma a não incomodar o Maestro, que já começara a desenhar.

Um dos itens que trouxera de Florença foi um estoque de cadernos. Esses cadernos eram confeccionados exatamente nas dimensões que o Maestro pedia, de forma que pudesse sempre levar um em seu cinto. Ele conseguia acabar com um caderno inteiro num dia, enchendo as páginas de desenhos e escritos. Então, embora nunca se esquecesse de um esboço ou de um apontamento, e todos os que trabalhavam em seu ateliê sabiam que até o desenho mais tosco devia ser guardado com cuidado, era tremendamente difícil mantê-los em ordem. Seu cérebro acumulava conhecimento de todo tipo, e ele o despejava de volta nos croquis, histórias, fábulas e muitas, muitas anotações.

Logo estava absorto — não apenas com esta planta, mas com as demais no local sombreado onde se encontrava. Afinal, acabamos passando o dia ali. Felipe e Graziano o vigiavam com carinho e atenção o tempo todo. O Maestro descartava folhas ou flores ou plantas quando terminava, e eles as apanhavam e guardavam entre folhas de papel especial. Não deixavam que lhe faltasse comida, um pouco de pão e uma garrafa cheia de vinho misturado com água. Eu fazia o que podia para ajudar, levando os cavalos para pastar e beber água no rio, vasculhando embaixo das árvores nos arredores para ver se encontrava alguma espécie incomum. De repente, ele levantou a cabeça e me chamou.

— Conhece esta planta?

— Conheço. Nós a chamamos de... — comecei a falar, mas parei. Preciso aprender a não dizer "nós" quando me refiro ao meu povo. — Na roça, chama-se leite-de-galinha.

Ele me mostrou a página. Um prodígio para mim. Tinha desenhado a planta com todas as minúcias, o caule e os minúsculos pelos fibrosos que se enroscavam por baixo.

Havia outra coisa a seu lado.

Ele viu meu olhar e perguntou:

— O que você acha disso, Matteo?

— É um fóssil, um bicho que viveu há muito tempo.

Passou as páginas e me mostrou onde o havia desenhado também, e ainda pedras esboçadas de formas e tamanhos diferentes.

— Maestro — falei —, como engenheiro, o senhor está contratado por *Il Valentino*, Cesare Borgia, para reformar seus castelos de forma que resistam a ataques. Sei que também é pintor, mas essa não é a única razão pela qual disseca e anatomiza, pois anda atrás de conhecimentos médicos. Agora declara interesse por plantas e pedras. Qual é seu campo de estudo?

— Tudo.

— Tudo o quê?

Ele riu.

— Busco saber de *tudo*. Tenho a mente inquisitiva. — Colocou o dedo na minha testa. — Assim como percebo que a sua também é.

Lembrei-me de estar à mesa de dissecação com ele uma vez e de ter me inclinado para perto de forma a ver o que ele estava fazendo. Ele parou, chegou a mão para o lado e disse:

— Olhe, Matteo, atentamente, e veja o que consegue descobrir por você mesmo.

Ele estava examinando a língua com uma lente de aumento. Depois que voltamos ao ateliê no castelo, procurou entre seus desenhos o de um leão e me mostrou. Contou-me, então, que trabalhara para o duque de Milão e, lá, numa cova dentro do castelo, havia um leão. Um dia ele viu a fera lambendo toda a pele de um carneiro, usando apenas a língua grossa para limpá-la antes de comer. Apontou para o desenho e disse:

— A língua do leão é específica para esse propósito.

Assim ele me ensinava muitas coisas e, em troca, eu lhe passava meu conhecimento sobre plantas. Eu não tinha escolaridade alguma, mas sabia o que podia curar e o que podia matar. Conhecia as ervas curativas e conhecia os venenos.

Os venenos eu conhecia muito bem.

Mas, naquele dia, vendo que a luz se esvaía, o Maestro fechou o caderno.

Empacotamos seus espécimes botânicos e regressamos para Averno. Aguardava-nos no castelo uma convocação de Cesare Borgia. *Il Valentino* enviara uma mensagem de seu quartel de inverno em Imola. Queria que Leonardo da Vinci e sua comitiva fossem ter com ele sem demora.

Quinze

Ao anoitecer do dia seguinte, estávamos em Imola. Os braseiros acesos nas paredes do castelo iluminavam os galhardetes pretos e amarelos que esvoaçavam nas torres. Um homem escuro carregando uma tocha flamejante veio a nosso encontro quando o tropel de nossos cavalos ressoou na ponte sob a bandeira com o emblema do touro pastando.

— Messer Leonardo — disse ele —, sou Michelotto, pajem do príncipe Cesare Borgia. O digníssimo, *Il Valentino*, deseja falar-lhe de imediato.

— Estou às ordens.

O Maestro lançou um olhar para Felipe, que fez um breve aceno de cabeça e disse:

— Vou providenciar nossas acomodações e desfazer a bagagem.

— Deixe Matteo carregar meu embornal e vir comigo; assim posso mandá-lo para pegar quaisquer croquis ou maquetes de que o príncipe possa precisar.

Seguimos o homem chamado Michelotto, que nos levou por uns corredores até a presença do homem mais temido na Itália. Ao adentrarmos o recinto no primeiro andar do castelo, Cesare Borgia levantou-se do lugar à mesa onde estava sentado e veio nos cumprimentar. Alto, com menos de 30 anos, ele andava com graça e determinação. Apesar de ter o rosto marcado pelo que se chamava doença francesa, era homem de uma beleza obscura e olhos vivos. Vestia uma túnica negra, de costura e cordoamento requintados, uma capri preta e botas de couro preto. A única cor aparecia na forma de um anel no dedo médio da mão esquerda.

— Temos uma crise, Messer Leonardo. — Ele pegou o Maestro pelo ombro e o conduziu à mesa. — Meus espiões — inclinou a cabeça e foi aí que percebi dois homens parados na penumbra do salão — me recomendaram estar preparado para um cerco. — Ele riu e, de alguma forma, o som de sua risada foi mais aterrorizador que um grito de raiva. — Neste castelo, aqui em Imola, eu, Cesare Borgia, serei atacado por meus ex-capitães. Portanto, preciso, com urgência, dos seus conselhos sobre defesa e instalações militares.

Ele estalou os dedos, e um criado se adiantou para pegar o manto do meu senhor. Fomos até a mesa, e eu abri o embornal, tirando de dentro os papéis do projeto para as novas máquinas de guerra e armaduras. Em seguida, afastei-me um pouco e fiquei ali parado enquanto Borgia e o Maestro os abriam e estudavam, com plantas do castelo. Durante algumas horas, meu senhor ficou tomando notas e desenhando croquis até que ambos chegassem a um acordo quanto ao trabalho mais imediato a ser feito.

Então, Cesare falou:

— Vocês devem estar com fome. Vão comer agora, e tornaremos a conversar mais tarde. — E fez um aceno com a mão, dispensando-nos.

— Todos os capitães dele estão nessa trama?

Encontrávamo-nos em nossos aposentos, um conjunto de quartos noutra parte do castelo.

Felipe respondeu à pergunta do Maestro em voz pouco mais alta que um suspiro.

— Parece que sim.

— Até o meu amigo, Vitellozzo?

Felipe deu uma olhadela de relance para a porta e confirmou.

O senhor soltou um suspiro profundo.

— Então, a vida dele está perdida.

— Beba um pouco de vinho — sugeriu Felipe.

Graziano tinha trazido comida e bebida da cozinha, e nos sentamos para comer enquanto eles discutiam a situação em voz baixa.

A família Borgia queria toda a Itália sob seu domínio, porém, mesmo com os exércitos papais sob seu comando, Cesare não tinha homens ou armas suficientes para tanto. Precisava lançar mão de mercenários e dos exércitos de qualquer um disposto a respaldar-lhe a ambição. Com algum apoio, então, tomara grande parte da Romênia. Mas agora seus capitães se sentiam incomodados por sua ambição e crueldade, e, temerosos de que Cesare se voltasse contra eles, conspiravam contra ele com os lordes depostos. Graziano ouvira os criados do castelo dizerem que era sabido de todos que os conspiradores haviam se reunido nas proximidades de Perugia para tramar a queda dos Borgia.

— Não fique tão preocupado, Matteo. — Graziano sorriu para mim. — O príncipe Cesare Borgia nos tem em boa conta. Mas, se o castelo de Imola cair, um dos capitães rebeldes, um homem chamado Vitellozzo Vitelli, é amigo do Maestro.

Não obstante, eu estava inquieto. Sentira-me seguro numa fortaleza dos Borgia, onde Sandino não procuraria por mim. Estar no lugar onde o próprio Cesare Borgia residia era uma outra questão. Ele mencionou relatórios que eram trazidos por seus espiões. Eu vira tais homens pelo castelo e sabia que Sandino atuava como espião de Borgia. Sandino, que ainda desejaria recuperar o que eu lhe tomara. O que andaria fazendo aquele vil salteador nas semanas em que não me encontrou? Algum outro feito assassino, sem dúvida, para quem quer que lhe pagasse mais.

Não dormi bem naquela noite. Nem na outra, pois Cesare Borgia raramente era visto à luz do dia e passeava pelo palácio durante as horas de escuridão, tramando vingança contra aqueles que o traíam.

Dezesseis

Começamos com os primeiros raios de sol no dia seguinte. Houve uma reunião com o comandante do castelo que, em seguida, municiado dos desenhos e detalhes que meu senhor preparara para os ajustes, colocou pedreiros e marceneiros para trabalhar. À tarde, o Maestro me convocou para ir com ele, e nós fomos até Imola.

Nos dias que se seguiram, percorreu a pé todas as ruas da cidade, da igreja franciscana até o rio, do castelo até a catedral, comigo a seu lado enquanto ele media, calculava, anotava e desenhava.

Fingindo sentir frio, eu trazia o capuz do meu manto puxado para baixo, de forma a esconder meu rosto enquanto percorria as ruelas a seu lado, carregando os materiais. No fim da tarde, ele inspecionava as obras de reforço à fortaleza e fazia quaisquer mudanças que fossem necessárias. Depois da refeição noturna, ele abria o papel com a planta da cidade e trabalhava um pouco nela.

Quando o mapa de Imola finalmente lhe foi apresentado, Cesare Borgia ficou impressionado e deleitado.

— Nunca vi uma imagem assim — declarou. Colocou-o sobre a mesa à sua frente e caminhou ao redor para estudá-lo a partir de todos os ângulos. — Com isto, posso ver como se fosse uma águia. Que poder isto me dá! Mesmo que a cidade fosse tomada, com esta informação poderíamos bolar uma estratégia para contra-atacar. — Seus olhos brilhavam.

— Imaginem se eu tivesse uma planta destas para toda cidade da Itália!

Ficou tão satisfeito que foi aos nossos aposentos jantar conosco naquela noite e assim ouviu a fábula que meu senhor contou para nos entreter após comermos.

Foi a história da noz e do campanário, que era assim:

Uma noz foi carregada por um corvo para o alto de um campanário. Tendo caído do bico da ave, a noz foi se alojar numa fenda na parede da torre. Salva de seu destino de ser comida pelo corvo, a noz implorou à torre que a abrigasse.

Mas, antes de fazê-lo, a noz parou para admirar a beleza do campanário, sua grandeza, altura e força.

— Como és bela, nobre torre! — disse a noz. — És tão elegante e graciosa. Seu contorno contra o céu é belíssimo de ver.

Em seguida, a noz elogiou o tom e o aspecto dos sinos.

— O melodioso repicar de seus sinos ecoa por toda a cidade e chega até as montanhas distantes. Muitos são os que param de trabalhar e deixam-se extasiar diante de sua música.

Então, a noz lamentou ter sido impedida de cair da sua árvore mãe na terra verde.

— Um corvo cruel me levou para sua casa, mas se tu, ó gracioso e generoso campanário, puderes me abrigar entre tuas paredes, eu ficarei silenciosa e aqui terminarei meus dias em paz.

E o campanário, tomado de piedade, concordou.

O tempo passou. Todo dia os sinos entoavam o "Angelus" no campanário. A noz repousava silenciosamente.

Mas, de repente, a noz se partiu e pela casca aberta foram saindo minúsculas gavinhas. Ela foi se enraizando pelas frestas e rachaduras. E acabou dando ramas que ficaram mais altas que a própria torre do sino. Surgiram galhos, que ficaram fortes. As raízes engrossaram e começaram a despedaçar as pedras da construção.

Já era tarde demais quando o campanário se deu conta de que estava sendo destruído por dentro.

Por fim, partiu-se todo e caiu em ruínas.

O conto, na verdade, não tratava, é claro, da torre de um sino. Era uma fábula para ilustrar como uma pessoa pode se insinuar, de maneira esperta, na vida de outrem, obter delas sustento e acolhida e, por fim, de forma ingrata, traí-las.

Será que Cesare Borgia trouxe essa história para seu próprio eu e permitiu que sua mente obscura refletisse sobre ela enquanto ponderava sua situação? Vinham mensageiros a toda hora do dia e da noite, trazendo-lhe informações quanto ao paradeiro e afazeres de seus ex-capitães *condottieri*.

Então, nos últimos meses de 1502, as outras cidades-Estado da Itália aguardavam para ver qual seria o desfecho da revolta dos capitães. Uma em particular, cujo território era fronteiriço ao da România, estava ansiosa para obter informações e despachou para Imola um emissário especial a fim de descobrir as intenções do príncipe Cesare. Anos antes, a afluente república de Florença havia expulsado do governo a poderosa família dos Médici e não queria vê-los substituídos por outra de igual poder, porém mais sinistro: a dos Borgia. Portanto, o Conselho Florentino enviou Messer Niccolò Machiavelli para Imola como seu embaixador.

Esse Machiavelli era um homem espirituoso e intrigante, e o humor em nossos aposentos mudou com sua chegada. Meu senhor conseguia falar dos clássicos com ele, enquanto, com Felipe, os dois discutiam cuidadosamente a situação política. Concordavam quanto à conduta ameaçadora do nosso anfitrião.

— Seus ex-capitães agora tomaram para si algumas das cidades que ele capturou — contou-nos Machiavelli. — Ele jamais os perdoará por isso. Sua conduta preconiza o mal para qualquer um que o enraiveça.

À medida que o Natal foi se aproximando, *Il Valentino* parecia menos tenso e resolveu comemorar as festas com um jantar. Convidou um de seus tenentes, homem conhecido por discordar dele.

O tempo tinha ficado bastante frio, e nós tremíamos enquanto trabalhávamos. Olhando para baixo ao longo da muralha do castelo na manhã do dia da festa, vimos o tenente chegar em sua montaria, acompanhado de esposa e comitiva. Estava marcado para a noite um banquete no salão grande. O próprio Cesare veio recebê-los no pátio, ajudando a esposa do outro a sair da carruagem e dando-lhes calorosos beijos de boas-vindas.

— Que acolhida! — disse Graziano. — Deve deixar o tenente feliz.

— Ou — murmurou Niccolò Machiavelli, que estava ao lado do meu senhor — profundamente desconfiado.

Dezessete

O olhar de Borgia passeou por todos os convidados. Parou em mim, de pé ao lado da cadeira do Maestro.

— Precisamos desse menino aqui?

— Ele vai buscar meus croquis e plantas caso sejam necessários, meu lorde — disse o Maestro. — Matteo sabe onde tudo está guardado.

O jantar começou.

Estiquei-me sobre a mesa e ergui a taça de vinho do meu senhor. Antes de entregá-la a ele, bebi um gole.

Surpreso, o Maestro arregalou os olhos:

— Você insulta nosso anfitrião — disse em voz baixa.

Ambos olhamos para a cabeceira da mesa. O Borgia virara a cabeça para escutar quem se sentava a seu lado. Era a esposa do tenente que chegara de manhã, e muito bonita. Ela lhe sorriu, toda coquete. Ele riu.

Os convidados relaxaram.

Eu não.

Cesare Borgia comia com entusiasmo, mas bebia pouco. Frequentemente corria os olhos por toda a mesa. Tinha o semblante de um homem que acaba de entrar num bordel.

A sobremesa foi anunciada com a fanfarra de trompetes. Cerejas embebidas em licor de cacau, uma iguaria trazida do Novo Mundo. Ocorreu-me então que, por serem poucos os que haveriam provado essa planta, estava ali uma oportunidade perfeita para ocultar veneno.

Inclinei-me para a frente e esfreguei a colher do Maestro com o guardanapo. Sussurrei-lhe:

— Não coma esse prato.

— Quieto, Matteo.

O prato seria servido a cada um individualmente, mas a todos de uma vez só. Ante a abertura de tambores, uma procissão de criados adentrou em fila o grande salão. Cada qual trazia um único prato. Eles se posicionaram um atrás de cada cadeira, preparando-se para colocar os pratos diante de cada comensal.

O tenente estava sentado em frente ao Maestro. Esse homem havia causado um desagrado a Cesare Borgia durante a tarde, e eu me lembrava. *Il Valentino* fizera grande alarde ao recebê-lo, abraçando-o no pátio no momento de sua chegada diante de toda a sua coluna de soldados.

Mas agora os homens do tenente estavam aquartelados a alguma distância do castelo e seu comandante se encontrava só à mesa de Borgia.

Meu olhar cruzou com o do criado que estava agora atrás da cadeira dele. O ar engrossou nos meus pulmões de forma que não consegui respirar. Não era um criado. Era Michelotto, pajem de Cesare Borgia.

O Borgia se levantou e fez um sinal. Do outro lado da mesa, à minha frente, qual os demais criados, o pajem de Borgia, com ambas as mãos, colocou o prato na mesa por cima da cabeça do tenente. Os criados mantiveram as mãos em ambos os lados do prato e aguardaram.

À mesa, os comensais fizeram ruídos apropriados ao deleite de estarem diante de iguaria tão rara. Algumas das damas aplaudiram. A esposa do tenente pegou rapidamente uma cereja e comeu.

— Deliciosa! — exclamou. Inclinou a cabeça provocativamente para Cesare Borgia. — Precisa experimentar.

Ele sorriu para ela, mas não fez nenhum movimento no sentido de comer. Ficou óbvio que eu não era o único com reservas acerca do prato desconhecido, pois embora alguns tenham erguido suas colheres, muitos hesitaram.

Como se não tivesse percebido nenhum mal-estar, Cesare Borgia se sentou, pegou a própria colher e enfiou-a na sobremesa. Levou uma colherada cheia à boca. Mas só depois que ele havia comido de fato foi que os demais seguiram seu gesto.

O tenente pegou a colher na mão.

O Borgia fez-lhe um aceno de cabeça e, para os criados, um gesto de dispensa. A atenção de todos se concentrava na mesa à sua frente. A de todos, menos a minha.

Do lado oposto da mesa, à minha frente, eu vi o carrasco de Borgia sorrir. Ele levantou as mãos para se retirar. Entre seus dedos, à luz dos candelabros, reluziu o arame de um garrote.

Dezoito

Num gesto súbito e violento, as mãos do tenente agarraram a borda da mesa.

Eclodiu de sua garganta um barulho asfixiado, sufocado. Seus dedos se esticaram avidamente, tentando agarrar o ar, e o prato à sua frente foi lançado a distância, caiu no chão e se espatifou.

Michelotto apertou o torniquete.

Imperturbável, Cesare Borgia continuou falando com a dama a seu lado. Ela lançou um olhar de relance para a outra extremidade da mesa a fim de ver o que causara a perturbação. O Borgia sorriu e se inclinou na direção dela, sussurrando-lhe algo ao ouvido.

Ela se retraiu. Levou a mão à garganta.

Em seguida, levantou-se e soltou um grito enorme. Mas foi tarde demais para avisar o marido, e os demais convidados demoraram alguns segundos para entender o que estava acontecendo.

O tenente esperneava enquanto tentava se livrar do golpe. Sua cadeira caiu para trás enquanto o atacante apertava o garrote. Seu próprio peso agora ajudava a estrangulá-lo. Ele se debatia desesperadamente, tentando agarrar o rosto de seu assassino. Então, a convulsão espaireceu. Michelotto deu um último puxão e largou o homem de lado. O corpo se retorceu e sacolejou no chão, estremeceu e ficou imóvel. O rosto do tenente estava roxo, com a língua inchada espichando-se para fora dos lábios entreabertos.

Alguns dos convidados se levantaram da mesa. Cesare Borgia estalou os dedos e os soldados de sua guarda pessoal entraram correndo no salão.

Suas espadas estavam desembainhadas. De uma só vez, todos os comensais ficaram imóveis em suas cadeiras; aqueles que já haviam começado a se levantar tornaram a sentar-se.

O Maestro afundou em sua cadeira. Deixou cair a cabeça entre as mãos. Felipe se aproximou dele e começou a ajudá-lo a se levantar.

Da cabeceira da mesa, Cesare Borgia falou.

— Não dei a ninguém permissão para sair — disse em tom suave.

— Todos permanecerão sentados até minha ordem em contrário.

Ele se levantou e se dirigiu à esposa do tenente, que chorava histericamente. Deu-lhe uma bofetada no rosto. Ela cambaleou na direção da cadeira e se sentou, ainda aos prantos.

Felipe encarou o Borgia e falou calmamente.

— Meu senhor não se sente bem. Rogo-lhe permissão para que ele saia, meu lorde, de forma que possa lhe servir no auge de sua capacidade amanhã.

Cesare Borgia passou vários segundos de olhos cravados em Felipe.

Graziano havia afastado a cadeira da mesa, mas não se levantara. Seus olhos fitavam Felipe. Eu me tensionei. Com muita força de vontade, mantive a mão afastada da faca de jantar sobre a mesa, ao meu alcance. Já demarcara onde estavam os soldados parados à porta. Agora media quantos passos até a janela. Mas sabia que não tínhamos chance de escapar. Se Borgia resolvesse considerar o pedido de Felipe um insulto, nenhum de nós sairia daquele salão com vida.

— Messer Leonardo — falou Cesare devagar —, seu trabalho me é valioso. Queira se retirar agora para descansar até o início de sua jornada matinal. — Olhou para Graziano, depois para Felipe, depois para mim, como se memorizasse nossos rostos e nomes, antes de continuar. — Pode levar seus acompanhantes.

Em questão de um segundo, Graziano e Felipe estavam um em cada lado do Maestro para ajudá-lo a se levantar. Eu peguei a sacola. Saímos do salão o mais rápido possível, sem causar transtorno algum.

Assim que saímos, ouvi Cesare Borgia falando com seus músicos:

— Uma melancolia assim não presta num feriado. Menestréis, toquem uma melodia alegre. — Pegou pelo braço a esposa do tenente que ainda se debulhava em lágrimas. — Talvez possamos dançar agora.

Dezenove

Naquela noite, ninguém dormiu no castelo de Imola. Meu senhor não comeu, nem leu, nem desenhou, nem se dedicou a qualquer dos seus estudos. Ficou sentado perto da janela aberta com um pesado manto aos ombros, olhando o céu noturno.

Em algum momento antes do alvorecer, Niccolò Machiavelli veio e conversou com Felipe durante algum tempo. Havia escrito antes para o Conselho de Florença, dizendo correr perigo e pedindo para ser chamado de volta, mas de nada adiantou.

— Talvez agora me escutem — falou. — Quero sair daqui assim que puder.

— E eu devo tentar desvincular o Maestro da prestação de serviços ao Borgia — retrucou Felipe. — Mas como fazê-lo em segurança?

— A mente de Cesare Borgia está travada num único propósito — falou Graziano. — E ele há de destruir qualquer um que se coloque no caminho.

— Por considerar uma causa válida — disse Machiavelli —, ele acredita ter o direito de empregar qualquer método para alcançar sua meta. É um conceito interessante.

— Tem corrido algum boato sobre o que seus capitães estão tramando? — perguntou Felipe.

— Tenho meus próprios homens trabalhando para mim — disse Machiavelli — e recentemente recebi mensagens codificadas. Mas temo que já tenham passado pelas mãos do Borgia e, por isso, eu só fico sabendo o que ele quer que eu saiba. — Ele deu de ombros. — É bom saber que os franceses estão enviando tropas para ajudá-lo. Eu acho que ele vai esperar até que estejam perto para então oferecer reconciliação aos capitães *condottieri*, pois eles não saberão das tropas reunidas independentemente e podem achar que a tentativa de paz se deve por estarem em maior número. O plano dele é fazer uma reunião para que possam dialogar.

— Aqui é que não vai ser! — disse Felipe, assustado. — Eles não seriam estúpidos a ponto de virem ao covil dele para serem devorados.

Pela manhã, tivemos notícias definitivas. Cesare Borgia iria se reunir com seus ex-capitães para discutirem termos, mas não em Imola. Seria no território deles, num lugar que tinham acabado de capturar e onde suas forças haviam estacionado. Precisávamos nos preparar para uma jornada. Dentro de uma hora, o Borgia, seus homens e servidores partiriam para a cidade litorânea de Senigallia, no mar Adriático.

— Todos os capitães dele concordaram com esse encontro? — perguntou o Maestro a Felipe quando partimos. Ele estava sentado ao meu lado numa carruagem que transportava seus livros e materiais. Felipe e Graziano acompanhavam-nos em suas próprias montarias.

Felipe confirmou. Sem ser pronunciado, entre eles estava o nome de Vitellozzo Vitelli, o capitão que era amigo do Maestro.

Ladeados por seiscentos lanceiros suíços, seguimos nas fileiras do exército do Borgia pela Via Emilia. Nevava nos últimos dias daquele amargo mês de dezembro. As aldeias que atravessávamos estavam desertas. Fiquei achando que os habitantes escapuliam quando chegávamos e voltavam depois que o exército tinha passado. Paramos em Cesena, onde deram um baile em homenagem a *Il Valentino*, e ele dançou e flertou como se não tivesse outra preocupação no mundo.

Mas, em segredo, Machiavelli nos contou que as forças do Borgia haviam sido divididas e estavam sendo enviadas à frente em separado por rotas distintas, a fim de convergirem em Senigallia.

Nos dias que antecederam o Natal, Cesare Borgia se banqueteou e ouviu música. Ainda assim, exercia sua vingança, pois quando seu governador da região, Remiro de Lorqua, veio celebrar também, ele o mandou prender. Sob tortura, o homem confessou fazer parte da trama.

De tal forma, na manhã de Natal, Remiro de Lorqua foi decapitado na praça principal e seu corpo ali deixado para todos verem. Depois desse feito, no dia seguinte, 26 de dezembro, partimos para Senigallia.

Vinte

Em sinal de boa-fé, Cesare Borgia pediu que os ex-capitães retirassem suas tropas da própria cidadela de Senigallia.
Eles atenderam ao pedido.
Então, no último dia do ano, chegamos ao rio Misa, onde os capitães *condottieri* rebeldes vieram encontrá-lo. Ao meu lado na carruagem, o Maestro grunhiu quando os viu chegar.
Graziano me falou, aos sussurros:
— Vitellozzo está aqui. O senhor o avistou.
Ficamos observando ansiosamente quando os dois grupos de cavaleiros se encontraram.
Mas Cesare Borgia era um homem transformado. Jubilante, tocou sua montaria para a frente e saudou os capitães desconfiados e atentos. Seus olhos reluziram de prazer quando ele avistou seus rostos e disse seus nomes um a um. Inclinou-se na sela para abraçar e tocar em cada um deles, como se faz com um amigo a quem não se vê há muitos dias.
Os capitães, da sua parte, pareceram relaxar. Pelo que podiam discernir, Cesare não trouxera consigo um grande número de soldados. E ficaram atônitos com sua demonstração de encantamento e atenção.
O grupo se preparou para cruzar a ponte até o burgo antes da cidade. Chicoteei as rédeas, mas Felipe se esticou e colocou a mão no meu braço.
Não me disse nada, mas eu as puxei, fazendo o animal retardar o passo, de forma que ficamos um pouco para trás. Percebi que Messer Machiavelli estava fazendo o mesmo.

Do outro lado da carruagem, Graziano aproximou sua montaria de forma a proteger o Maestro.

Machiavelli nos contou, mais tarde, que *Il Valentino* enviara um grande número de espiões antes à cidade para trancar todos os portões, exceto aquele por onde ele entraria.

Agora, Cesare convidava Vitellozzo e os demais capitães a acompanhá-lo. À medida que cruzavam o rio, a cavalaria do Borgia avançou da posição em que se encontrava e se alinhou na guarda da ponte.

Vimos os capitães olharem para todos os lados e murmurarem uns com os outros.

A procissão entrou em Senigallia acompanhada somente de soldados sob o comando de Cesare: uma divisão da infantaria de Gascon e seus guardas pessoais. Dentre eles estava Michelotto.

Seguíamos com os últimos integrantes do séquito.

O portão se fechou quando passamos.

E ali o desconforto dos capitães se concretizou em medo verdadeiro. Apressaram-se em se despedir de seu príncipe e senhor para poderem voltar ao seio de suas tropas do lado de fora das muralhas. Mas Cesare lhes suplicou que esperassem e conversassem um pouco mais com ele. Sua extremada simpatia e afabilidade os confundia. Disse-lhes que já tinha uma casa reservada para que pudessem conferenciar. Instou-os a irem discutir as providências que precisavam ser tomadas para o futuro. Continuou cavalgando. E eles, qual nós, pressionados por sua escolha, não puderam discordar.

Quando chegamos à vila, Cesare Borgia apeou de sua montaria, e os capitães não tiveram opção senão fazer o mesmo.

Felipe e Graziano não desmontaram. Felipe me lançou um olhar significativo, e eu, torcendo para estar lendo sua intenção corretamente, comecei a manobrar nossa pequena carruagem de volta para a entrada. Mas o tropel de soldados era grande demais. Ficamos presos no meio da multidão.

Cesare adentrou o pátio. Seus capitães tentaram acompanhá-lo. Havia uma escada externa que conduzia a um andar superior da casa, e Cesare foi até lá e pôs-se a subi-la.

Os capitães demonstraram intenção de segui-lo.

Mas imediatamente Michelotto e os guardas do Borgia os prenderam. Mal chegou a haver qualquer luta. Os desafortunados foram dominados com tal rapidez e firmeza que nem sequer tiveram tempo para desembainhar suas espadas.

A cilada estava armada.

— Esperem.

Um dos jovens capitães gritou para o Borgia.

— Eu imploro — o rapaz gritou de forma comovente. — Meu lorde, permita-nos pelo menos falar-lhe.

No último degrau, Cesare parou um instante. Olhou para baixo, onde estavam seus inimigos. Em seguida, virou-se e entrou.

Os soldados atrás de nós avançaram. Graziano e Felipe pegaram as rédeas do cavalo da carruagem. O Maestro cobriu minhas mãos com as suas para aumentar a força com que segurávamos as rédeas, e forçamos nossa passagem pelo meio da refrega em direção ao portão principal. À frente avistamos Machiavelli, que nos chamou gritando mais alto que a balbúrdia.

— Venham para cá. Para cá.

Conduziu-nos ao longo da parte interna da muralha até outro portão, onde conhecia os guardas. Seus próprios espiões, pagos com dinheiro florentino, sem dúvida. Passamos sem comentários e saímos ao lado do rio, onde encontramos o lugar no qual a cavalaria do Borgia havia acampado.

Ali aguardamos enquanto os soldados alvoroçavam a cidade, tirando cidadãos de suas camas e trucidando qualquer um que achassem ter conspirado contra o Borgia. Nas horas mais sombrias da noite, Machiavelli escapuliu atrás das notícias que pudesse conseguir. Só voltou quando o dia estava quase raiando. Seu rosto estava soturno.

Os capitães *condottieri* foram subjugados e jogados num dos quartos de despejos da vila. Na madrugada do primeiro dia do ano-novo de 1503, Michelotto estrangulara Vitellozzo e o jovem capitão sentados num banco um de costas para o outro.

— Desculpem-me por lhes trazer essa notícia horrorosa — disse Machiavelli. — Mas precisam saber que *Il Valentino* pretende partir hoje de manhã em trajes completos de batalha à frente de seu exército. Dirige-se agora para Perugia e depois para todas as outras cidades que resistem ao seu domínio.

111

Os governantes já estão fugindo ante a sua ira. Os demais rebeldes capturados serão levados como prisioneiros, mas estão fadados ao mesmo fim.

Felipe se dirigiu ao meu senhor para lhe contar sobre a morte do amigo. Só voltou depois de uma hora.

— O Maestro está adoentado — contou-nos. — Precisa de tempo para se recuperar. Precisamos tentar chegar a Florença, onde poderá convalescer. Enviarei uma mensagem para *Il Valentino* informando-o disso, torcendo para que ele esteja preocupado demais com sua vingança pessoal a ponto de não nos perseguir. Matteo — virou-se para mim —, pode preparar nossos cavalos?

Fui até onde os cavalos estavam guardados em abrigos rudimentares contra o frio. Havia feno para eles, mas o barulho dos gritos e o clarão dos incêndios na cidade deixaram os animais agitados. Estavam puxando e sacolejando as bridas. Falei tranquilamente com eles e, afinal, se aquietaram. Estiquei a mão para desamarrar o cavalo da carruagem primeiro, mas parei. Sob o luar, logo atrás das árvores, avistei dois homens se mexendo. Reconheci seus traços. Um estava no salão quando conheci o Borgia. O outro era um dos homens de Sandino.

Deixei-me cair de joelhos. Ao meu lado, o cavalo se mexeu e bateu com o casco no chão, baixando a cabeça para me afagar o ombro. Coloquei a mão em cima do focinho comprido e soprei de leve dentro das narinas dele.

— Não me entregue, meu amigo — falei-lhe baixinho. — Minha vida depende de você.

A conversa deles chegou a mim trazida pelo ar frio da noite enquanto eles passavam, e consegui ouvir um nome mencionado.

— ...Perela...

Perela!

— ...lá... o menino... Semanas atrás...

Então, bem distintamente, um homem falou:

— Os homens dele já estão a caminho de Perela. Sandino vai para lá assim que se reportar ao Borgia. Ele prometeu incendiar a fortaleza inteira, com tudo o que tem dentro.

Meu estômago deu um nó e achei que ia vomitar.

Sandino pretendia atacar Perela.

Vinte e um

Felipe e Graziano vieram me encontrar com a luz da aurora. Eu selara os dois cavalos deles e já colocara o eixo nos arreios do outro que puxava a nossa pequena carruagem.

— Bom trabalho, Matteo — disse Graziano enquanto se punha a arrumar nossos pertences.

Felipe colocou a caixa que trazia no chão.

— Vou buscar o Maestro — disse. — Precisamos sair antes que comece o movimento no acampamento.

— Não posso ir com vocês — falei.

— Que besteira é essa? — perguntou Felipe com aspereza.

— E por que você iria querer esperar aqui, Matteo? — indagou Graziano.

— Não pretendo esperar aqui — falei. — Preciso ir a Perela. Ouvi dois homens do Borgia conversando, e há um ataque planejado contra nossos amigos da fortaleza.

Felipe levantou o lampião até meu rosto.

— É verdade isso que está dizendo?

— É o que ouvi.

— Por que o Borgia faria uma coisa dessas? — indagou Graziano. — O capitão dell'Orte é um soldado leal.

— Correto — disse Felipe —, mas até os soldados leais podem ser sordidamente assassinados. — Olhou fixamente para mim. — Como ouviu isso?

— Eu estava perto dos cavalos e ouvi dois homens se aproximando. Dois espiões do Borgia conversando.

— É bom querer ir lá avisá-los — disse Graziano —, mas...

— Por favor, não tentem me impedir — falei. Eu não conseguiria lhes explicar, tampouco a mim mesmo, a razão pela qual me dispunha a cavalgar na direção do perigo, quando seria mais sensato fugir dele. Meu único pensamento era chegar a Perela antes de Sandino e avisar ao capitão dell'Orte. Ele tinha homens em quantidade suficiente e experiência militar o bastante para aguentar um ataque de Sandino e seus salteadores. Mas somente se fosse avisado a tempo.

— Deve usar meu cavalo — falou Graziano. — Eu vou na carruagem com nosso senhor.

Felipe pegou minha mão e deu-me algumas moedas.

— Pegue — disse. — Pode precisar de dinheiro. Vou contar ao Maestro o que aconteceu.

Graziano também colocou alguma coisa na minha mão. Era um punhal comprido.

— Isto também pode lhe ser útil.

Antes de eu partir, Felipe falou:

— Será bem-vindo ao nosso lar se resolver voltar. Faça o que puder. — Afagou-me a cabeça e disse: — Espero que voltemos a nos encontrar, Matteo.

Parti conduzindo o cavalo de Graziano discretamente. Assim que me encontrei fora do alcance de qualquer vigia, montei e rumei para Perela.

Viajando o mais rápido que pude, só cheguei ao local onde os rios se encontram quando o sol já ia alto no dia seguinte. Atravessei a ponte a galope, com o fiscal gritando no meu encalço para que eu pagasse o pedágio. Subi a toda a colina onde ficava, no topo, a fortaleza.

Foi aí que vi a fumaça se elevando pelos ares.

Vi o grande portão destroçado.

Percebi que chegara tarde demais.

Parte Três
A vingança de Sandino

Vinte e dois

Meu primeiro impulso foi instigar a montaria e entrar correndo na fortaleza.

Mas não fiz isso.

Contive-a nas rédeas e inspecionei a edificação. Não havia movimento nas janelas nem ruídos de batalha. Mas o que quer que tivesse acontecido aqui acontecera havia pouco, caso contrário o fogo já teria se extinguido, e a fumaça não estaria subindo aos céus.

Havia uma tulha num terreno ali perto. Apeei e conduzi a montaria até lá. Dentro, encontrei forragem de inverno para os animais. Deixei o cavalo ali para se alimentar e, cuidadosamente, dirigi-me para o interior da fortaleza.

Os guardas do capitão dell'Orte estavam mortos. Foram golpeados e jaziam retorcidos em seus postos. Tudo levava a crer que haviam sido pegos de surpresa, sobrepujados em minutos por uma força que não demonstrou misericórdia alguma. Nada se mexia dentro ou fora das edificações. Aquela quietude imensa me perturbou. Não havia barulho de mulheres chorando ou homens gemendo, somente grossos tufos de fumaça silenciosos.

Então, avistei o capitão dell'Orte.

Fora decapitado. Sua cabeça fora enfiada numa estaca perto do conjunto dos estábulos, e seu corpo jazia grotescamente desmoronado ao lado. Havia duas figuras caídas no chão à sua frente. Rossana e Elisabetta, uma caída sobre a outra.

Parti a toda em sua direção, tropeçando pelo caminho.

Estavam vivas, mas com as roupas amarfanhadas e ensanguentadas. Não pude saber se delas ou do pai.

Com o fôlego travado nos pulmões, não consegui falar. Já vira a morte de muitas formas. Dois homens sendo assassinados, indefesos, na minha frente, enquanto eu assistia sem nada poder fazer. Um deles fora garroteado do outro lado de uma mesa de jantar; o outro, antes desse, um padre, recebendo uma porretada de Sandino que lhe abriu a cabeça. Mas isto aqui era pior, violentamente ultrajante.

Começavam a cair salpicos de neve.

— Rossana — sussurrei. — Elisabetta.

Não é correto uma moça ser possuída com violência. Um homem capaz disso é inferior aos animais. E não há o que consertar depois que a mulher é violentada.

Caí de joelhos na frente delas. Estiquei a mão e encostei em seus rostos.

Olhei para Rossana, mas ela não quis me olhar. Virou o rosto para não ver o meu. Também desviei o olhar de vergonha, não por elas, por mim — por ser homem, já que foi um homem quem fez isso com ela.

Mas Elisabetta, que vivera tanto tempo à sombra da irmã, não evitou meu olhar. Fitou meus olhos corajosamente, mas com desdém, como se dissesse: *Agora eu vi o que um homem é capaz de fazer com uma mulher e, se é aí que jaz a sua força, eu fui capaz de suportá-la. Desprezo-o por isso e jamais serei acossada dessa ou de qualquer outra forma na vida.*

Meu espírito esmoeceu ante a intensidade de seu olhar.

Então, sabiamente, Elisabetta falou:

— Não tenho vergonha de olhar para você pelo que me aconteceu aqui, Matteo.

Poucas semanas atrás, eu deixara essas meninas aqui na inocência de suas brincadeiras; agora voltava para encontrá-las assim, com suas infâncias destruídas.

O que foi que eu fiz?

* * *

Trouxe-lhes água para beberem, e Elisabetta me contou o que aconteceu.

— Um homem bateu à porta. Disse ser um viajante a caminho de Bolonha que estava padecendo de fortes dores de estômago e alguém de uma fazenda vizinha lhe dissera que minha mãe tinha alguns curativos. Meus pais, em sua gentileza de sempre, o deixaram entrar. Ele ficou deitado numa cama de campanha no aposento dos guardas e, quando estávamos jantando, saiu para esfaquear um dos nossos homens e abriu o portão. Havia outros esperando do lado de fora. Somente dois dos nossos guardas estavam armados e lutaram o mais que puderam para nos defender, mas foram subjugados. Quando ouvimos a confusão, meu pai olhou pela janela e viu o que estava acontecendo lá embaixo. Colocou Dario no colo de minha mãe e mandou que fosse correndo conosco até nossa capelinha. E saiu com Paolo. Fomos até a capela e lá nos abrigamos. Ouvimos a luta toda, mas não vimos o que estava acontecendo porque a janela da capela dá para a ravina, e não para o pátio. Depois de algum tempo, tudo se aquietou. Então, aqueles que nos atacavam vieram e nos mandaram abrir a porta. Minha mãe se negou a abri-la. Disseram que, se lhes entregássemos Paolo, estaríamos a salvo. Mas Paolo não estava conosco. Disseram o que fariam conosco se não o encontrassem. Minha mãe foi muito corajosa. Falou em voz alta, alegando o santuário em que nos encontrávamos. Mas eles começaram a arrombar a porta. Minha mãe nos levou até a janela e nos falou baixinho. Disse que nosso pai deveria estar morto, caso contrário isso não estaria acontecendo. Disse que iria pular para a ravina com o bebê. Faria isso porque sabia que eles o matariam. Era um menino, e eles não o deixariam viver para vingar a família, e ela não aguentaria ver uma coisa dessas acontecendo. Outra razão era para evitar o que fariam com ela quando terminassem de arrombar a porta. Insistiu para que fizéssemos o mesmo, mas disse que aquilo seria uma escolha nossa. Então, minha mãe pegou Dario no colo e subiu no peitoril da janela, e... e... — Elisabetta gaguejou. — ...foi-se. E nós ficamos. E a porta cedeu, e... e...

— Shhh! Shhh! — Peguei sua mão. — Não fale mais disso. — Olhei ao redor. — Algum desses salteadores ainda está por aqui?

Elisabetta balançou a cabeça.

— Foram-se embora quando perceberam que não encontrariam aquilo que estavam procurando.

Aquilo que estavam procurando...

Minha mão foi direto para o meu cinto.

Elisabetta não entendeu meu gesto.

— Matteo, um punhal de nada serve contra eles.

Mas não foi o punhal que Graziano me dera que fui procurar, mas o objeto na pochete que minha mão buscou instintivamente. O objeto que Sandino queria e enviara seus homens aqui para pegar. E, por não lhe entregar o tal objeto, eu trouxe a desgraça a este lugar.

O vento soprava cada vez mais neve, e eu vi que precisava levar as meninas para algum abrigo.

— Consegue se levantar? — perguntei. — Vou ajudá-la.

— Rossana não disse uma palavra desde que tudo aconteceu. — Elisabetta acariciou o rosto da irmã. Rossana olhou-a com ar de total incompreensão.

— É como se não me reconhecesse — disse Elisabetta. — Como se não soubesse quem eu sou. Como se não soubesse nem quem ela mesma é.

Elisabetta se levantou e, ambos amparando Rossana, entramos na casa.

Encontrei pão. Embebi-o no vinho e trouxe para elas comerem. Elisabetta pegou um pedaço, mas Rossana não quis.

— Onde está Paolo? — indaguei.

— Não o encontramos — respondeu Elisabetta. — Quando vimos que estávamos sendo atacados, ele foi com meu pai. Estavam discutindo.

— Sobre o quê?

— Não sei.

Deixei-as ali e fui procurar seu irmão mais velho. Mas não se encontrava entre os mortos. Ele jamais teria fugido. Não Paolo dell'Orte. Onde poderia estar?

Voltei e falei novamente com Elisabetta.

— Você consegue se lembrar de qualquer coisa que seu pai ou Paolo tenham dito antes de partir?

Ela balançou a cabeça, mas depois falou:

— Só uma coisa, mas não faz sentido algum.

— E o que foi?

— Meu pai tinha dado uma instrução a Paolo. Foi quando começaram a discutir. Paolo gritou "Não". Não queria fazer o que meu pai lhe dizia. Meu pai falou: "Você precisa me obedecer nisso." Depois falou mais alguma coisa. Ele disse: "Messer Leonardo vai mantê-lo em segurança."

Elisabetta balançou a cabeça.

— Foi isso que eu não entendi.

Vinte e três

Mas eu entendi.

Levei alguns instantes. Mas de repente percebi o que passara pela cabeça do capitão dell'Orte enquanto corria para defender seu baluarte, afivelando a espada e puxando Paolo pelo braço.

A câmara secreta.

Pensara em esconder seu filho mais velho no lugar construído por Leonardo da Vinci que só ele conhecia. O corajoso capitão acreditava que a esposa e os filhos estariam seguros no santuário da capela, mas um menino da idade de Paolo não teria tal proteção. Deve ter-se dado conta imediatamente de que a fortaleza seria tomada e resolveu mandar o filho para lá a fim de salvar-lhe a vida.

E eu, que estava nos fardos de feno armazenados no sótão olhando para baixo quando meu senhor mostrou ao capitão dell'Orte a planta baixa para construção da câmara secreta, sabia onde encontrar Paolo.

Ele estava encolhido feito uma criança no esconderijo. Contou-nos que as paredes eram tão grossas que não ouviu nada. O toco de vela se apagou, mas ele continuou no escuro, obediente às ordens do pai.

Elisabetta sentou-se com ele e lhe contou o que acontecera na fortaleza.

A notícia da morte do pai ele suportou com bravura, mas quando soube o que acontecera com as irmãs, e como a mãe e o irmão caçula haviam morrido, ficou atormentado.

— Meu pai não achou que eles fossem fazer mal a um bebê ou a mulheres — falou. — Sabia que poderia morrer lutando, mas não que isso poderia acontecer.

Paolo me olhou com um ar de súplica no rosto lavado de lágrimas, implorando-me para concordar que ele tinha feito o que era certo.

— Eu disse ao meu pai que estava preparado para morrer — relatou.

— Ele me disse que eu era o único homem que poderia sobreviver. Ninguém sabia da existência da câmara secreta. Disse que não era grande o suficiente para esconder a todos, mas, mesmo que desse, eles iriam querer saber onde foram parar a esposa e as filhas, acabando por destroçar o castelo inteiro atrás delas.

"Meu pai me forçou a ficar escondido. Fez-me jurar sobre sua espada. Disse-me que sua honra estava na espada, sua vida estava na espada, o nome de nossa família e tudo o que ele estimava, minha mãe, minhas irmãs, meu irmão e eu, ele defenderia com a espada.

"Minha mãe, minhas irmãs, meu irmão — Paolo começou a soluçar. — Minha mãe, minhas irmãs, meu irmão.

Elisabetta e eu ficamos ao lado dele enquanto chorava tudo o que tinha para chorar. Depois, ele se levantou e limpou o rosto. Foi até onde estava o corpo do pai, pegou a espada dele e disse:

— Com isto, vou vingá-los.

É assim que a violência gera violência e ninguém é capaz de interromper. Quando se trava uma guerra, todos são envolvidos e consumidos.

— Paolo — disse Elisabetta —, preciso lhe dizer uma coisa e implorar seu perdão. Se soubesse onde você estava escondido, eu lhes teria contado.

Paolo foi imediatamente beijar a irmã. Levou-a pelo braço até onde estava Rossana. Abraçou as duas.

— Eu teria me entregado sem pestanejar para salvá-las.

— Mas não as salvaria — disse eu, com brutalidade. — Esses homens o teriam encontrado, o matariam e depois se voltariam contra suas irmãs.

— Como é que você sabe disso, Matteo? — perguntou Elisabetta.

— Tenho convivido com homens assim nas últimas semanas. Vocês provavelmente ainda não sabem do que aconteceu em Senigallia, onde *Il*

Valentino assassinou seus capitães a sangue-frio. O Borgia fingiu perdoá-los e pediu que dialogassem. Depois mandou estrangulá-los. Em seguida, seus soldados reviraram a cidade, cometendo atrocidades inenarráveis.

Elisabetta estremeceu.

— Contudo, pareciam mais salteadores que soldados alistados. E pareciam assustados por não encontrarem o que buscavam. Disseram que seu líder ficaria bravo quando o encontrassem e lhe dissessem que não haviam obtido êxito.

Diante de suas palavras, o medo se assomou em minha garganta. Eu conhecia seu líder, e ele teria sido ainda mais impiedoso na busca. Não teria deixado as meninas vivas. E depois que seus homens lhe tivessem reportado o acontecido, não daria por completa a busca. Viria, ele mesmo, verificar.

E estava apenas algumas horas atrás de mim na estrada.

Naquele momento, do topo da torre, veio o pio do codornizão. Corremos até as ameias. Desse ponto enxergávamos muito além da ponte. Ao longe, um grupo de cavaleiros se aproximava.

À frente, um cavaleiro solitário viajava mais rápido. Um tremor súbito se apossou do meu corpo.

Era Sandino.

Vinte e quatro

Paolo teria corrido para fora se eu não o tivesse impedido.
— Espere — falei. Quando ele protestou, acrescentei: — Pense nas suas irmãs.
— Por que eles voltaram? — perguntou Elisabetta.
— Porque não encontraram o que estavam procurando — sugeriu Paolo.
— Mas não temos nada aqui, nem chapas, nem prataria, nem grandes joias.
Rossana começara a tremer.
— Precisamos ir embora agora — falei com Paolo — para levarmos suas irmãs a um lugar seguro.
— Para onde podemos ir? — Elisabetta lançou um olhar desatinado ao redor. — Só existe uma estrada. Eles nos pegarão quando fugirmos.
— Vamos por outro caminho. — Eu já estava segurando Rossana pelo braço, saindo porta afora, e eles me seguiram. — Vamos descer pela ravina.
— É impossível — falou Paolo. — Tentei quando era garoto e não dá para passar de um certo ponto.
A essa altura, já estávamos dando a volta na fortaleza. Havia uma faixa estreita de terra e depois a escarpa desaparecia sob nossos pés.
— Não há outro jeito — falei. — Escutem: eles chegaram à porta.
Ficamos em silêncio. Pelo ar límpido do inverno chegou a mim uma voz que logo reconheci:

— Vocês mataram o velho pai delas rápido demais. — Sandino repreendia os homens em voz alta. — Ele teria entregado o menino para salvar as meninas.

— E esse quarto secreto de que falou? — perguntou-lhe um dos homens. — Disse que ele poderia estar escondido ali.

— Só recentemente foi que fiquei sabendo que o Borgia vinha mandando construir quartos secretos em suas fortalezas, de forma que sempre haja um lugar onde possa se esconder caso algum de seus castelos se veja sitiado quando estiver presente. Não sei onde fica o daqui. Mas não importa, vamos acampar e, se ele ainda estiver aqui, a fome o trará para fora com o passar do tempo. Saberei ter paciência. Já estou à espera mesmo. Mais uns dias não vão fazer diferença alguma.

Inclinei-me para perto de Paolo e falei-lhe ao ouvido:

— Temos de descer.

Ele balançou a cabeça e articulou com a boca as palavras de resposta:

— Não podemos.

Então, Elisabetta falou com a voz tranquila porém determinada:

— Não há alternativa.

Eu fui primeiro.

Abaixei-me e, segurando firme com as mãos, encontrei apoio para os pés. Elisabetta veio em seguida. Guiei-lhe os pés até uma posição adequada, e ela, por sua vez, guiou Rossana. Paolo, com a espada do pai amarrada às costas, veio por último.

Um pouco abaixo, encontramos uma laje para descansar. Elisabetta tremia da cabeça aos pés, mas Rossana parecia indiferente ao seu destino. Era a diferença entre alguém que queria viver e alguém que não se importava.

— Vamos continuar — falei.

Elisabetta olhou para baixo pela borda da laje e cambaleou.

— Não dá para ficarmos aqui um pouco mais?

— Não — respondi, pois achei que, se ficássemos, poderíamos perder a coragem.

— Esta laje está em projeção, Matteo — disse Paolo. — Será muito difícil minhas irmãs saírem daqui e descerem por baixo dela.

— Eu sei, Paolo. Mas, se conseguirmos, ficaremos fora do campo de visão da fortaleza até chegarmos ao pé da ravina.

Esgueirei-me pela borda da laje.

— Quando vier na minha direção — falei para Elisabetta —, tente não olhar para baixo. Deixe que eu guie seu pé até o lugar certo.

Fui baixando meu corpo devagar. O vento quase me arrancou dali para o vazio. Meu rosto estava quase encostado na face do penhasco. Mesmo no auge do inverno, cresciam pelas frestas da pedra florzinhas minúsculas. Uma pedra que se desprendera de cima acertou minha testa. Alguém estava parado na muralha do castelo olhando para baixo. Espremi-me contra a parede do rochedo. Um fiapo d'água passou gotejando por mim. Era um homem se aliviando. Tirei daí novas esperanças. Eles não conseguiam imaginar que alguém pudesse escapar por ali, caso contrário seria piche quente e não urina o que iria passar gotejando perto da minha cabeça.

Esperei um pouco. Passado algum tempo, usei meu punhal para escavar um pouco de terra entre as pedras. Raspei com as unhas. Fiquei tanto tempo apoiado ali que minhas pernas começaram a ter espasmos. Veio-me à cabeça o pensamento que, se eu caísse, todos estariam perdidos. Ter somente uma opção torna mais fácil a escolha.

Minhas mãos estavam escorregadias de suor, mas o arco do sol no céu estava decaindo e os raios agora já não batiam nos recantos mais longínquos do desfiladeiro. Metade do meu corpo ficou suspenso sobre o penhasco enquanto eu buscava um apoio para o pé. Cavuquei com a ponta das botas até conseguir me escorar. Agora era a vez de Elisabetta.

Eu tinha conseguido cavar alguns buracos e expor uma pedra saliente o suficiente para ela se agarrar. Sendo mais leve que eu e tendo o corpo mais maleável, balançou-se para a frente e para trás e conseguiu se ajeitar ao meu lado na face do penhasco.

— Bom trabalho — suspirei.

Sua boca se recurvou em uma forma que lembrava um sorriso.

Houve um súbito farfalhar no vento, e um pássaro saiu voando pelo lado da cabeça dela. Elisabetta perdeu a agarra. E começou a cair.

Seu grito foi um sussurro, como se tivesse começado a dar um berro e então se dado conta do que aconteceria se o soltasse.

— Mama! — foi o gemido que ouvi.

Tentei agarrá-la. Peguei o vazio do ar.

Mas nem tanto. A parte do seu cabelo que não estava trançada se enganchou nos meus dedos. Fechei a mão e segurei firme.

Ela rangeu os dentes de dor. Tínhamos poucos segundos antes que o peso de seu corpo lhe arrancasse os cabelos da cabeça.

— Agarre minha cintura, Elisabetta.

— Não alcanço — falou ela, ofegante.

— Minhas pernas. Meus pés. Qualquer coisa.

— Vou te puxar para baixo comigo, Matteo. — Seu tom de voz foi o de quem desiste.

— Não vai. Estou bem ancorado aqui. Vamos. Agora! — bradei com ela ante a hesitação.

Mãos pequenas se agarraram aos meus tornozelos.

Mas eu havia mentido. Não estava bem ancorado.

Uma das pedras à qual eu estava agarrado começou a se deslocar. A terra ao redor dela começou a se despedaçar. Ouvi o tamborilar de pedrinhas pequenas caindo.

— Consegue encontrar algum lugar onde pisar? — perguntei.

Ouvi seus pés escarafunchando a parede de pedra lá embaixo.

— Consegui apoiar o pé. — Naquele exato instante, seu peso morto em mim se aliviou um pouco. — Tem uma saliência aqui, pequena, mas dá para apoiar o pé.

Ficamos assim durante o instante em que pensei no que fazer.

Eu sabia que não havia lugar para os dedos dela onde estavam meus pés. Ela também deveria estar vendo isso.

Então, a cabeça de Paolo apareceu logo acima de mim. Ele esticou as duas mãos para mim.

— Dê-me sua mão, Matteo.

Balancei a cabeça.

— Você é maior e mais forte que eu, Paolo. Mas nós somos dois e vamos arrastá-lo.

— Escorei a fivela do meu cinto na face do paredão e amarrei Rossana a ele. Ela encostou as costas na pedra atrás de mim e está segurando meus calcanhares. Não vai soltar.

— Se você não conseguir me puxar para cima, ela morre também.

Fez-se um silêncio. Depois, Paolo falou:

— Que seja!

— Estou com Paolo. — A voz de Elisabetta veio de algum lugar perto de onde estavam meus pés. — Se não der certo, morreremos todos juntos, Matteo, pela vontade de Deus.

Estiquei a mão livre na direção de Paolo. Ele se esticou ao máximo na minha. Para que tivéssemos alguma chance de êxito, ele precisaria agarrar meus punhos. Havia dois palmos entre as pontas dos nossos dedos. Ouvi seu soluço de decepção.

— Precisamos pensar melhor — falei.

Mas, enquanto estávamos naquele movimento, me dei conta de que talvez houvesse outra forma de vencermos aquela saliência. Dependeria da coragem de Elisabetta.

— Escute — sussurrei-lhe. — Seus pés estão firmes?

— Estão. Estou pisando num degrauzinho.

— Elisabetta, vou passar por cima de você. Quando fizer isso, vou mover um pé, e você vai colocar sua mão no lugar dele. Entendeu?

— Entendi, Matteo.

— Vou precisar apoiar esse pé no seu ombro. Você acha que consegue aguentar meu peso durante o instantinho que vai levar para eu chegar até o degrau?

— Consigo, sim — disse ela, mais decidida ainda. Senti-a tensionar-se para resistir ao esforço.

Falei baixinho para Paolo.

— Deixe o cinto enganchado no paredão. Quando Elisabetta e eu estivermos no degrau, Rossana e você poderão usá-lo para descer, e nós os guiaremos até chegarem aqui.

Chegamos ao fundo do vale quando o sol estava se pondo.

Estávamos perto da parte da fortaleza que ficava abaixo da capela.

Paolo me puxou para um lado.

— Preciso verificar se minha mãe e Dario estão mortos mesmo — disse.

— Vou com você.

O pescoço de Donna Fortunata estava quebrado. O bebê deve ter sido arrancado de seus braços na queda. Seu corpo se encontrava a alguma distância, com a cabeça cruelmente esmigalhada em cima das pedras.

Paolo se abaixou para pegá-lo.

— Deixe-o — falei.

— Queria colocá-lo junto da minha mãe.

— Se mexer nele, os soldados lá em cima vão saber que passamos por aqui.

Ele começou a chorar.

— Minha mãe não vai ter conforto nem na morte, sem poder ficar com seu bebê no colo?

— Tem de ser assim.

Ele se abaixou e beijou a mãe nos lábios.

— Vou me vingar de quem quer que lhe tenha causado isso.

Afastei-o dali para que ele não se delongasse. Achei que tínhamos um dia, talvez menos, antes que Sandino tornasse a pegar nossa trilha. Aí ele iria nos seguir e nos achar.

Vinte e cinco

Usei o dinheiro que Felipe me dera para subornar um barqueiro que ancorara sua chata para passar a noite à beira do rio alguns quilômetros ao sul.
Eram tempos violentos, e não era raro encontrar fugitivos nas estradas e nos rios. Esse homem não teve como deixar de perceber a particularidade das condições em que se encontravam as meninas, especificamente Rossana. Percebi, no momento em que lhe paguei, que aquela quantia não era suficiente para garantir-lhe o silêncio. Tão logo Sandino e seus homens começassem a indagar pelas redondezas, ele falaria, por mais dinheiro ou para defender a própria vida.

Rossana estava congelando. Não reclamou, mostrando-se, sim, cada vez mais distraída, como se sua mente estivesse desconectada do corpo. Será que isso aparecia também como sinal físico dentro do crânio? Cismei com aquilo. Num exame, será que meu senhor descobriria alguma parte do cérebro que teria se tornado visivelmente traumatizada?

Só havia um lugar aonde eu poderia pensar em levá-los.

Portanto, mais uma vez, à noite, fui bater à porta do necrotério do hospital em Averno.

O porteiro me reconheceu e nos deixou entrar no pátio. Notícias dos últimos feitos do Borgia garantiram a minha aceitação.

O monge, padre Benedito, demorou um pouco mais a me cumprimentar.

131

— O que faz aqui desta vez? — perguntou-me.
— Padre, precisamos da sua ajuda.

O monge olhou para Rossana, Elisabetta e Paolo. Seu olhar voltou e se fixou em Rossana.

— Vejo que o mal se abateu sobre seus companheiros. Quem são essas pessoas?

— A família dell'Orte, de Perela. Os pais deles, com o irmão caçula, foram mortos da maneira mais infame.

O padre Benedito falou com Paolo.

— Eu conhecia seu pai e sua mãe. Todo outono eles mandavam parte da colheita para o hospital. Seu pai era um patrono generoso e sua mãe, uma senhora muito afável.

Vi o lábio de Elisabetta tremer ante a menção de seus pais, mas Rossana não demonstrou entender o que estava sendo dito. O padre Benedito franziu o cenho ao olhar para ela.

— Que mal fizeram a esta criança?

Ninguém falou. Então eu disse:

— Os soldados do Borgia atacaram e tomaram a fortaleza do pai deles em Perela. As mulheres se abrigaram na capela, mas isso não as salvou.

— E agora vocês vieram para cá?

— Padre — falei —, não consegui pensar noutro lugar para onde ir.

Antes que o monge pudesse retrucar, alguém bateu violentamente à porta da rua.

— Abram esta porta. Estamos aqui pelos interesses do próprio *Il Valentino*. Abram em nome de Cesare Borgia.

Vinte e seis

Paolo desembainhou a espada do pai.
— Afinal enfrentarei esses assassinos! — gritou.
— Silêncio! — falou o padre Benedito com rispidez. — Guarde essa arma. Isto aqui é um lugar de Deus e perdão.
— Vou me vingar pelo mal que fizeram à minha família.
— Eles acabarão com você aí mesmo e não pensarão mais no assunto.
— Mas eu matarei um deles antes de morrer.
— E o que será das suas irmãs? — indagou o padre Benedito. — Que futuro terão? E os monges? E os pacientes sob meus cuidados? Se os soldados os encontrarem aqui, provavelmente matarão todos no hospital.

O padre acenou para que o porteiro viesse até ele. Falou rapidamente com o homem, instruindo-o a retardar a entrada dos soldados o máximo possível e a declarar que ninguém havia passado por aquela porta na noite de hoje.

— Esses soldados podem apresentar a insígnia do Borgia, mas você não lhes deve revelar nada.

Os olhos do porteiro giraram nas órbitas qual os de um cavalo apavorado.

O monge colocou a mão no ombro dele.

— Ercole, é o correto a fazer. Eu, padre Benedito, o estou instruindo a contar essa mentira. Os homens que estão lá fora querem fazer mal a essas crianças... já lhes fizeram coisas horríveis. — Sua voz assumiu um tom mais brando. — Lembre-se da sua própria vida antes da que tem agora. Você sabe como é terrível sofrer um abuso desses. Não podemos permitir que isso aconteça novamente. Você precisa me ajudar a proteger essas crianças. Não é todo homem que tem a chance de fazer um ato de nobreza, mas você está sendo convocado a cometer um agora.

As palavras do padre Benedito conseguiram acalmar o porteiro. O monge o fitou nos olhos. Depois levantou a mão e, com o polegar, fez o sinal da cruz na testa do homem.

— *Ego te absolvo* — disse tranquilamente. — Todos temos de morrer em algum momento, Ercole. Se a nossa hora é chegada, então você irá se encontrar com seu Criador com a alma pura de um mártir.

O rosto do homem foi tomado por uma emoção estranha. Ele baixou a cabeça.

Fiquei olhando enquanto ele se encaminhava para a porta. Estaria preparado a dar a própria vida para que nós sobrevivêssemos? Pela sua Fé, esse era o seu passaporte para o Paraíso.

Maior amor não há do que um homem dar a vida pelos amigos. A crença de Ercole nessa grande lei seria capaz de superar o risco imediato que ele estava prestes a encontrar? Talvez fosse melhor ameaçá-lo com a outra promessa da Igreja, a da excomunhão, do fogo do inferno e da maldição eterna. Colocar em sua mente um terror ainda maior que suplantasse o medo do Borgia.

Paolo devia estar remoendo pensamentos semelhantes aos meus.

— Diga-lhe que cortarei sua garganta se ele abrir a boca.

— Não — disse o monge. — Ercole tem verdadeira amizade pelo hospital. Eu o salvei das mãos de um senhor cruel e abusivo muitos anos atrás, quando ainda era uma criança. Fará o que lhe pedi.

— Assim que vir os soldados, irá nos entregar — insistiu Paolo.

— Eu confio nele. — O padre Benedito sorriu para nós. — Existe amor em seu coração, e é muito forte.

Como o monge conseguia sorrir em tal situação? Também ele sofreria uma morte das mais horríveis quando soubessem que dera abrigo a fugitivos do Borgia. O barulho na porta da rua redobrou. Parecia que machados e lanças estavam sendo usados para bater na madeira.

— Esperem. Estou indo. Estou indo — ouvimos Ercole gritando em resposta, porém sem acelerar o passo.

— Eles o ameaçarão de morte, e ele falará. — Paolo estava desesperado. — É o medo que faz as pessoas agirem conforme o que o senhor diz.

— Eu diria que a força do amor é mais forte — disse o padre Benedito. — Mas não temos tempo para nos darmos a esse debate. Preciso encontrar um lugar para escondê-los todos. Venham comigo. — Ele pegou Paolo rispidamente pelo braço e puxou-o dali. — Guarde a espada. Se não consegue perdoar, então o momento para sua vingança não é agora.

O monge entrou no hospital, e nós o seguimos.

— Vão procurar em todas as partes do prédio. Em todos os armários, em todos os depósitos. Pensei em disfarçá-los de pacientes, mas vocês são quatro e... — olhou de relance para Rossana — ...acredito que não suportarão um exame mais minucioso.

— Leve-nos para a capela — falou Paolo. — Vamos para lá. As regras sagradas do santuário os impedirão de violar solo sagrado.

— Não os impediu em Perela — lembrou Elisabetta. — Eles causaram a morte de nossa mãe e depois nos violentaram.

O olhar do padre pairou sobre o rosto dela e depois se voltou para mim.

— É verdade — confirmei. — Os atos mais vis foram cometidos bem diante do próprio tabernáculo.

O padre conteve o fôlego.

— Que tipo de mercenários eles são? Salteadores que perseguem crianças de maneira tão brutal!

— É por isso que quero lutar — falou Paolo. — O senhor deveria ter me deixado tentar matar ao menos um deles, padre.

— Então não existe um lugar que seja seguro para nós? — A voz de Elisabetta estremeceu.

— Shhh — fez o monge. — Será de outra maneira que, pela Graça de Deus, nós vamos viver ou morrer hoje à noite.

Ele tirou da parede uma tocha e nos levou para o interior do necrotério. Passamos pelo lugar onde ele e as Irmãs da Misericórdia deitavam os cadáveres e os preparavam para o enterro. Depois pelo quartinho que

135

ele cedera ao meu senhor para suas dissecações. Ao final do corredor, descemos uma escada. Onde acabava a passagem havia uma porta, que estava fechada e travada por uma barra de ferro.

— Ajudem-me aqui — disse.

Ele e Paolo pegaram a barra e a fizeram deslizar para o lado. O monge então entrou à frente, mostrando-nos o caminho.

A luz de sua tocha projetava nossos contornos em grandes sombras pelas paredes e o teto baixo em arco deste último cômodo sem janelas. Havia corpos guardados ali, uma dúzia ou algo assim, confinados em cima de cavaletes. Estavam enrolados em lençóis e havia um cheiro forte de amônia.

— Que lugar é este? — perguntou, Elisabetta horrorizada.

— Outro recinto do necrotério. — O padre hesitou. — É para o excedente da sala principal que usamos.

— Mas por que esses mortos estão guardados por uma porta trancada?

— Estão aqui porque... — o monge hesitou — ...porque são casos especiais. Aguardamos permissão para enterrá-los. — E prosseguiu tão logo percebeu que Paolo também iria fazer uma pergunta. — Cada um de vocês se esconda embaixo de um lençol, deitado de lado. Acho melhor ficar com a cabeça voltada para o lado dos pés do cadáver que já estiver ali. Vou cobri-los e depois passo a tranca na porta, ao sair. Seus perseguidores decerto vão pedir que esta porta seja aberta, podem até entrar, mas vou tentar dissuadi-los. Tentem permanecer quietos, caso eles entrem. Se fizerem um barulho sequer, será nosso fim.

Rossana estremeceu da cabeça aos pés e se recostou na irmã.

— Eu sei que vocês vão conseguir — disse o padre Benedito, de forma a encorajá-la. Olhou diretamente para Elisabetta. — Diga à sua irmã para ser forte. Roguem à Virgem Santa que as proteja.

Percebi que precisaria ir primeiro, caso contrário os outros não obedeceriam. Paolo ainda estava irritado com a frustração, as meninas quase desmaiando de medo e repugnância. Puxei o lençol de cima de um cadáver perto da parede ao fundo. Era um homem de mais idade, vestido com os trajes rudimentares dos barqueiros.

— Elisabetta — falei —, mostre a Rossana como fazer. Feche os olhos e deixe-me ajudá-la.

Ela ficou me olhando.

— Eu imploro — falei. — Temos muito pouco tempo.

Ela fechou os olhos. Peguei-a nos braços e coloquei-a ao lado do velho. Ela emitiu um ruído bem baixinho e, em seguida, mordeu o lábio.

— Fique de lado. Coloque o rosto ao lado dos pés dele e deixe seu corpo se amoldar ao dele. Você é tão delicada que quase não vai dar para ver seu contorno ao lado dele.

Ela fez o que eu disse. Enquanto se ajeitava, abriu os olhos e me olhou com tamanha confiança que eu quis beijá-la. Não como símbolo de amor entre um homem e uma mulher, mas como um irmão que recompensa a irmã por ter tido a coragem necessária para fazer uma coisa boa.

Cobri-a com o lençol.

— O padre Benedito tem razão — falei. — Ninguém vai saber que Elisabetta está ali. Se fizermos isso, talvez consigamos escapar.

Paolo não precisava de mais encorajamento. Descobriu o corpo seguinte e ajudou Rossana a se deitar ao lado dele. Ela se deitou sem um murmúrio sequer e deixou-se cobrir pelo lençol.

— Há uma criança. Aqui no canto. — O monge mostrou a Paolo onde havia um corpo pequeno. — Fique ao lado deste bebê. Vai haver um volume menor sob este lençol. — Ele o ajeitou e, em seguida, veio me ajudar.

Eu já tinha encontrado um espaço para mim e subido em cima do cavalete. Nem olhei para ver se era homem, mulher ou criança.

— Pronto! — O padre Benedito ajeitou minha mortalha. — Agora preciso voltar e me ocupar com alguma coisa no necrotério principal. Quando eles entrarem no hospital, quero dar a impressão de que estão atrapalhando meus afazeres. Não se mexam até que eu volte sozinho e lhes diga que está seguro.

Ouvi as batidas das sandálias do monge no chão enquanto ele saía às pressas, depois o ranger das dobradiças e, em seguida, sua voz sussurrando:

137

— Coragem, crianças. Que Deus esteja com vocês!

Houve então o ruído da barra pesada sendo arrastada para travar a porta.

Silêncio. Escuridão.

Estávamos trancados ali dentro.

Não havia luz no cômodo. Eu sabia que os pés da pessoa morta ao meu lado estavam perto do meu rosto, mas não via nada no escuro.

Aguardamos muitos e muitos minutos. Então, ouvimos um clamor a distância, cada vez mais alto. O ruído de botas percorrendo as lajotas de pedra do corredor.

— Matteo, estou com medo. — O sussurro de Elisabetta irrompeu de sua garganta.

Só mais tarde me dei conta de que ela pronunciara meu nome como se eu fosse um irmão mais velho.

— Não tenha medo. — Esforcei-me para manter a voz firme.

— Estou tremendo muito. Eles vão me ouvir. Vou entregar todo mundo.

Percebi o pânico se assomando à medida que o medo ia tomando conta dela.

— Não vai, não — falei com firmeza. — Lembre-se do que o monge falou. Reze para a Virgem. Diga o seu Rosário.

— Não consigo. Meu cérebro não está querendo funcionar. As palavras estão espalhadas pela minha cabeça.

Como eu poderia ajudá-la quando o medo também me dilacerava agora? Meus próprios pensamentos corriam desordenadamente qual lebres fugindo de uma toca quando um furão é enviado para tirá-las de lá. Se tivéssemos de nos defender, que armas teríamos, Paolo e eu? Uma espada, nas mãos de um menino pouco mais velho que eu, e meu punhal, que só servia em combate corpo a corpo. Mas, se nos pegassem aqui, não se dariam ao trabalho de lutar. Iriam, sim, nos manter presos ali dentro e queimariam palha na porta para a fumaça nos forçar a sair, ou esperariam até que morrêssemos de fome. Não tínhamos saída.

Ouvi, do outro lado da porta, a voz do monge, e depois outra, mais insistente, exigindo.

— Pense noutra coisa — falei para Elisabetta.

— Não consigo.

— Consegue, sim. — Busquei desesperadamente na minha cabeça alguma circunstância agradável para tirar sua atenção do que estava acontecendo. — Lembra-se de quando fomos, todos juntos, colher as últimas frutinhas nas árvores à beira do rio lá em Perela? Você e Rossana estavam cheias de costura para fazer. Paolo e eu tínhamos muito metal para polir e uma sela nova para encerar. Mas fazia tanto calor naquela tarde que enquanto os adultos tiravam uma sesta nós fugimos e fomos para a beira do rio. Lembra?

— Acho que sim — sussurrou ela.

— Foi um dos últimos dias quentes do outono — continuei —, e nós atravessamos o pátio da estrebaria escondidos, fomos embora da fortaleza e percorremos a campina. É claro que você se lembra disso.

— Lembro — sussurrou ela.

— E encontramos o lugar onde você sabia que havia muitas frutas silvestres. Ali, você e Rossana juntas encheram os aventais até transbordar. E nós tivemos de comer tudo ali mesmo, pois não poderíamos levar nenhuma de volta para casa para que não descobrissem que tínhamos ido colher frutas no campo quando deveríamos estar cuidando dos nossos afazeres. Ficamos com a boca roxa; aí eu peguei um pano, molhei na água do rio e lavei nossos rostos.

— Eu me lembro.

— Pense nisso agora. Só nisso. Em mais nada.

Ouvimos a barra sendo removida da porta com estardalhaço. O padre sendo desajeitado de propósito, de forma a nos dar o aviso para ficarmos quietos.

Torci para que Rossana e Paolo estivessem escutando meu diálogo com Elisabetta. Especialmente Paolo, que poderia se levantar de repente, empunhando a espada do pai. Pensar naquele dia passado em Perela talvez os mantivesse ocupados e ajudasse a ficarem quietos.

Veio-me à lembrança a imagem de Rossana entre o esplendor das frutas silvestres. Seu lenço havia escorregado da cabeça, e o cabelo, desamarrado, se emaranhou nos galhos. Ela tentou se libertar, mas, como só conseguiu se enrolar ainda mais, pediu-me para ajudar.

Quando dei por mim, estava revivendo aquele momento: o flerte inocente de Rossana rindo comigo da enrascada em que se metera, minha pasmaceira por estar tão perto de uma menina, o brilho estonteante do sol, o calor dentro daquele pequeno vale, a sensação dos cabelos sedosos dela entre meus dedos. Foi na véspera de um dia santo, o Nascimento da Virgem.

Naquela noite, contei à família sobre o grande festival que acontecia durante aquele período nas cidades, a comida, as procissões pelas ruas, a dança e os espetáculos à parte a que podíamos assistir e participar. Os pais deles resolveram fazer seus próprios festejos em casa. Mandaram matar um porco, e nós fizemos brincadeiras no pátio. As meninas se vestiram com trajes típicos da região e dançaram as danças tradicionais, contamos histórias, meu senhor tocou o alaúde e cantou, e...

A porta do necrotério se abriu com um estrondo.

Vinte e sete

Embaixo do lençol, minha mão agarrou o punhal.
— Que lugar é esse, monge?
Abri os olhos. Através da coberta de algodão, consegui enxergar o contorno de um homem parado à porta.
De trás dele veio a voz do padre Benedito, falando tranquilamente.
— Como podem ver, é um necrotério.
— Que atos sórdidos pratica para manter esses cadáveres escondidos atrás de uma porta trancada?
— Você escutou falar muito de bruxaria e necromancia. Isto aqui é um monastério e um hospital onde os irmãos cuidam dos doentes. Não se praticam atos sórdidos dentro destas paredes.
— Por que estes corpos estão aqui, e não com os demais?
— Esperamos as providências especiais para o enterro deles.
— Que providências especiais?
O barulho das botas entrou no cômodo. Minha garganta apertou. Abri a boca para facilitar o fôlego. O padre tossiu.
Fez-se um farfalhar. O homem deve ter puxado o lençol do cadáver que estava mais perto da porta.
— Esta mulher está vestindo roupas de camponesa, não de gente da nobreza — declarou. — Não pode haver "providências especiais" para ela. Por que essas pessoas são mantidas em separado? As pessoas devem ser enterradas até três dias depois de morrerem. É a lei.

— Por ordem do próprio Cesare Borgia estes corpos estão aqui aguardando enterro por coveiros voluntários. — A voz do padre Benedito mudara de tom. — Aconselho-os a não prosseguirem no exame desses pobres desafortunados — falou com autoridade.

— Por quê? O que escondeu aqui, padre?

— O recinto é pequeno. É possível ver o que há embaixo das mesas até a parede dos fundos. Aqui ficam corpos e nada mais.

— Venha me mostrar.

— Eu nunca entro neste recinto a menos que precise. Vejo que está de luvas, o que é bom, pois quase encostou num cadáver.

Agora houve hesitação na voz do homem.

— O que quer dizer? Por que está parado aí na porta?

— Isto aqui não é um lugar onde possamos nos demorar. — O padre falou bem devagar. — A última doença que essas pessoas tiveram foi tal que prefiro não respirar mais que o tempo mínimo necessário o ar onde elas agora se encontram.

— A doença delas? Qual foi? Do que morreram essas pessoas?

— Foram levadas pelo flagelo da humanidade, pobres almas — falou o padre Benedito em tom sereno. — Uma morte horrível. São vítimas da peste.

O homem soltou um grito e deu um salto para trás. As palavras subsequentes que ele proferiu foram abafadas, como se estivesse com a mão sobre a boca.

— A peste está por aqui?

— Infelizmente, sim. Enviaram-nos esse tormento. Porém, através da oração e expiação, podemos aceitar esse sofrimento.

— Afaste-se de mim, padre pestilento. Deveria ter informado às autoridades.

— E informei. O magistrado da cidade foi prontamente informado, como se deve. Mas seu próprio comandante, Cesare Borgia, mandou que ninguém mais ficasse sabendo. Por ordem direta dele, ficou proibido um pronunciamento ao público. Ele não queria que as pessoas fugissem da região enquanto está conduzindo sua campanha. As estradas ficariam cheias de refugiados, e ele os quer fora do caminho para que seus exércitos possam se deslocar com rapidez de um lugar para outro. As instruções que recebemos foram de que as vítimas fossem mantidas num recinto separado e enterradas discretamente, no meio da noite, bem longe das muralhas da cidade. Ninguém deverá saber desse surto. Seria bom seguir suas ordens.

— Feche logo essa porta.
— Com prazer.

A porta se fechou. A barra foi recolocada. Ouvimos os passos se afastando.

A noção que tive foi a de terem decorrido duas horas antes de ouvirmos a tranca sendo deslocada novamente.

— Foi um bom ardil, padre — falou, Paolo agradecido, quando o padre nos levou para a parte principal do hospital. — Fingir que aquelas pessoas tiveram a peste, de forma a amedrontar os soldados.

O padre havia nos trazido para uma saleta de despensa vazia e fechado a porta. Estava parado diante de nós.

— Paolo — falou com solenidade na voz —, todos vocês. Não foi truque. Eu não menti. As pessoas ao lado de quem vocês se deitaram foram vítimas da peste.

O queixo de Paolo caiu de espanto. Elisabetta agarrou Rossana e a apoiou.

— Vítimas da peste! — exclamou. — Estávamos deitados ao lado de vítimas da peste!

— Foi o único lugar onde achei que os soldados não iriam procurar direito. Eles vasculharam o hospital inteiro, esvaziaram armários, espetaram as lanças pelas chaminés, revirando pacientes nas camas para ver o que havia embaixo. Escondidos ali, suas vidas foram salvas... por ora.

Paolo levou a mão ao rosto.

— Fugimos de uma morte para encontrar outra.

— Talvez — falou o padre, em voz baixa. — Não sabemos exatamente como a doença se propaga. Pode ser que o Anjo da Morte passe ao seu lado e vocês sejam preservados, conforme já aconteceu. Entrementes, não podemos nos deter. — Entregou a Paolo e a mim um saco de aniagem. — Tenho apenas um pouco de pão que posso lhes dar para a jornada, pois ir atrás de mais comida faria com que gente da cozinha ficasse sabendo da presença de vocês. É melhor que Ercole e eu sejamos as duas únicas pessoas por aqui a saber.

— Nossa jornada, padre? — perguntou Elisabetta. — Está nos mandando embora?

— Vocês precisam ir logo. Quando virem que não os encontraram em parte alguma da cidade, eles voltarão para procurar tudo de novo. E dessa vez vão dar uma busca ainda mais completa. De qualquer forma, já é quase meia-noite. É quando chega a fraternidade de homens caridosos que cavam túmulos para aqueles que sucumbem à peste, para recolher os corpos que vão enterrar. É melhor vocês partirem o mais rápido possível.

— Mas não temos para onde ir.

— Eu já ia lhes dizer para onde podem ir.

Ele se ajoelhou e traçou com o dedo um mapa no chão de terra.

— Ercole os levará para fora do hospital por um túnel que chega até o rio. Quando se separarem dele, sigam a montante.

— Montante — disse Paolo. — É voltar no sentido de onde viemos.

— Exato. E estarão muito mais seguros por causa disso. Depois de pouco mais de um quilômetro, vocês tomam outro caminho. De forma que não estarão voltando para Perela, e sim seguindo em direção às montanhas. É um dia inteiro de caminhada subindo por terreno difícil até chegarem à cidade de Melte, onde há um pequeno convento de freiras enclausuradas. Ali encontrarão abrigo no santuário.

— Santuário? — Elisabetta repetiu a palavra. — Se ao menos eu pudesse acreditar que isso é verdade!

— Pois acredite — disse o padre. — Agora, prestem atenção. Ercole pode levá-los até o rio. Ele precisa estar de volta rapidamente, de forma que tudo pareça estar como deveria no hospital quando os coveiros chegarem ou os soldados voltarem. — O padre Benedito apontou para o mapa que havia desenhado no chão. — Conhecem a região do outro lado de Averno?

Paolo balançou a cabeça.

— Eu conheço — falei eu.

144

O monge me estudou durante alguns instantes. Eu sabia que ele me reconhecera como criado de Messer da Vinci, mas não comentara isso abertamente.

— Muito bem. Mostrarei a Matteo o caminho desse convento. Você deverá memorizar meu desenho, e depois vou apagá-lo. É melhor não levarem mapas ou cartas. É perigoso portar documentos. Se caíssem nas mãos erradas, o hospital correria perigo. Mas, quando chegarem a Melte, não vão precisar de carta. A Madre Superiora é minha irmã. Digam-lhe que vêm por meu intermédio e peçam que lhes dê abrigo. Ela os acolherá.

— E se ela não acreditar em nós? — perguntei-lhe.

— Minha querida irmã não mandaria quatro crianças embora.

— Eu não sou criança — disse Paolo, zangado.

— De fato — falou o monge em tom de tristeza. — Não é mais.

— Duas meninas ela pode aceitar, padre, mas, em se tratando de freiras enclausuradas, dois meninos que já são quase homens podem lhes dar motivos para não nos deixarem entrar — observou Elisabetta.

— Ah, sim. Deixem-me pensar... Vou lhes contar um incidente da nossa infância que somente eu e ela conhecemos, assim ela vai acreditar que vocês vieram recomendados por mim. — Ele fez uma pausa e depois continuou. — Relembrem-na de que foi ela quem pegou as rosas para preparar uma guirlanda a ser colocada na estátua da Virgem, mas que fui eu quem ganhou umas palmadas do jardineiro de nosso pai.

— Vamos fazer isso — disse Elisabetta —, mas será que também deveríamos contar que estivemos com vítimas da peste?

— Sim, devem — confirmou o padre. — Evitem contato com qualquer pessoa antes de falarem com ela e tomem cuidado com suas roupas. Não se sabe ao certo como a peste se alastra. A primeira pessoa que chegou era um catador de lixo. Isso pode ser significativo, pois há quem diga que ela se transmite através das roupas. Mas outras duas que vieram para nossos cuidados eram barqueiros no transporte de tecidos e alimentos. Dizem que a infecção se encontra na boca dos ratos e que eles a transmitem a nós quando roem os sacos de grãos. Não temos como saber ao certo. De qualquer forma, avisem à minha irmã que vocês podem estar

145

contaminados. Ela será guiada por Deus e por sua própria imaginação de forma a encontrar a melhor maneira de tratá-los.

— Em nome de minha família, eu lhe agradeço, padre, por nos ajudar. — Paolo fez uma reverência formal.

— Eu gostaria de poder fazer mais que isso — disse o padre Benedito, soltando um suspiro. — Sua irmã Rossana precisa de cuidados médicos, mas seria perigoso demais retardar sua partida. Que motivo eles têm para caçá-los com tanta sofreguidão?

— Falaram de tesouro — disse Elisabetta. — Buscavam um grande tesouro.

— Deve ser um engano — falou Paolo. — Não temos tesouro algum.

— Tem certeza que foi isso que disseram? — perguntou o padre.

— Tenho — disse Elisabetta.

— Vocês trouxeram alguma joia da família quando fugiram?

Paolo soltou uma risada ríspida.

— A família dell'Orte não possuía joia alguma, nem boa prata ou moedas de ouro. Meu pai foi soldado a vida inteira. Vivia e alimentava a família e os criados com a produção da terra ao nosso redor.

— Posso ver por que pretendiam matá-lo na ocasião — prosseguiu o monge. — Sabem que um filho procuraria vingar a família e por isso não o queriam vivo, mas não entendo por que ainda os perseguem com tanta avidez. Têm medo de vocês por alguma razão? Vocês têm parentes que poderiam convocar para empunhar armas? Gente do seu sangue que lutaria por vocês?

Paolo balançou a cabeça.

— O irmão mais velho da minha mãe mora em algum lugar nas proximidades de Milão, mas eu sei muito pouco a seu respeito. Esse tio trocava cartas com minha mãe de vez em quando. Não acho que seja rico ou que tenha homens a quem chamar para a luta.

— Há mais coisas aqui a serem descobertas. — O padre falou devagar. Olhou para Elisabetta. — Você disse que os ouviu falar em tesouro?

Elisabetta confirmou.

— Grande tesouro. Ouvi-os usar exatamente essas palavras.

O padre Benedito franziu o cenho. Vi a expressão em seu rosto, uma ruga se formando entre os olhos — aquela tão bem ilustrada pelo meu senhor quando desenhou o monge uma noite depois que o conhecemos. A reentrância em sua sobrancelha que demonstrava que o padre estava pensando profundamente sobre alguma coisa.

Comecei a suar. Torci para que Elisabetta e Paolo não se recordassem das exatas palavras que os salteadores tinham dito conforme as haviam repassado para mim.

— Exatamente tesouro, não — disse Elisabetta. — Não disseram que Paolo teria algum tesouro. Disseram que tinha *a chave* para um grande tesouro.

— E você não sabe nada a respeito disso, Paolo? — perguntou o padre. — Seu pai tinha alguma chave que trancasse alguma cômoda?

— Não havia tesouro algum em nossa casa, caso contrário meu pai o teria escondido comigo.

— Seu pai não lhe deu instrução alguma, não deixou alguma mensagem, nem escreveu nada?

Paolo balançou a cabeça.

— Pensei nisso diversas vezes. Não, nada.

— Seu pai sabia que iria morrer, com toda a certeza. — Para minha inquietação, o monge começou a juntar as informações que colhera. — Ele coloca a mulher e os filhos na capela da fortaleza, onde esperava que os soldados não violassem o santuário. Esperança infundada contra tamanhos bárbaros! E esconde o filho mais velho porque sabe que o menino tem idade suficiente para ser assassinado. — O padre Benedito fixou o olhar sábio em Paolo. — Se houvesse qualquer tesouro, Paolo, ele lhe teria contado, certo?

— Senhor — retrucou Paolo —, meu pai não me disse nada sobre tesouro algum. Somente que eu deveria cuidar da minha mãe e do meu irmão... — a voz de Paolo fraquejou um pouco — e das minhas irmãs. E manter minha honra da maneira que pudesse.

O padre olhou para Elisabetta.

— Diga-me novamente o que ouviu deles.

Elisabetta pensou antes de responder.

— Eles disseram: "Precisamos encontrar o menino. Ele está com a chave do tesouro."

A ruga na testa do padre ficou mais profunda.

— Ele mencionou Paolo pelo nome?

Meu estômago deu um nó de medo. Agora eu seria desmascarado. Esse monge era inteligente demais para não perceber a falha na história.

Elisabetta começou a falar.

— Pelo que me lembro...

A porta se abriu, e Ercole entrou. Trazia o lampião numa das mãos e na outra uma varinha comprida de metal.

— Padre, o hospital está tranquilo novamente, e a rua lá fora está vazia. Devemos ir enquanto podemos.

O monge ficou de lado para nos deixar passar.

— Sigam Ercole agora e façam o que ele disser.

À medida que fomos saindo da despensa enfileirados, ele me tocou no ombro.

— Quer que eu envie uma mensagem ao seu senhor dizendo que vocês estão em apuros e precisam da ajuda dele?

— Não — respondi. — Meu acordo foi de encontrá-lo em Florença, e isso ainda espero fazer. Além disso, em parte ele trabalha para o Borgia e, pelo que parece, o capitão dell'Orte ofendeu *Il Valentino* de alguma forma e por isso ele mandou destruí-lo e a toda sua família. Portanto, é melhor que meu senhor não se preocupe com isso. Vou levá-los até o convento em Melte e depois seguirei para Florença.

— Certo. Vejo que é o mais acertado a fazer — concordou o padre.

— Mas como foi que você veio se ligar a essa família, Matteo?

— Eles nos deram abrigo em nossas viagens no último verão. Eu... fiquei sabendo que estavam sendo ameaçados e... e saí do meu caminho para avisá-los, mas cheguei tarde demais. Não pude fazer mais do que ficar e ajudar. — Eu já havia pensado que o monge iria me fazer essa pergunta e tinha preparado a resposta. Entretanto, mesmo tendo ensaiado o que iria dizer, gaguejei na explicação. Mas parece que ele acreditou.

— Vai ganhar uma recompensa no Céu por sua verdadeira caridade.

Ele colocou a mão sobre minha cabeça. Senti meu rosto arder de vergonha.

Quando chegamos 10 claustro, ele se despediu de nós e nos abençoou um por um.

— Agora, vou para a capela rezar.

— Não funciona muito contra espadas — murmurou Paolo.

— Se eu tiver de morrer, não sei se há lugar melhor — falou o monge tranquilamente. — Não se esqueçam de dizer à minha irmã que a perdoo pelas palmadas que levei no lugar dela. — Ele deu um toque no peito de Paolo. — Seu coração está cheio de amargura. Tente encontrar um lugar para deixar entrar a boa graça do Senhor. Lembre-se: "Minha é a vingança, diz o Senhor."

Paolo esperou até que o padre Benedito tivesse ficado fora do alcance de sua voz para soltar entre os dentes:

— E assim como diz o Senhor, digo eu. É meu solene juramento, sobre minha espada sagrada, pela honra de minha família. A morte, sem piedade, para aqueles que lhes roubaram as vidas.

Paolo sacou da bainha a espada do pai e, erguendo-a bem alto, beijou a lâmina.

— Juro sobre o sangue de meu pai, de minha mãe e de meu irmão. Eu, Paolo dell'Orte, terei minha vingança.

Vinte e oito

Ercole nos guiou para atravessarmos o hospital. Quando chegamos às entradas das compridas alas onde os pacientes dormiam, baixou a cortina do lampião e passamos um por um. Havia uma lâmpada votiva acesa nos arcos dessas passagens, mas dava pouca luz. Com sorte, qualquer insone que olhasse na direção da porta só veria sombras nas profundezas do claustro.

Nós o seguimos pelos corredores até chegarmos às oficinas e edificações ancilares, meias-águas adjacentes ao bloco maior do hospital. As lavanderias ficavam aqui. Eram equipadas com secadores de roupas e pias grandes com ralos no chão. Umas cubas enormes tinham sido assentadas sobre pedras sob as quais acendia-se fogo para ferver roupas de vestir e de cama. Depois da última, havia uma estreita escada em espiral. Ercole ficou segurando o lampião no alto enquanto nós fomos descendo, um a um, até chegarmos meio tontos ao final lá embaixo. Estávamos num cômodo pequeno que não tinha nada além de uma grelha grande no piso de pedra. Ercole deixou o lampião no chão e pegou com as duas mãos a varinha de metal que trazia consigo.

— Que brincadeira de mau gosto é essa? — A mão de Paolo já estava na espada. — Você nos trouxe aqui para nos assassinar?

Ercole não se deu ao trabalho de responder. Cruzou o cômodo e encaixou a ponta da varinha de metal numa das extremidades da grelha. Soltando um grunhido pelo esforço, ele a ergueu um pouco e puxou para o lado.

— Vocês. Ajudem. — Ele olhou de relance para mim e Paolo.

Fomos ajudá-lo e, em três, conseguimos deslocar a pesada grade para o lado. Abaixo, escutamos o barulho de água correndo.

— Entrem. — Ercole apontou para o buraco no chão. — Todos. Entrem.

— O que há lá embaixo? — indagou Paolo.

— Estamos embaixo das lavanderias — falei. — O hospital precisa de uma grande passagem de esgoto para esvaziar as cubas de lavagem e se livrar dos dejetos de tanta gente.

— Está nos levando para o esgoto? — perguntou Paolo a Ercole. — É isso que há lá embaixo?

— Água. Rio — respondeu Ercole.

— Podemos nos afogar — falou Elisabetta.

Ercole olhou para ela mais carinhosamente do que tinha olhado para Paolo ou para mim. Balançou a cabeça.

— Afoga não. Saída. — Apontou para Paolo. — Você primeiro. — E, como Paolo hesitasse, ele falou: — Vá. Você ajuda os outros.

Paolo olhou para mim. Entendi muito bem o significado do seu olhar. Dizia: *Vou deixá-lo com as minhas irmãs; proteja-as contra esse biltre.*

Inclinei a cabeça. Paolo foi até a grade aberta e se sentou na beirada, com as pernas penduradas dentro do buraco. Ercole trouxe o lampião para iluminar por cima da cabeça dele. Escorando-se contra os lados do buraco, Paolo desceu até desaparecer na escuridão.

— Tem um túnel — disse. — Com altura suficiente dos lados para ficarmos de pé. E está seco, acima do nível da água.

— Venha. — Ercole pegou Rossana pela mão e, para minha surpresa, ela o deixou guiá-la até a beirada do buraco. — Sente-se.

Rossana sentou. Ercole se ajoelhou diante dela do outro lado da abertura. Esticou as mãos. Ela colocou as suas nas dele. Ercole agarrou-lhe os punhos, e Rossana se deixou escorregar da beirada para dentro do buraco. Ouvimos a voz de Paolo lá do fundo:

— Peguei.

Elisabetta entrou sem precisar pedir e se sentou na borda. Ercole ajudou-a a descer.

Depois foi minha vez.

— Você vem também? — perguntei a Ercole. — Para nos mostrar o caminho?

Ele confirmou.

Agora eu precisava fazer o que as meninas tinham conseguido com tanta facilidade, mas minhas pernas teimavam em não obedecer aos meus desejos. Forcei-me a caminhar em direção à abertura no chão, ao nada do buraco. Ercole me observava. Baixei a cabeça para que não visse o medo estampado em meu rosto. Esticou as mãos. Consegui me ajoelhar no lado oposto ao dele. O vazio começou a me puxar para dentro. Formava-se um suor gorduroso nas palmas das minhas mãos, no meu rosto. Comecei a tremer.

— Feche os olhos — grunhiu Ercole. — Dê-me as mãos.

Fechei os olhos.

A voz de Elisabetta veio lá de baixo, falando baixinho porém audível, acima do farfalhar da água.

— Tem espaço para todos nós aqui, Matteo.

Às cegas, estiquei as mãos para a frente.

Senti os dedos calejados de Ercole se fechando em torno dos meus punhos. Ele me puxou da posição em que eu estava. Durante um segundo repugnante, fiquei pendurado sobre o nada. Então ele foi me soltando devagar. Minha mente fraquejou, e meus pés buscaram desesperadamente as paredes ao lado, mas ele aguentou meu peso.

— Peguei. — Os braços fortes de Paolo me envolveram, e eu parei de chutar. Ele me guiou até uma posição segura e aproximou a boca do meu ouvido. — Se aquele homem lá em cima quiser, ele pode recolocar a grade e nos prender aqui embaixo.

Balancei a cabeça, para me livrar da ideia antes que ela tivesse a chance de crescer, mas também porque não acreditava. Ercole desceria e nos ajudaria a fugir conforme o monge tinha dito.

— Não — retruquei para Paolo. — Olhe.

Vimos uma luzinha balançando diante de nós. Ercole, com o lampião enganchando ao cinto, dera conta de sair do piso acima de nossas cabeças e se juntar a nós embaixo da terra. A frágil luminosidade parecia intensificar ainda mais as trevas ao nosso redor. Os rostos das meninas reluziam, embranquecidos; seus olhos pareciam cavidades oculares vazias.

— Por aqui. — Ercole espremeu-se para passar entre nós. — Vamos em fila.

Nós nos apertamos todos contra um lado para dar-lhe passagem. Rossana estava batendo os dentes. Apertei os meus uns contra os outros para evitar que também batessem.

— Você — Ercole apontou para mim —, o esperto, ande atrás de mim. E você — apontou para Paolo —, que tanto quer brigar, vá por último. Se alguém nos seguir, veremos o que você consegue fazer com essa sua espada enorme.

Vi Paolo se retrair. Ser pego por trás num esgoto nojento não era exatamente a maneira como ele pretendia enfrentar seus inimigos.

Ajeitamo-nos conforme as instruções de Ercole e o seguimos pelo esgoto.

Quando conheci o medo antes, experimentei-o como um sentimento bruto que revolvia as entranhas, acompanhado de morte violenta, jorros de sangue e urros de dor.

Este tipo de terror foi um pouco mais insidioso. Rastejante, silencioso, nos espreitava à medida que corríamos por baixo da terra, cercados por paredes cheias de limo, cheiro de excrementos, sujeira e material usado de hospital. Um salpico na água aos meus pés e os olhos vermelhos de um rato cintilaram.

Ao sair do hospital, o túnel passava sob as ruas da cidade. Acima de nossas cabeças, ouvimos o ruído de passos, madeira se despedaçando, portas rangendo a distância, metal batendo contra metal.

— Esperem. — Ercole nos mandou parar depois de alguns minutos.

Havia outra grade adiante. As barras estavam tapadas por nacos de imundície. Ercole colocou as mãos nela sem hesitar e, com um empurrão, desencaixou-a.

— Baixinho, agora — murmurou enquanto saía do túnel subindo para a rua em direção ao maravilhoso ar fresco. — Você, menino — colocou um dedo sujo embaixo do meu nariz —, vá atrás agora, e faça o pio de uma ave noturna se ouvir ou vir qualquer coisa.

À nossa frente estava o caminho das lavadeiras da cidade quando iam cuidar da roupa e estender lençóis para secar.

Ercole apagou o lampião.

— Deem as mãos — instruiu-nos. — Vamos percorrer o resto do caminho no escuro.

Eu estava ligado a Rossana. Nunca havia segurado a mão de uma menina na vida. A sensação era a de uma luva macia. Seus dedos eram finos, a pele fresca. Não era a maneira como o primeiro toque entre um menino e uma menina que se sentem atraídos um pelo outro deve acontecer. Deveria ter havido um namoro qualquer numa feira ou num festival, um passeio ao luar ou num jardim, quando a mão de alguém se estica para pegar a de outra pessoa. O que *ela* estaria pensando? Num dado momento, quando a lua se deixou entrever no meio das nuvens, pude ver que o rosto de Rossana estava coberto de lágrimas.

Quando atingimos o rio, Ercole apontou na direção que deveríamos seguir.

— Para lá — disse. — Vão o mais rápido que puderem, sem parar. — Olhou para Rossana, abriu a boca como se fosse falar, mas fez apenas um gesto com a cabeça e desapareceu.

Vinte e nove

Deixamos o rio e tomamos o caminho para as montanhas. Eu já estivera fora, na escuridão, e os vultos das árvores e arbustos não me alarmaram. Desdobrando o mapa do monge na cabeça, encontrei o caminho em parte por instinto, com os ouvidos atentos ao som de qualquer perseguição. O terreno começou a subir bastante. Paolo e eu precisamos ajudar mais as meninas. As meias de Rossana e Elisabetta foram se rasgando, e nossos dedos se cortando à medida que galgávamos a montanha. Depois de uma hora ou mais, Paolo sugeriu que parássemos.

— Minhas irmãs estão exaustas.

Relutei, mas concordei.

— Só uns poucos minutos.

Comemos um pouco de pão, de pé, recostados a uma árvore. Não quis deixar que eles se sentassem, preocupado em não perdermos o ânimo para tornarmos a levantar depois.

Chegando mais no alto, a neve estava mais fresca. Eu tinha ciência de que estávamos deixando rastros, mas não havia o que fazer. A madrugada irrompeu, friamente bela. Olhamos montanha abaixo e avistamos a cidade e o rio descortinando-se em meio à névoa matutina.

— Precisamos ir mais rápido — falei com urgência — para que não nos vejam do fundo do vale depois que o sol sair.

A imponência da montanha com seu manto de neve despontava acima de nós. Atravessamos uma pequena floresta e logo ficamos atrás da linha das árvores. A neve aqui era profunda. Arrisquei mais uma olhadela para baixo. Avistei um grupo de pontinhos que se deslocava à beira do rio. Os barqueiros se preparando para carregar suas balsas? Ou homens se reunindo para dar início a uma caçada?

Continuamos subindo. À medida que a neve foi ficando mais funda, nosso progresso foi ficando mais lento. A vista que tínhamos da cidade foi ficando menos nítida, sendo o contorno do hospital monástico e a torre do sino da igreja os únicos pontos visíveis agora.

— Se nós não podemos vê-los, certamente eles não podem nos ver — desabafou Elisabetta.

Não falei nada. Já caçara na neve. O homem consegue distinguir uma lebre, escura contra o fundo branco, a quase 2 quilômetros.

As meninas iam aos tropeços, às vezes afundando até a cintura. Eu estava pensando que não poderíamos seguir muito mais sem descanso quando Paolo expressou com sua voz exatamente os meus pensamentos.

— Matteo, estamos no caminho certo para Melte?

Paramos. Minha sensação era a de que nos mantivéramos no caminho indicado pelo padre Benedito, mas não tinha como saber ao certo. Tive de contar a verdade.

— Acho que sim — falei. — Mas a esta altura acho que já deveríamos estar avistando o passo para o outro lado da montanha.

Olhamos para o alto. Não havia rebaixo ou quebra na cordilheira lá em cima.

— Mas a nevasca forte de ontem pode ter coberto — comentou Elisabetta. — As passagens nas montanhas costumam estar fechadas no inverno.

O que significava, então, que nossa rota de fuga estava bloqueada.

Não podíamos voltar por onde viéramos. E no momento não tínhamos força para tomar outro caminho.

— Há um trecho mais escuro ao longo da base daquela cordilheira lá — falei. — Não chega a 1 quilômetro. Parece uma caverna. Poderíamos nos abrigar ali enquanto resolvemos que curso seguir.

Estávamos a mais ou menos 100 metros de lá quando o ar em torno de nós se partiu com um violento estalido.

Elisabetta soltou um berro e olhou para trás.

Paolo virou-se desajeitadamente, tentando em vão desembainhar a espada, sendo impedido pela neve ao redor.

Mas Rossana levantou a cabeça e olhou para cima. Acompanhei seu olhar, dando-me conta ao mesmo tempo de que o som viera da nossa frente, e não de trás.

E avistei o peso da montanha inteira estremecendo.

— Avalanche! — dei o alerta. — Avalanche!

Trinta

Agarrei Rossana pela mão e arrastei-a até a abertura da caverna. Atrapalhada pelas saias, Elisabetta nos seguiu. Paolo ficou no caminho da neve deslizante.

Um vendaval sufocante e estonteante vinha descendo a montanha com um estrondo inimaginável. Eu me virei e me joguei em cima de Paolo e me mantive agarrado a ele quando fomos pegos e puxados para baixo com o turbilhão. Esbarramos nas árvores e fomos separados.

Fiquei inconsciente durante várias horas.

As meninas desceram e conseguiram nos levar até a caverna. O braço de Paolo estava quebrado, meu corpo estava todo cheio de hematomas e dormente, mas conseguíramos escapar com vida. Elisabetta rasgou um pedaço de sua anágua para fazer uma atadura no braço de Paolo, e nós nos aconchegamos uns aos outros e comemos o resto de comida que tínhamos, exceto Rossana, que recusou qualquer tipo de alimento.

A tarde já estava chegando ao fim e, assim que as luzes do dia se foram, começou a nevar novamente. Paolo falou:

— Deus jogou uma maldição em cima da família dell'Orte.

— Ou enviou a avalanche para nos salvar — retrucou Elisabetta. — Ela vai cobrir nossos rastros do rio até aqui e limpou nossa passagem pelo alto da montanha. Fui lá fora e avistei a abertura que dá para o outro lado. Vamos nos apressar enquanto ainda está nevando; assim ela vai cobrir também a última parte da nossa jornada.

Fiquei olhando para Elisabetta enquanto dizia isso para o irmão. Ela havia mudado. Com o desgaste sofrido por Rossana, Elisabetta assumira o papel dominante.

Quando partimos novamente, Elisabetta me perguntou:

— Por que você nos levou para Averno?

— Sabia que ali havia um hospital.

— Como soube que esse monge iria nos esconder?

— Todos conhecem a bondade dos monges de são Hugo. É grande a fama de cuidarem daqueles que não têm outro lugar para onde ir.

— Achei que talvez conhecesse o monge do hospital como amigo.

Balancei a cabeça.

— Mas ele o conhecia.

— Acho que não.

— Conhecia, sim — disse Elisabetta. — Disse o seu nome, mesmo sem você ter lhe contado.

Disse mesmo. Lembrei-me agora. Quando estava desenhando o mapa, o padre Benedito disse meu nome, Matteo.

— Já estive lá antes — murmurei uma desculpa — com o Maestro. Ele tinha permissão para fazer anatomias, e eu o acompanhei. Mas é algo que ele me pediu para não falar, pois as pessoas não compreendem direito seu trabalho.

Ela fez que sim com a cabeça e eu virei a minha para o outro lado. Percebi, então, que Elisabetta era boa observadora. Antigamente, não havia notado isso, pois ela se contentava em ocupar um lugar menos proeminente diante da irmã mais cheia de vivacidade. Mas agora, com aquela estrela brilhante menos luminosa, era possível ver Elisabetta brilhando. Pensei em quanto tempo levaria até que sua mente esperta pensasse mais na conversa dela e do irmão com o padre Benedito, quando ele lhes indagou sobre o tesouro, questionando a razão pela qual eles estavam sendo caçados. Quanto tempo levaria até que se lembrasse que os soldados haviam pedido informação sobre "o menino" e não mencionaram Paolo pelo nome? Talvez se lembrasse que outro menino havia chegado ao domicílio dos dell'Orte em circunstâncias estranhas, um menino sem nome

159

próprio, cujo passado estava incompleto, podendo ser aquele a quem os soldados procuravam, e não seu irmão.

Quanto tempo se passaria antes que Elisabetta, Rossana e Paolo descobrissem que sua mãe, pai e irmão haviam sido assassinados não pelos soldados saqueadores do Borgia, mas por um bando de renegados de Sandino, enviado para me encontrar?

Que fora eu, Matteo, o causador da derrocada da família dell'Orte.

Trinta e um

O sino de Angelus do anoitecer tocava quando finalmente chegamos à cidadela serrana de Melte.

Vimos logo o convento da irmã do padre Benedito. Era uma edificação pequena alojada perto das encostas íngremes do passo da montanha. As paredes eram altas, lisas, e só havia uma porta com uma lamparina acesa em cima. A luz batia sobre a placa, que nos dizia ser este o Convento do Cristo Menino e São Cristóvão.

— São Cristóvão — Elisabetta retorceu o rosto —, o santo dos viajantes. Vamos torcer para que ele nos proteja agora. — Ela fez menção de entrar.

— Precisamos tomar cuidado — falei.

— Eu vou — disse Paolo. — Não tenho medo.

— Tomar cuidado não significa ter medo — Elisabetta repreendeu o irmão. — Vai causar menos alarde se eu for.

— Um homem tem mais autoridade para mandá-las abrir a porta — disse Paolo, empertigado pela censura da irmã.

— São freiras enclausuradas — explicou Elisabetta. — O único homem que veem deve ser o padre local que vem rezar a missa para elas e talvez um parente nos dias de festa. Se tocar a campainha como um desconhecido no meio da noite, poderá assustá-las, e elas não vão nos deixar entrar. Vou eu, e implorarei à irmã porteira que me deixe falar com a Madre Superiora.

— Elas vão dizer que não — argumentou Paolo. — Você é uma criança. Vão dizer que se vá e volte depois com um adulto.

— Direi que trago um recado urgente do seu irmão em Averno e preciso lhe falar em particular.

Paolo me lançou um olhar.

— Acho que Elisabetta chegar sozinha é o melhor caminho — disse eu. Depois me virei para Elisabetta e comecei: — O monge disse para contarmos à irmã...

— Eu sei o que o monge disse, Matteo. Acha que, por ser uma menina, eu não vou me lembrar, mas eu me lembro do recado muito bem. Vou dizer a ela: "Seu irmão não guarda nenhum rancor por ter levado uma sova do jardineiro quando você colheu as melhores rosas do seu pai para enfeitar a estátua da Virgem."

Nós nos afastamos e ficamos observando Elisabetta se adiantar e puxar a corda da campainha à porta. Passou-se algum tempo antes que a cortina da grade fosse aberta.

Elisabetta falou com a pessoa que estava do outro lado. A cortina se fechou, e nós aguardamos alguns minutos até que fosse aberta novamente. Depois de um instante, a própria porta foi aberta. Havia uma freira ali parada, mas ela não saiu. Conforme as regras do monastério, uma freira enclausurada não pode passar do umbral do convento. Depois que faz o voto, ela fica lá dentro para sempre; quando morre, é enterrada ali mesmo.

Essa freira se inclinou para falar com Elisabetta e depois olhou na direção para a qual ela apontava.

Cutuquei Paolo:

— Fique em pé direito — falei — para que ela nos veja e saiba que não queremos fazer mal.

Paolo se endireitou, mas Rossana não conseguiu. Com o braço são, Paolo puxou a irmã para perto de si como quem protege uma criança pequena.

A Madre Superiora fez sinal para que nos aproximássemos. Olhou para cada um de nós e perguntou:

— E como está meu bom irmão?

— Estava muito bem da última vez que falamos com ele — respondi.

— Mas ele se colocou em grande risco ao nos dar abrigo.

— Então só posso fazer o mesmo bem que ele fez — disse ela e nos mandou entrar.

— Há algo que precisa saber — falou Paolo. — Nós tivemos contato com a peste.

A irmã porteira deu um passo atrás, mas a Madre Superiora ficou onde estava.

— Vocês devem estar passando grande necessidade para meu irmão enviá-los a mim em tais circunstâncias.

E escancarou a porta para nos deixar entrar.

A Madre Superiora nos levou a um porão da casa.

O cômodo havia sido escavado montanha adentro e se destacava bastante do resto da comunidade.

— Precisam tirar todas as roupas — disse ela —, pois vou queimá-las. Depois irão escovar uns aos outros com uma escova dura. E deverão raspar o cabelo.

A mão de Elisabetta foi parar em seus cachos claros.

— Sinto muito — a madre falou, olhando para Elisabetta —, mas, para podermos evitar que a infecção se alastre, essa é a única maneira. Vou ver se consigo encontrar outras roupas para substituir as de vocês. Aqui nós costuramos vestes para toda a gente do clero, inclusive bispos e cardeais. Vou vasculhar os cestos para ver se há alguma coisa que lhes sirva.

— Eu responsabilizo o alto clero pelos nossos infortúnios — falou Paolo. — Não tolerarei me vestir como qualquer membro dessa organização.

— Talvez um frei menor, então? — retrucou seriamente a Madre Superiora.

Ao dizê-lo, ela ocultou um sorriso, e eu vi que essa mulher tinha a mesma astúcia mental que seu irmão.

Então, durante nossa estada em Melte, Paolo, eu e Elisabetta usamos os trajes dos padres franciscanos. E ficamos com esses mantos quando fomos embora para cruzarmos as montanhas até o outro lado da Itália.

Quanto a Rossana, ela jamais usou o hábito dos seguidores do santo homem de Assis. Quando levou nossas roupas infectadas, a Madre Superiora a estudou cuidadosamente. Em seguida retornou com um cobertor bem quente e, agasalhando seu frágil corpinho, levou-a para a enfermaria do convento.

E lá, dois dias depois, com Paolo e eu em cada lado de sua cama, e Elisabetta segurando sua mão, Rossana dell'Orte morreu.

Trinta e dois

O inverno ainda castigava as montanhas, mas as compridas e finas estalactites de gelo nos beirais do monastério já haviam começado a derreter quando a Madre Superiora resolveu que era hora de partirmos.

— A neve está derretendo. Em um ou dois dias o caminho de descida estará limpo o suficiente para ser percorrido. Se os homens do Borgia os perseguem com tal ferocidade, pode ser que estejam esperando em Averno e, assim que os passos da montanha estiverem liberados, virão aqui procurá-los.

Fomos ao túmulo de Rossana para dizer adeus. Para esconder nossa presença aqui, Rossana precisou ficar anônima na morte. Assim, a despojada cruz de madeira que marcava seu último lugar de descanso não apresentava seu próprio nome escrito. Qual as freiras de todos os conventos, recebera outro. Elisabetta o escolhera.

— Podíamos ver os topos das suas montanhas da janela do nosso quarto em Perela — contou Elisabetta à Madre Superiora. — Rossana e eu costumávamos conversar sobre os anjos que deveriam morar aqui, tão perto de Deus. Agora ela está com eles. Então, marquemos o nome de irmã Ângela em seu túmulo, e que os anjos a recebam no Céu como igual.

A Madre Superiora providenciou para que um pastor das montanhas nos guiasse na travessia.

Paolo e Elisabetta me disseram que eu seria bem-vindo para acompanhá-los até a casa do tio que morava em Milão.

Balancei a cabeça.

— Vou até Florença para me encontrar com meu senhor — falei.

Já causara problemas suficientes para essa família e achei melhor para eles se nos separássemos.

— Vamos procurar meu tio — falou Paolo. Indicou as roupas que ele e Elisabetta estavam usando. — Dois irmãos mendicantes não deverão atrair muita atenção pelas estradas.

— Desejo que a vida lhes sorria — falei —, caso não tornemos a nos encontrar.

— Nós *vamos* nos reencontrar — falou Paolo enfaticamente —, embora possam se passar muitos anos até então. Há negócios inconclusos que precisamos resolver, Matteo. Preciso de tempo para ficar mais forte, para juntar armas e treinar até ficar perito na luta. Mas, quando estiver pronto, vou encontrá-lo para caçarmos esses homens juntos. Matteo, faça um juramento agora comigo de que irá se juntar a mim nessa empreitada.

O que eu deveria ter feito quando Paolo disse tais palavras? Dadas as circunstâncias, só pude concordar.

Ele agarrou meu braço.

— Enquanto isso, então, peço que me mantenha sob sua vigilância. Florença é tão mais próxima dos acontecimentos, e você se encontra em companhia tão grandiosa, Matteo. Use seus olhos e ouvidos em meu nome. Vou lhe escrever aos cuidados do ateliê de Messer Leonardo da Vinci.

E assim nos separamos.

Eles para Milão, e eu para Florença. Eles levando luto e vingança. Eu com o fardo adicional da culpa.

E também, pendurada ao pescoço, a fonte de todo o problema.

Quando tivemos de queimar nossas roupas, a Madre Superiora notou que eu guardei o cinto com a bolsa pendurada e me perguntou se ali havia alguma relíquia sagrada.

Enxerguei isso como uma ótima explicação para meu apego ao objeto. Muita gente carrega relíquias consigo, ou a imagem de seu santo favorito pregada ao chapéu ou manto. Então confirmei.

— Devemos nos assegurar que não esteja infectada. Vou lhe fazer uma pochete nova, Matteo. Dê-me aqui para que eu possa lavar seja qual for essa relíquia com sais de amônia.

— Pode deixar que eu mesmo cuido disso — falei.

— Lavá-la não vai diminuir a potência da relíquia — disse a freira, sem compreender direito minha relutância em entregá-la a seus cuidados.

— A crença não está no objeto. A fé está no coração e alimenta a alma.

— Compreendo — falei. — Ainda assim, vou cuidar dela eu mesmo.

Ela trouxe um prato com alguns sais de amônia e uma garrafa de água. Depois me presenteou com uma pequena sacola de couro com uma corda, semelhante à que os peregrinos usam em volta do pescoço. Fui para o recanto mais distante no jardim do convento e pus fogo no cinto e na bolsa, tirando de dentro o objeto ali guardado e transferindo-o para seu novo esconderijo.

Mas, antes disso, olhei bem para o objeto que dera início a um rastro de morte e violência desde que viera parar em minhas mãos.

Confeccionado em ouro puro, com inscrições nas bordas, mostrava o brasão de uma das famílias mais poderosas da Itália. Um escudo com o desenho de seis bolas orgulhosamente assentadas na superfície, o emblema de banqueiros mercantis cuja influência atingia os cantos mais distantes do mundo conhecido. A família que financiava a Itália e o Vaticano, apoiava a França, Alemanha, Inglaterra e Espanha em suas constantes lutas por poder e conquistas.

O que Sandino me fizera roubar. O que Cesare Borgia deve ter-lhe prometido uma fortuna para obter.

O Grande Selo Médici.

Parte Quatro
O Escriba Sinistro

Florença, 1505 — dois anos depois

Trinta e três

Ninguém reparou no fato de que o trabalho estava marcado para começar na sexta-feira às 13 horas.

Ninguém, ou melhor, exceto eu e o alquimista, Zoroastro.

— Não é um dia bom para se começar um grande projeto — disse ele aos sussurros enquanto esperávamos com os demais a chegada do Maestro Leonardo.

Eu sabia o dia da semana. Era sexta-feira. Os peixeiros estavam na rua conforme faziam todas as sextas-feiras, pois era dia de abstinência para a Igreja. Era o dia em que os cristãos deveriam abrir mão do prazer de comer carne para trazerem à mente o sacrifício feito por seu Redentor, pois fora numa sexta-feira a crucificação de Jesus Cristo. Muitos, inclusive aqueles fora da religião cristã, o consideravam um dia desgraçado.

— Só porque é sexta-feira? — perguntei.

— Porque é sexta-feira — repetiu Zoroastro em resposta. — É sexta-feira, e também Messer Leonardo propõe começarmos a aplicar tinta na primeira parte do afresco na décima terceira hora.

Eu tomei fôlego.

Zoroastro fez um gesto solene com a cabeça.

— Nem o dia nem a hora que eu escolheria para empreender uma obra tão importante.

— Você mencionou isso para o Maestro? — perguntei.

— Falei ontem à noite. Ele não concordou em esperar. Disse que precisamos começar, pois não pode pagar o dia de trabalho para o pessoal ficar sem fazer nada. E já foi avisado que os conselheiros estão ficando impacientes. Querem ver o trabalho andar mais. Reclamaram que já se passou tempo demais desde que ele fez os esboços para este afresco. Um dos funcionários disse que, se ele não começasse a colocar a tinta hoje, o Conselho iria contar como mais uma semana de atraso e poderia até tentar penalizá-lo.

Zoroastro e eu conhecíamos muito bem o humor do Conselho de Florença e, em particular, o do líder da casa, Pier Soderini, com relação a este afresco. Eles tinham pouquíssimo respeito pelo talento do meu senhor e o vinham atormentando desde que encomendaram o serviço, dois anos atrás.

— Quando ele chegar, Matteo, fale com ele — continuou Zoroastro. — Diga-lhe que proceder nessa hora pode atrair má sorte.

— Ele o tem em ótima conta — retruquei. — Não vou conseguir fazê-lo mudar de ideia se você não conseguiu.

— Ah, sim. Tem-me em ótima conta para as coisas de natureza prática que faço. Minha metalurgia, meu conhecimento dos elementos, dos seus poderes e propriedades, minha habilidade para preparar tintas coloridas... mas as outras reivindicações que tenho, por exemplo, interpretar presságios místicos? *Pffff!* Descarta-as como se não valessem a atenção de um ser inteligente. Ontem à noite, quando lhe implorei que adiasse isso porque estava com maus presságios, ele riu. Riu mesmo. — Zoroastro franziu o cenho, retorcendo as grossas sobrancelhas negras. — Não é bom rir de forças que não compreendemos.

Baixamos a voz e nos aproximamos um pouco mais enquanto falávamos, unidos por esse elo de respeito pelo desconhecido. Os demais operários continuavam conversando entre si. Por um consentimento não expresso, Zoroastro e eu não falávamos de nossos medos com eles. Achei que, se o fizéssemos, seríamos ridicularizados. As pessoas reunidas aqui nas Câmaras do Conselho do Palazzo Vecchio em Florença enquanto aguardavam instruções do Maestro eram, em sua maioria, artesãos qualificados. Uma mistura de diaristas, aprendizes e pintores. Alguns eram homens muito letrados que estudavam religião, arte e os escritos antigos. Um deles, o talentosíssimo Flavio Volci — aos 15, poucos anos de idade a mais que eu, porém muito bem formado — sabia ler latim e grego. Teriam zombado do instinto que deixava Zoroastro e eu em estado de alerta. Aqueles que seguiam os caminhos da Igreja, qual Felipe, teriam questionado tal superstição por acreditarem no poder da oração para superar qualquer mal. E aqueles que colocavam o Homem no centro do universo teriam igualmente descartado qualquer crença em forças mágicas. Mas eu tinha muito em comum com esse robusto homenzinho, Zoroastro, a quem passei a conhecer bem nos anos em que fiquei morando em Florença. Tínhamos grande empatia pelas forças naturais e sobrenaturais que existiam em nosso mundo.

— Vamos tentar detê-lo o máximo possível — disse Zoroastro. — Pelo menos até que a décima terceira hora tenha passado. Devemos protegê-lo da melhor forma que pudermos.

Vi que Zoroastro havia amarrado uma linha vermelha às escoras do lagar que adaptara para esmagar os blocos de pigmentos usados pelo Maestro para fazer misturas especiais de tintas. Essa linha vermelha era um velho costume popular para afastar mau olhado. Originava-se da lenda de muitíssimo tempo atrás, do começo do mundo, de que o Homem, cansado de viver na escuridão e no frio, obtivera o fogo do céu. Então, espalhar a cor vermelha pelas redondezas da casa e do local de trabalho lembrava aos espíritos perversos que a pessoa tinha o poder de provocar chamas para queimá-los; assim eles a deixavam em paz.

Além do equipamento de Zoroastro na Câmara Municipal, havia as mesas e os andaimes trazidos da nossa oficina no monastério de Santa Maria Novella e remontados aqui. Havia maquetes de homens e cavalos montadas em cera e argila, e o próprio esboço, quase tudo ainda preso a molduras feitas de escoras de madeira. Neste mesmo ano fora levado um carregamento de esponjas, piche e argamassa para preparar a superfície, e no mês anterior a parte central do desenho fora transferida para sua posição na parede. Um escriba e um historiador empregados por Niccolò Machiavelli, secretário do Conselho, haviam escrito um relato da batalha de Anghiari, famosa vitória florentina, para o Maestro retratar. A partir desses apontamentos, meu senhor concebera a cena principal, a Luta pela Bandeira. Era como se compreendesse o espírito da República Florentina esposando ideais de independência e liberdade do poder despótico dos tiranos. Era a pedra fundamental do afresco, e todos os que olhavam para ele acreditavam que, ao ser divulgado, ele deixaria o mundo inteiro estupefato.

Deixou a mim estupefato quando o vi pela primeira vez.

A imagem era cativante — cavalos e soldados espremidos uns contra os outros, contorcidos nos esforços de sua luta. Cavalos retrocedendo com os flancos retraídos de terror e as narinas dilatadas, os trejeitos nos rostos dos homens com os corpos retorcidos em meio aos cascos dos animais escoiceando os ares — um verdadeiro turbilhão de movimento.

De um lado, um cavaleiro fora derrubado de sua montaria com o crânio partido. Acima dele e dos demais caídos, os cascos dos cavalos desabavam sobre os feridos que rastejavam pelo chão. Em meio à confusão e à carnificina, aparecem rostos berrando em espasmos de terror, rangendo os dentes nos estertores da morte. Soldados trocando golpes, engalfinhados em combate corpo a corpo para conquistar o estandarte da batalha. Sim, o momento foi glorioso, mas nele eu vi a brutalidade dos homens, lutando entre si, matando uns aos outros para atingir seu propósito.

Na noite em que o traçado foi concluído sobre a parede do Salão do Conselho, Felipe, o mais prático dos homens, parou diante dele. Então, perguntou ao Maestro:

— Foi sua intenção fazer os visitantes deste lugar verem tanto horror assim?

— É esse o pensamento para o qual sua mente se volta quando você olha para este afresco, Felipe?

Fez-se um silêncio. Era sabido que o Maestro nunca discutia suas intenções privadas. Também era sabido que abominava a guerra, mas precisava de patrocínio para viver, e aqueles que o contratavam costumavam pedir desenhos de utensílios de guerra. Estaria ele usando esses esboços para mostrar a terrível verdade dos combates?

— Se você consegue ver a pintura — disse o Maestro finalmente —, então, veja.

Quando a olhava agora, pela minha cabeça pululavam as cenas de Perela: o cheiro de sangue derramado, a visão hedionda do corpo mutilado do capitão dell'Orte. Senti a umidade do couro escorregadio entre meus dedos enquanto refreava o cavalo, vi novamente o sangue empoçado nas marcas deixadas pelos cascos no chão à minha frente. Sim, este afresco haveria de impressionar a todos que o vissem. Mas cada pessoa o leria conforme sua própria experiência.

— Ora essa, senhor Zoroastro!

Viramo-nos. Maestro da Vinci viera do andar térreo pelas escadas sem que percebêssemos.

— Bom dia para vocês! — saudou-nos alegremente. — Bom dia para todos! Estão prontos para começar o trabalho?

Seus assistentes e operários o saudaram calorosamente.

— E com você, Matteo, vai tudo bem?

— Sim, senhor.

— Comecemos, então.

Zoroastro lançou-me um olhar.

— O dia está muito nublado — falei prontamente, na esperança de podermos, conforme Zoroastro sugerira, retardá-lo até que passasse a décima terceira hora para que qualquer mal fosse menos potente. — A luz não está boa.

— Eu sei. Havia nuvens se formando sobre as colinas de Fiesole e, quando vim passando pelo Arno, percebi que o rio corria muito rápido.

— Então talvez fosse o caso de esperarmos um pouco — sugeri.

— Melhor não — disse ele. Tirou o chapéu e colocou-o sobre um banco. — Se a tempestade acabar de se formar, a luz ficará pior, e não melhor.

Era junho, e o dia deveria estar bastante claro naquela hora. Mas não havia sol, embora já fizesse um calor muito forte, quase opressivo.

— Mas com essa luz teremos dificuldade de ver se a cor está fiel.

— Estou ansioso por começar — falou ele abruptamente.

— Mas...

— Já chega, Matteo. Por favor.

Troquei um olhar desesperançado com Zoroastro.

Todos se ajuntaram. Para esta ocasião importante, ele escolhera um pedaço de chão ao pé da obra central. Flavio Volci serviu todos de vinho, e nós erguemos nossas taças para o Maestro.

O dia escureceu. Artistas e aprendizes olharam-se entre si.

— Precisamos de mais luz — um deles arriscou-se a dizer.

— Tragam lâmpadas e velas, então — disse o Maestro.

Zoroastro apertou os lábios.

Ele queria gritar, assim como eu: "Larguem tudo. Prestem atenção quando os avisos forem claros como este." Mas a lealdade o impedia de dizer qualquer coisa em aberto que pudesse parecer uma crítica ao amigo. Não desafiaria o Maestro na frente de outras pessoas.

Fui de imediato pegar os lampiões e algumas velas que estavam estocadas num canto do salão. Acendi algumas e espalhei-as para todos os lados. Em seguida, com o lampião mais forte, fui ficar ao lado do meu senhor.

Ele pegou um pincel e o mergulhou num pote com tinta preparada conforme receita própria. Sua intenção era dar a primeira pincelada na parede e, em seguida, terminaríamos nosso trago de vinho juntos. O pincel estava carregado de um cinza forte. A cor da lama, a cor da morte.

— Então — ergueu a taça de vinho com uma das mãos e o pincel com a outra —, vocês todos trabalharam arduamente este ano, ajudando-me a concluir os esboços e a transferir esta cena central. E ainda assim temos vários meses de trabalho pela frente. Mas, por ora, vamos aproveitar o momento.

Deu um passo à frente.

Naquele momento bateu uma rajada de vento. Pareceu vir da direção do rio. Ouvimos com toda a clareza quando ela entrou pelo Palazzo della Signoria chacoalhando as tramelas das janelas, sacudindo os vidros como um dervixe forçando a entrada.

Meu senhor hesitou. Zoroastro baixou as sobrancelhas e esticou o queixo, de forma que sua barba curta se destacava à frente. Cruzou as mãos ao peito, mas ficou calado.

Houve um tilintar no nível mais alto do salão, como se um galho ou uma telha tivesse se soltado e batido contra o vidro da janela. Todos olharam para cima. O vento estava mais forte agora. Mais como uma ventania de inverno que uma brisa de verão. Podíamos ouvir seus uivos lá fora.

De repente, de forma tão abrupta que nem tivemos tempo de nos preparar ou proteger as velas que já estavam acesas, a tramela de uma das janelas se soltou, e a ventania subitamente adentrou o salão. As chamas se alvoroçaram e logo se extinguiram como que apagadas por mãos invisíveis.

O sino da cidade começou a bater.

— Deveríamos desistir — sussurrou Zoroastro, contendo o fôlego.

O Maestro fez que não o ouvira.

O sino destrinchou seu alerta sombrio, dizendo às pessoas para se protegerem. Já se ouvia um vozerio de gente se aglomerando nas arcadas e marquises dos prédios. Às margens do rio, as lavadeiras estariam recolhendo suas roupas. Nas redondezas de Santa Croce, os pisoeiros encerrariam o trabalho e os meninos correriam para jogar cobertas sobre os grandes tonéis de ferver tinturas. As mulheres nos barracos dilapidados dos trabalhadores mais pobres perto das barrancas do rio recolheriam seus filhos e se bandeariam para terrenos mais elevados. Todos os cidadãos de Florença sabiam que a força do Arno numa pancada de chuva era capaz de arrancar um bebê do colo da mãe.

O vento aumentou de força. A tramela solta cedeu completamente, e a janela se espatifou contra a parede do lado de fora.

— Que os santos nos preservem! — exclamou Flavio Volci.

Feroz como uma criatura viva, o vento circulava tanto por fora quanto por dentro do salão. Fez espirrar uma torrente de cinzas da chaminé e bater uma porta com toda a violência. Uma imensa lufada de vento ribombou pelo salão adentro.

O próprio esboço começou a se desprender. O Maestro soltou um grito e correu em sua direção. Soltou o pincel, e a taça de vinho caiu de sua mão. Fui atrás para pegá-la. Quando a peguei, esbarrei na ponta do banco de madeira e a jarra de água escorregou pela superfície dele. Zoroastro deu um salto para salvá-la. Seus dedos roçaram na jarra e ela caiu, espatifando-se no chão.

Zoroastro soltou um breve gemido. Em seguida, sussurrou consigo mesmo:

"Se o barco naufragar
E água desperdiçar,
Traga um pouco consigo
Para evitar o perigo."

Já ouvira minha avó recitar esse versinho várias vezes. Havia um ritual que devia ser executado imediatamente para mostrar que não se recusa nenhuma dádiva tão generosamente concedida pela natureza, sendo a água a primordial. Sem ela, a vida não pode existir. Zoroastro e eu fomos rapidamente colher um pouco de água em nossas mãos para beber. Mas, antes que lográssemos êxito, um dos pupilos já tinha pegado um pano e esfregado o chão.

Zoroastro jogou as mãos para o alto.

Eu me deixei cair de joelhos. Talvez ainda conseguisse salvar um pouquinho que tivesse se espalhado. Mas toda ela sumira, tendo sido sugada pelo pano ou se esvaído. Não consegui encontrar nem um pouquinho para levar aos lábios e mostrar que respeitávamos a água derramada. Não havia uma gota sequer para lamber e evitar seu desperdício. Levantei-me e afastei-me do local.

O Maestro já havia se recuperado. Alguém subira no andaime e escorara a janela, outro prendera a porta. Ele e Flavio haviam prendido o esboço novamente no lugar.

— Foi água que derramou. — O Maestro olhou para nós irritado. — Não foi ouro que perdemos.

— A água é mais preciosa que o ouro — falou Zoroastro tranquilamente.

— Vazou de um jarro partido — falei, com senso de urgência. — E escorreu para a terra sem que pegássemos ao menos um pouco.

— E isso significa?

— Não vou trabalhar neste local hoje — declarou Zoroastro.

Era muito esquisito esse homenzinho, Tomaso Masini, que atendia pelo nome de Zoroastro, e os pupilos e artistas que trabalhavam com meu senhor estavam acostumados com seus modos incomuns, de forma que em geral o ignoravam. Mas hoje não. Vi quando um deles cutucou o outro para que prestasse atenção.

— Vou para minha fundição. Venha comigo, Matteo; você vai ser meu assistente.

Comecei a obedecer, mas depois parei. Meu senhor ficou zangado.

Os aprendizes sussurravam uns com os outros. Então essa gente culta e bem formada ficava pouco à vontade quando via as evidências diante de si. Lá fora, começara a cair uma pancada de chuva que batia forte e barulhentamente nos telhados.

Mas agora o senhor estava num de seus raros estados de mau humor e não arredaria pé.

— Você vai ficar aqui, Matteo — disse friamente. — Você, Zoroastro, é autônomo, livre, e pode fazer o que bem entender, mas o menino é meu criado e deve fazer o que eu mandar.

Zoroastro ficou bastante perturbado.

— Eu fico — disse. — Embora não consiga convencê-lo a ir, não vou abandoná-lo. Não deixaria que sofresse sozinho. Agora é tarde demais para desfazer o que já está feito. Nossas vidas... nossas mortes... estão amarradas juntas. — Ele retomou a compostura, resignado. — Os destinos estão traçados. — E ao emitir as palavras que pronunciou em seguida, sua voz tremulou de apreensão. — Nossos destinos agora estão amarrados de tal forma que nenhum poder deste ou de outro mundo qualquer será capaz de desemaranhá-los.

Trinta e quatro

—M atteo, quero falar com você.
Isso foi algumas semanas mais tarde. Depois do início desafortunado, o trabalho no afresco prosseguiu, e as tintas estavam sendo aplicadas de maneira maravilhosa. Zoroastro e eu nos preocupáramos desnecessariamente; pelo menos, assim parecia. A cada dia, sob a orientação do Maestro, o afresco evoluía qual um desfile diante de nossos olhos. Cavalos e cavaleiros emergiam de seus contornos indistintos, cores vibrantes que faziam repercutir um ritmo dentro da minha cabeça. Quando olhava para aquilo, eu tinha a impressão de ver o suor em seus corpos e de ouvir os gemidos e gritos da batalha. Num trecho, meu senhor fizera aparecer fumaça, algo indizível num afresco, que pode ser uma forma limitada de pintura por causa da dificuldade para demonstrar perspectiva. Mas ele conseguira dar a impressão de que um tiro de canhão havia sido disparado logo fora do campo de visão e que a fumaça do disparo vinha se projetando pela parte inferior da parede.

Durante todo esse verão calorento, assim que chegávamos ao Salão do Conselho púnhamo-nos logo a trabalhar. Algumas das tarefas que eu desempenhava eram repetitivas, mas não me importava. Não tinha aptidão alguma com os pincéis e era-me impossível pintar dentro dos contornos mais simples. Apesar de já passar dos 12 anos agora, ainda era pequeno e leve. Portanto, era fácil subir e descer dos andaimes, pegando ou levando para os artistas as ferramentas de que necessitavam: a pequena haste pontuda que os pintores usavam para pontilhar o desenho, os saquinhos de seda com que aplicavam pó para revelar os contornos. Eu preenchia esses saquinhos uma dúzia de vezes por dia para que o pó saísse pelos buracos. Ao fim do dia inteiro trabalhando no calor, eu, tal qual os demais, estava exausto, mas do afresco mesmo não me cansava. Ele me fascinava. Sempre encontrava tempo para ficar parado diante dele e fitá-lo até descobrir um novo aspecto que me intrigasse. Como agora, depois que quase todo mundo tinha ido embora, deixei-me ficar para examinar o último detalhe que o Maestro pintara.

Qual era o nome daquele homem? Aquele ali, que morria sem dó nem piedade, sem ser percebido por seus companheiros. Teria esposa e filhos em casa? E o outro, o mais jovem, por que teria vindo? Em busca de emoção? Ou, qual Paolo dell'Orte, buscaria vingança por alguma atrocidade cometida contra sua família? Eles e os outros ali teriam escutado as palavras de seus oradores convocando-os a pegar em armas. Que passagem da prosa lhes teria despertado o desejo de lutar? Seria a perspectiva de uma recompensa ou, de fato, a ideia de apoiarem uma causa nobre? Líderes vão à guerra por muitas razões, para obterem terras ou riquezas, por ganância pessoal ou fama. Mas por que teriam esses soldados tomado parte nisso?

— Matteo!

Tomei um susto. Tão perdido estava na construção de uma vida para cada personagem do afresco que nem percebi o Maestro chegando.

Ele esticou a mão num gesto de carinho e afagou-me o cabelo.

— Que pensamentos andam por essa sua cabecinha?

Dei de ombros. Era um sinal do quão mais à vontade eu ficara na companhia de outras pessoas nos últimos dois anos, pois permitia a qualquer um me fazer aquilo sem me afastar.

— Estava pensando nos homens da sua pintura. Quem são?

— Soldados de Florença.

— Quais são os nomes deles?

— Os nomes deles?

— Aquele ali. — Aproximei-me do soldado em questão depressa demais, antes que o Maestro continuasse. — O que está caído no chão. Vai sobreviver?

O Maestro deu um passo mais para perto da parede de forma a examinar o corpo do soldado caído.

— Duvido. Está gravemente ferido. Provavelmente vai morrer mais tarde, como a maioria dos que são feridos em batalha.

— Acho que o rosto dele tem uma certa resignação — falei. — Ele não quer viver.

— Por que não? — Meu senhor me olhou com bom humor.

— Talvez não tenha casa. Acho que deve ser isso. Não tem ninguém para chorar sua morte se ele não voltar.

— Seria uma tristeza — disse meu senhor — não ter quem se importe se você vive ou morre.

— Por outro lado — apontei para uma das figuras centrais cujo braço que empunhava a espada se encontrava erguido, pronto para desferir um golpe no adversário —, este busca a glória e não se importa de morrer. A bem da verdade, talvez até prefira a morte para que seu nome continue vivendo na mente das pessoas.

— Existem homens assim mesmo.

— Dizem que Aquiles, o mais belo e corajoso de todos os gregos antigos, era assim. Previram que, se fosse para a Guerra de Troia, ele morreria, mas seus feitos seriam contados em prosa e verso para sempre. Se ficasse em casa, sobreviveria até idade avançada, incógnito. Ele preferiu ir com Ulisses e lutar para resgatar Helena. Derrotou o corajoso Heitor diante das muralhas de Troia, mas, por sua vez, foi morto por Páris perto dos portões de Troia. E é verdade, o nome de Aquiles não foi esquecido. Talvez seja isso o que pensa aquele homem. Que, se conquistar o estandarte, seu nome também será lembrado para sempre.

— Uma pintura tem tantas interpretações quantas pessoas a vejam. Muitos a veem como um momento capturado no tempo.

— Suponho que eu esteja interessado no que aconteceu *antes* e *depois* do momento retratado.

— Ah, quer dizer, a história. Existe um relato da batalha de Anghiari. A bem da verdade, há vários relatos desse embate específico, onde os florentinos enfrentaram os milaneses. Mas você há de perceber que o que de fato aconteceu vai depender muito de quem conta a história. É tida pelos florentinos como uma grande vitória, seguida do abate de seus inimigos. Meu amigo Niccolò Machiavelli, porém, diz que a única baixa foi um soldado cujo cavalo se assustou com uma cobra e empinou, jogando ao chão o cavaleiro, que bateu com a cabeça numa pedra e morreu. Messer Machiavelli, entretanto, é de uma perspicácia mordaz, e essa talvez seja a sua forma de ler os relatos da batalha.

— Gostaria de saber o que aconteceu com os indivíduos depois — falei.

— Você tem uma mente astuta, Matteo. E, de fato, é exatamente sobre isso que quero lhe falar. Antes de ir embora, venha até aqui, onde poderemos falar reservadamente. Quero discutir algo com você.

Ele me levou para o centro do salão.

— Foi no outono do primeiro ano em que você chegou a Florença, quando voltou a viver conosco. Você se lembra?

Eu me lembrava.

Era quase verão de 1503 quando cheguei à cidade depois de semanas cruzando as montanhas do convento em Melte. Não precisei de muito tempo para descobrir o paradeiro de uma pessoa tão famosa quanto Leonardo da Vinci. Fiquei sabendo que estava fora da cidade com retorno previsto para outubro, quando deveria montar a oficina para começar a fazer o afresco encomendado por Pier Soderini e o Conselho da Cidade.

O tempo estava bom o suficiente para dormir ao relento, de forma que procurei um buraco nas barrancas do Arno e fiz ali um recanto abrigado para mim.

Perto do fim de agosto, tive notícias de Roma. O papa Alexandre, o Borgia, morrera. Adoeceu violentamente depois de jantar e não se recuperou mais. A temperatura andava quentíssima na Itália, e Roma vinha sendo assolada pela febre trazida por insetos dos pântanos nas proximidades. Mas quase todos acreditavam que ele foi envenenado, por outrem ou por engano de sua própria mão. Sofreu a mais horrível das mortes. Pareceu adequada, entretanto, para alguém que viveu a vida da maneira como ele viveu.

Durante algum tempo, a Igreja e seus líderes ficaram atrapalhados, mas logo um novo papa, Julio, foi eleito. Esse papa Julio, guerreiro por natureza, não queria um rival na pessoa de Cesare Borgia e, portanto, tirou *Il Va-*

lentino do comando de seus exércitos para assumi-lo ele mesmo. Também se recusou a reconhecer-lhe o título de duque de România e exigiu que as cidades conquistadas por Cesare voltassem ao controle papal. Cesare Borgia, temendo pela própria vida, foi se refugiar na Espanha. Eu me senti imediatamente mais seguro ante essa virada na sorte do Borgia, pois era para o próprio Cesare Borgia que Sandino pretendia vender o Selo Médici.

Eu não sabia disso quando Sandino pela primeira vez me mandou encontrar um padre chamado Albieri em Ferrara. Na ocasião, fui informado apenas que um certo padre presente às comemorações do casamento de Lucrezia Borgia em Ferrara sabia a localização de uma caixa trancada contendo um objeto que Sandino desejava ansiosamente possuir. Eu deveria encontrar o padre, e ele me levaria até a caixa. Minha tarefa era arrombar a fechadura, tirar o objeto e tornar a trancar a caixa de forma a não deixar ninguém saber que ela havia sido aberta. Quando o padre Albieri me levou até a caixa numa certa casa de Ferrara, cumpri minha missão com muita facilidade. Foi o padre quem me disse o que era o objeto e insistiu para que eu o levasse. Colocou o selo numa pochete de couro e amarrou-a à minha cintura. Deve ter se sentido culpado por encorajar uma criança a realizar um roubo, pois insistiu em me dar absolvição pelo meu pecado e em me abençoar antes de partirmos juntos para nosso encontro com Sandino.

Que tolo! Deveria ter feito sua própria confissão, pois em breve estaria se encontrando com seu Criador. Mas nem ele nem eu tínhamos a menor suspeita de que Sandino iria nos trair quando nos encontrássemos com ele.

O padre falou primeiro, depois que Sandino nos cumprimentou.

— Trouxe o que você buscava — disse. — Grande tesouro.

Sandino abriu um largo sorriso triunfal. Virou-se para um de seus homens e disse:

— Agora teremos ouro em abundância! Cesare Borgia nos pagará muito bem pelo Selo Médici.

— O Borgia! — Padre Albieri se retraiu. — Disse-me que estava trabalhando para os Médici. Foi a única razão pela qual concordei em ajudá-lo.

— Eu sei — disse Sandino entre os dentes. — Se tivesse lhe contado toda a verdade, agora não teria esse tesouro em minhas mãos.

Dizendo isso, o salteador brandiu seu porrete e atingiu o padre mortalmente, e teria feito o mesmo comigo caso eu não tivesse conseguido escapar.

Para começar, não entendi por que Sandino queria nos matar. A princípio achei que pudesse ser para não ter de repartir a recompensa, mas depois me dei conta de que também seria por não confiar no nosso silêncio. Pois somente quando cresci mais pude entender que o valor do Selo Médici era maior que o ouro do qual era feito. O selo podia ser usado como assinatura para autenticar documentos de todo tipo e as pessoas acreditariam terem vindo diretamente das mãos dos Médici. Então, o Borgia, em seu afã de poder, poderia conseguir empréstimos, falsificar documentos e promover toda e qualquer conspiração, colocando a culpa na casa dos Médici. Mas agora, com Cesare Borgia fora da Itália e um ano inteiro tendo se passado desde que eu roubara o selo, Sandino decerto não estaria mais me procurando para tomá-lo.

Portanto, ao saber que o novo papa Julio não toleraria a volta de Cesare Borgia para qualquer parte da Itália, fiquei muito mais à vontade para estar em público. Encontrei alguns trabalhos nas lojas pelas redondezas do mercado em Florença. Em troca de alguns centavos e raspas de comida, eu ajudava nas entregas. Tinha facilidade para lembrar nomes e endereços, pela minha prática do passado.

Um dia, enquanto vadiava pelas ruas à espera de um trabalho, uma mão me pegou pelo ombro. Era Felipe. Leonardo da Vinci voltara para a cidade, e Felipe estava encomendando mercadorias para o abastecimento do novo domicílio. Felipe me contou que o Maestro recuperara seu bom humor depois que deixaram o emprego do Borgia e retomaram a pintura. Levou-me de volta consigo para o monastério de Santa Maria Novella, onde haviam montado uma oficina e se acomodado.

— Agradeço por me receber novamente — disse eu para o Maestro.

Ele se sentou num banquinho ao lado da bancada de trabalho de Zoroastro, longe o suficiente no Salão do Conselho para que os demais não nos pudessem ouvir.

183

— Não estou lhe pedindo para lembrar das circunstâncias de seu retorno aos meus serviços para que você possa me agradecer, Matteo. Você consegue se situar novamente no período em que estávamos em Santa Maria Novella, durante o outono de 1503?

— Facilmente — falei. Para mim, fora interessante ver a montagem do ateliê de trabalho de um artista. Entre os integrantes da comitiva, era grande a excitação por ele ter conseguido a encomenda. Significava uma renda regular durante alguns anos e a oportunidade de estar envolvido num empreendimento magnífico. Foi quando conheci Zoroastro. Ele viera e instalara sua fundição no pátio ao lado do monastério e, durante aqueles meses frios, todos trabalhamos juntos para conseguir encaminhar o projeto. — Por que quer que eu me lembre daquele outono?

— Porque foi naquela ocasião, quase dois anos atrás, que a esposa do mercador, Donna Lisa, deu à luz seu bebê natimorto. Eu gostaria que você se recordasse da governanta. Aquela chamada Zita, que fora babá da própria Donna Lisa quando criança, e a quem ela mantivera na casa.

Zita era uma senhora idosa encarregada de tomar conta dos filhos de Donna Lisa e do enteado oriundo do casamento anterior de seu marido. Nós a conhecemos quando ela trouxe dois menininhos numa visita que fazia ao irmão, frade no monastério de Santa Maria Novella. Os meninos adoravam ver Zoroastro trabalhando na fundição.

— Lembro-me dela — disse ao Maestro.

— Essa governanta nos disse que a razão pela qual o bebê de Donna Lisa nasceu morto foi um sapo gordo que pulou no seu caminho quando ela ia para a igreja no Dia de Todos os Santos. Certo?

— Lembro que ela disse isso, sim.

— Como o bicho ficou ali parado, Donna Lisa foi obrigada a passar por cima dele. E, segundo ela nos disse, foi essa a razão pela qual o bebê que Donna Lisa carregava no ventre parou de viver.

Confirmei a informação.

— Foi o que a governanta nos contou quando conversamos na noite em que fomos à casa deles.

— Então — meu senhor prosseguiu —, a governanta queria que acreditássemos que o sapo fizera o bebê parar de respirar no ventre da mãe.

Que foi a razão pela qual, quando chegou a hora de Donna Lisa dar à luz, a criança nasceu morta.

Concordei.

— Você acredita nisso, Matteo? Que o fato de Donna Lisa ter passado por cima de um sapo possa, de alguma forma, ter causado a morte do filho que ela trazia no ventre? — Eu hesitei.

— Acredita? — insistiu ele.

— Parece que não — respondi, relutante.

— Sim ou não, Matteo?

— Não, mas...

— Sim ou não?

Balancei a cabeça, recusando-me a responder da maneira que ele queria.

— É uma questão de raciocínio, Matteo. Pense nisso. Um sapo parado no caminho de uma mulher grávida. Como isso poderia causar a morte da criança que ela traz no ventre?

— Minha avó dizia que as crenças antigas vêm da raiz da verdade — retruquei.

— E eu não teria como concordar mais. Pode ser que, se uma mulher grávida comer um sapo, isso possa lhe fazer mal, ou à criança. É sabido que existem certos alimentos que não devemos comer e que podem facilmente fazer mal a mulheres. Você mesmo sabe muito bem disso. Foi quem falou para Graziano sobre a hortelã falsa, salvando-o, assim, das dores de estômago eternas. E pode ser que comer um sapo, ou apenas tocá-lo, seja algo capaz de espalhar uma infecção prejudicial a um bebê ainda por nascer e seja essa a fonte da história.

— Ora, então — falei —, o senhor se confundiu.

Ele ergueu as sobrancelhas.

— Foi mesmo?

— Claro. Veja bem. O senhor acabou de dizer que é quase certo que um sapo possa ser a causa de tal infortúnio.

— Ora que menino impertinente, impossível! — exclamou o Maestro.

Olhei-o com ansiedade, mas ele estava rindo.

— Observe — prossegui —, é melhor para a mulher que está grávida evitar sempre esse tipo de coisa e ficar a salvo. Então, o que a governanta falou tem um tanto de verdade.

— Matteo, preste atenção. — Ele colocou as mãos nos dois lados da minha cabeça. — Alguma coisa causou a morte da criança. Às vezes pode ser útil para homens ou mulheres colocarem a culpa noutro lugar. Assim, não lhes caberá nenhuma. Nem ao pai que fertilizou a mãe, nem à mãe que a gerava, nem aos criados da casa que lhe preparavam a comida, nem à sua boa governanta encarregada de cuidar dela, nem à parteira que a acompanhava, nem ao médico que foi chamado para atendê-la. Ficam todos exonerados porque a culpa é do sapo. Compreende como isso é conveniente?

— Compreendo.

— Mas, ao culpar o sapo — continuou o Maestro —, não precisamos buscar a causa verdadeira.

Ele esperou.

Eu não falei nada.

— O que você poderia deduzir disso tudo, Matteo?

— Não sei.

— Deixe-me ajudá-lo — disse. — Vai acontecer novamente. Em algum lugar, uma criança vai nascer morta. Outra mãe vai passar por esse pesar, com ou sem a participação de um sapo. Embora isso não importe, pois, na ausência de um sapo, algum outro prodígio será adjudicado como causa da catástrofe. E então... — Lançou-me um olhar esperançoso.

— Vai continuar acontecendo — falei devagar —, e a causa verdadeira não será descoberta.

— E qual é a vantagem de descobrir a causa verdadeira? — continuou me pressionando.

— Talvez possamos evitar que aconteça outra vez.

— Bem pensado, Matteo. — Olhou para mim com ar de aprovação. — Agora, considere o seguinte. — Indicou algo para o qual eu deveria olhar. Como em diversas outras instâncias em que suas ações tinham mais de um propósito, não foi por acidente que me havia conduzido para a bancada de trabalho de Zoroastro. Tocou na linha vermelha que pendia de várias partes do lagar. — Para que servem estas linhas? Para afastar sapos?

Senti-me enrubescer.

— É razoável fazer isso? — perguntou. — Por que você acha que o Zoroastro tem esses pedaços de lã vermelha e coisas desse tipo penduradas por aí?

— É uma velha crença popular. Mais velha que os avós de nossos avós. É um símbolo bastante potente.

— Um símbolo?

— Isso.

— De quê?

— Está ligado ao fogo — respondi. — Por isso é vermelho. Com o fogo, o homem pode se proteger. Até a Igreja ensina o poder do fogo para afastar espíritos malignos.

— Verdade. — Ele riu. — E se o fogo é eficaz contra um espírito maligno como Pier Soderini — mencionou o nome do chefe do Conselho da Cidade, que o estava atormentando para terminar o afresco —, um tição em brasa seria bastante útil. Mas linha vermelha? Acho que isso não conseguiria afastá-lo, nem faria o vento soprar menos, nem a chuva parar de cair. Você percebe isso, não?

Baixei a cabeça.

— Matteo, você precisa pensar nisso.

— Preciso — falei, com truculência.

— Sua crença se baseia no medo. O medo vem da ignorância, e a ignorância existe devido à falta de educação.

— Minha avó me educou.

— Ela lhe ensinou o que você precisava saber para viver a vida que vivia. Você tem uma vida diferente agora. Há assuntos para os quais sua mente está fechada e deve se abrir antes que seja tarde demais.

— Existem assuntos que os homens jamais haverão de discernir. Há coisas que não podem ser explicadas.

— Todas as coisas podem ser explicadas.

— Nem todas.

— *Todas* as coisas podem ser explicadas.

Heresia.
— O monge em Averno disse que há coisas as quais ao homem não é dado entendê-las.

Meu senhor se levantou.

— Eu digo que o homem não entende porque nós ainda não desenvolvemos as ferramentas para tal. No passado, não tínhamos como olhar a lua de perto. Portanto, o homem criou lendas para explicar o que via mas não compreendia. Mas agora, com espelhos e vidro moído, podemos enxergar a superfície da lua mais nitidamente e assim sabemos não se tratar de uma deusa, ou da alma de uma bela mulher, ou qualquer dessas coisas. Então, quando o monge diz que há coisas as quais ao homem não é dado entendê-las, eu digo que há coisas que o homem não entende *ainda*.

Ele viu que fiquei triste.

— Não importa — prosseguiu com delicadeza. — Eu queria lhe falar pois sei que você não sabe ler. Todo dia vejo-o olhando para o afresco. Ele mostra homens lutando para poderem viver em liberdade. Eu lhe digo: a liberdade não vale nada se você não conseguir libertar também a sua mente. Uma pessoa que não sabe ler é presa da superstição e pode ser induzida a erro pela opinião ignorante dos outros.

— Contudo, o senhor também me disse que encontrou erros nos escritos que estudou. E trata-se de livros respeitados. Disse-me que, ao fazer suas dissecações em particular, observou com seus próprios olhos coisas que estão em conflito com os textos que leu.

— Tchh! — ele fez um barulho de exasperação e, durante um instante, pensei que fosse me dar um cascudo. — O que estou lhe dizendo é o seguinte. Se não aprender a ler logo, jamais aprenderá. É um mistério para mim que sua avó não tenha lhe ensinado, ela que tanto lhe ensinou. Ela deve ter percebido que você tem uma excelente memória e raciocina extremamente rápido.

— Talvez não tivesse como.

— Duvido muito. Você disse que ela possuía suas próprias receitas. Alguma capacidade de leitura ela certamente tinha.

— Sei que dava muito valor às suas receitas. Ela me fez prometer que não seriam queimadas, embora não as conseguisse ler direito.

— Acredito que conseguisse, sim. Por que não lhe ensinou a ler, então?

— Ela me ensinou o suficiente — falei, defensivamente.

— Só o mínimo que ela precisava. Você me disse que ela lhe mostrava os nomes dos clientes dela e as ruas ou quadras onde eles moravam. Só lhe ensinou isso. Só o suficiente, nada mais. Eu gostaria de saber por que não queria que você aprendesse a ler quando o educava com histórias como *A Ilíada*, *As fábulas de Esopo* e outros mitos e lendas.

Eu não tinha resposta para isso.

— Precisamos tomar as providências para que você aprenda a ler.

— Não! — Eu sabia que um criado não deveria se dirigir com tanto descaramento ao seu senhor, mas eu não queria que ele me influenciasse nesse sentido. — Não vou aprender. Os demais ficariam sabendo, e a humilhação seria grande demais para mim.

— Eu sei que é embaraçoso, mas acho que você tem uma necessidade urgente de cuidar disso. — Ele tirou uma coisa de dentro da túnica e me entregou. — Algumas encomendas chegaram depois que todos já tinham ido embora da oficina no monastério hoje de manhã. Felipe já tinha ido, de forma que as examinei eu mesmo. Esta carta estava junto. Está endereçada a você. Sei que recebeu outras antes. O que faz com essas cartas? Como faz para lê-las?

Não respondi.

— Pede a algum dos outros pupilos, o Flavio talvez?

— Não.

— Você deve ficar muito frustrado por não saber o que está escrito nas cartas.

Mas eu sabia o que elas continham.

Pois, embora eu mesmo não soubesse ler, conseguira alguém que as lesse para mim.

O Escriba Sinistro.

Trinta e cinco

Da primeira vez que recebi uma carta, tive de aturar um monte de vaias e assobios dos outros aprendizes mais jovens. Isso era de se esperar no ambiente descontraído do trabalho, mas um dos demais aprendizes, Salai, tinha um humor malicioso. Pegou o pacote das minhas mãos e o cheirou.

— Acho que estou sentindo cheiro de perfume — falou.

— Ande, me dê isso aqui. — Senti minha paciência se esgotar. Tive noção de que foi um erro demonstrar para Salai que ele havia me irritado. Só serviu para ele me atormentar ainda mais.

— Ele é o lobo cinzento que caça na calada da noite, é o nosso Matteo — declarou Salai. — Aquele que se esgueira pelas paredes e nos deixa distinguir o que é lobo e o que é sombra.

— *Eu* notei que você sai à noite — Flavio fez coro. — Aonde é que você vai, Matteo?

Era verdade que eu saía à noite de vez em quando, para acompanhar meu senhor ao necrotério do hospital local, onde um médico solidário o deixava fazer dissecações. Mas ele preferia manter essa atividade em segredo o mais possível. Um magistrado poderia dar a um artista a permissão para fazer o estudo anatômico de um cadáver se o artista pudesse dar uma boa razão para seu interesse, tal como fizera Michelangelo ao esculpir a grande estátua do menino Davi. Mas meu senhor temia uma divulgação de que seu interesse pelo estudo dos mortos ia além de meramente confirmar a posição de certos tecidos e músculos de forma a realizar melhor sua arte.

190

Se vissem seus desenhos mais detalhados dos órgãos internos, as pessoas poderiam sair cochichando por aí, querendo saber o propósito daquilo. Isso o tornaria vulnerável a bisbilhotices e ressentimentos. Sem a proteção de um patrono poderoso, era vital que mantivesse seu trabalho incógnito.

Salai sabia dessas visitas noturnas. Uma vez acompanhou meu senhor numa dessas excursões. Mas esperar diversas horas sem muitos acontecimentos o entediou; além disso, ele tinha uma tendência a dar com a língua nos dentes quando bebia, coisa que eu não fazia, de forma que meu senhor agora me levava sempre. Salai tinha ciência disso tudo. Por isso ficou implicando comigo, sabendo que eu não revelaria a verdade. Sacudiu minha carta no ar.

— Pule, veja se consegue pegá-la — provocou-me.

Adiantei-me, fingindo condescendência. Quando Salai esticou os braços mais para o alto de forma a tirá-la do meu alcance, dei-lhe um forte chute na virilha. Ele desmoronou, urrando de dor, com as mãos entre as pernas. Tomei dele a carta e saí correndo da oficina.

Fiz um inimigo, mas salvei minha carta.

Essa foi só a primeira.

É claro que não pude lê-la.

Mas pude reconhecer o nome embaixo da última linha escrita.

Elisabetta.

Guardei-a perto de mim o tempo todo. Salai dera para me vigiar, e eu sabia que ele a roubaria assim que pudesse. Era janeiro, estava chegando o Dia de Reis, quando o dono da casa distribui presentes. Perguntei se poderia ganhar uma carteira, que pudesse prender ao meu cinto para guardar o parco dinheirinho que eu tinha e quaisquer preciosas posses que viesse a ter. Guardei nela a carta durante um mês, mais ou menos, até encontrar a pessoa que poderia lê-la para mim.

O homem conhecido como Escriba Sinistro.

Foi esse o nome que ele deu a si mesmo, em parte porque escrevia com a mão esquerda. E foi isso que atraiu minha atenção para ele. Um dia, quase um ano depois de eu ter vindo para Florença, tive a oportunidade de estar do outro lado do rio. Caminhava, vindo de Santo Spirito e indo no sentido da Ponte Vecchio, quando o avistei encolhido ao pé de uma torre logo antes da ponte. Havia um pequeno nicho ali, e ele estava numa boa posição para pegar clientes que passavam. Tinha espaço suficiente para se sentar com a caixa que continha seus materiais apoiada sobre os joelhos, propiciando-lhe uma superfície sobre a qual se apoiar e escrever. Percebi que a pena estava na mão esquerda. Mas ele não escrevia de trás para a frente como o meu senhor, cujas palavras fluíam com tal facilidade que ele podia enxergar para ler o que escrevia. Esse escriba ficava com a mão recurvada como um gancho e colocava o papel de lado para escrever.

Mal parei para olhar para ele. Era apenas um velho de cabelo branco que, qual muitos outros nas ruas movimentadas à beira do rio, se estabelecera por ali para vender alguma coisa. Continuei andando, mas de repente me lembrei da carta de Elisabetta enfiada na minha pochete e um pensamento me cruzou a cabeça. Virei-me e fiquei ali parado a uma certa distância. Ele mantinha a cabeça baixa enquanto escrevia. Fiquei espiando durante alguns minutos antes de me dirigir a ele.

— Olá, escriba. Estou vendo que sabe escrever muito bem. Sabe ler também?

— Obviamente você não sabe, garoto — retrucou. — Pois, se soubesse, veria que a minha placa — apontou para um pedaço de papel pregado na parede acima da cabeça — diz: "*Leitura e Escrita — Cuidado e Discrição — o Escriba Sinistro.*"

— O Escriba Sinistro — repeti. — Como foi arranjar esse nome? Vejo que é canhoto, mas embora o florentino para esquerda seja *sinistro*, a palavra em italiano para canhoto é *mancino*.

Ele me olhou com interesse.

— Um menino que não sabe ler, mas aprecia as sutilezas da língua — falou. — Qual é o seu nome?

— Matteo.

— Se fosse mais observador, Matteo, veria que me sento à esquerda desta torre, que fica à esquerda do rio.

Olhei à minha volta e verifiquei que o que ele dizia era verdade.

— Eu me divirto fazendo isso — prosseguiu. — E quando alguém tem um serviço para vender, é bom usar um nome que o destaque dos demais.

— Percebo — retruquei.

— E o que eu *percebo*? — Ele me examinou com mais atenção. — Um menino. Um criado, posso apostar, porque suas sandálias, no estado em que se encontram, estão gastas de tanto leva e traz. E um menino que leva uma pochete de couro de qualidade à cintura. Provavelmente um presente de seu senhor, pois não estamos longe do Dia de Reis. E também percebi que a mão desse menino foi parar na pochete quando ele falou comigo. Hummmm... — Ele alisou a barba num gesto teatral. — Posso apostar que há mais do que dinheiro nessa pochete. Acredito que seja uma carta o que você tem aí, senhor Matteo.

Cruzei os braços apressadamente.

— Arrá! — declarou ele triunfalmente. — Acertei! Os olhos do Escriba Sinistro não deixam passar nada.

O velho estava tão satisfeito consigo mesmo que não pude deixar de sorrir com ele.

— Quer saber de mais uma coisa? — acrescentou. — Posso garantir, ainda, que a carta é de uma menina, e você não quer admitir para os amigos que não consegue entender o que ela diz. — Esticou a mão. — Dê-me um florim e eu a lerei para você.

— Um florim! — exclamei genuinamente horrorizado. — Eu nunca tive um florim na vida.

— Muito bem, então, meio florim — disse ele, resmungando. — Mas me impressiona você querer lesar um velho desse jeito.

— Meio florim é o salário de uma semana inteira de um artesão — retruquei. E então, pegando o ritmo da barganha, acrescentei: — Brunelleschi, que construiu o domo de Santa Maria del Fiore, não ganhava tanto assim.

— Acaso eu não sou um artesão tão bom quanto qualquer outro? — indagou o escriba. — Eu, que fui treinado no monastério de São Bernardo pelo venerável irmão Anselmo? O mesmo irmão Anselmo cujo escritório é renomado em toda a cristandade pela elegância de seus manuscritos. Minha escrita é a melhor depois da dele.

— Não é sua habilidade com a escrita que estou buscando, escriba. É do seu talento para a leitura que desejo usufruir. O preço deve ser menor, com certeza.

— Não serei merecedor dos honorários de qualquer artista desta cidade?

— Meio florim? Por dois minutos de trabalho? Nem meu senhor ganha tanto assim.

— E quem é seu senhor, que vende seu trabalho tão barato assim?

— Leonardo da Vinci.

— Seu mentiroso fanfarrão! Nem dá para imaginar que o Divino Leonardo teria um jovem analfabeto a seu serviço.

Fiquei ruborizado e me dispus a ir embora.

O escriba esticou um dedo esquelético para me deter.

— Que é isso, menino? Não se ofenda. Ler e escrever não é para todos. Não fosse assim, como eu iria ganhar a vida? Deixe-me ver sua carta. Se não for muito comprida, posso oferecer um preço especial para lê-la para você.

Hesitei, mas em seguida tirei a carta de Elisabetta da pochete.

— Mal chega a uma página. Por que não disse antes? — Ele tentou espiar dentro da minha carteira. — Quanto dinheiro tem aí ao todo?

Tirei um centavo e entreguei-o com a outra mão.

— É só o que tenho.

— Acho que o ouvi bater noutra moeda ali dentro.

— É aceitar ou largar. — Pus-me a colocar a moeda e a carta de volta dentro da pochete.

— Tudo bem, tudo bem — concedeu. — Embora eu vá passar fome hoje à noite enquanto você certamente voltará para a casa do seu senhor e fará uma refeição de nove pratos — resmungou enquanto começava a ler minha carta.

E assim nasceu nossa amizade.

Da posição em que ficava na ponte, ele via e ouvia todos os acontecimentos da cidade, de forma que era uma fonte imediata de mexerico, com muitas anedotas divertidas sobre gente proeminente. Tinha a mente aguçada e uma percepção apurada da política. A partir das conversas que tive com ele, fiquei mais cônscio dos assuntos do momento. Não precisei de seus serviços durante um bom tempo, pois já estava perto do fim do ano quando tornei a receber uma carta de Elisabetta.

Entretanto, sempre parava e trocava algumas palavras com o escriba várias vezes por mês. Se havia qualquer saída a ser feita por causa do trabalho na oficina, em geral designavam a mim para a tarefa, pois minha memória era tamanha que eu conhecia quase todas as ruas da cidade. E também meu senhor visitava regularmente a capela Brancacci do outro lado do rio para estudar os afrescos de lá. Eu o acompanhava e depois trazia para casa seu embornal com quaisquer desenhos que porventura houvesse, enquanto ele ia comer com amigos que moravam por ali. Ele tinha esses afrescos em alta conta, mas os rostos de Adão e Eva aos berros enquanto eram expulsos do Paraíso perturbavam meus sonhos. Nessas ocasiões, após cruzar o rio, eu ficava à toa na ponte Vecchio para poder conversar com o escriba, depois corria para pegar o embornal do meu senhor quando ele saía da igreja das Carmelitas.

O escriba não conseguia muito trabalho de escrever cartas. O tipo de gente que precisava de seus serviços era supersticiosa e, assim que o percebiam canhoto, benziam-se e afastavam-se. Mas nos dias santos, que os havia muitos, ele conseguia vender vários quadradinhos de papel nos quais ele desenhava o santo e escrevia uma oração.

Nesta noite, depois que o Maestro tinha falado comigo, fui ao escriba para que ele me lesse a quarta carta recebida de Elisabetta. Estávamos perto do fim de junho, véspera da festa de são Pedro. É o santo considerado pai da Igreja Cristã e ainda alegam que tenha sido o primeiro papa. Isso porque a Bíblia diz que Cristo mudou o nome de Simão, que era o líder de seus discípulos, para Pedro, que significa rocha, dizendo: "Tu és Pedro, e sobre essa rocha construirei minha Igreja." E Cristo também disse: "Dar-te-ei as chaves do Reino dos Céus." Portanto, em preparação para o dia de festa amanhã, o escriba tinha andado ocupado e já escrevera alguns cartões com orações. Desenhara uma representação rudimentar de são Pedro com algumas chaves grandes na mão, e embaixo dessa imagem rabiscara uma ou duas linhas de texto. Havia meia dúzia deles pregados na parede à sua volta.

Quando cheguei no alto da ponte, avistei-o recurvado sobre sua caixa, erguendo a cabeça de vez em quando para fazer seus pregões: "Uma oração dos próprios lábios de são Pedro. Vejam. Ele tem as chaves do

Reino dos Céus. Prendam essa cartelinha sobre o leito dos moribundos, e são Pedro destravará os Portões do Paraíso e deixará entrar a alma do seu ente querido. Somente um quarto de centavo."

Quando me viu chegando, ele abandonou o que escrevia.

— E como vai se desenrolando o grande afresco? — disse, à guisa de saudação, enquanto limpava a ponta da pluma na manga.

Todos os integrantes da oficina tinham instrução para não discutir detalhes do afresco, mas era difícil resistir a umas gabolices, especialmente quando eu mesmo estava tão embriagado com ele.

— É uma obra de tal magnificência — falei para o escriba — que todos virão para ver.

Eu estava citando Felipe. Apesar de ter presenciado a criação de grande arte ao longo de vários anos, ele também estava impressionado pela pintura.

— Das cidades do mundo civilizado, artistas virão para o Salão do Conselho de Florença para estudar e aprender — declarei, orgulhoso.

— Especialmente quando os desenhos do honorável Michelangelo foram tão bem recebidos e o afresco dele será concluído na parede oposta. — O escriba falou com uma expressão inocente no rosto.

Foi para testar minha reação, mas eu o conhecia melhor agora e apenas sorri de sua provocação. Era o que se falava por toda a Itália: como o Conselho de Florença tentara combinar que os dois maiores artistas da época, Leonardo da Vinci e Michelangelo, trabalhassem no Salão do Conselho ao mesmo tempo. Leonardo pintaria a batalha de Anghiari num lado da sala enquanto Michelangelo pintaria a batalha de Cascina no outro. Mas se era isso o que Pier Soderini e seus conselheiros esperavam, eles fracassaram no intento. Meu senhor se ausentara enquanto o escultor trabalhava nos desenhos. E agora que Michelangelo terminara os esboços, o novo papa, Julio, exigiu que o escultor fosse para Roma realizar um projeto para ele.

— Meu senhor não se incomoda com essa ciumeira — falei — e, de qualquer maneira, o escultor Michelangelo foi para Roma.

— Não me surpreende o escultor ter ido para Roma — disse o escriba. — Fosse eu mais jovem, e se estivesse em boa forma, estaria lá. Seria mais seguro que ficar aqui. Os dias de Florença como república estão contados como uma freira conta os padre-nossos nas contas de seu rosário, agora que esse papa foi eleito.

— O último papa tentou ficar com Florença sob seu controle — falei.

— Mas, apesar de seus esforços, mesmo colocando seu filho bárbaro, Cesare, à frente dos exércitos papais, não conseguiu.

— Mas esse papa é, ele mesmo, um guerreiro. — O Escriba Sinistro gostava de uma discussão. Guardou a pena na caixa e continuou: — Dizem que, ao fundir a estátua do papa para Bolonha, Michelangelo pretendia colocar um livro em sua mão, mas Julio lhe disse para trocar por uma espada.

— A república Florentina é forte — retruquei.

— A república é tão forte quanto o dinheiro que tem e os soldados que pode pagar para lutar por ela.

— Há mais afluência em Florença que em qualquer outro lugar. — Eu sabia que isso era verdade. Já estivera em Ferrara e vira os bailes e celebrações luxuriantes realizados lá na ocasião do casamento de Lucrezia Borgia com o filho do duque. Os habitantes de Ferrara fizeram uma grande exibição de sua riqueza, mas não era nada em comparação com o comércio que eu encontrava cotidianamente em Florença. — Esta cidade prospera como nenhuma outra. E em breve não seremos reféns dos melhores capitães *condottieri*, tendo homens para nos proteger. Teremos nosso próprio exército.

O Escriba Sinistro riu alto.

— Anda escutando as proclamações de Machiavelli com essa história de criar uma milícia da cidade e treinar os homens para defenderem a si próprios e às suas propriedades.

— A ideia de Messer Machiavelli é muito sábia — falei. Ouvira meu senhor falando disso para Felipe uma noite. — Ele está formando um exército citadino, uma milícia florentina que irá lutar por sua própria terra e por suas próprias casas. Serão mais leais que um bando de mercenários que podem ser comprados e vendidos e mudam de lado como bem lhes aprouver.

— E em quem apostaria o seu dinheiro, Matteo? Num exército citadino de agricultores e comerciantes? Ou em soldados sob o comando de um calejado capitão *condottiere*? Hein? Camponeses com ancinhos ou soldados embrutecidos sabedores de que, ao triunfarem, estarão livres para saquear e pilhar como bem entenderem?

— Uma república forte é uma coisa nobre.

— E uma bala de canhão não distingue entre um nobre e um serviçal — retrucou o escriba.

— Temos a proteção da França. É a nação mais poderosa da Europa. E seu exército não está tão longe assim em Milão.

— Esse papa vai buscar quem quer que lhe possa ajudar a unificar a Itália sob seu domínio. Vai fazer exatamente o que o Borgia tentou. Talvez não seja tão implacável quanto Cesare Borgia ou seu pai, mas não importa. Vai fazer de forma mais direta e provavelmente terá mais êxito.

— Ele não tem como derrotar os franceses.

— Pois vou lhe dizer uma coisa: com ajuda, consegue. Está fazendo pactos e formando ligas onde pode para isolar seus inimigos, e depois empreende reformas e mudanças conforme suas necessidades. Diante do seu intento, esta república vai ruir. Quando isso acontecer, que necessidade haverá para o espírito democrático de um homem que se expressa através de afrescos?

Fiquei sem resposta para isso. Qual muitos outros cidadãos, eu conseguia conversar com os jovens nas barbearias e esquinas, mas os emaranhados da política retorciam minha mente de forma que eu não conseguia pensar direito.

— Matteo, você não consegue mesmo ver o perigo disso? — perguntou-me o velho escriba. — Florença tinha ideia de ser a república que duraria eternamente, com esperança de que outras a seguissem. Mas os príncipes e ditadores de suas cidades-Estado não querem que ideias assim se disseminem.

— Mas eu achava que o rei da França e o papa eram aliados. — Não falei isso com grande convicção, pois começara a compreender a frequência com que os grandes poderosos manipulavam outros para atingir suas próprias finalidades, mas senti que a areia estava escorrendo por baixo de mim e eu precisava de alguma estabilidade à qual me agarrar.

— Somente durante o tempo em que lhes for conveniente. Assim que esse papa tiver conseguido ganhos suficientes para se firmar sozinho, ele se virará contra os franceses e os expulsará da Itália. Quem irá apoiar Florença então? Esta corajosa república ficará sozinha, com os chacais circundando-a à espera para devorá-la.

— Florença ajudou o papa. Foram soldados florentinos que capturaram Michelotto, pajem de Cesare Borgia, e o enviaram ao Vaticano para ser julgado pelo assassinato de Vitellozzo e dos outros capitães. O papa Julio tem boa disposição a favor da república de Florença.

— E terá mais disposição ainda com um único governante que possa ser subornado e mantido em silêncio do que com um grupo de homens livres em busca da democracia. Quando chegar a hora de dispersar o Grande Conselho, seu afresco não poderá mais ficar ali.

— Por que não?

— Você acha que, quando voltarem para assumir o poder, eles vão querer um lembrete dos ideais da república sendo alardeado no meio do maior espaço de Florença?

— Ninguém ousaria destruí-lo! — O Escriba Sinistro estava louco de pensar uma coisa dessas. Ou, mais provavelmente, só estava dizendo essas coisas para me fazer ficar igual a um peixe pendurado num anzol. — O afresco do Maestro da Vinci é uma obra de arte estupenda.

— Mas você não vê, Matteo? É por ser uma obra de arte estupenda que não poderá ficar lá. De todos os cantos virão pessoas inteligentes e cultas para discursar sobre ela. Servirá para inflamar a imaginação e estimular o raciocínio em torno de uma alternativa para se chegar a uma vida de harmonia. A beleza e o poder dessa obra são precisamente a razão pela qual eles não deixarão que ela sobreviva.

— Quem? — eu quis saber. — Quem são esses *eles* de quem você fala com tanto conhecimento que virão para tirar de nós a liberdade?

Ele me olhou, surpreso.

— Ora, a família que já governou Florença uma vez, e pode voltar a fazê-lo.

— Os Médici.

Trinta e seis

Na comitiva de Da Vinci, não comíamos refeições com nove pratos toda noite, conforme sugerira certa feita o escriba. Mas, depois que o sol se punha ao final de cada dia de trabalho, Felipe providenciava grandes pratos de comida na mesa para que todos pudessem comer o quanto quisessem. Em geral, meu senhor não comia conosco. Usava esse tempo para trabalhar noutros projetos ou para jantar com as muitas pessoas, dentro e fora da cidade, que o convidavam. Às vezes gostava que eu o acompanhasse, mas fiquei feliz por esta não ser uma noite assim. Devorei minha comida e fui direto para meu canto dentro da casa. Queria ficar sozinho e rever a nova carta que o escriba lera para mim antes de eu ir embora.

O local que Felipe encontrara para eu dormir ficava no porão: uma antiga despensa que fazia parte da rede de adegas sob o piso do monastério. Quando voltei a servir o Maestro, ele havia estabelecido seu ateliê no monastério de Santa Maria Novella, e os quartos disponíveis já tinham sido todos tomados. Eu sabia que agradava a Salai, o aprendiz que tinha ciúmes da atenção que o Maestro dedicava a mim, ver que eu recebera um lugar tão rebaixado para dormir. Mas me cabia muito bem. Preferia ficar longe dos demais, e isso significava que meu senhor podia me chamar para ir fazer suas dissecações no meio da noite sem que ninguém mais soubesse. Coloquei meu colchão ao fundo do cômodo, onde havia uma porta encravada no alto da parede. Já fora usada como alçapão para entrega de suprimentos direto da rua para o monastério. Quando fazia calor à noite, eu a abria e ficava escutando os sons da cidade. Na face externa ficava um dos suportes de ferro onde o vigia noturno vinha colocar tições acesos para iluminar a rua durante as horas de escuridão. Essa luz me bastava para olhar minhas cartas.

Incluindo a que chegara esta semana, eram quatro ao todo. Eu já estava em Florença havia dois anos e Elisabetta me escrevia por volta da metade do ano, na ocasião em que era feita a contabilidade para os impostos da fazenda onde ela morava agora. Tirei as cartas da pochete e segurei-as voltadas para o alçapão aberto, de forma que as pudesse enxergar bem. Sempre que as levava ao escriba, fazia-o lê-las diversas vezes para mim (algo pelo qual ele queria me cobrar a mais), de forma que pudesse armazenar as frases na cabeça. Depois, recitava-as para mim mesmo ao meu bel-prazer. E de tanto fazer isso, comecei a achar que reconhecia algumas das palavras e sabia seus significados.

A primeira carta de Elisabetta fora muito curta, nada mais que umas poucas linhas, escritas apressadamente:

Da fazenda de Taddeo da Gradella, perto de Milão

Meu querido Matteo, irmão e amigo,
Chegamos a salvo à casa de meu tio Taddeo. Sua acolhida é limitada, mas ele deu a mim e a Paolo o uso de dois pequenos cômodos da casa, e isso me deixa muito satisfeita, pois estamos em tanta segurança quanto é possível estar nos dias de hoje.
Espero que você também esteja em segurança e passando bem,
Sua irmã e amiga,
Elisabetta

Quando ouvi essas palavras, meu coração se encheu de alegria por ela e Paolo estarem a salvo do perigo. Essa sensação me pegou de surpresa. Durante anos treinei para não demonstrar emoção. A ternura que tomou conta de mim levantou tanto o meu humor que até Felipe fez comentários.

— Você anda de bom humor desde que a carta chegou — observou secamente. — Os pupilos só podem ter adivinhado corretamente. Deve ter vindo de uma garota, não foi?

Balbuciei algum tipo de resposta e resolvi não deixar que essa situação se repetisse. A partir daquele dia, passei a prestar atenção sempre que os portadores apareciam, de forma que eu pudesse ser o primeiro a me incumbir de pegar as cartas ou pacotes. Isso levou mais tempo do que eu gostaria, pois eram muitos os pacotes e as cartas entregues a nosso domicílio. A maioria se destinava ao meu senhor e eram em geral pedidos de trabalho, particularmente encomendas de pinturas, para o que sua reputação era muito boa em todos os cantos. Os pedidos vinham de todas as partes da Europa, mais persistentemente de Isabella d'Este, marquesa de Mantua, solicitando-lhe que terminasse um retrato seu iniciado alguns anos antes, mas também muitas outras de representantes da corte francesa em Milão. Não era difícil distinguir entre as formas escritas do nome do meu senhor e do meu. Assim, consegui pegar a próxima carta de Elisabetta antes que qualquer outra pessoa a visse. Levei-a imediatamente ao escriba, e ele a leu para mim, novamente pelo preço de um centavo, embora ele tivesse reclamado que esta era mais comprida e que eu deveria lhe pagar mais.

Querido Matteo, irmão e amigo,
Não sei se minha primeira carta chegou a você. Paolo e eu ainda estamos na fazenda do irmão de nossa mãe. Paolo não aceitou bem as tarefas que lhe couberam aqui, e há um certo atrito entre ele e nosso tio. Tio Taddeo espera que trabalhemos arduamente para pagarmos pelo nosso sustento, mas isso não é injusto, já que ele mesmo trabalha com muito afinco. Eu cozinho e faço outras tarefas da casa, mas recentemente, desde que meu tio descobriu que consigo contar e escrever bastante bem, tenho a permissão para fazer suas contas. Ele é um homem carrancudo, dado a orar e jejuar, que não permite trivialidades nem festejos. Pouco se ri por aqui, e meu irmão ficou sorumbático. Considerei entrar para um convento e penso se não seria mais feliz assim. Não gostaria de ficar isolada do mundo, embora saiba que as freiras em Melte estão satisfeitas com seu quinhão. Mas eu não suportaria passar o resto da vida sem usar um vestido bonito ou sem mostrar meu cabelo, embora também não haja roupas bonitas nesta casa.

Eu gostaria muito de saber como você está, Matteo. Temo que algum mal o tenha acometido.
Elisabetta

Segurei o papel perto do rosto e estudei as curvas das letras que compunham seu nome. Ela estava infeliz. Pude perceber. Esta carta me deprimiu tanto quanto a primeira havia me alegrado por algum tempo.

Sua terceira carta, que agora desdobrava, engendrara outra emoção completamente diferente em mim. Ao lê-la em voz alta, o Escriba Sinistro fez uma pausa e me olhou durante alguns instantes antes de continuar.

Meu querido Matteo,
O mensageiro a quem confiei esta carta me assegura que ela irá chegar a você, mas não tenho como sabê-lo. Então resolvi colocar minha carta aos cuidados de Rossana. Por não saber qual santo, se é que existe algum, toma conta das cartas, vou pedir à minha querida irmã, que sem dúvida se encontra no Céu com os anjos, para se encarregar de que esta chegue às suas mãos. Penso nela com frequência, e em você também, Matteo. Existe um riacho aqui perto onde vou de vez em quando para ficar em silêncio, sentada à sombra de um salgueiro. Às vezes imagino que ela esteja perto de mim, de forma que fico lhe sussurrando segredos assim como fazia quando éramos pequenas. Não há resposta, mas talvez seja a voz dela que ouço no farfalhar das folhas e acredito que seu espírito esteja por perto. Penso nos dias da nossa infância em Perela e agora sei que foram os mais felizes da minha vida nesta terra.
Rezo por você,
Sua irmã e amiga,
Elisabetta

Guardei esta carta e em seguida peguei a quarta e última. Aquela que não consegui interceptar e que meu senhor me entregou ao fim do dia. Aquela que levei ao Escriba Sinistro menos de uma hora atrás e, com o último dinheiro que tinha, lhe paguei para ler.

Para Matteo, jovem criado aos serviços domiciliares de Leonardo da Vinci, às vezes da cidade de Florença

Querido Matteo,
Estou lhe escrevendo novamente, embora sem ter recebido resposta para as cartas que escrevi antes. Não sei se o tempo e o esforço empreendidos estão sendo desperdiçados, nem se devo continuar a fazê-lo. Se você a receber e se houver alguma forma de me enviar um recado dizendo que está bem, eu ficaria muito feliz.
Não vou gastar o dinheiro e o papel do meu tio para mandar mais cartas desta forma a menos que receba notícias suas. Temo que você não esteja recebendo minhas cartas ou que não queira que eu lhe escreva. Saberei então, se não receber resposta, que não devo mais escrever. Entretanto, espero que esta lhe chegue às mãos e o encontre bem.
Elisabetta dell'Orte, na casa de Taddeo da Gradella, junho de 1505

Dentro do meu peito, uma pedra me perpassou o coração. A menos que eu pudesse enviar uma carta em resposta, não receberia mais notícias dela. E ela pensaria que eu estava morto ou que não queria mais saber dela ou de Paolo. Olhei novamente para a carta. Começando pelo início, reproduzi apenas com o movimento da boca as frases que havia decorado. Fui descontando as palavras até que cheguei a "Rossana". Falei o nome em voz alta e percorri o contorno das letras com a ponta do dedo. *Rossana*. Minha memória estava ligada à irmã de Elisabetta, como elas estavam ligadas na concepção. Seus sussurros e risos qual o rio borbulhando na ravina abaixo da torre da fortaleza de seu pai. Esfreguei os olhos com as mãos e me joguei de costas no colchão.

Queria responder a Elisabetta. Mas não tinha dinheiro com o qual pagar ao escriba para fazer isso por mim. Não havia salário no meu trabalho. Felipe abrira contas em várias lojas e serviços, e eu tinha permissão para me utilizar delas. Se precisasse cortar o cabelo ou tratar de um dente, ia ao barbeiro ou ao dentista e eles enviavam a conta para o domicílio de Da Vinci. Assim como se precisasse de uma calça ou de um sapato novo, bastava ir ao alfaiate ou ao sapateiro. Se passasse mal, ia ao boticário. Minha alimentação e acomodação me eram fornecidas ali mesmo.

Nenhum dinheiro me era dado, mas eu vivia muito melhor que muitos outros criados. As famílias de alguns dos aprendizes da casa pagavam a Felipe uma quantia para estarem na escola de Leonardo da Vinci. Os poucos centavos que eu ganhara algum tempo atrás foram por conta da gentileza de um mercador de seda. Mas já os havia gasto. Portanto, como poderia pagar ao escriba para escrever uma resposta a Elisabetta?

Percorri algumas das letras novamente com os dedos. Descobri o E de Elisabetta e o M de Matteo. Desenhar e escrever eram um talento que eu não tinha. Costumava olhar meu senhor desenhar com alguns traços ligeiros. Uma vez, peguei um pedaço de carvão e tentei copiá-lo, mas os resultados foram tais que acabei jogando o papel no fogo para que ninguém os visse. Não sabia desenhar. E não tentaria novamente por medo do fracasso. Gostava do trabalho que fazia. Era bom nisso. Era interessante e me assegurava benefícios e alimento. Eu não tinha necessidade de tentar desenvolver uma habilidade com a pena. Mas agora começava a ver a vantagem de fazer essas coisas por mim mesmo, se pudesse.

Seria mesmo muito difícil aprender a ler e escrever?

Trinta e sete

—O que vai fazer da vida, Matteo?
Parei de escovar o chão e olhei para Felipe, que estava sentado à nossa mesa de jantar contando pilhas de moedas. Estava fechando as contas trimestrais dos nossos fornecedores, que viriam hoje receber o dinheiro.

— Estou feliz do jeito que sou — retruquei. Comecei a varrer mais diligentemente para poder sair e ir cuidar de outros afazeres. Não queria ficar na sala, pois temia que outro sermão estivesse a caminho. Cerca de um mês depois que meu senhor me falou sobre minha falta de aprendizagem, Graziano me tomara um tempo para conversar sobre a possibilidade de eu estudar alguma coisa. Pensei na humilhação quando se espalhasse a notícia de que eu era analfabeto e na zombaria que isso provocaria em Salai e nos demais pupilos. Recusei-me a discutir o assunto, de forma que Graziano deu de ombros e abandonou o sermão. Uma entrevista com Felipe, pensei, não seria tão agradável.

Ele se levantou da mesa e, pegando a vassoura da minha mão, parou na minha frente.

— O senhor falou que precisamos cuidar da sua aparência. Veja só como você está, Matteo. Sua túnica está bastante puída, e você vai precisar de sapatos novos para o clima frio que vem por aí. E seu cabelo. — Felipe pegou uma mecha do meu cabelo e a estudou, demonstrando desgosto. — Você nunca vai ao barbeiro com a frequência que deveria.

Não pude lhe contar que, desde minha conversa com o Escriba Sinistro sobre a pendenga de poderes na Itália, preferia meu cabelo comprido. Escondia meu rosto e, embora eu não acreditasse que os Médici jamais tornassem a ser bem-vindos nesta cidade, achei melhor não deixar meus traços expostos à vista de todos.

— No auge do inverno — retruquei —, mais cabelo ajuda a me manter aquecido.

— Não é só a sua aparência que o está perturbando. Há também a questão da sua educação.

— Sei o suficiente para o que faço dentro de casa — retruquei. — E, conforme você diz, o inverno está chegando. Sempre há mais o que fazer nessa estação, portanto não poderei deixar de lado meus afazeres na casa. Não teria como me dedicar aos estudos.

— É verdade que os festejos de Natal estão chegando — falou Felipe com intensidade na voz. — Portanto, por que não toma a decisão de cooperar com aqueles que desejam ajudá-lo a melhorar sua mente? Assim poderíamos festejar duas coisas este ano. Uma, o nascimento de Cristo; e a outra, o nascimento do novo Matteo.

— Eu não quero... — fui logo dizendo.

— Preste atenção ao que estou dizendo. — Felipe segurou meu braço com firmeza. — Estão lhe dando uma oportunidade que muitos outros meninos nas suas circunstâncias jamais terão. Messer Da Vinci se ofereceu para mandar educá-lo à custa dele. Você receberia uma educação que outros jamais sonhariam em ter. E é bom reconhecer que não vai continuar um menino para sempre. Quando a gente se transforma num jovem adulto, há exigências no vestir e na conduta pessoal que devem ser aprendidas. Crescer e se tornar um homem exige mais do que simplesmente deixar o tempo passar. — Ele me deu uma chacoalhada com força. — Aceite o que lhe é oferecido e acabe com essa teimosia.

Deixei pender a cabeça e não falei nada.

Felipe soltou uma exclamação de aborrecimento e voltou às suas contas.

Então, à medida que o verão foi se esvaindo e o outono queimando as cores do ano, passando do âmbar, do acobreado e do ocre para o cinza

207

do inverno, não dei ouvidos às suas tentativas de melhorar a mim mesmo. A única coisa que me incomodava na minha mente era como fazer para responder à carta de Elisabetta. Uma vez me arrisquei a perguntar ao Escriba Sinistro qual seria o preço para escrever uma carta de umas poucas palavras apenas.

— Arrá, Messer Matteo! — exclamou, satisfeito. — Estava curioso para ver quando você traria esse assunto à baila.

— Que assunto? — perguntei, fingindo inocência.

— Ora, essa! Tenho habilidade demais no jogo de palavras para ser ludibriado por um rapazola como você. É sua intenção responder à senhorita Elisabetta e precisa que eu escreva a carta.

— Há muitos homens talentosos na comitiva de Da Vinci — retruquei com altivez —, e todos me têm em boa conta por lá. Posso encontrar outro que esteja disposto a realizar a tarefa de graça para me agradar.

— Mas, mesmo supondo que eles o façam — contra-argumentou o escriba —, ainda há os gastos com tinta e papel, e mais o portador a pagar. Quanto custa para transportar uma carta de Florença para Milão? Mais do que você pode pagar, isso eu garanto.

E ali ele me pegou. Pois, obviamente, eu não poderia pagar por esse serviço. Meu senhor estava em comunicação constante com Milão. Tinha muitos amigos lá, artistas, acadêmicos e filósofos. Felipe provavelmente não se importaria se eu incluísse uma carta numa das encomendas a serem enviadas. Mas seria um custo adicional mandar entregá-la na fazenda onde Elisabetta e Paolo agora moravam fora da cidade, e eu não tinha como pagar por isso.

— O que é isso que você carrega sempre ao pescoço?

A inesperada pergunta do escriba me assustou. Tão acostumado eu estava a carregar o selo que às vezes esquecia da sua existência. Nunca me separava do saquinho que o continha, mesmo quando lavava meu corpo. O couro enegrecera com o suor, mas a corda aguentava bem, e agora eu mal percebia seu leve peso contra minha pele.

— Observo como você reage à minha pergunta, Matteo. — Os olhos dele se apertaram. — Se é uma coisa preciosa que tem aí, você pode vendê-la e me pagar com o lucro que obtiver. — Esticou os dedos magros na direção do meu pescoço.

Saltei para trás e agarrei com meus próprios dedos a corda e a bolsa de couro que a freira em Melte fizera para mim.

— Não tem valor algum — gaguejei. — Não há nada aqui.

— Deve haver alguma coisa aí — disse o escriba. — Eu vejo como você se apega a ele.

— É uma relíquia — falei. — Uma relíquia sagrada.

— Que tipo de relíquia? — perguntou-me o escriba. — Se for primária, então deve valer mais.

— Ossos de uma santa.

— Que santa?

— Santa Drusillus — falei, pensando numa estátua que vi no convento em Melte.

— Curioso! — disse o escriba. — As relíquias de Santa Drusillus são raras.

— Minha avó me deu — respondi. — Disse que eram muito antigas.

Ele riu.

— Não é essa a razão para sua relíquia ser rara. Santa Drusillus foi uma mártir, queimada na fogueira. Não sobrou nada além de cinzas.

— Eu... eu...

— Sua avó foi enganada por algum mercador. — Ele me olhou profundamente. — Mas, agora que o conheço melhor, diria que, se era como você, sua avó não teria sido enganada tão facilmente.

Afastei-me dele mais rapidamente naquele dia. Nossa conversa trouxera lembranças que eu não queria: de Sandino e sua intriga com o Borgia. A Itália agora estava sentindo a ausência de Cesare Borgia. Sem seu comando, os domínios de Borgia na Romania estavam caindo nas mãos de quem tivesse o poder de tomá-los. Alguns dos senhores de antigamente estavam retornando às suas cidades, como o Baglioni para Perugia, mas outro poderoso predador deitara olhos nesses pequenos reinos lucrativos. Os venezianos tinham visto a oportunidade e tomado Rimini com outras cidadezinhas menores. Como esses lugares faziam parte do feudo tradicional da Igreja, o papa Julio ficou furioso e agora juntava exércitos e aliados para ajudá-lo a trazer esses territórios de volta ao controle papal. Se o Vaticano pretendia enfrentar o poder de Veneza, que lado Florença deveria escolher para se aliar? A cidade já estava tomada de rumores. Seria o Conselho, mesmo com as recomendações do astuto Machiavelli, esperto o suficiente para manobrar com segurança entre esses dois rochedos afiados?

No caminho de volta para casa naquela noite pela ponte Trinità, fiquei manuseando a bolsa pendurada ao pescoço. Não poderia conseguir dinheiro vendendo o selo. Não havia lojas em Florença, mesmo as dos mercadores mais desonestos, que comprasse uma coisa dessas sem me questionar. A explicação mais inocente que eu poderia dar por tê-lo seria a de que o encontrara. Que teria sido perdido quando o palácio Médici na Via Larga foi invadido e a família, expulsa da cidade alguns anos atrás, e que eu o encontrara nas barrancas do Arno. Muito provavelmente, a pessoa para quem eu tentasse vendê-lo me tomaria por espião de um lado qualquer e me entregaria ao Conselho na esperança de conseguir alguma recompensa.

Da ponte, olhei para o Arno. O rio estava cheio por causa das chuvas, e a água já não estava mais lamacenta e com a lerdeza do verão, mas sim acinzentada, ligeira e traiçoeira, com os primeiros ares do inverno. Eu poderia jogar a bolsa com o selo dentro no rio. Por que não? Era uma fonte de perigo para mim. Mas hesitei. Se eu viesse a me deparar com Sandino outra vez na vida, talvez fosse a única coisa capaz de me salvar. E também... toquei no couro envelhecido. Era um elo com meu passado, com a família dell'Orte. Se não o próprio selo, pelo menos a bolsa me fazia pensar no tempo que passei no convento com Elisabetta e Paolo. Eu não conseguia me afastar disso.

Mas precisava me comunicar com Elisabetta, para não ser cortado de uma vez por todas. Percebi, então, que teria de fazer algum acordo com Felipe. Aproveitei a oportunidade para fazer minha solicitação quando ele estava trabalhando sozinho nos livros contábeis.

Ele me olhou seriamente.

— E em troca desse favor a mais concedido pela casa, o que você vai fazer, Matteo?

— Vou me determinar a começar a aprender, como vocês querem — respondi humildemente.

Ele fez uma coisa estranha em seguida, algo inesperado. Pegou meus ombros com ambas as mãos. Foi quase um abraço.

— Fico feliz por você — disse.

Assim que pude, voltei ao escriba e lhe disse que queria que ele escrevesse minha carta.

— Eu não trabalho de graça — disse ele, bruscamente. — Você tem dinheiro?

— Tenho algo aqui que é melhor que dinheiro. Trouxe artigos pelos quais você vai ficar satisfeito de trocar seu serviço.

— Pão? Vinho?

— Algo de mais valor para você. — Desenrolei o pedaço de papel que Felipe generosamente me dera para regatear com o escriba.

O velho tocou nele com respeito.

— É de excelente qualidade... Veneziano, eu diria, ou talvez de Amalfi? — Então, por ter-lhe ocorrido um pensamento, ele me perguntou ligeiro: — Você não roubou isso, menino. Roubou?

Fiquei ofendido e dei um passo atrás.

— Claro que não.

— Não se sinta insultado pela minha pergunta. Eu precisava perguntar. Há muita gente nesta cidade ansiosa para denunciar os outros por inveja. Isso significa que, se alguém me perguntar como consegui esse papel, poderei assegurar que foi de forma honesta. — Ele pegou a folha da minha mão. — Com isso poderei escrever sua carta, Matteo, e ainda terei o bastante para fazer duas dúzias de cartões de orações para vender.

Então, o escriba escreveu minha carta conforme a ditei, e Felipe tomou as providências para despachá-la para mim mediante minha promessa de que me dedicaria aos estudos assim que ele conseguisse encontrar alguém adequado para me ensinar.

Mas, antes que essas providências pudessem ser tomadas, tivemos de lidar com uma situação de natureza mais desesperadora.

Houve um problema com o afresco.

211

Trinta e oito

Já estava fazendo muito mais frio agora.
No grande salão do Palazzo Vecchio, trabalhávamos com o capuz puxado sobre as orelhas, o cachecol apertado em torno do pescoço e luvas com os dedos cortados. Lufadas de vento gélido conseguiam penetrar pelas frestas das janelas e das portas que davam para a rua. Florença é uma cidade localizada numa bacia do vale do Arno, e a terra nas redondezas é rica e fértil, em parte devido ao clima toscano temperado. É protegida pelas colinas e até mesmo nas piores condições de tempo neva pouco, mas naquele inverno uma friagem intensa penetrava as ruas e prédios de toda a cidade.

A tinta engrossou e ficou difícil de mexer. A receita estabelecida pelo meu senhor era complicada de fazer, e até mesmo o aprendiz mais experiente lutava para conseguir seguir as instruções. Depois da primeira aplicação de tinta feita pelo meu senhor em junho, a seção central estava quase concluída e as figuras surgiam, esplêndidas em seu terror. Porém, à medida que o resto dos esboços foi sendo transferido, a tinta ficou túrgida. Em consulta com o Maestro, colocou-se um braseiro com lenha acesa perto da parede, e a construção dos andaimes foi alterada de forma a comportar velas e pequenas tochas para ajudar o afresco a secar nos cantos mais altos.

Nesta manhã, quando chegamos, nossas ferramentas estavam recobertas por uma fina camada de gelo, e precisamos esperar até que o fogo estivesse aceso para podermos começar a trabalhar. Felipe estava perfu-

212

rando outra seção do esboço, e eu estava ajudando Zoroastro a moer mais pó para as tintas quando houve uma confusão entre os pupilos e aprendizes no alto do andaime.

— Senhor Felipe! — chamou Flavio, com a voz alta de medo. — Precisamos da sua presença aqui. Agora!

Zoroastro e eu trocamos um olhar enquanto Felipe subia o andaime. Em segundos ele já estava descendo.

— Zoroastro, você poderia dar uma olhada naquela seção da parede?

Zoroastro também voltou para o chão em um minuto.

— Ajude-me — gritou e pegou o braseiro. — A tinta está coagulando na superfície — explicou enquanto manobrávamos o recipiente das brasas mais para perto da parede. — Se não conseguirmos secar aquilo ali imediatamente, as cores que acabaram de ser colocadas vão escorrer e passar bem pela parte central.

— Parece que vai acontecer um desastre — falou Felipe.

— E eles zombaram de nós quando tentamos alertá-los — murmurou Zoroastro contendo o fôlego. Tirou a machadinha que carregava sob o cinto e começou a partir lenha freneticamente para alimentar o braseiro.

— Precisamos encontrar o Maestro e contar-lhe imediatamente — disse Felipe.

— Ele se levantou e saiu bem cedo hoje — resmungou Zoroastro enquanto lascas de madeira salpicavam perto de sua cabeça —, mas acho que não pretendia visitar Fiesole.

Tendo muitos outros interesses a sustentá-lo, meu senhor não passava o dia inteiro no Salão do Conselho. Tirava um tempo para se aprofundar em seus estudos botânicos e anatômicos. Ocasionalmente fazia pinturas em tela ou placa. Mas estas eram raras, e só em casos particulares concordava em fazê-las, conforme havia sido convencido há pouco pelo rei da França a pintar uma bela Madona segurando Cristo Menino brincando com um fuso.

— Matteo! — Felipe me chamou prontamente. — Você sabe onde seu senhor está agora?

213

— Deixei-o hoje de manhã na casa de Donna Lisa.

— Então, vá buscá-lo. E — gritou atrás de mim quando eu já saía correndo do salão — vá correndo, menino. Corra.

A casa de Donna Lisa ficava perto da igreja de San Lorenzo, de forma que eu, agora vestido por Felipe numa túnica de inverno, calça nova e bons sapatos, saí correndo do Palazzo Vecchio, passei a toda pelo grande colosso de Davi e pela Piazza della Signoria na direção do batistério.

Donna Lisa morava com o marido, o mercador de seda Francesco del Giocondo, na Via della Stufa. Era o homem que, havia dois anos, me dera os poucos centavos que eu ganhara como dinheiro de verdade. Eu conhecia o caminho muito bem, pois estivera na casa deles muitas vezes nesses últimos anos.

Nós nos conhecêramos através da governanta dos filhos deles, Zita. Os dois meninos que trouxera consigo para Santa Maria Novella se sentiram atraídos pela fundição de Zoroastro no pátio e ficaram olhando enquanto o homenzinho martelava furiosamente e as fagulhas saltavam ao seu redor. Um dia, sua mãe, Donna Lisa, veio procurar por eles. Ficara ansiosa porque as crianças tinham passado a maior parte do dia na rua, e a governanta, Zita, que fora sua própria babá na infância, dera para se esquecer de coisas, agora com a idade. Foi logo antes do feriado de Todos os Santos, no início de novembro do ano de 1503, e Donna Lisa estava esperando bebê. Pude ver com clareza pelas suas formas e corte do vestido; mesmo assim, ela andava com tal graça que lembrava santa Isabel, carregando João Batista no ventre, nos quadros onde ela se encontra com Maria, a Mãe de Deus.

— Estou atrás dos meus filhos, dois meninos — cumprimentou-me quando entrou no pátio acompanhada de um criado. — Estão com a governanta, que visita este monastério de vez em quando.

— Estão ali — falei —, olhando Zoroastro fazer pinos de metal para prender nossas roldanas.

Os meninos estavam no seu lugar favorito ao lado da fundição. Meu senhor estava perto, supervisionando Zoroastro para assegurar as dimensões corretas das peças de metal que estavam construindo.

— Oh! — falou Donna Lisa ao se aproximar. — Não sabia que era a oficina de Messer Leonardo da Vinci que os meninos tinham escolhido frequentar.

— Se alguém vai escolher uma oficina para visitar — meu senhor falou —, por que não escolher a melhor? Seus filhos obviamente herdaram o bom gosto.

— Verdade. — Ela riu, divertida. Fez sinal para a governanta, Zita, que estava sentada num banco perto da parede. — Precisamos ir — falou. — Minha hora está chegando, e me canso com facilidade.

Passou-se mais ou menos uma semana até que Zita tornou a trazer os meninos. Contou-nos que Donna Lisa não estava bem, e foi aí que ouvi a história do sapo cruzando o caminho da patroa.

Poucos dias depois, Donna Lisa entrou no pátio sozinha. Trazia um véu negro sobre o rosto.

— Desejo falar com seu senhor — falou-me.

Naquele momento, o Maestro estava totalmente absorto pelo esboço do afresco. Fazia várias maquetes e croquis de cavalos em várias posições e desenhava uma quantidade enorme de croquis de rostos, braços e corpos de homens. Olhei para Zoroastro de relance.

— Ele não pode ser perturbado quando está trabalhando — disse Zoroastro.

— Eu espero — disse ela.

— É possível que passe muitas horas trabalhando — falou Zoroastro com delicadeza. — Ele consegue passar muito tempo sem comer, sem beber e sem dormir.

— Vou esperar.

À tarde, o marido de Donna Lisa chegou. Sentou-se ao lado dela e acariciou-lhe a mão. Era mais velho que ela, mas isso é comum no nosso tempo. O homem vive mais tempo e, portanto, é normal ter mais de uma esposa, e eu acredito que Donna Lisa fosse a segunda ou terceira de Francesco del Giocondo. Ele sussurrou ao seu ouvido, mas ela não se deixou convencer a ir embora na sua companhia. Por que não mandou que o obedecesse? Estaria no seu direito de marido trazer criados para pegá-la e forçá-la a voltar para casa com ele. Mas vi como eram as coisas entre

215

eles. Ele colocou a mão sob seu cotovelo e tentou persuadi-la a ficar de pé, mas ela balançou a cabeça e não quis se levantar.

Afinal, se levantou.

— Você, menino! — O marido falou comigo e me entregou alguns centavos. — Se seu senhor puder dispensá-lo durante algum tempo, ficarei agradecido se você cuidar desta senhora e me informar quando ela resolver voltar para casa à noitinha.

Mas a noitinha chegou, e ela se recusava a ir embora. Estava frio. Zoroastro colocou mais lenha na fogueira e colocou um banco para ela perto do calor. Eu lhe servi um prato da nossa comida, que ela recusou, e um pouco de vinho, que ela apenas bebericou. A noite ficou muito escura.

Então, o Maestro veio da oficina. Foi até nossa sala de uso comum pela porta interna que fora feita a seu pedido para que ele pudesse passar de seus aposentos diretamente ao ateliê na hora que quisesse. Sua túnica estava suja de massa, e seus dedos, de argila.

Apontei pela janela para onde Donna Lisa se encontrava pacientemente sentada.

— Essa senhora esperou o dia inteiro para lhe falar — disse eu.

— Uma encomenda? Não posso aceitar mais trabalho agora.

— Eu lhe disse isso, mas ela insiste que precisa lhe falar.

Ele soltou um suspiro.

— Parece que todas as senhoras ricas querem mandar fazer o próprio retrato, mas não consigo satisfazer os caprichos dessas mulheres.

— Não acho que essa senhora tenha vindo aqui por um capricho ou para atender à vaidade. — O comentário foi feito por Graziano, que sabia avaliar melhor as mulheres.

Eu trouxera uma bacia de água morna para que meu senhor pudesse tirar as partículas de argila dos dedos.

— Muito bem. — Ele colocou as mãos na água. — Pergunte-lhe o que ela quer, Matteo.

Fui até onde Donna Lisa estava sentada perto do fogo. Abri a boca para falar, mas ela falou primeiro.

— Diga a seu senhor que preciso mandar fazer uma máscara mortuária com a máxima urgência. Diga-lhe também que é uma tarefa tão particular que ele é a única pessoa a quem posso revelar o assunto.

Vi que o trabalho precisaria ser feito imediatamente, pois, mesmo em tempo frio, o corpo se deteriora muito rapidamente. Era um costume bastante comum, e poucas eram as oficinas que se especializavam nisso. Passavam, em geral, para as mãos dos aprendizes, pois, ao executarem o trabalho, eles aprendiam a estrutura básica dos ossos e os contornos do rosto humano.

Voltei e informei a meu senhor o que ela queria.

— Diga-lhe que qualquer artífice aceitaria a encomenda.

— Ela diz que, no seu caso, é uma tarefa extremamente particular.

— Existe um lugar na rua ao lado onde eles se especializam nisso — observou.

Cruzou minha cabeça a ideia de que ela teria passado por aquela oficina ao vir para cá.

Ela não baixou a cabeça em submissão quando lhe repassei a resposta do meu senhor.

— Vou esperar para falar com ele — disse.

Voltei para o interior da casa e lhe falei da intenção dela. Ele fez um pequeno gesto de irritação. O jantar estava servido à mesa. O cheiro de comida quente se espalhava pelo ar da noite. Meu senhor começou a se afastar da janela, mas voltou e tornou a olhar para onde ela estava sentada, com o véu sobre o rosto e as mãos cruzadas sobre o colo.

— Nós a conhecemos? Ela me parece familiar.

— É a mãe ou madrasta dos meninos que vêm olhar Zoroastro trabalhando em sua fundição — informou Felipe. — Esposa do mercador de seda Francesco del Giocondo, que mora na Via della Stufa.

— Giocondo... — O detalhe do nome chamou-lhe a atenção. — Jocund. — Sua língua brincou com as sílabas. — Um nome com mais de um significado.

— O mercador, marido dela, veio mais cedo, mas não conseguiu convencê-la a ir para casa com ele. — Felipe fez uma pausa. — Da última vez que a vimos, ela estava esperando bebê.

— Ah, é por isso que não a reconheci logo de início. — Meu senhor foi até a porta e olhou para ela.

Ela percebeu que ele a fitava e ergueu os olhos. Não tornou a baixá-los. Nem sorriu. Apenas olhou para ele, com firmeza.

— Graziano — ele começou a falar —, diga-lhe, com toda a delicadeza, por favor, que não posso...

Interrompeu o que ia dizendo e, abruptamente, saiu para o pátio. Conversou com Donna Lisa durante alguns minutos e depois entrou novamente na casa.

— Matteo, quero que me acompanhe.

— Agora?

— Agora.

Não comíamos desde antes do meio-dia. Meu senhor entrou em seus aposentos privativos e saiu carregando o embornal de couro. Abriu a porta dos armários da oficina e escolheu alguns materiais.

— Guarde um prato de comida do jantar para nós — falou para Felipe — e não espere pela nossa volta. — Jogando um manto sobre as roupas de trabalho, saiu comigo ao seu lado.

Donna Lisa estremeceu quando deixamos o calor do pátio. Longe da fundição de Zoroastro, sentimos o vento forte que batia do rio para o centro da cidade. Meu senhor tirou o manto e colocou-o sobre os ombros dela. Ela olhou para ele, e sua boca descreveu um pequeno contorno, um meio-sorriso, que mal se podia distinguir à luz das tochas da rua.

Tive ali um vislumbre da menina que ela fora. Mais cedo, seu rosto tinha os traços de uma senhora que jamais vai tornar a sorrir.

Não precisamos puxar a campainha para entrar na casa dela. Um criado fora postado para aguardá-la, e a porta da rua se abriu quando nos aproximamos. As janelas da casa estavam todas fechadas e também as portas de dentro. O lugar estava abafado, cheio de vaticínios e presságios.

Subimos para um quarto escuro no andar de cima. A governanta, Zita, estava sentada numa cadeira perto da lareira, mas não havia fogo. Os espelhos estavam cobertos. Sobre uma cômoda havia um crucifixo mostrando o corpo alquebrado do Cristo com uma vela em cada lado. Sob a janela, uma mesinha com algo em cima, coberto por um pano de linho branco.

Havia um certo cheiro no ar, que eu reconheci. O cheiro da morte.

— Perdi o filho que estava esperando — disse Donna Lisa. Sua voz se esvaiu com as palavras seguintes. — Uma menina.

Ela nos levou até a mesa.

— Morreu dentro do meu ventre. Eu soube quase no momento exato em que aconteceu, pois ela parou de se mexer e isso era raro, uma vez que nos últimos meses eu a sentia dançar dentro de mim todas as noites. Durante o dia, ficava quieta, mas à noite se animava. Adorava música, a pequenina. Nas últimas semanas, quando sua agitação me tirava o sono, levantava-me para tocar minha lira, e o som a acalmava.

Levou a mão ao rosto enquanto lutava para continuar. Meu senhor não falou. Não se mexeu, apenas permaneceu quieto até ela ter forças para prosseguir.

— Como nasceu morta, ela não pode ser enterrada em solo consagrado. Nem sequer me deixarão dar-lhe um nome. É por isso que lhe peço para fazer uma máscara mortuária, para que eu não a esqueça. — Sua voz estremeceu. — Não quero esquecê-la. Como pode uma mãe esquecer um filho? Os médicos dizem que não posso ter outra criança. Então, não há como me consolar. E, segundo as leis, não haverá registro desta criança, nenhuma marca de sua vida, sua morte, sua passagem. Mas ela viveu. Senti-a vivendo dentro de mim.

Sua determinação enfraqueceu, e sua voz desanimou.

Ele esticou a mão. Este homem, que sempre mantinha as emoções contidas, que raramente mostrava tristeza ou raiva. Mas ela não a pegou. Recuperou-se.

— Não vou embaraçá-lo com minha fragilidade, Messer Leonardo. Já chorei todas as lágrimas do mundo pela filha que perdi. Não as tenho mais.

Meu senhor aguardou um pouco e depois disse:

— Seu marido concorda com isso?

— Meu marido é um bom homem.

Lembrei-me do carinho com que Francesco del Giocondo acariciara-lhe a cabeça quando esteve com ela no pátio.

— Vou deixá-lo para que trabalhe — disse ela — e vou falar com ele agora.

Não se passou muito tempo depois disso até que Francesco del Giocondo veio ver meu senhor para pedir-lhe que pintasse o retrato da esposa.

— Minha esposa está tomada de tal tristeza que temo por sua vida — ouvi-o falar com o Maestro. — Não quer sair de casa. Mal fala, quase não come. Não toca mais sua lira, nem canta, nem lê. Você é a única pessoa com quem ela falou depois que essa tragédia se abateu sobre nós. — Ele olhou de relance para mim. — Você e o menino. Eu lhe imploro, Messer Da Vinci. Se concordar em vir até minha casa, lhe pagarei o que quiser. Que seja ao menos uma hora por semana. Ela mergulhou tão profundamente dentro de si mesma que não consigo pensar noutra coisa que a possa salvar.

E foi assim que fiquei sabendo onde meu senhor estaria hoje de manhã enquanto corria pelas ruas de Florença para encontrá-lo e trazê-lo ao Salão do Conselho.

Encontrei-os onde sempre ficavam, no quartinho que dava para o pátio interno da casa. Aqui ele montou um ateliê de pintura e vinha trabalhando no retrato de Donna Lisa já havia quase dois anos.

Ao ouvir minha mensagem truncada, desculpou-se imediatamente e partiu. Saímos da casa do mercador e percorremos as ruas apressadamente até o Palazzo Vecchio, eu correndo ao seu lado, precisando dar dois passos para cada um dos dele.

Trinta e nove

O caos imperava dentro do salão. Pupilos e pintores cercavam o andaime com velas acesas, pedaços de pano e pincéis. Felipe, o eficiente e tranquilo chefe da casa, andava de um lado para outro, esfregando as mãos. Graziano estava agitadíssimo, dando instruções para os aprendizes e depois correndo para acudir ele mesmo. Salai estava, pela primeira vez, chocado e calado, enquanto Flavio se encontrava sentado num canto, encolhido como se esperasse uma surra. Zoroastro, com lágrimas escorrendo-lhe pelo rosto, correu berrando feito um louco para meu senhor assim que entramos.

— O que vamos fazer? A mistura não quer secar. O que vamos fazer?

No meio do tumulto, meu senhor tentou avaliar a situação. A tinta nos cantos mais elevados escorria pela parede e já atingira algumas partes da seção concluída do afresco. Parece que o calor do braseiro havia retardado o que teria sido uma inundação, mas as cores ainda se espalhavam insidiosamente pelos níveis mais baixos da pintura.

— Aumentem o fogo — ordenou meu senhor.

— Mas... — Zoroastro começou a falar.

O Maestro passou por ele feito um raio.

— Vamos ter de mandar buscar mais lenha — falou Felipe. — Nosso estoque acabou.

— Há madeira de sobra à nossa volta — falou meu senhor com a voz inflexível. Jogou o manto para o lado e, pegando um machado, que

Zoroastro tinha largado no chão, marchou decididamente em direção ao andaime.

— Ajude aqui, Matteo — falou, e começou a atacar os suportes de um dos lados.

Olhei seu rosto, passei para o de Felipe e em seguida para o de Zoroastro. Surgiu no de Felipe um horror imenso assim que ele compreendeu o propósito de seu senhor. O Maestro tirou uma tábua curta do lugar e me entregou, mandando-me colocá-la no fogo.

— Teremos de pagar por isso — protestou Felipe. — O Conselho da Cidade foi bem claro quanto aos termos do contrato. A madeira e todas as outras partes do andaime deverão ser devolvidas ao final, caso contrário ficaríamos lhes devendo seu custo equivalente.

— Que venham pegar, se quiserem! Podem torrar seus dedos endinheirados no fogo quando forem remexer as cinzas. — O Maestro deu uma forte machadada numa das pernas do andaime.

Felipe recuou, assustado.

Meu senhor conseguiu soltar um suporte. Arrancou-o do lugar e jogou-o no braseiro.

Zoroastro deu um salto para a frente.

— O recipiente está perto demais da parede, não é seguro.

— Deixe assim.

— Vai chamuscar o trabalho que já está feito.

— Deixe assim, repito — gritou o Maestro. — Vocês não sabem que os florentinos adoram uma fogueira? Não faz muito tempo, encorajados por seu grande profeta Savonarola, puseram-se a queimar sua gloriosa arte a céu aberto na *piazza*. Depois, passado apenas um ano, queimaram o homem que mandara fazer aquela fogueira das vaidades. Que tenham mais uma! — Ergueu um pedaço de madeira e rachou-o ao meio com o machado. — É pertinente que seja dentro da Câmara do Conselho desta vez. Abram as portas e janelas. Quando sentirem o cheiro do fogo e ouvirem o crepitar das chamas, virão correndo presenciar esta conflagração da mesma forma que fizeram com as outras.

Ficamos olhando sem ter o que fazer enquanto ele jogava mais lenha na fogueira. As labaredas subiam cada vez mais alto, verdadeiras línguas de fogo encarnado. Vistas através das chamas, as figuras e os cavalos pareciam se debater numa danação infernal. A cor nos recantos mais afastados se retorcia ante a chegada do inimigo que ameaçava consumi-la. Estava funcionando? O calor intenso estava secando a tinta e a massa? Mas aí Flavio soltou um grito, o brado lancinante de uma alma perdida.

— Ahhh! Olhem.

Através da luz trêmula, vimos a parte inferior do afresco começar a formar bolhas. Zoroastro correu na direção da parede, mas Graziano puxou-o de volta. Todos os que estávamos ali no salão fomos forçados a assistir. Não podíamos fazer nada, pois não havia salvação para o que estava acontecendo. O crepitar das labaredas não dava tréguas. E nós gemíamos e nos encolhíamos em nossa ansiedade, o barulho e o calor medonhos aumentando nosso pavor do monstro faminto que devorava a obra-prima. A expressão nos rostos dos soldados condenados em batalha se refletia na angústia dos rostos dos artesãos que viam sua criação ser destruída.

Quando o braseiro já não aguentava mais, meu senhor falseou. De imediato, Felipe pegou-o pelo braço, tentando conduzi-lo para o canto mais distante do salão. Sem prestar atenção à sua própria segurança, Zoroastro se aproximou e, encaixando uma de suas ferramentas de ferreiro na grelha do braseiro, puxou-o para longe da parede. Os demais, movendo-se qual monges na procissão de um funeral, começaram a pegar os objetos espalhados pela sala. Ninguém falava. Fui até a mesa onde guardávamos nossa comida, peguei um copo e enchi-o de vinho. Acrescentei um pouco de canela, depois espetei um aguilhão bem no meio do fogo e, depois de um minuto, retirei-o e coloquei dentro do líquido. Peguei um banquinho e levei, com o vinho quente, para meu senhor. Quando coloquei o banquinho à sua frente, ele me olhou como se não me reconhecesse, mas se sentou logo. Segurei o copo de vinho diante de seu rosto, de onde ele poderia sentir o cheiro do tempero quente. Ele passou a mão pelos olhos. Depois pegou o copo e começou a beber. Eu me ajoelhei aos seus pés.

Ele colocou a mão na minha cabeça.

— Deixe-me — falou. Olhou para Felipe, que estava parado ao seu lado. — Deixe-me. Quero ficar sozinho.

Nós dois voltamos para o centro do salão, onde preparei vinho quente temperado para todos os presentes. Ninguém conversava. O único ruído no ambiente eram os dentes de Flavio batendo. Forcei-me a tomar um pouco do vinho. Só então foi que ousei olhar para a parede.

O afresco estava arruinado.

A parte de cima estava uma confusão de cores, e poucos eram os contornos que se podiam ver agora. As horas passadas esmiuçando modelos de homens e cavalos, os meses e meses de desenhos minuciosos, as semanas de preparação da parede, transferindo os esboços, a aplicação meticulosa da tinta, tudo se foi em minutos. A parte inferior da parede estava chamuscada, enegrecida e, embora persistissem as figuras da parte central, como se sua energia não se pudesse extinguir, até mesmo ali o calor e a fumaça tinham deixado suas marcas atrapalhando a definição.

Passado um tempo, meu senhor veio do fundo do salão e foi até onde as mesas e bancadas ficavam agrupadas. Como se estivesse procurando alguma coisa. Acabou molhando os dedos num pouco da tinta preparada e levou-os ao nariz para cheirar. Depois, esfregou-a entre as palmas das mãos.

— Por que mudaram a mistura?

Todos se entreolharam.

— Maestro — gaguejou Flavio —, não mudamos nada.

— As proporções são as mesmas — concordou Felipe. — Verifico sempre com muito cuidado.

Zoroastro falou:

— O senhor conhece os artífices que emprega. Ninguém aqui faz trabalho malfeito.

Meu senhor reconheceu isso, mas disse:

— Contudo, algo está errado.

Todos ficaram parados, angustiados, enquanto ele vasculhava as mesas e bancadas, parando de vez em quando para fitar o afresco.

— Não compreendo — disse. — Funcionou quando experimentamos em Santa Maria Novella.

— Só foi feito num pedaço pequeno da parede — observou Felipe.

— Talvez numa área maior... — A voz dele sumiu.

Zoroastro tinha ido para as lajes de pedra, onde a tinta moída estava pronta para misturar. Mexeu numa delas com o dedo, colocou um pouco do pó na língua, fechou os olhos e mastigou. Depois foi para o pote de óleo, recém-aberto quando começamos a trabalhar hoje. Enfiou os dedos no pote e espalhou um pouco no dorso da mão. Foi até onde estava Felipe.

— Este óleo... — falou em voz baixa. — Quem lhe vendeu isso?

Felipe olhou para ele preocupado.

— Por que está perguntando?

— A consistência... — Zoroastro levantou a mão para inspecionar. — Veja por si mesmo. A qualidade não é a mesma do óleo que estávamos usando antes.

— Usamos fornecedores diferentes. — Felipe foi até o pote e examinou a etiqueta presa à tampa. — Este é do armazém à beira do rio, mas a encomenda foi a mesma que os demais.

— Não é o mesmo — insistiu Zoroastro.

— O papa deu início a muitos projetos novos — disse Graziano — por causa de sua determinação de que Roma supere Florença como centro de arte e cultura na Europa. Os mercadores sabem que conseguem preços mais altos lá. Ouvi dizer que guardam os melhores materiais para enviar aos artistas que trabalham para ele.

— Pode ser verdade — falou Felipe e sentou-se pesadamente num banquinho. — De qualquer forma, se este óleo é inferior, conforme diz Zoroastro, a culpa é minha. Só testei o primeiro lote para ver se estava direito. Não pensei em testar cada pote individualmente, à medida que iam sendo entregues. — Seu rosto estava acinzentado, e ele parecia ter envelhecido um ano numa manhã. — Tenho de informar ao Maestro o meu erro.

— Meu erro também — disse Graziano, abraçando lealmente Felipe pelos ombros. — Não dei ouvidos ao Flavio mais cedo, quando ele tentou me dizer que a tinta não estava pegando e que deveríamos parar.

Pensei que ele quisesse ir embora para se aquecer perto do fogo até que o salão estivesse menos frio. Mandei que continuasse trabalhando.

Zoroastro esticou o queixo para dizer alguma coisa.

— Eu também tenho um pouco de culpa. Apavorado do jeito que estava, coloquei o braseiro perto demais da parede. Quando o fogo aumentou, o afresco não conseguiu suportar o calor.

— Eu poderia ter corrido mais rápido pelas ruas para alcançá-lo — adicionei minha voz às dos demais. — Se tivesse chegado aqui mais cedo, talvez tivesse lidado com as coisas de forma diferente. — Não era totalmente verdade. Tinha corrido tanto que ainda estava sentindo uma dor embaixo das costelas, mas não quis ficar de fora daquela fraternidade da culpa.

Graziano esticou um braço e me trouxe para o grupo, de forma que os quatro ficamos juntos ali.

— Vamos até ele pedir-lhe perdão.

— Está vendo? — Zoroastro aproveitou a oportunidade para me sussurrar algo quando nos aproximamos do meu senhor. — É isso que acontece quando os seres humanos ignoram alertas aos quais deviam prestar atenção. Este projeto estava amaldiçoado desde o início naquela sexta-feira na décima terceira hora.

O Maestro nos escutou. E imediatamente declarou que não havia o que perdoar. Dispensara os demais, dizendo-lhes que tratassem aquilo como um feriado, assegurando-lhes que iriam receber pelo dia de trabalho. Sugeriu que fizéssemos o mesmo.

— Vou ficar aqui um pouco — disse — e prefiro ficar só.

Ao sair, virei-me para trás e o vi ali parado, olhando para a parede, a silhueta alta destacada pela luz da fogueira.

Antes de sairmos, ele se esforçou para nos dar apoio.

— Não fiquem deprimidos — disse-nos. — Vou restaurá-lo de forma a ficar igual ao estado original.

Felipe se afastou. Ouvi-o dizer claramente para Graziano:

— Jamais conseguirá restaurá-lo.

Quarenta

Seus pupilos e aprendizes começaram a se afastar.
    Qual muitos outros, viajaram para Roma. Rafael estava trabalhando lá e Michelangelo, o escultor, estava fazendo um afresco dentro do Vaticano, no teto da Capela Cistina. Dizia-se que levaria anos para acabar. Com esse projeto em andamento e várias outras encomendas à disposição, os romanos se vangloriavam de que havia trabalho em sua cidade para todos os artistas da Itália. Nosso Maestro não pareceu muito preocupado em perder seus artífices. Sua mente incansável e indagadora percorria uma imensa quantidade de outros assuntos que o mantinham ocupado, e ele deixou que Graziano tentasse consertar o dano causado à sua pintura pelo incêndio. A tarefa de Felipe foi aplacar os membros do Conselho da Cidade, que começavam a perguntar quando o Maestro iria terminar o afresco no salão do Palazzo Vecchio.
    Forças externas o pressionavam, além das muitas solicitações de pinturas que recebia. Tendo estabelecido uma corte em Milão, os franceses passaram a insistir mais para que ele atendesse lá. Tinham lhe feito um protesto e agora pretendiam fazer uma petição para que o Conselho de Florença o dispensasse do contrato. Havia também uma discussão de longa data em torno de uma obra para a Confraternidade da Imaculada Conceição em Milão. Os padres não a consideravam terminada e estavam retendo pagamento. Mas acho que isso estava sendo usado como desculpa para levar o Maestro a ir até Milão tratar disso pessoalmente. Embora houvesse questões em Florença que exigissem sua atenção, ele

agora estava mais inclinado a deixar a cidade. Falou de voltar para o lugar onde passara anos trabalhando em projetos que usavam todas as suas habilidades — de engenheiro, arquiteto e projetista — e nos quais os franceses pareciam apreciar melhor seus talentos. Eu sabia que Felipe ficaria satisfeito de rechaçar Pier Soderini e seu Conselho, que estavam exigindo agora, conforme ele previra, a devolução dos andaimes.

— Se o desmontássemos em suas mínimas partes e depois empacotássemos tudo separado, será que eles dariam falta de algumas escoras? — perguntou-nos Felipe.

— Nem perceberiam — riu-se Graziano. — São tão ignorantes que não conseguem nem encontrar o próprio traseiro para limpar.

Graziano queria muito ir para Milão, onde achava que os franceses mantinham uma corte civilizada, cheia de estilo e graça, com mulheres o bastante para agradá-lo.

E Salai? Iria para onde o Maestro fosse, pois, embora tivesse o pensamento desencaminhado, acho que o amava de verdade. Era leal. Não desertou como os outros pupilos, mas isso até poderia estar ligado a seus interesses próprios. Tinha um certo talento para o desenho e a pintura, e, aproveitando-se da reputação da oficina Da Vinci, aceitava encomendas particulares para encher a própria carteira. Às vezes pedia que meu senhor fizesse o esboço e concluía o retrato usando os materiais do nosso almoxarifado. Felipe era esperto o suficiente para não tecer comentários abertamente, mas isso criava uma certa tensão dentro do nosso núcleo.

Meu senhor não notava ou não se importava. Passava cada vez mais tempo no lugar onde o encontrei no dia do desastre: a casa de Donna Lisa.

Tornou-se seu refúgio. Ela agora o apoiava em seus dissabores, pois ele a ajudara em seu infortúnio. Ele tinha poucas amigas, mas essa era uma delas. Donna Lisa se instruíra por conta própria e estava construindo gradativamente uma pequena biblioteca de textos tanto antigos quanto modernos, e os dois conversavam sobre os livros que haviam lido. Ele a respeitava por isso; e também por sua capacidade de se recuperar — a bem da verdade, admirava a força das mulheres.

— As mulheres que se casam e têm filhos só vivem até o desgaste do parto — disse-me uma vez quando voltávamos de sua casa. — Anos atrás, fiz uma anatomia no corpo de uma mulher que dera à luz treze filhos. Vi onde a pelve se rachara diversas vezes com o trabalho de parto. E de todos esses rebentos, somente um vingara. Ela teve de aguentar a dor do parto e ainda, no seu íntimo, o tormento de perder os filhos.

Pensei em Rossana e Elisabetta. O que teria sido delas se tivessem crescido em Perela? Aos 16 anos de idade, teriam se casado e se preparado para dar filhos aos maridos. Agora Elisabetta estava com o irmão nalguma fazenda longínqua, e Rossana, na crença da irmã, morava com os anjos. Mas tentei afastar o pensamento. Quando me lembrava de Rossana, era como se alguém me golpeasse no peito.

— Os homens não pensam nessas provações pelas quais passam as mulheres tanto quanto deveriam — prosseguiu meu senhor. Depois acrescentou: — Talvez à exceção de um homem que conhecemos.

Referia-se ao marido de Donna Lisa, Francesco del Giocondo. Foi por apreço à esposa e dó da desolação de sua alma pela perda da filha que veio pedir ao meu senhor que lhe pintasse o retrato.

— Donna Lisa não é sua primeira esposa — disse-me. — Ele já tem um filho de um casamento anterior com uma mulher que morreu. Mas acho que guarda esta esposa no fundo do coração. Meu pai mesmo foi casado quatro vezes, e todas as esposas, menos a última, morreram antes dele.

Meu senhor raramente falava do próprio pai, notário respeitado de Florença, que morrera cerca de um ano e meio antes. Dificilmente mostrava suas emoções, mas neste caso precisara enfrentar mais que a perda de um pai. Eu ouvira Felipe dizer que, embora a lei não reconhecesse um filho bastardo, meu senhor ficou abalado quando se tornou claro que ele não receberia parcela alguma do espólio do pai. Teria vergonha de estar tão claramente marcado por haver sido deixado sem reconhecimento como filho? Pode ter sido esta a ligação de afinidade que nos uniu. Embora meu senhor tenha contado, em criança, com a atenção e os cuidados de uma mulher que foi, para ele, o mais próximo que uma mãe poderia ter sido. Uma vez que sua mãe natural foi tida como inadequada, depois

229

do nascimento, seu pai, tendo-se casado com outra mulher, levou consigo Leonardo, filho bastardo, para o lar que constituíra. A nova esposa tratou meu senhor muito bem, e ele ficou triste em deixá-la quando chegou à idade de fazê-lo. Embora ela agora estivesse morta, ele mantinha contato com o irmão dela, que era um bom amigo do meu senhor. Esse tio adotivo era cônego na igreja de Fiesole, nas proximidades de Florença, e foi lá que meu senhor procurou descansar após a destruição do afresco.

Foi para o Natal, passou o Ano-novo e o Dia de Reis, e ficou até depois de terminado o mês de janeiro em Fiesole. O líder do Conselho de Florença, Pier Soderini, ficou profundamente desagradado com essa ausência prolongada e veio à oficina de Santa Maria Novella reclamar. Felipe precisou lançar mão de todos os recursos para desviá-lo da perseguição ao meu senhor. Trouxe-lhe contas e livros de registros, jogando-os à sua frente. Depois calculou e recalculou os pagamentos já autorizados pelo Conselho e riscou em seu calendário os dias trabalhados e quantos ainda eram necessários para a conclusão. Entrementes, Graziano servia doses nada parcimoniosas do nosso melhor vinho a esse homem consciencioso porém enfadonho e sutilmente o enaltecia pedindo opiniões sobre a situação política.

— Seria bom se ele não gastasse tanto tempo preocupando-se com coisas que deixaram de ser feitas — disse Graziano no dia em que Pier Soderini partiu, algo embriagado — e prestasse mais atenção ao que está acontecendo de fato na sua cidade.

Felipe concordou.

— Se fosse um observador da situação política tão astuto quanto pensa ser, veria o que está em plena efervescência bem debaixo do próprio nariz.

Eu já começara a limpar a jarra e as taças de vinho.

— Do que se trata? — interrompi o trabalho para perguntar-lhes.

Eles se entreolharam.

— É melhor continuar sem saber, Matteo — disse Felipe. — Assim não poderá ser acusado de ficar de um lado ou de outro.

— Que lados são esses?

— O papa tem um exército pronto para marchar agora sobre a România e pretende tomar mais cidades por lá do que Cesare Borgia chegou a conquistar. Há em Florença quem veja isso como oportunidade para... mudanças... aqui. — Graziano escolhia suas palavras com cuidado.

— E há espiões que relatam conversas como estas — falou Felipe bruscamente. Deu a Graziano um olhar de alerta.

Peguei as taças de vinho e fui lavar os pratos. Esta conversa estava consoante com o que o Escriba Sinistro me dissera. Ainda assim, não consegui acreditar que fosse possível. Florença fervilhava de comércio e de vida. Era evidente a prosperidade; por que alguém iria querer mudar isso? O Conselho fazia parte da existência da cidade. Pier Soderini fora nomeado líder vitalício. Estava de tal forma fincado ali, respaldado pelo imbatível Machiavelli e seu exército citadino, que eu não via como poderia ser tirado de sua posição.

Apesar de ter um contrato com a cidade de Florença para trabalhar no afresco, meu senhor passava pouco tempo no Palazzo Vecchio e ocupava-se mais estudando os pássaros e seu voo. Fazia desenhos às centenas e dedicava-se a eles com Zoroastro, montando maquetes com fios, bambu e tecido de algodão. Quando essas maquetes foram ficando grandes, mandou Zoroastro trabalhar num monastério diferente, onde tinha amigos que lhe dariam espaço para privacidade, pois queria que este projeto ficasse em segredo.

Ao mesmo tempo, continuou com suas excursões botânicas, seu trabalho no necrotério e suas visitas à casa de Donna Lisa.

Lá, continuava trabalhando no retrato dela. O marido não se importava com o tempo que estava levando, nem com a vinda esporádica do meu senhor, para pintar ou não, conforme seus próprios impulsos. Francesco del Giocondo estava feliz com o fato de que a companhia de um homem tão inteligente e culto como meu senhor tirara a esposa do abismo depois que se enlutara.

O quadro ficava na casa dela, pois, poucos dias após a morte da criança, ela se prostrara de tal forma com a dor que não conseguia andar, por menor que fosse a distância. Seu marido nos dissera isso quando veio pedir que meu senhor fosse vê-la.

231

— Temo pela vida dela. E se ela se for, acho que irei também.

— Na presença de tamanho amor, como eu poderia recusar? — meu senhor me falou.

O mercador concordou em construir um pequeno ateliê para meu senhor dentro de sua casa e que meu senhor trabalharia no retrato da maneira que lhe aprouvesse, e também quando lhe aprouvesse. No começo, ele relutou bastante, embora Donna Lisa o conquistasse com seu intelecto e sua conduta. E no fim, tendo sido arruinado o grande afresco, ele tanto se consolava por lá quanto lhes trazia consolo.

A princípio, tratava-a com respeito e não a forçava a ficar sentada durante muito tempo ou a conversar. Mas um dia, achando-a já um pouco fortalecida, pediu-me para esperar e depois me mandou contar-lhes uma história.

— As histórias de Matteo são muito divertidas — disse a ela. — Ele tem um estoque delas na cabeça. — E fez sinal para que eu começasse.

— Que história devo contar? — perguntei-lhe.

— Escolha você mesmo — respondeu-me. — Talvez um dos mitos, conforme lhe foram passados por sua avó.

Olhei ao redor, inspecionando o cômodo em que me encontrava. Fora cuidadosamente preparado como ateliê de pintura por sua própria mão, e a senhora estava colocada perto da janela que dava para o pátio, de forma que a luz lhe caía exatamente como ele queria. Fora ele também quem escolhera os trajes que ela deveria usar. Além de trazerem um sortimento de magníficos vestidos, seus criados trouxeram reluzentes colares e outras joias caras, que ele rejeitou, escolhendo afinal um vestido despojado ao qual acrescentaria seu próprio desenho na região do decote. Acho que o marido de Donna Lisa teria preferido que ela se vestisse com mais ornamentos, de forma a mostrar quão bem-sucedido e abastado ele era, mas meu senhor o convenceu dizendo:

— É o suficiente. Tamanha graça não carece de adornos.

As demais roupas e as joias foram retiradas, exceto uma caixa de outros elementos decorativos que ficara num canto afastado do cômodo. A tampa estava entreaberta, e eu pude ver, entre echarpes e fitas, algumas plumas — avestruz, perdiz, pavão.

Coloquei-me fora de seu campo de visão para que ela não se distraísse e afetasse a composição do Maestro.

— Então, agora — comecei — vou lhes contar a história do ser que os deuses chamavam de Panoptes, que significa aquele que tudo vê, mas que também nos é conhecido pelo nome de Argus, o gigante com cem olhos.

"Um dia, Júpiter, o supremo dos deuses, visitava o rei de uma certa ilha e espiou a filha desse rei passeando pelo jardim. Seu nome era Io.

"Júpiter viu que ela era muito bonita e se apaixonou pela princesa Io. E ficou com ela durante muito tempo.

"No reino dos deuses, sua ausência foi notada. E quando voltou, a deusa Juno, com quem possuía um contrato para ser fiel, perguntou-lhe o que o retardara no mundo dos homens. Júpiter lhe disse que tinha muitos assuntos a tratar, mas ela não acreditou nele, resolvendo, por sua vez, também ir à ilha do rei, e acabou descobrindo por que ele se engraçara por lá.

"Juno ficou muito zangada. Sentiu ciúmes de Io e pensou no que poderia fazer para prejudicar a princesa. Júpiter descobriu as intenções de Juno e apressou-se a descobrir uma forma de proteger a princesa Io. Resolveu transformar Io numa bela novilha e encarregou o poderoso gigante Argus com seus cem olhos de vigiá-la enquanto ela pastava tranquilamente pelos campos.

"Mas Juno era esperta e descobriu o que Júpiter tinha feito. Juno convocou Mercúrio, o mensageiro dos deuses, e deu-lhe instruções a serem seguidas. Mercúrio partiu ligeiro para o local onde Io saltitava alegremente. Ele esperou o calor do dia se dissipar e, com a chegada da noite, Io parou de brincar e se deitou para descansar. O gigante Argus também se sentou para mantê-la sob sua vigilância.

"Mercúrio levou a flauta aos lábios e começou a tocar. Embalado pela música, Argus caiu no sono. Cada uma de suas cem pálpebras foi se fechando, uma atrás da outra, até que apenas uma permaneceu aberta. Mas logo esta também se fechou. O grande gigante adormeceu. Quando teve certeza de Argus estar em sono profundo, Mercúrio largou a flauta. Tirou a espada e foi cortar a cabeça de Argus. Mas este acordou com um rugido aterrorizador. Cada um de seus olhos foi se abrindo, e ele chegou

233

a fazer um esforço para se levantar, mas foi tarde demais. Mercúrio atacou com força, e Argus caiu morto.

"Io foi forçada a fugir e percorrer muitas terras sem parar para descansar.

"Mercúrio foi contar a Juno que a tarefa fora cumprida, e Juno se apressou para ir ao local. Argus estava lá, caído, morto no chão, com todos os olhos fitando o céu.

"Então, Juno arrancou cada um dos cem olhos da cabeça de Argus e, levando-os consigo, colocou-os nas plumas de seu pássaro favorito.

"E é por isso que — peguei a pena de pavão e a agitei no ar — o pavão tem na cauda um olho em cada pluma, para embevecer o mundo."

Donna Lisa bateu palmas.

Olhei para ela e, em seguida, para o meu senhor. Ele me fez um aceno com a cabeça. E eu, deleitado com a aprovação deles, abri-lhes um grande sorriso.

Depois disso, o Maestro passou a me pedir para ficar com frequência e lhes contar uma história: uma aventura de Ulisses durante suas peregrinações após o cerco a Troia, ou alguma lenda que eu conhecesse, ou uma fábula ou conto folclórico que eu mesmo escolhesse.

Mantivemos esse costume quando ele recomeçou o retrato na primavera. Ela ainda não falava muito, e ele, profundamente concentrado no trabalho, às vezes passava um tempão olhando para o quadro à sua frente sem levantar o pincel. O silêncio naquele cômodo nunca era opressivo. Mas, quando se fazia necessário preenchê-lo, eu vasculhava na minha cabeça até encontrar uma daquelas sementes de histórias que minha avó tinha plantado e, nutrindo-a com minhas hipérboles e metáforas, deixava-a fluir do meu ser qual um córrego brota de uma nascente.

Um dia, perto da Páscoa, antes de se sentar em sua cadeira, ela me entregou um pequeno objeto.

— É um folheto de uma dessas gráficas novas que imprimem livros em nossa língua toscana. Tem uma história que minha mãe costumava me contar quando criança. Eu adoraria ouvi-la novamente. Poderia ler para nós agora de manhã, Matteo? — ela me perguntou.

Deixei cair a cabeça, confuso.

Meu senhor interrompeu com delicadeza.

— Matteo prefere puxar pela memória para contar suas histórias.

Tendo me salvado de um embaraço, lançou-me um olhar severo, como a dizer: "Está vendo? Agora você deixou a senhora desapontada. Ela teria adorado ouvir sua leitura."

Acabei contando uma das minhas histórias naquele dia e, na hora de ir embora, fui devolver-lhe o livro.

— Ora, Matteo! Eu lhe dei o livro — disse ela. — Quero que fique com ele. Espero que encontre tanto prazer em suas páginas quanto eu encontrei.

Titubeei para trás com o livro ainda nas mãos. Olhei para meu senhor buscando permissão para aceitar o presente. Ele inclinou a cabeça. Depois ergueu uma das sobrancelhas.

— Agradeça à senhora — disse ele tranquilamente.

— Obrigado — falei. Quando lhe fiz uma reverência, senti lágrimas assomando aos meus olhos.

Ela deve ter percebido, pois virou o rosto e conversou alguma coisa com meu senhor. Era uma grande senhora, essa Donna Lisa. Não vinha de berço de ouro, como as princesas ou rainhas que regem súditos, mas com sua própria nobreza inata e o refinamento natural de uma pessoa boa.

Naquela noite, deitado na minha cama, peguei o livro para examinar mais detalhadamente. Consegui decifrar algumas palavras: "o", "a", "e", "de".

Levei o dedo até aquelas que estava reconhecendo e, hesitante, pronunciei-as em voz alta. De repente, elas ficaram turvas ao meu olhar. Dei-me conta de que estava chorando.

E chorei. Chorei pela mãe de que eu não lembrava, pelo pai que nunca tive e pela avó que estava morta. Chorei pela morte de Rossana, meu primeiro amor. Rossana, seus pais e seu irmão caçula. Chorei por estar separado de Elisabetta e Paolo. E chorei pelo que já fora meu e acabou sendo tomado de mim, e chorei pelas coisas que nunca tive. Chorei por todas as minhas misérias.

No dia seguinte, levei o livreto para o Escriba Sinistro. Ele o examinou.

— De onde que você tirou isso? — perguntou-me.

— Recebi como presente de uma senhora.

— Que senhora daria tal presente a um menino?

— Isso eu não vou contar — disse-lhe. — Mas roubar, não roubei.

— Acredito — retrucou ele. — Assim sendo, sua origem é ainda mais intrigante.

— Mostre-me o que está escrito.

Ele começou a ler em voz alta.

— Não — falei —, assim não. *Mostre*-me o que diz aí, e onde é que está escrito o que diz.

Ele apontou com o dedo e leu.

— Numa terra distante havia um dragão...

— Tem certeza de que são essas as palavras que estão escritas aí?

— Claro que tenho. — Ele ficou indignado. — Quem me ensinou foi o irmão Anselmo no...

— ...renomado mosteiro de São Bernardo em Monte Cassino — completei para ele. — Eu me lembro do seu pedigree. Então — inclinei-me por cima de seu ombro —, como é que você sabe o som de cada palavra?

— Por causa das letras — disse ele. — Cada letra tem um som próprio. Reunidas em diversas ordens, elas formam as palavras.

— É só isso? — ri. — Sendo assim, não pode ser difícil.

— É mesmo? — disse ele baixinho.

— É — falei. — Agora, continue.

— Há um preço para isso — disse ele.

— Eu vou lhe pagar. — Tirei um dos centavos que meu senhor havia me dado no Dia de Reis. — Eis os honorários que você me cobrou quando eu trouxe as cartas que havia recebido.

— Oh, não — retrucou ele. — Neste caso não se trata de ler algumas linhas em voz alta. Não é o que você está me pedindo agora.

— E o *que é* que estou pedindo agora?

— Está me pedindo para lhe ensinar a ler. Por essa instrução, o preço será de um centavo a cada meia hora.

Afastei-me um pouco para contar meu dinheiro.

— Quanto tempo leva até que eu aprenda todas as palavras que se pode aprender? — perguntei-lhe.

O escriba sorriu para mim e disse:

— Matteo, quanto tempo você vai viver?

Quarenta e um

O projeto secreto começou a tomar forma. Escondido dos olhares curiosos e sob as instruções específicas do Maestro, surgia uma magnífica construção elegantemente feita com hastes de madeira e painéis. Meu tempo livre eu passava com o Escriba Sinistro, que me instruía na leitura, mas a maior parte era ajudando Zoroastro a montar essa concepção impressionante da mente do meu senhor. Trabalhávamos juntos desde os primeiros raios de sol e, à medida que a primavera ia se instalando e os dias esticando, entrávamos cada vez mais noite adentro.

Ficou decidido que eu traria meu colchão e minhas coisas para o local dessa nova obra. E foi quando eu estava fazendo justamente isso que Felipe percebeu os pedacinhos de papel cheios de letras e das palavras simples que o Escriba Sinistro havia escrito para eu memorizar.

— O que é isso, Matteo? — perguntou-me, pegando vários deles na mão para examinar.

Olhei ao meu redor. Salai tinha ido ao Palazzo Vecchio com Graziano para fazer um trabalho por lá, enquanto meu senhor e Zoroastro conferenciavam no outro lado do cômodo.

— São as letras que estou aprendendo — contei a Felipe em voz baixa. — Não se lembra que eu lhe falei do Escriba Sinistro? A pessoa que escreveu a resposta para minha amiga no início do inverno? Pois estou pagando para ele me ensinar a ler, de forma que, quando vocês tiverem tempo para me arranjar um tutor, eu já terei desenvolvido alguma habilidade.

Felipe me olhou com ar solene.

— Fico bastante satisfeito por você estar fazendo isso, Matteo.

Foi tudo o que ele disse, mas no dia seguinte encontrei, em cima do meu colchão, algumas folhas de papel e um quadro de letras do tipo que se usava para ensinar o alfabeto aos alunos.

O Escriba Sinistro não era um tutor dos mais pacientes, e eu achei esse aprendizado cansativo e chato, sem abertura para explicações. Como foi que esses desenhos específicos vieram a ser escolhidos como as nossas letras? Quem decretou quais os sons que acompanhariam cada letra? E como foi que se decidiu a maneira em que elas se juntariam para formar as palavras?

— Por que isso é assim? — eu quis saber.

Com o quê, então, o escriba me deu um cascudo forte na cabeça.

— Não procure me distrair com perguntas que não têm resposta — rosnou. — Deixe que o aprendizado penetre nessa cabeça dura. Ande com isso, antes que eu o jogue dentro do Arno.

Mas acho que ele deve ter gostado um pouco da luta para me ensinar. E, à medida que o tempo foi ficando mais quente, eu conseguia distraí-lo algumas vezes, e ele se desviava dos nossos estudos e me relatava partes da história de sua vida, e nós fomos nos aproximando. E assim eu fui me deixando ficar mais à vontade nas conversas, menos cuidadoso com o que dizia, revelando coisas acerca do meu próprio passado. De forma que, quando o escriba me perguntou distraidamente sobre a origem das cartas que eu recebera, deixei escapulir algo sobre Elisabetta e quem ela era e como eu a conhecera.

Não me ocorreu que pudesse ser algo mais que conversa mole da parte dele, que ele arrebanhasse informações como um esquilo acumula nozes para matar a fome no inverno. Tampouco pensei que o Escriba Sinistro pudesse ser um espião.

As delicadas sondagens do velho se voltavam, mais que tudo, para os negócios do meu senhor, mas eu era esperto o suficiente para não mencionar nenhuma das coisas que ele não gostava que fossem discutidas fora do seu núcleo.

De tempos em tempos, o Maestro fazia dissecações no hospital, e suas notas e desenhos agora continham uma vastidão de aspectos do corpo humano. Trabalhar com ele nessas investidas mais recentes não me enchiam tanto de terror quanto a primeira experiência no necrotério em Averno, e eu comecei a me interessar mais pelo que ele estava fazendo. Mas não dizia nada disso ao escriba, nem da misteriosa máquina que estávamos construindo, muito menos sobre onde ela ficava.

Zoroastro estava deleitado por trabalhar em algo que exigia sua habilidade de engenheiro. Estava muito mais satisfeito de fazer isso que de preparar as misturas para o afresco. Mas, à medida que o verão se aproximava, ele foi ficando cada vez mais impaciente para testá-la, e um dia perto do fim da primavera dei com ele confabulando junto ao Maestro.

— Vai voar. Este pássaro *vai* voar. Estou lhe dizendo.

— Mas não agora, Zoroastro — disse meu senhor.

Mesmo uma amizade de mais de 25 anos não impedia que esses dois homens discutissem. O rosto de Zoroastro se ruborizava quando ele se excitava e ficava com um aspecto turvado. Parte disso era por causa dos muitos acidentes que ele sofreu quando misturava os produtos químicos e também de seu descuido na fundição, onde fagulhas pipocavam a toda hora e caíam, ainda quentes, sobre ele. Seu rosto sombrio e enrugado exibia queimaduras, e dois dedos de suas mãos não tinham as pontas. Contudo, seus olhos eram ágeis e brilhavam, seus modos sempre nervosos e impulsivos, como agora, quando ele tentava convencer meu senhor de que era hora de testar sua máquina voadora.

— Olhe só para ela — disse Zoroastro, esticando a mão na direção de onde ela se encontrava pendurada no teto por um gancho de ferro. Ao toque dele, a estrutura balançou e os painéis de pano estremeceram. — Está inquieta. Quer sair do ninho e tomar os ares.

— A máquina ainda não está pronta, Zoroastro — retrucou meu senhor. Ele estava parado embaixo dela, estudando a parte da estrutura interna onde um homem viria a se sentar. — Precisamos assegurar que a pessoa no comando das asas fique em posição ereta. Ela ainda requer mais trabalho.

— Você é tão teimoso! — exclamou Zoroastro.

— Não estou sendo teimoso, Zoroastro, mas sim cuidadoso. — O Maestro colocou a mão no ombro de Zoroastro e disse: — Lembre-se que Giovan Battista Danti, fazendo esse mesmo experimento no ano anterior, caiu da torre do sino em cima do telhado da igreja.

— Pois então devemos fazer o nosso do topo de uma colina — falou Zoroastro, acrescentando com astúcia: — O monte Ceceri fica perto de Fiesole.

Nós sabíamos que Fiesole era um lugar aonde o Maestro gostava de ir para desfrutar da companhia do tio postiço, o cônego. Ante a hesitação do meu senhor, Zoroastro insistiu.

— Você sempre disse que, com o equipamento certo, o homem *pode* voar. E nós fizemos a melhor máquina voadora que se pode imaginar!

— Também creio nisso, mas a engenharia das asas dos pássaros é muito mais intricada do que sou capaz de imitar.

— As asas dos pássaros são feitas com muitas penas — falei. — Individuais, porém em conjunto formam a unidade que lhes permite flutuar.

— A mente de Matteo se volta para a compreensão do conceito da resistência do ar — disse meu senhor.

Encorajado pelo que ele disse, prossegui.

— Observo os pássaros e vejo que é pelo bater das asas que eles se deslocam no céu... — e hesitei. — Vejo que usam as lufadas de ar ascendentes para planar. Mas não compreendo direito como conseguem voar sendo mais pesados que o ar e sem ter nada que os sustente.

— A força do ar os suspende — disse meu senhor. — Resiste a eles à medida que eles empurram o ar para baixo. Observe como a águia carregando um coelho ou uma novilha ainda consegue flutuar e se manter alto o suficiente para retornar ao ninho com a presa nas garras.

Olhei para a máquina. Conseguiria mesmo voar? Não parecia possível que o ar fosse aguentar aquele peso todo.

Tive uma súbita lembrança de Perela, onde um imenso plátano crescia encostado ao muro da fortaleza. Os ventos do outono tiravam o verde das árvores enquanto brincávamos no pátio. Paolo e eu fôramos incumbidos por Rossana e Elisabetta de jogar punhados de folhas e sementes no ar para que elas as tentassem pegar enquanto caíam aos rodopios. O

241

bebê Dario dava passos incertos com as pernas rechonchudas, soltando gritinhos de alegria com a chuva de folhas que lhe caía sobre a cabeça. Meu senhor, dando conosco no auge da brincadeira, parou para observar as sementes do plátano caindo em remoinho. Pegou uma delas e, reunindo-nos à sua volta, explicou como o formato das abas a fazia girar daquele jeito. Ele entrou e depois saiu, chamando-nos para perto de si. Sob sua orientação, catamos alguns gravetos e fizemos uns homenzinhos, amarrando-os com fiapos de lã. Em seguida ele amarrou cada um dos bonecos com linhas finas às quatro pontas de pedaços de panos quadrados. Subimos à janela da parte mais alta da torre. E ali ficamos, vendo nossos brinquedos flutuarem no ar, torcendo por aqueles que iam mais longe e demoravam mais para chegar ao chão. Mas apenas rimos quando ele disse que um homem também conseguiria fazer aquilo, de uma altura muito maior e sem quebrar um osso sequer. Lembrei que, quando chegou a vez do pequeno Dario de jogar o homem de gravetos, ele ficou tão empolgado que Paolo precisou segurá-lo com força para que o corpinho agitado não caísse no despenhadeiro.

— Com ele, vamos subir bem alto, e passear, e olhar para todo mundo lá das alturas. — Zoroastro agora saltitava pela oficina com os braços esticados, fingindo ser um passarinho. — Vamos ver quem consegue voar mais alto. Quer experimentar também, Matteo?

Apertei os olhos com força para afastar minhas recordações de Perela.

— Gostaria sim.

— Pois terá de ser alguém pequeno — Zoroastro piscou para mim — que não seja grande nem pesado quanto um homem normal.

— Não — meu senhor falou de imediato. — O menino não.

Zoroastro riu.

— Eu não colocaria em risco a vida de nenhum de seus entes queridos.

— *Você* também é um dos meus entes queridos, amigo — disse o Maestro.

— Seria preciso alguém mais forte que Matteo — disse Zoroastro.

— Alguém com força suficiente para puxar as cordas nas polias. — Ele tirou o chapéu diante de nós. — Eu me apresento como candidato a ser o primeiro homem voador do mundo.

— Não está pronto ainda — disse meu senhor, mas desta vez sua voz tinha menos convicção.

— E se você resolver ir para Milão? — argumentou Zoroastro. — Lá não vai haver oportunidade para fazer o experimento em particular.

— Talvez você esteja certo. E também precisamos levar em conta o clima. Se esperarmos até maio, pode ser que o verão já esteja quente demais.

— Matteo conhece as coisas do campo — falou Zoroastro. — O que você acha? O verão vai ser quente este ano?

— As árvores já puseram seus brotos — respondi. — E os passarinhos construíram seus ninhos nos galhos mais altos. Pelo que percebo, isso é sinal que vem tempo quente por aí, com poucos ventos.

— Você estudou meteorologia — falou Zoroastro para meu senhor. — Conhece as correntes atmosféricas. Pois tome a decisão. Mas eu digo que a hora é agora.

Olhando para a máquina voadora, fiquei inquieto. Meu senhor tinha estudado as correntes de vento, mas eu conhecia a história de Ícaro.

Ícaro era filho de Dédalo, e eles viveram na Antiguidade. Esse Dédalo era um homem muito inteligente e por isso pediu-lhe o rei de Creta, que se chamava Minos, para fazer um trabalho de suma importância. A obra que o rei Minos queria encomendar era um labirinto onde colocar o Minotauro, monstro terrível com cabeça de touro e corpo de homem. Mas, quando Dédalo terminou, o rei Minos ficou com medo que ele revelasse o caminho para atravessar o labirinto. Então, para evitar que Dédalo saísse de Creta com o filho Ícaro, o rei Minos confiscou todos os navios.

Dédalo precisou pensar noutra forma de escapar dali. Muito criativo, construiu asas para si próprio e para o filho, de forma que os dois pudessem voar sobre a água do mar. Certa manhã bem cedo, Dédalo e Ícaro se lançaram do alto de um rochedo. Dédalo fez um voo rasante e conseguiu pousar em segurança na Itália. Mas Ícaro quis voar mais alto.

À medida que o sol ia subindo no céu, Ícaro queria voar ainda mais alto. Até que o calor dos raios do sol se abateu sobre ele e derreteu a cera com que as asas estavam presas a seus ombros. E assim, Ícaro caiu no mar e se afogou.

Mas há quem diga que não foi o sol que derreteu suas asas. Foram os deuses que estavam zangados com Ícaro, como estariam com qualquer homem que ousasse voar.

Fiquei pensando nisso, deitado no meu colchão naquela noite. Acima de mim, o grande pássaro alado rangia baixinho quando as correntes de ar sopravam entre as frestas das janelas e debaixo da porta. Lembrei-me do mau agouro na sexta-feira, 6 de junho do ano passado, quando, apesar do alerta de Zoroastro, meu senhor começou a pintar o afresco na décima terceira hora. Zoroastro estava certo, afinal. Não era bom ignorar tais presságios. Meu senhor não o acatou, e agora seu magnífico afresco estava quase todo arruinado. Os seres humanos não nasceram com asas para voar. Muita gente acredita que a pessoa que ousa atravessar os desígnios do Criador está condenada. Portanto, se o homem tentar voar, Deus poderá baixar dos céus sua divina mão para que o presunçoso seja jogado à terra e destruído.

Quarenta e dois

Ele reajustou o véu dela.
    Era a sexta ou sétima vez que o fazia. Quando ele voltou ao cavalete, eu olhei mais atentamente para o jeito como o véu pendia sobre o rosto dela. Por que ele estaria tão insatisfeito com isso hoje? Em geral, Donna Lisa conseguia se ajeitar quase exatamente como ele queria.
    Nos dias que o Maestro resolvia pintá-la, eu era enviado de antemão para assegurar que ela estivesse disponível e tivesse tempo para se preparar. Ela colocava a roupa que havia sido combinada e ia para o estúdio. Com a ajuda da enfermeira, ela se ajeitava na cadeira, com as roupas bem assentadas, o corpo na pose certa, da mesma forma que vinha fazendo nos meses anteriores. Quando chegava, ele dava conta dos ajustes menores que se faziam necessários e começava a sessão. Eu ficava ou ia embora, conforme ele mandasse.
    Às vezes, ele mal ficava meia hora na casa; outras, chegava a passar meio dia ou até mais. Ao pintá-la, passava vários minutos fitando-a, ou ao retrato. Isso não a incomodava. Era uma mulher capaz de ficar sentada em silêncio, com seus próprios pensamentos. Ele saía do seu devaneio e dizia uma palavra ou outra, e ela continuava a conversa impecavelmente, como se uma hora inteira não houvesse transcorrido. Tinha seu próprio tempo e ocupava seu espaço nele, sem se deixar abalar pelos silêncios prolongados. Mas quando ele achava que seu estado de espírito estava carregado, pedia-me para contar uma história, e eu atendia.

Qual era o problema com o véu hoje? Ela o teria colocado mais para trás que o normal?

Ele prosseguiu, mas só trabalhou durante alguns minutos antes de abandonar o pincel.

— Preciso saber o que está errado.

— Não há nada errado, Messer Leonardo.

— Algo a perturba.

— Não, nada.

— A dama que pintei neste quadro não é a que está sentada diante de mim.

Ele a provocava. E ela respondeu.

— Sou minha melhor companhia. Asseguro-lhe que sou eu mesma.

Ele soltou um suspiro e tornou a pegar o pincel.

Mas *havia* alguma coisa diferente nela. Estudei-a minuciosamente e tentei enxergar o que ele enxergava. O vestido era o mesmo. O cabelo, o véu, a expressão...

Ela olhou para a empregada que sempre ficava sentada numa cadeira perto da porta.

— Zita — disse —, se quiser ir para descansar um pouco, pode ir tranquila que estarei bem. Estou em boa companhia aqui pela casa. Mandarei Matteo chamá-la quando precisar da sua ajuda.

A enfermeira se levantou, grata. Cruzou o pátio e foi para o alojamento dos criados.

Meu senhor olhou para mim.

— Matteo — falou lentamente —, estou vendo que vou precisar de branco da Alexandria. Você me faria a gentileza de ir até a oficina pegar um pouco para mim?

Olhei fixamente para ele. Era minha responsabilidade cuidar de seus pincéis e tintas, e eu levava essas funções muito a sério. Ele sabia que havia estoque bastante de branco da Alexandria bem à mão. De onde eu estava, podia até ver. Cheguei a abrir a boca para dizer isso.

Antes que eu pudesse falar, meu senhor continuou:

— Preciso de um preparado fresco. Não se apresse. Pode voltar daqui a uma hora.

Fiz uma reverência com a cabeça e parti.

Então, teria uma hora de tempo livre. Quando entrei na cidade pela Via de San Lorenzo, ponderei sobre as opções do que fazer. Poderia ir direto para a oficina secreta do monastério. Mesmo que Zoroastro não precisasse da minha ajuda, eu gostava de vê-lo trabalhar. Mas o dia estava abafado, e eu não queria ficar entre quatro paredes.

Além disso, algo me instigava os pensamentos. O que começara como uma tarefa a ser cumprida, sem que eu me desse conta da mudança, transformava-se noutra coisa. Com o alfabeto e uma variedade de palavras básicas assentadas como parte do ritmo da minha vida, eu começava a sentir prazer no ato da leitura. Minhas frases titubeantes começavam a tomar firmeza e, passando pelo Corso em direção ao Arno, eu ia lendo todos os cartazes e placas nas paredes, percebendo as palavras que conhecia. Fazia isso todo dia, e a quantidade das que reconhecia aumentava.

O escriba estava no lugar de sempre, perto da Ponte Vecchio. Quando soube que Felipe iria fornecer papel de qualidade para negociar, concordou em me dar aulas por tanto tempo quanto eu conseguisse me desvencilhar das minhas obrigações. Felipe, cujo tempo estava todo tomado na tentativa de restaurar o afresco e aplacar o Conselho de Florença, concordara com o acerto. Com a primeira folha que eu lhe trouxe, o escriba ganhou um bom dinheiro no último Natal e Dia de Reis. Seus desenhos dos Reis Magos e sua escrita ficaram tão elegantes no papel de qualidade superior que ele conseguiu atrair clientes dispostos a pagar preços mais elevados. Estava comendo melhor agora e até comprou lenha para o fogão no quarto que alugava.

— Olá, Matteo — disse sem erguer a cabeça quando me aproximei.

Para um velho, ele tinha a audição muito apurada, e estava tão integrado àquele lugar ao pé da torre que as pessoas não davam conta de sua presença. Portanto, conseguia amealhar boas informações nos descuidos das conversas dos transeuntes que repassava a outrem em troca de uma bebida e um pedaço de pão. Agora, ao pensar nele, vejo que era a única forma de não passar fome quando a vida piorava para o seu lado.

Eu sabia o que era a fome. Não fazia tanto tempo que, faminto no meio de um inverno, eu concordara em roubar. E esse meu ato levara à morte de pelo menos um homem: o padre a quem Sandino matara a porretadas.

Sentei-me para esperar que o escriba terminasse o texto que estava escrevendo. Enquanto isso, peguei o livro que me fora dado de presente por Donna Lisa.

— Até onde chegou? — perguntou-me o escriba.

— Estou na quarta página, e há seis palavras que não conheço.

— Desde o início, então. — O escriba colocou o papel de lado para secar. — Leia para eu ouvir.

— "Numa terra distante havia um dragão" — fui lendo devagar. — "O dragão era muito feroz e tinha uma cauda comprida. As asas eram vermelhas e o corpo, coberto de escamas. Quando abria a boca, ele soltava fogo e um rugido estrondoso. Tinha garras afiadas nas patas e matava tudo que passava pelo seu caminho."

O livro que Donna Lisa me deu era uma história de São Jorge e o Dragão. Foi a primeira história que vi escrita e cujas palavras eu compreendi.

— "Esse dragão vivia num pântano perto da cidade. Todo dia, os moradores das vizinhanças mandavam duas ovelhas para alimentá-lo. E assim evitavam que ele destruísse a cidade e matasse todos os habitantes. Mas um dia acabaram-se as ovelhas. Não havia outra coisa a fazer senão enviar suas crianças, uma a uma, todo dia."

Parei para pegar fôlego.

— Não acelere a história, Matteo.

— Mas eu quero saber o que aconteceu com as crianças.

O escriba riu.

— Claro que sim. Continue.

Eu continuei, titubeando, com a ajuda dele para pronunciar as palavras mais difíceis.

— "Até que chegou um dia em que não havia praticamente nenhuma criança mais na cidade. Só uma. Era a princesa Cleodolinda, filha do rei e da rainha. Eles choraram amargurados quando a filha foi levada para encontrar seu destino. Mas então, quando o dragão saiu do pântano para devorar a princesa, um cavaleiro, com a armadura reluzindo ao sol, apareceu em sua montaria. Era um homem santo chamado Jorge, que tinha a força de dez homens. Do castelo, o rei e a rainha olhavam aterrorizados enquanto o dragão se aproximava de sua filha."

Parei para olhar as ilustrações que mostravam o rei e a rainha apavorados de encontro à muralha do castelo. Como seria ter um pai e uma mãe que se preocupassem com seu sofrimento?

— "São Jorge apurou o galope do cavalo. Apeou e desamarrou a princesa Cleodolinda. E se colocou entre ela e o dragão. Em seguida, sacou a espada e golpeou o dragão. Não uma só vez, mas várias vezes. Mas as escamas do dragão res... res..."

— Resistiram — completou o escriba.

— ...resistiram — repeti.

Com a ajuda do escriba, continuei lendo a história até o fim.

— "Mas as escamas do dragão resistiram. Então, são Jorge montou novamente no cavalo. Pegou a lança na mão e, buscando a parte sob a asa do dragão que não tinha escamas, ele enfiou a lança bem fundo no corpo da fera. E o dragão caiu morto a seus pés. E assim a princesa e a cidade foram salvas."

Terminei ofegante.

O escriba pegou o livro das minhas mãos.

Eu esperava elogios. Mas ele disse:

— De pouco vale ler se você também não aprender a escrever.

— Muita gente não sabe escrever.

— São uns tolos.

— Como assim?

— Pense bem. Sua leitura lhe serve muito bem, mas se você quiser fazer algum negócio, um contrato ou algum tipo de contabilidade, então é melhor saber escrever. Se pedir a um escriba desonesto para escrever suas cartas em seu lugar, ele pode escrever de forma tal que seu sentido verdadeiro fique obscurecido. E se sua mente se voltar para a narrativa, a poesia ou a música? Como uma outra pessoa vai poder colocar os seus pensamentos e sonhos num papel?

* * *

A princípio, ele não me confiava seus preciosos papel e tinta.

— Vou procurar na barranca do rio para ver se acho um pedaço de casca de árvore para você — disse ele. — Pode praticar com um pedacinho de pau embebido em fuligem com água.

E foi o que fiz, hesitante e inseguro. E à noite, à luz de vela, praticava com giz e o quadro que Felipe tinha comprado para mim. O escriba era um professor rígido e não aceitava nada que não estivesse perfeito. Eu chegava a fazer uma letra três dúzias de vezes até que ele ficasse satisfeito. Mas enfim chegou o dia em que ele preparou tinta e pena, e me sentou e entregou tudo dizendo que eu iria escrever agora a minha primeira palavra.

E dentro de mim alguma coisa aconteceu. Qual uma mãe sentindo o bebê crescendo dentro de si, de repente, para mim, as letras não eram mais hostis e desajeitadas. Eu tinha controle sobre elas, com a cabeça e a mão.

Escrevi o que ele mandou.

A comprida curva da maiúscula inicial com a serifa de distinção em cima, o corpo arredondado das vogais, as letras gêmeas no meio para encrespar o som.

Juntas. Pronto. Como se sempre tivesse sido assim.

Olhei para a página.

Lá estava ela, a palavra clara e pura como o clamor do sino numa manhã de inverno.

Quarenta e três

Donna Lisa estava esperando um filho. Aquilo que seus médicos disseram que não poderia acontecer já era fato. Na ocasião de sua perda mais de dois anos antes, ela achou que não teria mais filhos. Sussurrara essas palavras para meu senhor quando estávamos no cômodo frio, ao lado da mesa onde ela colocara o bebê morto.

Naquela noite, eu peguei o fornilho na sacola dele e, usando uma pederneira, acendi uns carvões para derreter o bloco de cera que ele trouxera. Ele colocou retalhos de linho sobre pestanas e lábios parcialmente abertos, e em seguida, com uma espátula, espalhou a cera aquecida sobre o rosto da menininha. Depois que a cera endureceu novamente, ele retirou a máscara e, acolchoando-a na palha, colocou-a dentro do manto. Nesse momento, mandou a enfermeira, Zita, chamar a senhora.

E só aí foi que Donna Lisa se deixou tomar pela dor. Os ecos de seus soluços nos acompanharam enquanto deixávamos a casa e tomávamos as ruas escuras e frias naquela noite de inverno.

De forma que agora ela não queria falar da nova gravidez para ninguém enquanto o bebê que carregava consigo não estivesse mais forte.

Achei que aquilo fosse deter a pintura do meu senhor, mas, pelo contrário, aquela tornou-se sua principal ocupação. Ia à casa dela com mais frequência, de manhã cedinho quando a luz do sol ainda não tinha a força do meio-dia, e novamente à tardinha quando as sombras começavam a cobrir o pátio. Em geral, nem chegava a erguer o pincel, só ficava fitando

251

o quadro ou estudando o rosto dela. Fez inúmeros desenhos em papel, da boca e dos olhos de Donna Lisa.

Era tão sutil que, a princípio, praticamente não notei. Mas, de ficar no mesmo cômodo, fui percebendo gradativamente uma luz na sua postura que não havia antes. E, à medida que ela ia mudando, dentro do retrato pintado na tela meu senhor buscava captar a transformação. Até que chegou o dia, conforme nós três sabíamos, em que ela disse:

— É hora de contar ao meu marido.
— Certo — disse o Maestro, com um suspiro.
Houve um silêncio.
— Ele faria minha vontade, eu sei. Caso eu quisesse continuar.
— É um bom homem — retrucou meu senhor.
— Mas... — ela parou.
— Eu compreendo.

As sessões de pintura não foram mais as mesmas depois disso.

O enfoque principal do mundo dela havia mudado, e talvez a senhora não quisesse ser lembrada do infortúnio passado. Era hora de seguir adiante. Mostrou-nos os preparativos para a nova vida naquela casa. Levou-nos até onde ficava o baú com o enxoval de seu casamento. Abriu-o e nos mostrou as roupinhas de bebê e babadores de linho para a criança que nascesse.

Um dia o Maestro foi sozinho à Via della Stufa e levou o quadro. Trouxe-o consigo para o monastério embrulhado num pano fino que ela deve ter lhe dado. Ainda embrulhado, levou-o consigo quando foi morar em Fiesole. Houve ocasiões em que o desembrulhava, às vezes para trabalhar nele, outras para ficar parado olhando-o, pensativo, durante uma hora ou mais. Teve-o como companhia em todas as viagens dali por diante.

Até o fim de sua vida, jamais se separou dele.

Quarenta e quatro

Esperamos até o meio da noite.
Felipe providenciara uma carreta grande e dois cavalos fortes. Sob a luz do luar e de lamparinas com quebra-luz, colocamos cuidadosamente a máquina voadora na carreta e, antes do amanhecer, saímos da cidade, passando pelos vigias adormecidos nos portões e pegando a estrada sinuosa para Fiesole.

Preocupado com a renda do nosso núcleo doméstico, Felipe foi favorável à mudança. O Conselho da Cidade interrompera os pagamentos e vinha sugerindo que o dinheiro que já nos fora pago fosse devolvido. Informado disso por Zoroastro, o tio postiço do meu senhor insistiu que passássemos algum tempo com ele. Como cônego de uma igreja, tinha espaço suficiente para todos nós.

O hálito dos cavalos se condensava ao sair das narinas enquanto eles empreendiam a subida da serra. Fiquei na carreta com Zoroastro, cada qual segurando a estrutura do imenso pássaro de forma a evitar que sofresse danos com os sacolejos ao longo do percurso. Quando a luz do sol despontou na orla das montanhas a leste, Zoroastro começou a cantarolar.

— Silêncio — disse imediatamente Felipe, sentado em seu lugar na frente da carreta. — A razão para sairmos com a noite ainda escura foi justamente não chamar atenção. Sua cantoria pode ser ouvida a quilômetros de distância.

— Você está com inveja do meu gabarito. — Pude ver seus dentes reluzindo enquanto ele sorria. Mas calou-se, à ordem de Felipe, e o único som que nos acompanhou naquela noite foi o da respiração forçada dos cavalos e as batidas dos cascos no chão duro da estrada.

O tio postiço do meu senhor se chamava cônego dom Alessandro Amadori. Era o tipo de tio que toda criança deve ter. Generoso, bonachão e carinhoso, fez-nos sentir muito bem-vindos, mandou preparar quartos e arranjou um lugar especial para a máquina voadora. Ela foi colocada num celeiro a certa distância da casa, fora da vista de visitantes ou criados. Foi onde coloquei meu colchão e onde ficaria para tomar conta.

Naquela noite, sentamo-nos para comer juntos. Enquanto ajudava a colocar os pratos e as taças de vinho, vi o cônego me olhando. O que os padres têm que basta deitar os olhos em você para sua alma ficar abalada? Enquanto comíamos, percebi diversas vezes seu olhar na minha direção.

— Isabella d'Este.

Eu acabara de pegar um pedaço de pão da bandeja quando ele mencionou o nome da marquesa de Mantua, Isabella d'Este. A mesma Isabella que era irmã de Alfonso de Ferrara, o homem que se casara com Lucrezia Borgia.

— A mulher persiste tanto nas súplicas — falou o cônego para meu senhor. — Sabe que tenho laços com você e me pediu para lhe rogar que termine um quadro para ela. — Ele riu. — Qualquer quadro serve, pelo que parece. Ela não para de me importunar. Começo a achar que foi infortúnio meu conhecê-la em Ferrara na ocasião do casamento do irmão dela.

— Matteo estava em Ferrara na ocasião também — observou meu senhor.

O pão estava na minha boca. Salvou-me da obrigação de retrucar. Fiz um pequeno aceno com a cabeça.

— Ora, é mesmo! — disse Felipe. — Até nos contou uma ótima história do tombo que a bela Lucrezia levou do cavalo durante a entrada triunfal na cidade. Chegou a descrever o vestido de pano dourado com arremates de seda roxa.

Salai se inclinou para a frente e sussurrou ao meu ouvido:

— Agora vamos descobrir o grande mentiroso que você é.

254

— Você tem ótima memória, Matteo — disse o cônego. — Era exatamente assim que ela estava vestida. E de fato o cavalo dela empinou quando o canhão disparou, conforme você disse. E ela se recuperou e montou novamente e o povo a aplaudiu.

Salai me lançou um olhar furioso.

— Como você foi parar em Ferrara naquela ocasião? — O cônego dirigiu a pergunta a mim. Senti o pão se alojar na minha traqueia. — Com quem você estava?

Eu engoli.

— Minha avó — consegui dizer.

O olhar do meu senhor se fixou no meu rosto.

Tarde demais eu me lembrei de ter-lhe dito que ela morrera antes de eu chegar a Ferrara.

— Então, devo tê-lo visto por lá, no meio da multidão — prosseguiu o cônego. — Talvez seja por isso que tive a impressão de já conhecê-lo, pois seu rosto me é familiar.

Meu coração saltitou. Ele *esteve* olhando para mim mais cedo. Até que ponto saberia? Foi das mãos de um padre que eu recebera o Selo Médici. Não foi este cônego, mas talvez ele estivesse por perto quando conheci o padre Albieri e eu não o vi. Concentrei-me bastante para evitar tocar na sacola que pendia de meu pescoço.

Mas o cônego pareceu perder o interesse por mim à medida que a conversa foi prosseguindo.

— Ferrara optou por desafiar o papa. A situação vai ficar difícil por lá se ele conquistar o estado deles — disse Felipe.

— Só que Francesco Gonzaga de Mantua, gonfaloneiro dos exércitos do papa, parece estar enamorado de Lucrezia. Talvez ela espere conseguir manipulá-lo para seu proveito próprio — disse meu senhor.

— Forma mais agradável de agir do que os métodos empregados pelo irmão.

— Cesare Borgia era um bom regente — declarou Felipe.

Seu comentário me impressionou.

— Esses principezinhos de nada com seus feudos deixam que sua avareza nos divida de forma que a Itália fica aberta a qualquer conquistador — prosseguiu Felipe. — Preocupam-se mais em encher seus castelos de ouro sem ligar para como se regem suas propriedades. Quando estabeleceu sua regência, *Il Valentino* indicou magistrados e legisladores, e os comerciantes podiam esperar negócios justos.

Quando me encaminhei para o celeiro naquela noite, o sol se punha no vale lá embaixo. As paredes ocre e os telhados vermelhos de Fiesole rivalizavam com a paleta de cores da natureza. Do terraço eu podia ver o rio, os campos e as árvores, e as torres e campanários distantes de Florença, e acima da cidade o domo do mundo inteiro. A esfera de fogo acobreado da lamparina reluzia em meio aos últimos raios de sol.

A beleza da vista começava a aquietar minha agitação.

Mas um último golpe ainda me atingiria naquela noite.

Graziano, que ficara para trás cuidando de assuntos do monastério, chegou tarde a Fiesole carregando alguns pacotes. Um deles era uma carta para mim.

Ele me procurou no celeiro e disse:

— Matteo, sou portador de más notícias. Uma grave desventura se abateu sobre o escriba que ficava ali na Ponte Vecchio.

— Que desventura? — perguntei. — O que aconteceu?

— Sinto lhe dizer, Matteo, pois, que eu saiba, era seu amigo. Ele está morto.

Ah. Tornei a sentir dor, como a que senti quando minha avó morreu.

— Ele estava velho e fraco — disse eu.

— Encontraram-no flutuando no Arno — falou Graziano com delicadeza.

— Ele gostava de beber mais vinho do que deveria.

— Sim, mas...

— E o rio está correndo muito — prossegui, sem deixar que Graziano falasse — com as tempestades da primavera trazendo água das montanhas. Ele caiu porque, embora as noites estejam claras agora, o caminho que ele precisa percorrer para chegar em casa é escuro. São poucas as tochas naquele trecho da barranca do rio. Na escuridão, ele deve ter escorregado e caído dentro da água.

— Talvez ele não tenha morrido afogado.
Não vi o abismo se abrindo à minha frente.
— Ele deve ter se afogado — falei.
— Matteo, os vigilantes da polícia acreditam que ele tenha se envolvido numa vingança. Acham que ele se recusou a revelar alguma informação e foi morto por isso. Seja lá o que for que tenha acontecido com ele, foi muito estranho. Quando recuperaram seu corpo, seus olhos haviam sido arrancados.

Quarenta e cinco

Seus olhos foram arrancados.
Que maneira horrorosa de morrer!
E tudo porque o escriba não quis revelar alguma informação. Que informação? De onde ficava, ele via tudo, ouvia tudo. Mostrou-me um dia ali sentado no seu canto: como o som fazia um círculo acústico natural em torno dele no momento em que as pessoas precisavam caminhar mais perto umas das outras ao saírem da rua para entrar na passagem estreita da ponte.

O conhecimento pode ser perigoso.

Era o que o padre Benedito, monge do necrotério em Averno, tinha dito muitos anos antes.

Quem teria perseguido e matado o Escriba Sinistro? E por quê?

Eu ainda tinha na mão a carta que Graziano me entregara. Devia ser de Elisabetta. Ninguém mais me escrevia. A letra do lado de fora não era dela; mesmo assim, eu a conhecia. Então percebi de quem era.

Era uma mensagem do além-túmulo, escrita na letra do Escriba Sinistro.

Matteo, se for este de fato o seu nome, escrevo para lhe avisar que você corre grande perigo.
Precisa sair de Florença imediatamente; vá para o mais longe que puder. Não tente me dizer para onde, nem tente se comunicar comigo. Eu também pretendo ir embora. Chegou a Florença um homem per-

guntando por um menino com a sua descrição. Antigamente, quando precisava de comida, eu passava qualquer informação que pegava nas ruas para um espião que me pagasse para tanto. Este, agora, me disse que um certo homem quer me fazer perguntas a seu respeito. Marcou para eu encontrá-lo perto do rio hoje à noite. Mas não irei. Pois vi o tal homem parado no ponte ontem, e a aparência dele é horrível; as unhas dos polegares são imensas, fazem curvas como se fossem garras.
É melhor que não nos falemos mais, nem saibamos um do outro daqui para a frente. Desejo-lhe todo o bem do mundo. Você tem muita astúcia, Matteo, e não deve desperdiçá-la.
Tome cuidado.
O Escriba Sinistro

Meu corpo foi tomado por um espasmo de terror.
As unhas dos polegares dele são imensas, fazem curvas como se fossem garras.
Sandino!
Só podia ser ele.
Pensei nas cartas de Elisabetta. Seu conteúdo estava na mente do escriba. Fechei o punho e dei um soco na parede. E a razão pela qual o escriba sabia o conteúdo delas decorria do meu orgulho e obstinação em me recusar a aprender a ler quando o Maestro me pediu pela primeira vez. O escriba era — tinha sido — um homem inteligente. Teria se lembrado dos nomes, dos lugares sobre os quais ela escrevia, das coisas que serviriam para Sandino me rastrear. Tirei as cartas de Elisabetta da bolsa no meu cinto e olhei para elas. Ela mencionava Melte e Perela. Minhas mãos estremeceram. Será que o escriba lhe teria contado onde eu trabalhava? Até que ponto teria revelado antes de ser assassinado?

O dia raiava, e eu não havia dormido. Mas não tive tempo para pensar no que fazer. Houve uma confusão do lado de fora. Zoroastro entrou correndo no celeiro.

— Ele concordou! Ele concordou! — Puxou-me pelos braços e me pôs de pé. — Hoje ele vai voar! O pássaro vai subir aos céus! Nós vamos voar, Matteo. Nós vamos voar!

* * *

Nós dois carregamos a máquina voadora para um ponto acima do bosque e das pedreiras.

— É preciso correr para se arremessar — disse meu senhor.

Zoroastro concordou enquanto se afivelava aos arreios presos à estrutura da máquina. Com braços musculosos de ferreiro, ele pegou os suportes, e as veias saltaram com o esforço.

Zoroastro se preparou e começou a correr.

Nós corremos com ele.

Para um homem tão baixinho como ele, atingiu boa velocidade. A borda do penhasco surgiu à frente.

De repente, me dei conta de que não conseguia parar.

Seria levado junto. Senti a mão de alguém agarrar minha túnica. Felipe. O pano se rasgou quando perdi o passo. Porém, outra mão — mãos — agarraram meu cinto e meu senhor me arrastou de volta, em segurança.

Com ímpeto e uma arremetida, Zoroastro e a máquina desapareceram. Nós nos jogamos no gramado e nos arrastamos até a beira para ver. Ele subia levado pelos ventos abaixo de onde estávamos. Ouvimos seus gritos de arrebatamento e deleite.

Ele voou.

Deveria ser registrado que Zoroastro de fato voou.

Mas o vento que o erguera às alturas também trouxe nuvens pesadas das montanhas. Começou a relampejar ao longe. O céu todo estremeceu. Uma lufada horripilante esbofeteou a encosta.

E nós não pudemos fazer nada.

Somente olhar enquanto o pássaro voador branco era pego pelas correntes de ar e arremessado como o frágil brinquedo de uma força imensamente superior.

Zoroastro se espatifou no chão.

Levou cinco dias para morrer.

Cinco longos dias da mais absoluta agonia.

Meu senhor andava pelo celeiro, espalhando tudo que havia no caminho.

— Destruam tudo isso. Tirem da minha frente. Jamais quero tornar a ver qualquer coisa que tenha a ver com isso!

Ele deve ter chorado.

Deve ter chorado pela morte do amigo. Saber tanto sobre o corpo humano, ter feito tantos desenhos, entender de engenharia e, contudo, ver desamparado os ossos quebrados do amigo sem poder consertá-los deve ter-lhe causado uma mágoa profunda. Mas nós não o vimos chorando.

O cônego deu-lhe a extrema-unção e passou horas de joelhos na igreja implorando a Deus que lhe concedesse a paz da morte.

Demos a Zoroastro uma tira de couro. Ele a mordia, com o rosto escorrendo de suor, hirto sobre a brancura do travesseiro sobre o qual se encontrava.

Tivemos de colocá-lo numa das edificações externas, de tão aterrorizados que os criados ficaram com seus gritos de agonia.

— Arranjem um punhal para que eu corte meus pulsos — gritou ele. — Tragam-me um machado. Eu imploro! — E nos chamava a todos, cada qual pelo nome.

— Matteo — disse Graziano —, você não conhece nada, alguma erva ou poção que possa aliviar o sofrimento dele?

— Se vocês conseguirem encontrar papoulas... — não terminei a frase.

— Vai ajudá-lo?

— Posso fazer uma infusão — falei —, mas...

— Mas? — O Maestro me olhou com seriedade.

— É muito perigoso.

Ele esperou um pouco. Então falou:

— Quer dizer que pode matá-lo?

— É.

— Vamos encontrar os ingredientes de que você precisa. — E saiu do quarto.

* * *

261

Não nos é permitido tirar vidas.

Era o que eu acreditava. Minha convicção — mistura daquelas da igreja e de um tipo de crença mais antiga — era de que a natureza concedia a vida, e a natureza resolvia quando tomá-la de volta.

Eu disse isso.

— Faça a poção, Matteo — disse-me meu senhor. — Só queremos aliviar a dor. Prepare que eu administro.

Enquanto preparava a mistura, desejei ter a meu lado o livro de receitas de minha avó. Agora que sabia ler, poderia seguir as instruções. Embora esse veneno eu não tivesse esquecido.

E de repente me veio uma lembrança de minha avó preparando a mesma mistura. Um noite, não muito tempo antes de ela morrer, um desconhecido veio até nossa fogueira.

Ao som dos cascos do cavalo, ela se levantou e mandou que eu me escondesse dentro da carroça. Ouvi os murmúrios de uma conversa, e eu, com a curiosidade de uma criança, espiei pela abertura da lona. Ouvi-a dizer:

— Não quero encrenca.

— Então, me dê o que pedi.

Ele tinha uma faca. Ela estava calma, mas então os dois me avistaram.

— Menino — disse ela, com a voz tensa de ansiedade —, volte a dormir.

— Quem é? — perguntou ele.

— Um dos meus.

— Você é velha demais para ter parido uma criança daquela idade.

— Uma criança enjeitada.

— Qual é o nome?

— Carlo.

— Um moleque cigano?

Ela apenas confirmou. Mas Carlo não era o meu nome. Meu nome era Janek, então por que minha avó mentira para esse homem? Ela veio rapidamente para a carroça, enrolou-me nas cobertas e me deu um doce para aquietar minha boca.

— Por tudo o que é sagrado — sussurrou —, não diga mais uma palavra. Eu imploro.

O homem pegou a mistura e partiu.

Mal saíra de vista quando minha avó começou os preparativos para partir. E enquanto arrumava as coisas, ouvi-a murmurando consigo mesma.

— Já é hora mesmo. Temos de voltar.

Ela pegou uma trilha que subia para o alto da serra, uma trilha pela qual ninguém acharia que uma carroça era capaz de passar. Percorríamos um terreno rochoso onde o cavalo não deixava pegadas. Ainda assim, ela embrulhou os cascos do cavalo com chumaços de pano e escolhia os pisos mais rochosos. Não parávamos nem para comer ou tomar banho, e levávamos nosso lixo conosco. De noite eu dormi, acordando aqui e ali para escutar o cavalo se esforçando para continuar enquanto ela o instigava, sem parar. De dia, ela escondia a carroça numa floresta. Embora fizesse frio, ela não acendeu fogueira enquanto não chegamos em segurança ao outro lado do passo, perto de um lugar chamado Castel Barta. E foi ali que ela passou mal, da sua última doença.

Uma lembrança tão distinta, contudo somente agora enquanto eu olhava para o caldo borbulhante de papoula foi que me veio à tona. Foi caldo de papoula que o estranho exigira que ela lhe preparasse.

Caldo de papoula, que trazia alívio para a dor. E sono. E a morte silenciosa.

Depois de enterrarmos Zoroastro, meu senhor falou para Felipe:

— Já resolvi. O afresco está perdido. Donna Lisa não precisa mais de mim. Vou pedir aos franceses para convencerem o Conselho de Florença a me liberar do contrato e vou para Milão.

Salai seria incumbido de ir à frente com cartas de apresentação e providenciar acomodação.

— E você, Matteo? — Salai me perguntou inocentemente enquanto se arrumava para partir. — O que vai fazer?

— Não sei o que quer dizer. — Não me ocorrera que eu não os acompanharia até Milão.

— Acho que nosso senhor não precisará da companhia de um criado sem estudos.

— Não sou tão sem estudos quanto era antes — retruquei acaloradamente.

— Você não sabe ler nem escrever — zombou Salai. — Acha que é um grande segredo, mas todos sabem da sua ignorância. Ficamos rindo de você enquanto finge ler e responder aquelas cartas.

— Pois agora podem rir de alguma outra piada idiota — falei — porque eu *sei* ler. — Tirei meu livro da bolsa. — Está vendo agora, esta é a história de São Jorge e o Dragão. Começa assim: "Numa terra distante havia um dragão..."

Salai riu com desdém.

— Sabemos que você é muito espertinho e consegue decorar passagens enormes com as palavras mais difíceis. Ouvi o Maestro dizer isso a Felipe um dia quando achou que não havia ninguém por perto. As histórias que você conta sem hesitação tendo ouvido só uma vez. Ele fica impressionado com a sua memória. Eu fico impressionado com a sua idiotice.

— Não preciso provar o que digo para você — berrei.

— Mas eu gostaria que provasse para mim — disse uma voz tranquila vindo da porta.

Salai deu meia-volta. Há quanto tempo o Maestro estaria ali? O que teria ouvido da conversa?

O Maestro ignorou Salai e foi até a mesa. Pegou uma pena.

— Agora, Matteo, mostre-me o que você sabe escrever.

Peguei a pena com a mão trêmula. Escrevi meu nome, *Matteo*.

Em seguida, ele pegou um livro da prateleira e o abriu aleatoriamente numa página qualquer.

— Agora, leia.

Tropecei no texto, mas conseguir ler umas poucas linhas.

Ele não sorriu.

— Está bom — disse. — Mas não o suficiente. Se quiser vir como parte da minha comitiva para Milão, terá de me dar sua palavra solene de que vai se instruir conforme eu mandar.

Pensei na carta que tinha na túnica, o alerta do escriba. Fiz que sim com a cabeça.

— Diga.

— Eu prometo.

— Então, assim vai ser. — Ele saiu do quarto abruptamente.

Salai partiu no dia seguinte. Durante a semana, as caixas foram recolhidas por carregadores e, no início de junho de 1506, partimos para Milão.

Parte Cinco
Guerra

Milão, 1509 — três anos mais tarde

Quarenta e seis

— Passo... um... dois.
— Agora, para a frente... três... quatro. E...
— Pare.
— Matteo, você parece um boi atravessando a Piazza San Marco puxando um fardo de tijolos.
Deixei as mãos caírem ao longo do corpo e baixei os ombros.
— *La Poursuite* é uma dança de elegância, de estilo e presença de espírito — insistiu Felipe. — Para poder ir a qualquer dos bailes franceses na semana que vem, vai precisar de graciosidade. Procure não dar a impressão de que está amassando uvas na época da colheita.
— Precisa dar passos mais curtos, Matteo — falou Graziano com jeito encorajador. — Imagine-se chegando perto de uma dama. Uma dama, entende. E você é um cavalheiro.
— Estamos tentando transformá-lo num, pelo menos — comentou Felipe, secamente.
Graziano o ignorou.
— Então, Matteo, estique a mão. Assim... — Ele agitou os dedos para mim. — E lembre-se que você não é um urso oferecendo a pata.
Graziano, apesar de todo o tamanho, tinha os pés surpreendentemente leves. Fazendo a parte da mulher, dançava comigo dando passos minúsculos, oferecendo-me delicadamente a mão com os dedos esticados.

Eu tentava imitar seus movimentos o mais que podia, andando na ponta dos pés e jogando o punho na sua direção.

Ele começou a rir de mim. Felipe também.

Esperei um momento e logo eu também estava rindo. Apesar de anos em sua companhia, ainda não tinha certeza do senso de humor toscano. Escutei minha própria risada tensa e artificial. Embora tivesse crescido e, com 16 anos, me considerasse homem feito, ainda era jovem o suficiente para me sentir ofendido à toa.

Tentei novamente.

— Agora melhorou — disse Graziano. Deixou que meus dedos roçassem nos dele. — Agora você vai para trás e volta para mim novamente. Mas desta vez o homem se aproxima mais da mulher.

Concentrando-me bastante, não deixei de adotar as posições corretas dos pés, de manter o corpo ereto e de dar os passos específicos da dança. Guiado pelo ritmo das palmas de Felipe, aproximei-me de Graziano e ofereci-lhe minha mão erguida. Consegui fazer tudo ao mesmo tempo. Fiquei bastante satisfeito com o esforço.

— Não, não, não — gritou Felipe desesperado. — Se você sair andando pela pista desse jeito, a dança vai acabar antes mesmo de começar.

— Para mim seria melhor se acabasse logo — murmurei comigo mesmo.

De todas as novas artes e mimos que meu senhor resolveu que eu deveria aprender enquanto estivesse morando em Milão, esta era a que menos me agradava. Eu conseguia enxergar o propósito de aprender a ler e escrever, ou de aprender a tocar um instrumento musical, mas dançar, para mim, era um desperdício bobo de tempo. A meu ver, quanto mais rápido terminasse a dança, melhor. E disse isso aos dois instrutores.

— A intenção da dança não é que o evento se acabe logo — disse Felipe. — O propósito da dança é mais do que passar o tempo. É preciso desfrutar do movimento, deixar seu corpo responder à música.

— E responder também às damas ou homens com quem estiver dançando — gracejou Graziano.

— Não tenho esse tipo de interesse nas damas nem nos cavalheiros.

Felipe fez um muxoxo.

— Matteo, não importa o que você venha a escolher ou deixar de escolher para o coração, é preciso aprender a dançar. A menos, é claro, que você pretenda receber as Ordens Sagradas!

— Para alguns clérigos, a ordenação não é impedimento — disse Graziano. E virou-se para mim. — Aprender a dançar é uma grande conquista. Esta dança é especificamente importante, pois é a dança da intriga. Os passos são um padrão de aproximação e retirada. É uma lição de vida.

— Como pode uma dança ser uma lição de vida?

— Pode-se enxergá-la como um aprendizado para cortejar as mulheres.

— Eu não quero cortejar mulheres.

— Ah, você diz isso agora, mas com o tempo seu coração há de levá-lo para outra direção.

— Se quisesse cortejar uma mulher, eu me declararia e pronto.

— Isso seria insano. — Graziano balançou a cabeça. — Não funciona dizer para uma mulher que você ficou totalmente seduzido por sua beleza e encantos.

— Por que não?

— Assim você daria a ela ainda mais poder sobre você.

— Mas as mulheres não têm poder; ou, se têm, é muito pouco.

Os dois homens sorriram.

— Pensei que você havia dito que fez contato com Lucrezia Borgia algum dia na sua vida — Felipe fingiu provocar em voz alta.

Aquele nome era como um passado que eu mal conhecia. Minha vida mudou muito depois que cheguei a Milão, três anos atrás. As circunstâncias em que vivia eram mais sofisticadas do que eu jamais tivera noção. Nesta cidade, Leonardo da Vinci era tratado com muita honra pelos franceses, que regiam o ducado. O governador, Charles d'Amboise, muito admirava e respeitava meu senhor, assim como seu próprio senhor, o rei Louis da França. Nosso Maestro ganhou casa e comida, honrarias e renda, estando os integrantes de sua comitiva inclusos na hospitalidade.

E então, conforme prometido, minha educação começou.

Felipe encontrou bons tutores. Apesar do início tardio e da minha desatenção a princípio, meus professores conseguiram construir em cima da base fornecida pelo Escriba Sinistro. Agora eu escrevia bem e lia com fluência. E estavam tentando incutir em mim grego, latim, matemática, história e filosofia.

Eu sabia que devia cuidar dos meus estudos. Então, enquanto os outros membros do estúdio trabalhavam nas encomendas artísticas, eu estava com meus tutores ou com meus livros. Se eu me atrasasse com as lições ou recebesse boletins ruins, logo vi que seria difícil manter meu lugar no núcleo domiciliar de Da Vinci. A oficina do Maestro não existia aqui da mesma maneira que existira em Florença. Desde o início, quando estávamos alojados no castelo, dentro desta ramificação da corte francesa, minhas obrigações eram reduzidas. Havia mais do que suficientes pajens, cozinheiros, faxineiros e outros criados diversos para cuidar de qualquer coisa que Felipe ou meu senhor quisessem. E depois, mais tarde, quando meu senhor montou seu estúdio perto de San Babila, Charles d'Amboise tomava as providências para que não faltasse nada ao Maestro. Cuidava de seu conforto pessoal enviando-lhe regularmente — lavadeiras, alfaiates, cozinheiros e até seu próprio barbeiro para atendê-lo.

Salai estava certo quando me alertou que o Maestro não teria utilidade alguma para um menino sem escolaridade em Milão. Além disso, toda a assistência pessoal de que meu senhor precisava para o desempenho de sua profissão agora era prestada majoritariamente por seu novo pupilo, Francesco Melzi. Ele era um rapaz bem apanhado e talentoso, com aproximadamente a mesma idade que eu, cujo pai era amigo do Maestro. Era inteligente e cortês. Pintava e escrevia bem, e começou a organizar a vasta coleção de papéis, tratados e livros do meu senhor. Tomava conta de seus compromissos e escrevia suas cartas, e cuidava de outras tarefas que eu jamais teria podido cuidar. De tempos em tempos me pediam para preparar os materiais de desenho do meu senhor ou para acompanhá-lo numa excursão, mas até eu agora percebia os benefícios que teria com uma educação formal completa.

O que eu não tinha percebido ainda era que as lições que por tanto tempo evitara iriam me envolver e absorver por completo. Que as lutas com gramática e compreensão e as longas horas de recitações e aprendizagem e de registrar fatos na memória iriam tanto me estimular como me exaurir. Conhecer as histórias significava que eu poderia tomar parte nas discussões que me deixavam perplexo, mas entretido. E tudo isso detonado pela propriedade daquele primeiro livro, a história de São Jorge e o Dragão, que me fora dado por Donna Lisa em Florença.

Às vezes, quando ia jantar, o Maestro ainda mandava me chamar para carregar seu embornal se tivesse desenhos para mostrar aos anfitriões. E foi lá que ouvi as conversas sobre o matemático Luca Pacioli. Eu não ficava mais parado ao lado do meu mestre, chateado com o olhar fixo no nada; minha mente devaneava a partir da barafunda de vozes. Agora prestava atenção ao discurso sobre assuntos tão vastos quanto interessantes, como diziam ser o inexplorado Mundo Novo. O Maestro debatia com poetas como Gian Giorgio Trissino e pintores como Bernardino Zenale. Comecei a sentir empatia pelo anseio mental do meu senhor — sua necessidade de saber. Qual ele, eu agora queria saber de todas as coisas.

De todas as coisas, quero dizer, à exceção da tortura das aulas de dança. Não gostava desse aspecto social da minha educação. Com minha reticência natural e resquícios do temor de que descobrissem minhas origens, não conseguia antever alguma ocasião em que eu viesse a querer dançar em público.

— Ouça — disse Graziano, esticando a cabeça. Foi até a janela e abriu a veneziana.

A batida constante de um tarol soava nas ruas lá embaixo. Mais uma partida de soldados franceses voltava de sua recente grande vitória sobre os venezianos.

— Vai haver um Carnaval quando o rei Louis chegar à cidade — prosseguiu Graziano. — E eu sei que você gosta de Carnaval, Matteo. E desta vez insisto para que me acompanhe perto do fim da noite para participar das comemorações, e para isso é preciso saber dançar ao menos um pouco.

Quarenta e sete

O rei Louis da França chegou a Milão no dia seguinte, 24 de julho. Ficamos olhando do telhado. Meu senhor desenhara alguns dos desfiles e espetáculos para comemorar a entrada triunfal do rei em Milão à frente de suas tropas. O rei Louis voltava da gloriosa vitória em Agnadello, pequeno vilarejo a nordeste de Milão. O poderio de Veneza fora pisoteado na lama, e os soldados franceses, vitoriosos, voltavam carregados do butim dos exércitos venezianos derrotados. Canhões faziam disparos das ameias enquanto, ladeada por oficiais com o lírio da França engalanado nas sobrecasacas, a procissão real entrava no castelo, espalhando moedas e confeitos por onde passava.

E naquela noite de comemoração eu saí com Graziano, mais como adulto que como criança, para participar da festança. Em vez de passear pelas ruas fazendo brincadeiras como os outros rapazes, vesti um manto comprido e coloquei uma máscara sobre meu rosto.

Foi a primeira vez que usei uma máscara de Carnaval completa, e a sensação de ver meu rosto disfarçado e com um comprido nariz adunco me deixou tanto perturbado quanto extasiado. Parei em frente ao espelho grande que havia no nosso corredor. Maduro agora o suficiente para ver meu próprio reflexo sem medo de algum espírito aprisionar minha alma, olhei para a figura à minha frente. Alto o suficiente para ser julgado alguns anos mais velhos que eu de fato era, com meus traços infantis ocultos pelo rosto falso e o manto a me conferir estatura e elegância, imaginei que conseguiria passar por pelo menos 18 anos.

Uma onda de excitação me arrebatou quando Graziano e eu passamos pela porta. Disfarçado como estava, eu era um desconhecido qualquer, não seria reconhecido por ninguém, nem por mim mesmo. Imediatamente a corrente das ruas nos arrebatou e já fazíamos parte da alegria e da balbúrdia. O Carnaval é uma época em que homens e mulheres respeitáveis podem se vestir de forma a esconder sua identidade verdadeira e se misturar com as multidões; quando o vinho flui, e as pessoas se permitem o abandono.

Um bando de foliões passou por nós tocando corneta e jogando serpentina. A música foi ficando mais forte à medida que nos aproximávamos das ruas que levavam à praça principal. Na Piazza del Duomo, malabaristas giravam pratos e bolas coloridas enquanto seus assistentes aliciavam os curiosos, mendigando ou intimidando-os a lhes jogarem moedas. Pernas de pau imensas se destacavam nas alturas sobre um mundaréu de cores: roxo, amarelo, verde e vermelho, todas muito vivas. Palhaços barulhentos faziam cabriolas e pilhéria com todo mundo. O cheiro das fogueiras acesas e do vinho, do calor dos corpos próximos exalando misturas de suores acres e perfumes adocicados me excitava.

Uma fileira de dançarinos passou por nós na evolução de seus passos. Na ponta de trás vinha uma mulher, usando uma máscara de seda na parte superior do rosto. Sua boca era de um vermelho vibrante. Através das ranhuras abertas da máscara, seus olhos me examinaram audaciosamente. Ela se afastou, depois parou e fez um sinal para eu me aproximar.

Graziano me empurrou pelas costas:

— Ande logo, vá — disse.

— Eu não conheço os passos dessa dança — protestei.

— Matteo, Matteo — ele riu —, todo homem e mulher nascido nesta terra conhece os passos *daquela* dança. É aquela que você aprende quando participa dela.

A mulher pegou minha mão e me puxou para si. Segurou-me com firmeza e, sempre que parávamos aqui e ali, tirava do bolso da capa um odre de vinho e me entregava para beber.

No centro da praça, destacou-se da fileira e me levou para um círculo imenso onde mais alguém encontrou minha outra mão. No frenesi de

275

todos os volteios, eu nem sabia com quem estava dançando. Estaria a mulher roçando o corpo deliberadamente contra o meu? Senti seus dedos percorrerem meu pescoço enquanto girávamos e, quando ela se inclinou para a frente na minha direção, juntando as mãos para aplaudir a música, o decote do vestido pendeu para baixo, revelando a curvatura dos seios. À medida que ela se movimentava, a sombra entre eles se alterava.

Fomos jogados juntos para fora do círculo, mas quase imediatamente outro grupo se formou à nossa volta. Mãos puxaram minha túnica e me arrastaram para outra fileira. O vinho que eu bebera, a dança, a presença da mulher, tudo aquilo me deixara tonto. De repente, a mulher estava novamente à minha frente. Ela riu bem perto do meu rosto, deu-me um beliscão na bochecha e se afastou girando. Mais que rapidamente, saí atrás dela.

Eu *sei* dançar! E danço muito bem. Dancei com todo mundo que me deixou dançar, homens, mulheres, meninas, meninos, até a madrugada começar a trazer o dia, até que minha vista ficou embaçada e eu me senti fraco.

No meio daquilo tudo, em algum momento me perdi de Graziano.

Acabei descambando contra um muro, onde tentei me equilibrar novamente. A duras penas, consegui sair dos limites da praça e tomei o caminho de um beco. Estava mais calmo, quase vazio. Deparei com um pátio aberto. Havia um chafariz funcionando. Tirei a máscara e aproximei o rosto da água para beber.

Havia uma mulher ao meu lado.

— Está passando bem, jovem senhor?

Sua voz era rascante.

— Preciso de um pouco de ar. — Minha cabeça girou quando me endireitei, mas minha mente estava acesa o suficiente para perceber que era a mulher que havia me puxado para o meio da folia horas antes. Devia ter me seguido até aqui. Que interesse teria em mim? Não nos conhecíamos, e eu não trazia bolsa alguma comigo.

Deve ter me visto levar a mão ao cinto onde normalmente a trazia, pois riu e disse:

— Não estou interessada no que você carrega na altura do cinto.

Pronunciou a palavra "altura" com uma leve inflexão e, quando percebeu que eu me dava conta do significado daquilo, tornou a rir, um riso profundo, na garganta. Ergueu a mão e pousou-a no meu rosto. Senti seu calor. Ela tirou a própria máscara e me olhou.

E então me beijou. Na boca.

Fiquei tão surpreso que não fiz nada.

Minha boca ficou aberta. Eu nunca fora beijado antes. Não daquele jeito. As bênçãos da minha avó na testa ou no rosto eram breves, dadas com os lábios fechados.

Os lábios desta mulher tinham algum tipo de coloração. Senti o gosto. E de mais alguma coisa. Misturado a seu hálito, havia o aroma da polpa fértil de alguma fruta que ela comera. E, por trás disso, pulsando em meio a tudo, algo mais, insistente e perigoso.

— Feche a boca. — Ela me cutucou por baixo do queixo com os dedos. — Você parece um bacalhau boquiaberto na bancada da feira.

Travei os lábios imediatamente, mas tornei a abri-los quando ela me entregou o odre. Tomei um pouco de vinho.

Sem tirar os olhos dos meus, ela o pegou de volta, limpou o bocal e tomou um pouco de vinho também. Em seguida, colocou-o na mureta do chafariz e se virou de frente para mim novamente. Colocou as duas mãos sobre meu peito. Suas unhas eram compridas e estavam pintadas.

Entraram no pátio alguns dançarinos, exultantes, girando energética e ruidosamente, num frenesi. Eles a chamaram, dois dos quais se destacaram, impondo-lhe que os seguisse, contra os protestos dela, que acabou dando de ombros, jogou-me um beijo e todos saíram dançando.

Minhas pernas estavam fracas, e minha cabeça, quente. Saí do beco. A parede estava mais fresca que o ar à minha volta, e eu encostei o rosto na pedra para refrescá-lo. Apoiando-me nela, saí cambaleante até encontrar uma das ruas principais, onde me virei logo na direção do estúdio.

Cheguei à minha cama, mas não consegui dormir até o dia clarear plenamente e todos os foliões da cidade se recolherem.

Quarenta e oito

— Vi você com aquela cortesã ontem à noite, Matteo. Fiquei totalmente ruborizado. — Olha que cor maravilhosa no rosto de Matteo! — Graziano continuou zombando de mim. Pegou uma maçã da bandeja na mesa do café da manhã e aproximou-a do meu rosto. — Vejam só! A fruta está fosca, em comparação. Se eu conseguisse capturar essa vermelhidão na minha paleta, meus pores do sol ficariam gloriosos.

— Uma cortesã? — consegui retrucar.

— Não me diga que não sabia! — disse Graziano, fingindo surpresa. — Que tipo de mulher beijaria um homem na rua daquele jeito?

— A pergunta é: ela beijou *você*, Graziano? — Salvestro, um dos outros pupilos, veio em meu apoio.

— É claro! — respondeu Graziano. — E antes de acabar a noite, ganhei mais de um beijo, se vocês querem saber. — Ele deu uma piscadela, arregalando os olhos em seguida.

Fiquei chocado. Minha mulher do Carnaval, que tanto perturbara meus sonhos na última noite, também tinha beijado Graziano. Graziano! Não que ele não fosse uma boa pessoa. Ele era realmente adorável. Mas era muito mais velho que eu, e gordíssimo!

— Olhem só, vejam o rosto do Matteo. Ele está arrasado. Acaso achou que ela tinha guardado a boca só para você, rapazinho?

Quem disse isso foi Salai. E, como sempre, levara a zombaria ao ponto da mágoa.

Inclinou-se por cima da mesa e me deu um peteleco na orelha. Dei um empurrão na mão dele. Mas isso não o impediu de continuar me perseguindo.

— Posso apostar como ela beijou uma dúzia de outros homens antes de acabar o Carnaval.

Outros homens.

Que idiotice a minha!

Nem pensei. Claro que ela teria beijado outros.

— Matteo — Felipe, entrando no estúdio, interrompeu a galhofa —, o Maestro pretende fazer uma viagem em breve e me informou que você deverá ir com ele. — Olhou para mim e, percebendo minha expressão contraída, ergueu uma sobrancelha. — Talvez lhe faça bem ficar longe de Milão durante um tempo, quem sabe?

— Sim — respondi com determinação. — Vou me preparar agora.

— Com as mulheres no encalço dele por todo lado, dá até para pensar que sua preferência seria por ficar — disse Salai. — A menos, é claro, que nosso Matteo tenha medo delas.

Qual os insultos de muitos valentões, as palavras de Salai tinham um extrato de verdade nas entrelinhas. Embora raramente encontrasse meninas, quando isso acontecia, eu ficava mais atrapalhado que qualquer outro rapaz da minha idade.

— Leve os livros de estudo consigo e roupas em quantidade suficiente para alguns meses — prosseguiu Felipe. — O Maestro pretende passar algum tempo em Pavia.

Embora nunca tivesse estado lá com minha avó, eu tinha uma noção de onde era Pavia. Cidade muito menor que Milão, ficava à beira de uma das estradas principais, uns 30 quilômetros ou mais ao sul.

— Alguma razão específica para escolher Pavia? — perguntei.

Felipe confirmou.

— Um amigo do Maestro é professor na Universidade de Pavia. Messer Marcantonio della Torre é um doutor que tem uma escola para estudantes de medicina lá. Acho que o Maestro vai aproveitar a oportunidade para apurar seus próprios estudos de anatomia.

Meu interesse aumentou. Já fazia muitos meses desde que acompanhara meu senhor a uma dissecação. Nos últimos anos, ele vinha concentrando seus estudos nos entornos do campo e como a geologia permitiria a irrigação e a construção de canais para o transporte e o abastecimento de água limpa. A ideia de mais uma vez tomar parte em seus trabalhos em cima do corpo humano me atraía. Mas, para poder me afastar de Milão durante alguns meses, havia algo que deveria fazer antes.

— Se possível, então — disse a Felipe —, já que vou passar tanto tempo longe, gostaria de pedir permissão de visitar meus amigos na fazenda para me despedir.

Felipe concordou.

— Pode tirar o dia de folga amanhã para isso. Mas, quando voltar, venha se apresentar a mim. Além de cuidar de sua própria bagagem, preciso que você me ajude a arrumar algumas coisas específicas que o Maestro pode precisar levar consigo.

Olhei de relance para Francesco Melzi, que ainda estava sentado à mesa do café da manhã. Tornara-se um hábito ele cuidar dos materiais do Maestro, e eu não queria me intrometer nas tarefas que ele considerava dele.

Mas Francesco Melzi não era como Salai, que estava sempre alerta, invejoso. Tinha uma postura agradável e generosa.

— Seria bom você cuidar disso, Matteo — falou prontamente. — Agora que você está dedicando mais tempo aos estudos, acho que o Maestro sente falta de sua assistência quando está trabalhando. Ele reclama comigo quando deixo alguma coisa fora do lugar e me dá bronca, dizendo que o Matteo não teria feito assim. Diz que você elaborou uma ordem para dispor o equipamento de desenho e acha seu método mais eficiente.

Senti uma satisfação infantil com essas palavras. Se Francesco inventara o elogio, então foi uma gentileza. Caso contrário, se fosse verdade, então foi muita generosidade dele expressar seu reconhecimento daquela forma.

No dia seguinte, fui aos estábulos no castelo de Milão para pedir um cavalo emprestado que me levasse até Kestra, onde o tio dos dell'Orte tinha uma fazendola.

Desde que chegáramos a Milão, vinha reforçando minha amizade com Paolo e Elisabetta. A fazenda do tio deles ficava a sudeste da cidade, e eu conseguia visitá-los de tempos em tempos. O tio era velho e rabugento, e mantinha a sobrinha e o sobrinho sob rígido controle. Já fazia vários meses que não nos víamos, mas eu sabia que eles acolheriam minha visita como um repouso do trabalho árduo e da austeridade que lhes eram impostos cotidianamente.

Nos estábulos, encontrei o cavalariço-chefe, com quem travara um bom relacionamento ao preparar um purgante para um de seus animais favoritos que estava sofrendo de cólica. Sempre que eu queria visitar a fazenda em Kestra, ele me emprestava esse cavalo durante o dia inteiro. Quando eu estava tirando a égua castanha da baia, o cavalariço me contou que um dos jovens oficiais franceses, um tal de Charles d'Enville, recém-recuperado de ferimentos de batalha, queria exercitar a própria montaria esta manhã e procurava companhia. E providenciou logo um ajudante de estrebaria para nos acompanhar.

Então, saímos os três de Milão numa resplandente manhã de verão. Percorremos o pátio de desfiles do castelo e passamos pelo arco da torre Filarete. Embora danificada pelos tiros dos franceses, a serpente recurvada no brasão da família Sforza ainda se destacava no muro sob a abóboda. O duque Ludovico Sforza governara o ducado até ser expulso pelos franceses quase dez anos atrás. O rei francês tomou essa parte do norte da Itália, mas o filho de Ludovico, Massimiliano, no exílio, tramou para retomar Milão assim como os Médici tramaram sua volta a Florença.

Milão tinha a mesma agitação que as ruas de Florença. O rei da França apoiava os artistas aqui, de forma que os ateliês e estúdios viviam cheios de jovens querendo estágios. Soldados passeavam e tagarelavam com suas senhoras, mensageiros e entregadores cumpriam suas tarefas, comerciantes fechavam negócios nas redondezas do *duomo*, pois seus estandes se encontravam repletos do butim trazido pelos soldados recém-chegados.

Mas eu preferia o campo à cidade. Quando ficava ao relento, minha cabeça desanuviava e meu espírito se elevava. A fazenda onde Paolo e Elizabetta dell'Orte moravam agora ficava a pouca distância de Milão, de forma que pusemos nossas montarias para correr e desfrutamos do galope.

Cavalgar era uma habilidade para a qual eu não precisava de instrução. Corremos juntos, ao som do tropel dos cavalos, cujas crinas esvoaçavam com a velocidade. Chegaríamos à fazenda pelo meio da manhã, em boa hora para a refeição do meio-dia.

Passou-se uma hora. Saímos da estrada principal, rumando para o leste. A paisagem à nossa volta mudou. Os campos e os vinhedos verdejantes deram lugar a protuberâncias rochosas e moitas de vegetação árida. Estávamos agora a alguns quilômetros da encruzilhada onde tomaríamos uma estrada secundária que acabaria nos levando até a trilha da fazenda. O terreno era levemente florestado, e acertamos nosso ritmo para acomodar as mudanças na superfície da estrada. Conversávamos pelo caminho, basicamente o ajudante da estrebaria e eu escutando Charles, o alegre capitão francês a nos contar suas bravuras na batalha de Agnadello, na qual a França derrotara o exército veneziano e seu imenso contingente de mercenários suíços. Trotávamos pelo caminho quando, numa curva da estrada, deparamos subitamente com um acampamento cigano. Havia uma chaleira pendurada acima de um braseiro aceso perto do abrigo embaixo de algumas árvores ao sopé de uma pequena colina.

— O que temos aqui? — O capitão francês puxou as rédeas de sua montaria.

— Ciganos — disse prontamente o ajudante de estrebaria. E cuspiu no chão.

Senti o coração falsear.

— Eles não têm direito de montar acampamento às margens da via pública — declarou o rapaz. — Existe um edital. Eles precisam pedir uma permissão do senhorio que só será concedida mediante certas condições.

— Mal dá para chamar isso de acampamento — disse o capitão francês.

Para improvisar um abrigo, eles recurvaram algumas ramas de choupo e jogaram uma coberta por cima dos galhos inclinados.

— Eles não têm permissão para construir uma habitação — insistiu o rapaz da estrebaria.

O capitão balançou a cabeça. Acho que teria prosseguido, mas, agora que o rapaz chamara atenção para o fato, ele não poderia dar a impressão de que não tinha autoridade para resolver o problema. Então, guiou a montaria para perto e chamou. Surgiu um homem vindo da barraca, seguido de perto por duas crianças maltrapilhas. Eu fiquei onde estava. Não o reconheci de nenhum acampamento ou reunião de ciganos que frequentara, mas isso não equivalia a dizer que, mesmo depois de todos esses anos, ele não me reconheceria.

Desde que deixara Florença, eu vivia em paz em Milão. Passei mais ou menos o primeiro ano inteiro com a comitiva de Da Vinci, escondido no castelo do governador de Milão. Tão perturbado fiquei com o destino do Escriba Sinistro que durante aquele tempo todo não me aventurei além das dependências do castelo. Felipe me arranjou um tutor entre os encarregados do castelo para começar minhas aulas, de forma que não havia motivo para eu me ausentar. Então, tive notícias do paradeiro de Cesare Borgia. Nos últimos anos, *Il Valentino* tentara levantar seu próprio exército para lutar na reconquista de seus domínios na Romênia. Mas, nesse ínterim, o Borgia se envolveu numa disputa e morreu lutando numa emboscada sofrida em Navarre. E foi deixado nu dentro de uma ravina com 25 ferimentos a faca espalhados pelo corpo, uma morte violenta para um homem que não mostrara compaixão com os outros. Assim, quando o Maestro acabou montando seu estúdio noutro distrito da cidade, senti-me suficientemente seguro ali. Tinha certeza de que Sandino não seguira minha trilha até Milão, caso contrário eu já o saberia àquela altura. E também supunha que ele teria trabalho suficiente para se manter ocupado agora. Havia espionagem e intriga em abundância entre as facções dessa guerra, inimigo contra inimigo, aliado contra aliado. Portanto, durante este ano, enquanto o papa se apoderava da maior parte da Romênia e se aliava aos franceses contra Veneza, minha mente ficou mais tranquila. A bolsa de couro em torno do meu pescoço já se aclimatara como se fizesse parte de mim. Eu jamais a retirava. Tampouco pensava muito nela ou no que continha.

Até agora.

— São um bando sofrível de ciganos — disse o capitão francês num aparte para mim.

Uma garotinha puxou a cortina da entrada do abrigo e ficou ali parada.

— Nem tão sofrível assim — comentou o ajudante de estrebaria, olhando para ela.

Ela percebeu o olhar dele e deu um passo para trás, ocultando-se na escuridão. Senti sua humilhação por ter sido avaliada daquele jeito.

O pai dela fez um movimento muito sutil em direção ao fogo.

Percebera o perigo e buscava uma arma. Vi a grande haste de metal que mantinha a chaleira suspensa acima da brasa. E então vi mais uma coisa.

Um cachecol vermelho amarrado do lado de fora do abrigo deles.

Instiguei meu cavalo a dar alguns passos mais para perto do capitão e falei baixinho.

— Ele foi forçado a acampar aqui — falei. — A esposa dele está em trabalho de parto.

Os olhos do cigano se voltaram para meu rosto.

Da barraca veio o choro penetrante do recém-nascido.

— Minha mulher... — O cigano falou pausadamente em francês.

— Ela acaba de dar à luz uma criança.

O capitão francês sorriu.

— Um filho, talvez?

— Menina.

— Já deram um nome para ela?

— Dalida.

Dalida. Um nome cigano. Significava brejo, grupo de árvores jovens perto da água. Olhei à volta. Passava um córrego nas proximidades da estrada. A criança recebera um bom nome pelo lugar onde nascera.

De repente, percebi que o cigano estava me observando. Viu que eu entendera o nome da filha, além do significado do cachecol vermelho à entrada da tenda. Baixei a cabeça, evitando-lhe o olhar.

— Uma menina pode ser uma bênção assim como um menino. — O capitão, que não era um jovem impiedoso, tirou uma moeda da bolsa e jogou-a aos pés do homem. — Use esta moeda no dote dela. — Olhou para o rapaz da estrebaria e, ciente de sua patente, acrescentou com firmeza: — Agora, vá embora. Não esteja mais neste lugar quando eu tornar a passar por aqui.

Eu mal consegui olhar o cigano se abaixar para pegar o dinheiro.

Mas ele não se abaixou.

Seus dois meninos correram para o local onde a moeda de prata brilhava na lama.

— Deixem — ouvi-o dizer em sua própria língua. Ele me olhou com firmeza. Em seguida, ergueu a mão para o capitão e falou novamente em romani.

O capitão ergueu a ponta do chapéu em reconhecimento ao agradecimento do homem.

Mas eu, que compreendi suas palavras, sabia que ele não agradecera ao capitão. Jogara, sim, uma praga no francês pelo desconforto que a mulher enfrentaria ao ter de prosseguir. Virei imediatamente a cabeça do meu cavalo de volta para a estrada.

— Cambada de ladrões — disse o rapaz da estrebaria quando retomamos a marcha. — Deveriam ser exterminados, porque são uma praga.

E para minha própria desonra, não discordei.

Olhei para trás e vi o homem recolher os filhos e voltar para dentro da tenda. No prazo de uma hora já teriam partido, mas eu sabia que esse cigano teria apreendido tudo sobre nós, inclusive a idade e as marcas dos cavalos.

Tampouco esqueceria o rosto do jovem que entendera sua língua e seus costumes.

Quarenta e nove

Chegamos à fazenda em Kestra no fim da manhã.
Elisabetta estava vindo da casa com uma cesta de roupa lavada para pendurar nos varais. Colocou o fardo no chão e correu para me cumprimentar, beijando-me o rosto nos dois lados assim que eu apeei.

Apresentei-a a Charles d'Enville enquanto o rapaz da estrebaria levava nossos cavalos para beber água. O capitão francês tirou o chapéu de oficial enfeitado com uma pena e saudou-a com um grande floreio. Em seguida, tomou a mão de Elisabetta nas dele e, curvando a cabeça, beijou-lhe a ponta dos dedos.

— Uma pena, Matteo! — exclamou. — Manter uma flor assim tão bela crescendo no campo quando seu brilho deveria estar resplandecendo na corte em Milão.

Olhei através do olhar dele para a menina que sempre considerara uma irmã e percebi que, com o passar dos anos, Elisabetta ficara mais bela. Os cabelos dourados caíam-lhe soltos pela nuca destacando-lhe os contornos do rosto, e sua silhueta se desenvolvia em direção à plenitude do amadurecimento. Os olhos, embora ainda sombrios, reluziam por baixo das sobrancelhas fortes.

Ante as palavras do francês, duas manchas coloridas se formaram nas maçãs do rosto de Elisabetta. Imaginei há quanto tempo um homem não lhe fazia um elogio. Ela nos levou até onde seu tio conversava com o proprietário da fazenda vizinha, um homem chamado Baldassare. Eles compartilhavam um sistema de irrigação para trazer água do rio para suas terras. Estavam de mangas arregaçadas e tentavam encontrar um rompimento na tubulação de abastecimento. Baldassare era um homem de meia-idade, taludo, com um rosto gentil e jeito simpático. O tio de Elisabetta era muito mais velho, de ombros caídos e cansado de tanto trabalhar. Os dois pararam de cavar quando nos aproximamos.

— Tio — Elisabetta se pôs nas pontas dos pés e deu um beijo no rosto enrugado. — Matteo veio nos visitar e trouxe um amigo que veio cavalgando em sua companhia. Eu gostaria de convidá-los para compartilharem conosco a refeição do meio-dia.

O tio concordou com um resmungo.

— Ele não tem a intenção de ser rude. — Elisabetta se desculpou pela falta de modos do tio enquanto caminhávamos de volta para a casa da fazenda. — Morou sozinho a maior parte da vida e é meio desajeitado com visitas.

Quando nos sentamos para comer, pensei que aquilo seria bastante diferente para Charles, acostumado aos modos formais e elaborados da corte francesa.

— Você esteve com o exército francês em Agnadello? — Paolo tinha entrado na casa para almoçar. Tão logo ficou sabendo da história do visitante à mesa, começou a interrogá-lo com todo o interesse. — Viu muita ação?

— A ação não se *vê* — retrucou Charles com seriedade. — Quando se está em batalha, a experiência é mais visceral.

Todos aguardaram que ele continuasse.

Seu olhar cruzou com o de Elisabetta, e ele hesitou.

— Pode continuar a contar a história, *monsieur*. — Ela o encarou corajosamente. — Já tive alguma experiência com essas coisas. A torre da fortaleza guardada por meu pai foi atacada, meus pais e um irmão caçula, mortos. Eu e minha irmã, que morreu depois, sofremos muito na mão daqueles homens.

Ela lhe colocou despojadamente a experiência de sua vida e aguardou para ver como ele iria responder.

O cavalheiresco capitão francês não decepcionou.

— Durante a guerra, os homens podem se comportar como feras — disse. — Em nome do meu sexo, peço-lhe as mais sinceras desculpas. Não há necessidade para esse tipo de comportamento. Pode-se derrotar e até matar o inimigo com cavalheirismo.

— Certo — disse Paolo. — Um cavaleiro luta por uma causa verdadeira com honra.

A mente do meu amigo Paolo ainda perseguia os ideais de glória em combate de sua meninice.

Charles d'Enville soltou um suspiro.

— Assim seja! — disse. — Minha experiência tem mostrado que as verdadeiras causas são raras. Os homens lutam por ganância, não por glória, e lutar por honra ainda é algo confuso e sangrento.

Pensei no afresco do meu senhor sobre a batalha de Anghiari. A cena central ilustrando a Luta pela Bandeira e os homens ali. A tensão. Rostos de soldados retorcidos em espasmos de morte.

— Numa guerra que se preze, os homens lutam com nobreza — falou Paolo.

— Mas é horroroso — retrucou Charles. — Embora tenhamos vencido em Agnadello, tivemos sorte. Eu estava com a cavalaria sob o comando de nosso Seigneur de Chaumont, Charles d'Amboise, e soubemos que o exército inimigo havia se partido em duas divisões enquanto marchava para nos enfrentar. O primeiro comandante veneziano tomou posição no alto de um morro perto da aldeia. Recebemos ordem de atacar morro acima e não conseguimos romper suas linhas. Chovia muito, e nossos cavalos eram prejudicados pela lama. Foi quando nosso rei chegou com o resto do exército francês e nós engendramos uma batalha sangrenta, matando mais de 4 mil soldados deles e expulsando a cavalaria inimiga. Quando essa notícia chegou ao outro comandante veneziano, seus mercenários desertaram. — Charles olhou sério para Paolo. — Se esses dois homens tivessem conseguido unir suas forças contra nós, talvez não tivéssemos prevalecido.

— Mas que grande vitória, então — falou Paolo —, derrotar tantos de uma só vez.

— Cada homem teve uma morte singular — retrucou Charles com delicadeza.

— Trouxemos uma raridade para nossa mesa, Elisabetta — comentou o tio dela. — Um francês que fala com sensatez.

Charles inclinou a cabeça.

— Vou aceitar isso como elogio, senhor.

— Pode aceitar como quiser — retrucou o tio de Elisabetta abruptamente e se levantou da mesa. — Agora preciso ir trabalhar.

Elisabetta deixou pender a cabeça encabulada, mas Charles fingiu não ter percebido e disse para Paolo:

— Não quero desanimá-lo, mas acho justo adverti-lo que a vida de soldado é dura. A taxa de mortalidade é muito alta.

Mas Paolo não se deixou dissuadir pela sobriedade dos comentários de Charles sobre a guerra.

— Você mesmo foi ferido e sobreviveu — disse. — Foi um ferimento muito sério?

Charles se levantou.

— Percebo que não há outra saída além de mostrar minhas honrarias em batalha. — Seus olhos tinham um quê de travessura. Ele abriu a camisa. Havia uma grande cicatriz irregular em seu abdome. Sobre a pele morena, a brancura da marca se destacava.

Elisabetta levou a mão à boca.

— Meu ferimento de guerra nunca deixa de impressionar as damas. — Charles piscou para mim.

Percebi que fizera isso deliberadamente para desviar Elisabetta do incômodo que estava sentindo por causa dos modos do tio.

— Um mercenário suíço tentou me estripar com a baioneta — contou alegremente. — Minhas entranhas ficaram penduradas. Tive de segurá-las contra o corpo e aguentar firme enquanto gritava por socorro. Se não tivesse sido ouvido por meu primo, o conde de Céline, que trouxe seu próprio cirurgião para me costurar, eu teria perecido ali mesmo no campo de batalha.

— Doeu muito? — perguntou Elisabetta.

— Terrivelmente — admitiu Charles. — Chorei feito um bebê enquanto levava os pontos.

Estremeci só de pensar em como deve ter sido aquilo para ele. Lembrei-me de uma noite no necrotério de Santa Maria Nuova em Florença: o Maestro havia retirado para exame várias alças de intestino reluzente de dentro da barriga de um homem. Pensei nisso. Quem atacou Charles deve ter perfurado a parede do estômago, mas não o intestino. Se assim fosse, ele não teria comido tão fartamente na refeição. Embora uma das anatomias que presenciei mostrasse um homem com o intestino lesado, e meu senhor disse acreditar que ele tivesse vivido daquele jeito durante muitos anos. De qualquer forma, o cirurgião do conde de Céline deveria ser muito hábil para ter tratado do ferimento de Charles.

Baldassare, que almoçara conosco, tossiu discretamente. Charles fechou apressadamente a camisa e se sentou.

— Perdão — disse. — Às vezes me deixo levar pelos meus próprios atos de heroísmo.

Ajudei Elisabetta a tirar a mesa e conversamos um pouco na cozinha. A conversa e a companhia lhe trouxeram um brilho aos olhos, e ela me falou do herbário que começara a cultivar desde que eu a visitara pela última vez, na Páscoa.

Ouvimos o tinido de espadas num embate lá fora. Apesar do calor da tarde, Paolo convencera Charles a lhe ensinar alguns golpes de esgrima e o uso do punhal em combate corpo a corpo.

— Você se lembra, Matteo — perguntou Elisabetta —, de quando sacou seu punhal contra Paolo?

— Sim, me lembro.

Ela me olhava agora com um olhar mais velho e mais sábio do que na época daquele incidente.

— Você tinha o hábito de carregar aquilo, não tinha, Matteo?

A pergunta foi mais uma afirmação.

Consegui dar de ombros e confirmar com um aceno da cabeça ao mesmo tempo.

— Por viajar pelas estradas — retruquei —, eu precisava aprender a cuidar de mim mesmo.

— Você viajava pelas estradas?

Meu sangue gelou. O que eu tinha acabado de dizer? Tentei concentrar meus pensamentos para encontrar uma explicação que remendasse, ainda que grosseiramente, as coisas que lhe contara sobre minha história pessoal quando estávamos em Perela.

— Mas, claro — continuei. — Logo que fugi do meu tio, caminhei quilômetros e quilômetros antes de encontrar emprego. — Minha mente procurou urgentemente alguma forma de mudar o curso da conversa. — Mas — prossegui — você não está tão insatisfeita assim com esse seu tio aqui, está?

— Não, não é tão ruim assim — concordou Elisabetta. — Ele é bastante mal-humorado, mas eu percebo que consigo contornar isso e conquistá-lo com palavras carinhosas. Paolo é orgulhoso demais para fazer isso; e também detesta o trabalho na fazenda. Ainda sonha em pegar em armas para vingar nossa família.

— Mas onde iria buscar essa vingança? — perguntei. — Aqueles homens há muito se dispersaram, se é que não morreram.

— Paolo acha que agora eles trabalham para outros, e não só para Cesare Borgia. Pode haver alguma ligação com os Médici. Você se lembra do monge em Averno que nos deu abrigo quando estávamos sendo perseguidos?

Fiz que sim com a cabeça. Meu estômago deu um nó. Aquele abrigo no meio da noite com as vítimas da peste. Como poderia esquecer?

— O monge escreveu para a irmã no convento em Melte, e ela me mandou uma carta para cá com alguma informação. Ele descobriu que os homens que nos caçavam eram liderados por um biltre chamado Sandino.

Sandino.

Minha garganta se apertou. O nome dele sendo pronunciado em alto e bom som pela voz delicada de Elisabetta num dia quente de verão me arrepiou de frio a alma.

— Esse tal de Sandino é espião e assassino — continuou ela. — O monge escreveu para me contar que se trata de um bandoleiro que vende seus serviços para quem paga melhor, e é um homem traiçoeiro que serve de agente para os dois lados.

— Então, como podemos saber para quem ele trabalhava quando atacou Perela? — perguntei.

— Você conhece o bom monge de Averno, padre Benedito, melhor que eu — retrucou Elisabetta. — A reputação dele me leva a acreditar no que diz. E ele disse acreditar que, quando Perela foi atacada, Sandino estava sob as ordens do Borgia.

— Embora isso não faça sentido — falei, na esperança de confundir-lhe as ideias. — Perela era uma torre de fortaleza dos Borgia. Meu senhor tinha recebido instruções para ir lá verificar as fortificações. Cesare Borgia queria o lugar fortalecido, não destruído.

— Alguma coisa deve tê-lo feito mudar de ideia. — Elisabetta considerou minha declaração. — E de fato — prosseguiu — eles não destruíram nossas instalações. O que buscavam era outra coisa que estava lá.

Minha garganta agora estava tão contraída que eu não conseguia falar.

— Mas quem iria saber o que pensava Cesare Borgia? — perguntou Elisabetta.

— Pois é — consegui responder. — E agora Cesare Borgia está morto. Foi morto há mais de um ano em Navarre. Então, isso deve dar um basta na vontade que Paolo tem de retribuir.

Elisabetta se virou para olhar para mim.

— Mas você decerto sabe, Matteo, que Paolo coloca a culpa de todos os nossos problemas no papado. O pensamento de prejudicar o Vaticano de alguma forma é o que ocupa a mente do meu irmão. Ele não vai descansar enquanto não tiver realizado alguma vingança.

Cinquenta

Charles precisava voltar ao quartel para se apresentar ao oficial de comando, mas Elisabetta implorou para que eu ficasse um pouco mais.

No quintal, fiquei olhando enquanto Charles se preparava para cavalgar de volta até Milão acompanhado do assistente da estrebaria.

O francês tornou a inclinar a cabeça sobre a mão de Elisabetta.

— É muito difícil para um soldado na ativa entabular qualquer tipo de correspondência com uma dama — disse. — Mas eu gostaria de pedir licença para lhe escrever, se puder.

— Senhor, ficarei feliz de receber cartas suas — retrucou Elisabetta.

— E eu ficarei honrado caso você se digne a respondê-las. — Charles lhe abriu um sorriso.

Quando ele montou no cavalo, ela falou:

— Por favor, tente não encontrar mais mercenários suíços em suas andanças.

Ela sorriu para ele. E me ocorreu que eu não via Elisabetta sorrir ou falar tão alegremente havia muito tempo.

Depois que eles partiram, Elisabetta e eu caminhamos em silêncio pelo jardim. Ela me mostrou o herbário, e trocamos informações sobre a secagem de plantas e a melhor forma de fazer diversos preparados. Tirei de dentro da camisa algumas sementes que comprara para ela no mercado em Milão.

— É preciso esperar até a primavera — falei —, mas elas crescerão se plantadas num local de sombra.

— Fiz deste lugar meu retiro — disse ela. — Meu tio não se importa que eu passe tanto tempo aqui, pois é possível obter alguma renda com as plantas. Eu levo as ervas secas e as vendo no vilarejo, e um dos boticários na cidadela próxima me pediu para lhe suprir de alguns produtos específicos.

Ela parecia satisfeita com o projeto, e eu prometi perguntar em Milão se algum dos boticários precisava de suprimentos.

Também falei com Paolo antes de ir embora. Sua postura também foi menos pesada e mais entusiasmada do que costumava ser nas minhas visitas. Mas não foi minha companhia que o afetou daquele jeito, mas sim a conversa e o treino de luta com o capitão francês.

— Charles me contou que há muitas oportunidades para quem é afeito às batalhas — disse-me.

Ele parou para conversar antes de eu tirar meu cavalo do celeiro.

— Você não quer entrar para o exército francês? — perguntei.

— Não vou lutar ao lado do papa de jeito algum. Mas há muitos *condottieri* procurando homens capazes com um pouco de habilidade e experiência no uso da espada. — Paolo deu um pontapé frustrado na porta da estrebaria. — Se ao menos eu tivesse algum dinheiro para comprar um conjunto de armas e um cavalo!

Já estava na hora do crepúsculo quando parti de volta para Milão.

Aproximei-me com cuidado da curva na estrada onde encontráramos o cigano. Mas, conforme esperava, eles haviam desaparecido. Não havia sinal algum de sua passagem. Haviam desamarrado as árvores, recolhido seus pertences e enterrado as cinzas da fogueira. Estava tudo como se nunca tivessem estado aqui.

Menos uma coisa.

A moeda.

Eu a avistei no chão.

E sabia por que o homem, por mais pobre que fosse, não se abaixara para pegá-la. Não somos cães para que nos joguem um osso e corramos para cavucar a terra na intenção de pegá-lo. Se Charles tivesse dado ao cigano alguma forma digna de pegar o dinheiro, ele o teria aceitado — e com prazer. O capitão francês deveria ter dado a impressão de um negócio, pedido ao homem alguma informação sobre a região, ou mesmo que fizesse as vezes de cartomante. Ou, se fosse dá-lo como presente, deveria ter apeado do cavalo e entregado a moeda nas mãos do cigano. Mas jogá-la aos pés de um homem é humilhante. O orgulho cigano não deixou que ele o pegasse.

Deixei a moeda ali no chão.

Um erro.

Deveria tê-la pegado. Usaram-na mais adiante como marco.

Serviu para indicar um local por onde eu havia passado e, portanto, valia a pena vigiar, pois eu poderia passar por ali novamente.

Mostrou o melhor lugar da estrada onde armar uma emboscada.

Cinquenta e um

Antes do fim do ano eu estava em Pavia com o Maestro. Seu amigo, o professor Marcantonio della Torre, dava aulas na universidade de lá e fazia suas anatomias num anfiteatro preparado para esse fim. Quando íamos a algumas dessas sessões, o Maestro ocupava um lugar de honra. Sua cadeira era colocada perto da mesa de anatomia em frente aos bancos dos alunos, e eu ficava de pé a seu lado. Nos dias de dissecação, tínhamos de abrir caminho através das multidões de alunos e dos poucos integrantes do público que pagavam um elevado preço por um bilhete para poderem entrar. Bandos de ambulantes acorriam aos portões da universidade regateando com esse pessoal pedaços de papel perfumado, cachecóis e sachês de seda cheios de *chypre*, todos confeccionados com o intento de superar os maus odores.

A primeira anatomia que presenciei foi feita num jovem que morrera de um abscesso interno. Seu estômago estava grosseiramente distendido e cheio de bílis, e o cheiro quando o barbeiro-cirurgião o perfurou foi tão nojento que senti vontade de ter uma moeda para comprar um dos sachês aromáticos à venda lá fora. Meu senhor não demonstrava estar sentindo o fedor. Pôs-se de pé para ver o conteúdo do estômago enquanto o médico despejava o líquido verde numa jarra de vidro. O professor Della Torre presidia a sessão de pé sobre uma plataforma elevada do chão, tendo um homem vivo e despido de um lado e um esqueleto do outro. Com uma ponteira comprida, indicava em ambas as figuras onde o barbeiro fazia as incisões e discorria sobre os órgãos que o médico segurava.

Quando o abscesso se abriu, uma mulher na galeria do público desmaiou e precisou ser retirada do ambiente. Seu lugar foi imediatamente tomado por alguém da multidão no corredor, ansioso por entrar.

Meu senhor me cutucou para mostrar os assistentes aspergindo vinagre por todo canto e os braseiros queimando alecrim.

— Mais agradável do que usar a própria urina para combater o cheiro — falei. — Mas posso garantir que menos eficaz quando o cirurgião expuser totalmente os órgãos internos.

À medida que foi progredindo a anatomia, muitos presentes começaram a tossir e a se engasgar. Ouvi as pessoas atulhadas no banco atrás de mim sussurrando que o corpo estava parcialmente decomposto e, portanto, deveria ter sido tirado de um túmulo.

No jantar daquela noite, meu senhor perguntou ao professor Della Torre a respeito disso. Violação de túmulo é um crime cujo castigo é a execução, mas o professor nos contou que às vezes os alunos vão para longe da cidade roubar um cadáver para anatomizar em prol da sua própria informação.

— Não é sem perigo que o fazem — disse. — O povo do campo agora guarda seus sepulcrários com muito cuidado, e atacam qualquer um que se aproxime à noite.

— Deixe que seus alunos acompanhem os vários exércitos na Itália — falou meu senhor pesarosamente. — Haverá muitos cadáveres no esteio deles.

— Você acha que essa guerra não acabou com os franceses expulsando os venezianos de volta para seu estado ao norte?

— Ao se aliarem ao papa, os franceses acham que consolidaram sua posição na Itália — disse Graziano. — Mas acabaram buscando acolhida na toca da raposa. Uma raposa muito ladina! Ele vai se virar contra eles.

— O santo padre quer a união — argumentou Felipe, devoto de crença tradicional — e, para isso, precisa expulsar ocupantes estrangeiros, desfazer repúblicas como Florença e instaurar governantes nas cidades-Estado que simpatizem com o papado.

— Ele traria os Sforza de volta a Milão? — perguntou o professor Della Torre.

297

— Acredito que sim — respondeu Felipe —, e daria Florença novamente aos Médici.

Além das dissecações, o Maestro ao mesmo tempo compilava cadernos de seus estudos sobre água e óptica. E trabalhava na pintura de Donna Lisa.
Visitou-a quando teve de voltar a Florença para resolver uma altercação com seus irmãos a respeito da herança de um tio. Não falou diretamente dessa disputa por um pedaço de terra, mas eu tinha ouvido Felipe mencionar para Graziano que o Maestro fora forçado a apresentar uma queixa. Uma coisa dessas não aconteceria com um filho legítimo. Foi assim que o estigma da bastardia o acompanhou na terceira idade.

Mas, quando esteve em Florença, descobriu que, na Via della Stufa, Donna Lisa dera à luz um menino saudável.

O menino foi chamado de Giocondo.

Assim, passamos o inverno em Pavia. E descobri que não foi apenas por seus estudos que o Maestro veio para a universidade; foi também para meu benefício. A biblioteca tinha livros magníficos e, sob sua orientação, comecei a expandir minhas leituras.

Um dia, quando preparava pena e tinta para ele desenhar os detalhes dos tendões do braço de um homem, ele me disse:

— Veja isso, que maravilha!

Não se referiu à sua requintada habilidade com o desenho. Não era de se vangloriar. Referiu-se, sim, à intricada e eficaz construção do corpo humano.

— O homem é uma máquina — disse —, uma belíssima obra de engenharia.

Lembrei-me da época das pernas de galinha em Perela. Ele pegou as pernas cortadas de um capão recém-abatido e, aos tendões, anexou pedacinhos de barbante fino. Paolo e eu as escondemos embaixo das mangas de nossas camisas e nos aproximamos silenciosamente de Elisabetta e Rossana. Encostamos esses tocos de pernas aos pescoços das meninas e puxamos os barbantes para fazer as garras se abrirem e fecharem. Elas gritaram de susto e saíram correndo para reclamar de nós com a mãe.

Eu não tinha percebido que essa brincadeira de criança podia ser uma aula prática de anatomia. Abri a mão diante dos meus olhos, entre minha vista e o sol. Através da pele consegui discernir a sombra mais escura dos ossos. Se fosse possível fazer uma luz forte o suficiente para iluminar através da carne, talvez não precisássemos dissecar para aprender o funcionamento interno do corpo em ação. Fechei os dedos sobre a palma da mão e tornei a esticá-los.

— Em que está pensando, Matteo?

Ele estava me observando.

— Em como consigo cerrar o punho sem pensar nisso. — Contei a meu senhor que, em Perela, costumávamos ir olhar o bebê Dario no berço. Quando queriam acordá-lo, as meninas colocavam o dedo menor na palma da mão dele. Mesmo dormindo, ele fechava os dedinhos automaticamente em torno do dedo delas. — Por que ele fazia isso?

— Acredito que seja uma reação instintiva. Deve servir para algum propósito no desenvolvimento da criança que seja necessário à sua sobrevivência. Mas — ele fez uma pausa — um teólogo diria que Deus o fez assim.

— Por que Deus fez isso assim?

Ele me olhou impressionado.

— Houve uma época, Matteo, em que você teria achado uma heresia fazer tal pergunta.

— Não vejo por que descobrir o verdadeiro significado das coisas seja errado.

— Há quem discorde. As pessoas têm medo de descobrir.

— Mas Deus não pode ter medo de Sua própria Criação — argumentei.

Meu senhor concordou com um movimento da cabeça.

— Não se Ele for a Verdade, conforme a Igreja alega que seja.

— Há uma lenda antiga que diz ter sido Prometeu quem forjou o homem a partir do barro. Mas ele foi punido por isso.

— Certo. Ele foi considerado um metalúrgico habilidoso e um alquimista.

— Como Zoroastro — falei.

299

— Isso. — Meu senhor soltou um suspiro. — Como Zoroastro. — E seu rosto se abateu, as linhas da testa e da boca delinearam a tristeza em sua expressão.

Nunca o vi como um velho. Seu rosto, especialmente seus olhos, estavam sempre vivos, cheios de interesse ou de intenção enquanto sua mente vasculhava alguma questão. Quando trabalhava — pintava ou esculpia ou escrevia —, a concentração trazia um refinamento para seus traços como se aquela genialidade pujante energizasse seu ser. Mas, ante a menção do amigo que pereceu de forma tão cruel em Fiesole, percebi que ele estava envelhecendo.

— Acha que um dia saberemos como consertar até mesmo esses ferimentos mais graves?

— Talvez — disse ele. — Mas agora estou cansado, Matteo. Deixe-me descansar.

Na manhã seguinte, levantei-me cedo para estudar meus livros. O dia estava escurecendo mais cedo agora, e eu precisa aproveitar ao máximo as horas de luz do sol. Sentei-me num pátio interno, enrolado numa coberta para me abrigar do frio matinal, quando Graziano me encontrou.

— O correio acaba de trazer algumas encomendas. Há uma carta para você.

Quando estiquei a mão para pegá-la, vi na parte de fora uma letra que reconheci. Era uma carta de Elisabetta dell'Orte.

Cinquenta e dois

Meu querido Matteo,
Escrevo para lhe dizer que meu tio está muito doente. Caiu no campo onde estava trabalhando um dia desses. Paolo tinha ido ao mercado em Milão, e eu estava ocupada com os serviços da casa. Meu tio não conseguiu se mexer ou gritar por socorro, de forma que deve ter ficado lá um bom tempo. Só descobri o que tinha acontecido ao ver que ele não voltava para a refeição do meio-dia e resolvi ir procurá-lo, quando então o descobri caído no chão. Logo vi que não poderia levantá-lo sozinha, de forma que corri para a fazenda de Baldassare. Ele trouxe um cobertor, e os dois juntos conseguimos empurrar meu tio fazendo-o rolar para cima dele, arrastando-o depois até a casa.
Meu tio perdeu o uso dos membros de um lado e mal consegue se fazer entender quando fala, de forma que precisa fazer sinais para indicar o que quer. Baldassare tem sido muito bom conosco e pagou para que um médico viesse vê-lo. O médico fez duas sangrias no braço do meu tio. Isso não ajudou em nada; acho até que o deixou mais fraco. Estou colocando compressas quentes nele e dando-lhe de comer caldo de cevada e grogue de leite com preparados de camomila e valeriana. Não sei mais o que fazer para ajudar na recuperação do meu tio ou proporcionar-lhe alívio do desconforto que está passando.

Matteo, suponho que você tenha conhecimento da arte das ervas e medicamentos e peço que me aconselhe quanto ao melhor método para ajudá-lo.

Sei que estará ocupado com seus estudos e tem pouco tempo fora de suas atividades, de forma que compreendo que não possa me responder de imediato.

Sua irmã e amiga querida,
Elisabetta

Levei a carta para meu senhor e esperei enquanto ele a lia.

— Com sua licença — falei quando ele terminou —, eu gostaria de perguntar a Messer della Torre se ele tem algum conselho a dar quanto a esse assunto.

Ele não respondeu mas foi até uma prateleira e tirou uma pilha de papéis. Folheou-os devagar até encontrar alguns desenhos.

— Tome aqui, Matteo. Estude este desenho.

Olhei para a página que ele me mostrou.

— Você estava comigo quando fiz essa dissecação? Foi num velho de 100 anos ou mais, que morreu no hospital de Santa Maria Nuova em Florença. — O Maestro abriu um caderninho que estava amarrado com os papéis. — Anotei algumas das minhas observações aqui. As artérias do homem tinham se afinado e murchado. É evidente que, como canais assoreados, isso deve obstruir o fluxo.

— Igual a Humberto, o velho que o senhor dissecou no necrotério em Averno?

— Isso — ele confirmou. — E esse ataque que o tio de Elisabetta sofreu é um mal que os homens sofrem à medida que vão envelhecendo — prosseguiu — e, se o fluxo de sangue ficar impedido, algumas das funções do corpo também podem ficar abaladas.

O desenho que ele me mostrou não foi o de uma dissecação que eu tivesse presenciado. Ele deve tê-la feito quando voltou de Milão para Florença para acertar a questão da sua herança. Percebi que o método de ilustrar suas dissecações havia progredido. Havia mais de um aspecto de cada órgão, de forma que ele pudesse ser visto de todos os lados.

Inconscientemente coloquei a mão em meus próprios braços. Senti os tendões, os nervos, e até mais fundo que isso. Sob minha pele, havia as camadas que ele desenhara. Seu esboço foi fruto de muitíssimas horas de anatomia e resultado direto de fazê-la ele mesmo, e não do costume vigente de deixar que um barbeiro fizesse as incisões e um médico retirasse os órgãos.

— É preciso olhar e ver você mesmo, Matteo — explicou. — Alguns dos meus exames refutam o texto da sabedoria percebida. Quando não se questiona, um erro é passado adiante incólume para o estudioso seguinte.

— Suas observações podem nos ajudar a compreender melhor por que isso ocorre.

— Você sempre busca o "porquê", não é mesmo, Matteo?

Meus olhos captaram seu olhar enquanto ele falava, e imaginei que estivesse olhando para mim com orgulho. Mas o momento foi fugaz, de forma que fiquei sem saber ao certo.

— Então, por que esse homem está afetado apenas num dos lados? — murmurou consigo mesmo. — Por que será?

Ele fez algumas anotações na margem do papel, uma instrução para si mesmo: *Perguntar sobre isto.*

— O que mais poderia ser? — continuou cismado. — O que mais daria os sintomas que Elisabetta descreveu na carta? Uma convulsão? Conhecemos outras doenças ou condições que se apresentam assim. Há exemplos, inclusive, na Antiguidade: Júlio César teve a doença das quedas. Mas — virou-se para mim e disse: — você conheceu esse tio de Elisabetta dell'Orte. Ele apresentava alguma condição que você tenha reparado?

Balancei a cabeça.

— Que idade ele tem?

— Mais ou menos 60, talvez mais. É difícil dizer. Estava tão castigado pelo trabalho a céu aberto a vida inteira!

— Como era no trato com as pessoas?

— Brusco.

— Mal-humorado?

— Um pouco... — hesitei. Pensei em como se adquire uma reputação na vida: um por preguiça, outro por ganância. Mas às vezes é por causa da má-vontade dos outros que um homem recebe certo mantel sobre os ombros. Na verdade, não vi evidência alguma do tio de Elisabetta ter mau humor. Seu rosto se desmanchava toda vez que ele olhava para ela. Talvez ela lhe trouxesse a lembrança da irmã morta, a mãe de Elisabetta. Ele tinha a reputação de ser irritadiço, mas agora eu tentava enxergá-lo através dos olhos da sobrinha. Era solitário, estava velho, trabalhava muito e se impacientava com quem não o fazia.

— Vejo que está ponderando sobre minha pergunta, Matteo — disse meu senhor. — E é correto fazê-lo. Toda informação é relevante para a cura do corpo.

— O senhor acha que talvez a doença estivesse avançando e por isso ele era brusco? Não seria apenas o humor dele?

— Sim e não — respondeu meu senhor. — Todas as coisas têm causas. Então, até mesmo o humor dele talvez tivesse sua causa em alguma doença do corpo. Cesare Borgia, homem carnal e lascivo, sofria muito com o que chamam de doença francesa. Ela não só dá furúnculos e pode levar à morte como também tem, quero crer, um efeito prejudicial sobre o cérebro e, portanto, sobre a forma de uma pessoa agir, chegando até a acessos de loucura.

Ele me olhou com intensidade.

— Lembre-se sempre disso, Matteo. Você está numa idade em que irá começar a formar laços românticos. Relacionamentos ocasionais são repletos de perigos os mais variados.

Fiquei encabulado, mas ele não percebeu. Havia se afastado da emoção do momento e voltado a se debruçar sobre seus croquis. Percebi que, mesmo sob perigo extremo ao trabalhar para *Il Valentino*, ele observara e anotara a aparência e o comportamento de Cesare Borgia. Mas agora sua mente se concentrava nos desenhos que tinha diante de si. Havia uma diferença aqui em torno da maneira como ele e eu víamos os eventos. Embora eu igualmente analisasse a razão para a doença do tio dela, eu também via Elisabetta correndo pela grama molhada da chuva. O vento batendo contra ela, a bainha do vestido encharcada enquanto ela e Baldassare tentavam arrastar o velho para um abrigo.

O Maestro me deixou, mandando-me continuar com o trabalho e dizendo-me que trataríamos dessa questão mais tarde.

Tive dificuldade para me concentrar. A passagem de Petrarco que eu achara interessante não conseguia mais reter minha atenção. Minha mente se voltava a toda hora para a carta de Elisabetta. Se ao menos minha avó estivesse viva! Ela saberia os melhores remédios para a condição do tio de Elisabetta. Eu a vira atender idosos em condições parecidas. Lembrei-me dela no imenso acampamento cigano em Bolonha, onde o líder de um dos maiores bandos perdera o uso dos membros e a visão de um olho. Assim que soube que estávamos na área, a família mandou buscar minha avó para cuidar dele, e ela se debruçou sobre o livro de receitas, buscando formas de atenuar os sintomas. *O livro de receitas de minha avó!* Ainda estava enterrado na caixa de madeira em algum ponto ao norte de Bolonha. Eu tinha certeza de que conseguiria achar o lugar onde se encontrava. Mas, mesmo que conseguisse, ficava longe demais para que eu pudesse ir lá desenterrá-lo para procurar alguma coisa que ajudasse Elisabetta. Ainda me debatia com esses pensamentos e meus estudos quando, cerca de uma hora mais tarde, Felipe veio me procurar.

— Matteo, o Maestro falou comigo e me deu instruções a seu respeito. — Ele me entregou um pacote. — Há remédios da farmácia do hospital universitário aqui dentro, com instruções de uso.

Olhei para ele, surpreso. Não tive tempo de procurar Marcantonio della Torre para pedir seu conselho.

Felipe continuou falando.

— Seu senhor lhe deu licença para parar com seus estudos e ir visitar seus amigos, a família dell'Orte. Falei com o ferreiro na cidade. Ele vai lhe dizer como chegar à estrada que leva à fazenda deles a partir daqui. Seu senhor vai pagar pelo aluguel de um cavalo para você durante alguns dias, Matteo, para que você leve esses remédios e visite Elisabetta e Paolo.

Eu me pus de pé imediatamente.

— Eu gostaria de lhe agradecer — gaguejei.

305

— Não me agradeça — disse Felipe. — Agradeça a seu senhor, quando voltar.

Peguei o pacote das mãos dele.

— Vá. Vá logo. — Felipe fez um gesto com a mão pendendo na minha direção. — Há um cavalo à sua espera no ferreiro. Preste atenção na estrada e viaje em segurança.

Cinquenta e três

Para ir de Pavia até Kestra, precisei fazer um círculo ao sul da cidade de Milão e pegar a estrada através da cidade de Lodi.
Eram as estradas menos percorridas pelos militares e, portanto, mais agradáveis. A Lombardia é um pouco diferente da Toscana, mas, ao sair de Lodi e rumar para o sul pelo vale do rio Pó, a paisagem não é menos bela. Minha rota passava por um entalhe profundo na terra onde havia rochedos escarpados e pequenos penhascos. Passei por uma garganta onde retumbava o barulho da água correndo. Fora num lugar assim, embaixo de uma cachoeira, que eu havia sido atraído para a vida que vivia agora. Afastei-me de lá, seguindo as instruções do ferreiro em Pavia, e cheguei a uma estrada que subia até a fazenda do tio de Elisabetta vinda do sul.

Pude ver logo que a mão do dono não andava por aquele lugar. A grama estava alta demais, e as galinhas corriam soltas pelo quintal.

Ninguém veio me receber.

Elisabetta estava lá dentro cuidando do tio. Baldassare, o fazendeiro vizinho, também estava ali. Haviam sido colocadas duas cadeiras ao lado da cama no quarto do doente. E lá estavam sentados Baldassare e Elisabetta, alternando-se nos cuidados com o paciente, dia e noite. O velho estava todo murcho, não era mais o mesmo. Lembrou-me um dos grotescos que o Maestro desenhava. Sua sobrancelha estava caída, os lábios retorcidos para um lado, o rosto horrivelmente contorcido.

Ainda assim, Elisabetta cuidava dele como se aquilo não lhe causasse repugnância. Quando entrei, levou a mão à testa dele.

— Tio — falou em voz alta e clara —, Matteo está aqui para vê-lo.

O velho não se mexeu na cama.

Elisabetta encaixou um travesseiro embaixo da cabeça dele para recliná-lo um pouco.

— Ajude-me aqui, Baldassare, por favor, para colocar meu tio sentado.

O tio resmungou e gemeu durante a movimentação. Baldassare falou com ele de forma reconfortante, e seu olhar pareceu desanuviar-se um pouco. Ele me fitou com o olho bom e tentou falar alguma coisa, e um fio de saliva escorreu por seu queixo.

— Está vendo? — declarou Elisabetta entusiasmada. — Ele o reconheceu, Matteo.

— Tio — ela se inclinou para a frente —, Matteo trouxe remédios mandados pelos melhores médicos. Dos amigos do próprio Leonardo da Vinci! Descanse agora que vou preparar uma infusão para você.

— Preciso lhe dizer, Elisabetta — falei, ao deixarmos Baldassare tomando conta do tio dela no quarto —, que o melhor que podemos fazer é deixar seu tio confortável. O uso de ervas pode ajudá-lo, mas ele tem um mal que talvez não o deixe.

Caminhamos até o pátio da estrebaria.

— Acho que isso deveria ser de esperar — disse ela. — Ele está velho.

Percebi que havia outra coisa a perturbá-la.

— Onde está Paolo? — perguntei.

— Nas tavernas de Lodi.

— Ah. — Esperei um instante.

— Ele passa tempo demais lá, em má companhia. Estou temerosa por ele.

Comecei a retrucar, mas fomos interrompidos por um visitante. Um homem de aparência arrogante cavalgara até o pátio e apeara. Olhou para a casa e dirigiu-se para o celeiro. Chamei-o para indagar a razão da visita e o seu nome.

— Sou Rinaldo Salviati. Soube que o dono daqui está doente — falou ele — e vim ver a propriedade com a intenção de comprar.

— Não há nada à venda por aqui — falou Elisabetta, enraivecida.

— Mas em breve pode haver, pelo que eu soube. — Ele se aproximou de nós. — Você deve ser a garota, conhecida como Elisabetta. — E botou olho em cima dela. — Eu não sou casado. Poderia fazer uma oferta para que você venha incluída na propriedade.

Cerrei meu punho e saltei na direção dele.

Eu nunca tinha atingido ninguém com seriedade antes. O nariz dele explodiu. Saiu muito sangue, e ele uivou de dor, mas obtive tamanho grau de satisfação ao ver isso que fiquei assustado. A sedução do poder de um homem sobre outro.

Ele montou ligeiro no cavalo, deu um solavanco nas rédeas e partiu pela estrada afora.

— Ora, Matteo — disse Elisabetta. — Se eu quiser arranjar um partido neste distrito agora, você praticamente arruinou minhas chances.

— Se aquela era sua melhor oferta de casamento, então estão todas arruinadas.

— Foi a única, Matteo. Você sabe que a história do meu infortúnio em Perela é de conhecimento público; portanto, para mim, qualquer oferta de casamento deve ser considerada.

Suas palavras faziam sentido. É claro que a história de Perela seria conhecida de todos! Esse homem a quem eu havia socado talvez fosse o único preparado para passar por cima do fato.

— Sinto muito... — comecei a dizer.

E logo vi que ela estava rindo.

— Eu preferiria a morte embaixo de um monte de esterco a um casamento desses — disse. — Se pudesse acertar-lhe um soco, eu mesma o teria feito.

Comecei a rir com ela.

— Estou surpreso de ver que você não o esbofeteou.

— Que bom rir! — falou ela. — Faz tanto tempo que não rio!

Ela agarrou meu braço.

— Vamos colher frutas — disse.

— Nesta época do ano?

— Venha comigo.

— Seu tio — falei. — Vamos deixá-lo?

— Baldassare tem sido um companheiro fiel nas duas últimas semanas. Confio nele plenamente. — Ela me empurrou na direção do portão lateral que dava para a campina. — Agora, Matteo. Agora.

Ela pegou minha mão.

— Vamos correr — disse.

Nós corremos, corremos, corremos, até não podermos mais.

— Estou sentindo uma dor aqui do lado — falou ela com a respiração ofegante.

Eu me virei de frente para ela. Quis beijá-la. Não por se tratar de Elisabetta, mas de uma mulher, bonita, resplandecente, e meu sangue estava quente, e era verão, e fazia calor, e...

Peguei-a pelo pulso e a fiz correr um pouco mais ao meu lado.

Chegamos à margem do rio. Havia um salgueiro grande recobrindo até a beira da água. Entramos sob sua sombra, sob a verde tenda dos galhos baixos, onde estava fresco, e nos deixamos cair sobre a grama, sem fôlego.

Ficamos ali deitados, arfando. Por alguma razão que não pude entender, formaram-se lágrimas nos meus olhos. Coloquei a mão sobre o rosto e busquei estabilizar minha respiração durante alguns minutos. Girei o corpo e fiquei de lado para poder olhar para ela.

Estava dormindo.

Qual um bebê, ela adormecera. E parecia com seu irmão caçula, Dario, quando ele uma vez adormeceu com os bracinhos erguidos para cima da cabeça.

Em Florença e Milão, já vi muitos quadros de mulheres — damas com os olhos voltados para baixo, mulheres nuas, meninas bonitas e cortesãs: imagens da feminilidade geradas pelos melhores artistas do momento, de deusas a virgens. Mas não há o que se compare com estar perto de uma mulher dormindo — um ser vivo, respirando, a sombra de seus cílios, as maçãs do rosto com um suave tom rosado, a boca sinuosa com os lábios levemente abertos. Fiquei olhando para Elisabetta durante um bom tempo, depois fui me sentar à beira do rio, correndo os dedos pela superfície da água.

Quando voltamos, Baldassare estava no pátio. Ajudava Paolo a descer do cavalo. Paolo titubeou e cambaleou assim que desmontou.

— Meu irmão! — gritou ele, acenando descontroladamente com os braços.

— Paolo. — Estiquei o braço para firmá-lo.

Ele olhou para meu rosto.

— Meu irmão Matteo — disse.

Seus olhos pareciam brasas acesas no meio da cabeça.

— Eu já tive outro irmão. Mas ele morreu.

— Eu sei — retruquei baixinho.

— Eu o matei.

— Não matou, não.

— Matei, sim. Minha covardia os matou, a todos.

— Não, não, Paolo — Elisabetta o repreendeu. — Não havia como evitar o que aconteceu em Perela.

— Havia, sim.

— Não — insistiu ela. — Não havia o que fazer, ninguém poderia ter feito nada para nos salvar.

— Mas eu fui um covarde — disse ele. — Devia ter ao menos tentado.

Elisabetta balançou a cabeça; porém, não falou mais nada. Apenas olhou para Baldassare. Ele deu um passo para a frente e, passando o braço por baixo do ombro de Paolo, começou a convencê-lo a ir para casa se deitar. Pela forma como eles se comunicavam através de olhares, percebi que ele já estivera aqui antes para ajudar e me dei conta de que Paolo estava criando o hábito de voltar para casa em péssimas condições.

Mas Paolo se desprendeu de Baldassare e voltou para mim antes que eu montasse em meu cavalo para partir na longa jornada de volta a Pavia.

311

Ele aproximou a cabeça da minha, e seus olhos ardiam com um fervor estranho.

— Em breve — disse ele, e suas palavras foram claras e distintas —, em breve, será meu momento da desforra.

Cinquenta e quatro

Voltei a Pavia pela mesma rota que viera.
Havia movimento de tropas nas estradas principais indo para o norte: soldados em marcha acompanhando carroças de suprimentos. Quando percebi uma coluna ao longe, tirei o cavalo da estrada e tomei um atalho a oeste para evitá-la, voltando para a estrada num ponto mais adiante. À medida que fui me aproximando de Pavia, mensageiros, principalmente nas cores francesas, passaram por mim cavalgando suas montarias em ritmo acelerado. Na orla da cidade, havia um grupo de mercenários sentados à beira da estrada enquanto seus cavalos pastavam ali por perto. Eles se levantaram quando me viram, e seu mal-encarado capitão *condottiere* ficou olhando para mim e para meu animal enquanto eu me aproximava. O homem ergueu uma das mãos e fez sinal para eu ir ter com ele.

— Ôa! Venha aqui — gritou. Ergueu uma taça de vinho incrustada de joias para me mostrar. — Fartas colheitas para quem anda conosco. Ouro! E mulheres, quantas quiser! Uma vida de aventura para um jovem de boa saúde como você, num ótimo alazão. Venha se juntar a nós.

Retornei a saudação com brevidade e balancei a cabeça. Estava satisfeito por já conseguir enxergar as torres da cidade e instiguei minha montaria.

Embora já fosse hora do jantar, as ruas de Pavia estavam movimentadas, e eu entrei pela Ponte Coperto seguindo ao longo do rio. Ao chegar à universidade, encontrei muitos alunos se despedindo e indo embora, e Felipe fazendo nossas malas.

313

— Parece que o papa virou-se contra os franceses — contou Felipe — e se aliou aos venezianos.

— Os venezianos! — exclamei. — Mas o papa não via Veneza como inimiga?

— Só quando eles estavam devorando a România — disse Felipe. — Veneza agora concordou em se retirar das cidades que o papa alega serem dele.

— Os franceses vão se sentir traídos — falei. — Você acha que até o papa Julio se arriscaria a invocar a raiva do rei Louis?

— Pois é o que parece. — Felipe deu de ombros. — De qualquer forma, Pavia está muito vulnerável. Fica na principal rota norte-sul e, apesar de todas as torres de vigia, não tem fortificações suficientes para se defender adequadamente. Estamos voltando para Milão.

— O que vai acontecer com os franceses no castelo de Milão? — perguntei.

Felipe abriu as mãos espalmadas para cima.

— Não sei.

* * *

O clima em Milão era de tensão.

Nisso a cidade refletia o estado de espírito do país. Os governantes das cidades-Estado na Itália temiam os exércitos papais e achavam que deviam se submeter às ordens do papa. Somente Ferrara levantou a voz em oposição. O duque Alfonso declarou que a família d'Este não pagaria dízimos para Roma e que ele não toleraria interferências na sua forma de governar. Dizia-se que uma das razões pelas quais Ferrara mantinha sua coragem era que Lucrezia Borgia era vista por seu povo como a duquesa indômita que não entregaria seu território a qualquer intruso. Ela se juntou às demais mulheres para construir barricadas nas muralhas.

Mas eram os franceses que se encontravam sob a ameaça mais imediata. O papa Julio havia declarado que a Itália precisava se livrar de todos os estrangeiros. Referira-se aos não italianos como bárbaros.

Bárbaros! Os franceses? Pensei na elegância e requinte de sua corte. Nos modos refinados do capitão francês, Charles d'Enville, para com Elisabetta quando a conheceu, beijando-lhe as mãos calejadas pelo trabalho na fazenda. Os franceses não aceitariam ser chamados de bárbaros.

Um dia encontrei Charles andando perto da saída do castelo pela Porta Tosa. Estava ficando menos comum os soldados franceses serem vistos desfrutando de seu tempo livre nas ruas, e, quando isso acontecia, os cidadãos passaram a repudiá-los. Mas eu gostava de Charles. Ele manteve a promessa e escrevia de vez em quando para Elisabetta, mandando inclusive um presentinho de agradecimento depois de ter almoçado na fazenda. Eu não hesitava em falar com ele.

— Como o papa pode resistir ao seu exército? — perguntei-lhe. — É o mais poderoso na Europa.

— Ele vai usar os suíços — respondeu Charles. — São os melhores mercenários; afinal, é o modo de vida deles. Sobrevivem aos invernos mais rigorosos oferecendo seus homens para aluguel. O papa reconhece isso, pois foi de suíços que ele formou sua guarda pessoal no Vaticano.

Eu sabia muito pouco das coisas militares, mas me parecia que a França era muito maior que a Suíça. Haveria, portanto, mais soldados e mais dinheiro para pagá-los, e eu disse isso a Charles.

— Você se esquece do reino de Nápoles — retrucou ele. — Está cheio de soldados espanhóis. Se o papa Julio lhes pedir ajuda, os franceses e qualquer um que resista ficarão cercados.

— Você não tem medo?

— Certamente que sim. Mas me sinto vivo quando estou em guerra, Matteo. É a vida para mim, o que não é seu caso. — Ele fez uma pausa. — Se bem que Paolo gostaria de fazer de você um soldado. Sabia disso?

Confirmei.

— Ele veio me visitar no quartel para falar comigo e com meu oficial comandante. Perguntou se não contrataríamos homens para integrar as fileiras.

— Ele não deixaria Elisabetta sozinha cuidando do tio — falei.

No estúdio do Maestro em San Babila, a discussão durante as refeições em geral era sobre política, mais acaloradamente agora com relação ao mérito das ações do papa Julio.

— Ele está cuidando da segurança da Itália — declarou Felipe.

— Mas sua chama está se apagando — disse Graziano. — Ele está ficando velho. O guerreiro está fraquejando.

— O que pode torná-lo mais precipitado — observou meu senhor.

O brazão dos Sforza começou a aparecer manchado nos muros de Milão. Havia quem apoiasse a causa do filho do duque Ludovico, agora no exílio desde que os franceses haviam deposto seu pai. Um soldado francês foi esfaqueado e três homens executados pelo crime. A guarnição francesa estava desconfiada de sofrer um corte nos suprimentos. O papa Julio avisara aos suíços para saquearem o norte da Itália numa tentativa de romper a linha de comunicação entre a França e seus soldados.

Ajudei Francesco Melzi a desfazer nossa bagagem de Pavia. Ele olhou maravilhado para as ilustrações das anatomias. Quando viu quantos havia, soltou um suspiro imenso de brincadeira e disse:

— Quando vocês foram, levaram duas caixas; agora voltam com quatorze!

Ele falou com Felipe.

— Meu pai tem uma casa em Vaprio, na encosta do Adda. Seria um lugar mais seguro para guardar os originais do Maestro. E se as coisas chegarem a ponto do desespero aqui, sei que ele ofereceria hospitalidade ao Maestro.

Enquanto escutava essa conversa, eu pensava no que seria de mim se isso acontecesse.

Naquela noite, Felipe me chamou para uma conversa. Ele estava sentado à mesa e suas palavras foram bastante diretas.

— Matteo, sei que você se dedicou aos estudos em Pavia. E nosso senhor diz que você parece achar interessantes as anatomias. É verdade?

— Nem tanto a realização em si — respondi sinceramente. — Mais a informação que se obtém observando enquanto são executadas e a compreensão que elas nos dão sobre o corpo humano.

— Então — prosseguiu ele —, você estaria inclinado a aprofundar esses estudos se fosse possível se inscrever na universidade lá?

Meu coração começou a bater forte.

— Não vejo como isso seja possível.

Felipe fez um muxoxo de desagrado.

— Não cabe a você, um menino, dizer se é possível ou não.
— Desculpe — falei —, eu só quis dizer...
— Faça-me a bondade de responder a minha pergunta.
— Se fosse possível — falei rapidamente —, eu gostaria muito de estudar na universidade de Pavia.
— Então, fique sabendo o seguinte. O professor Marcantonio della Torre concordou, como um favor para o nosso senhor, em deixar você frequentar as aulas dele. Quando o próximo período começar, ele será seu tutor e vai tomar as providências para você se matricular em Pavia.

Senti vontade de correr até o Maestro e me jogar de joelhos para agradecer-lhe por aquilo e contei isso a Felipe.

— De fato — retrucou ele —, acho que foi por isso que o Maestro pediu que fosse eu a lhe contar essa boa-nova para impedir uma coisa dessas. Você poderá pagar-lhe o favor se esforçando bastante. Agora, acho que o assoalho do estúdio precisa da sua atenção.

Peguei a vassoura assim que Felipe deixou o cômodo. Eu já havia varrido o chão, mas não consegui pensar em nada melhor a fazer do que varrê-lo de novo.

Alguns dias depois, Charles d'Enville veio me ver. Tinha ordens de partir. Os franceses haviam concordado em enviar forças para ajudar Ferrara.

— Cuidado quando sair às ruas — disse-me. — A cidade já não é mais um lugar seguro.

— Você vai para a guerra novamente — falei.

— Espero que sim — respondeu, com um olhar animado. — Detesto ficar à toa esperando pela ação. É melhor estar no campo de batalha, fazendo o que sei fazer melhor.

— O papa tem muitas divisões para trazer — relembrei.

Charles riu.

— As tropas francesas não estão desanimadas. O papa que traga quem ele quiser, os espanhóis de Nápoles, os venezianos, os suíços e todos os seus exércitos papais. Temos o líder mais brilhante, sobrinho do próprio rei, Gaston de Foix. — Ele me abraçou. — Espero que tornemos a nos encontrar — falou.

* * *

Um estado de espírito estranho se abateu sobre Milão. Um meio-termo entre expectativa e medo. Em algumas áreas, o comércio já diminuía. Até as cortesãs que trabalhavam pelas ruas não buscavam mais a companhia dos soldados. Se os franceses se retirassem completamente, haveria represálias contra aqueles que foram amistosos com eles. Dentre os que ainda não haviam se retirado dos negócios estavam os boticários e, lembrando-me da promessa que fiz a Elisabetta de encontrar uma forma de escoar sua produção, fui até a loja mais próxima.

Logo cheguei a um acordo com o dono.

— Os negócios podem diminuir de intensidade, mas não vou fechar nunca — disse o velho. — Algum tipo de exército vai voltar. Francês ou italiano, vitorioso ou derrotado, haverá feridos. E é claro que os exércitos sempre trazem a varíola. Pagarei por qualquer erva que me tragam.

Consegui escrever para Elisabetta contando-lhe isso.

Então, pouco antes da Páscoa, recebi uma carta dela. Escrevia para dizer que o tio morrera: *"Matteo, eu pediria que você me visitasse nesta ocasião."*

A necessidade dela deve ser urgente. Jamais me pedira nada antes.

Os cavalariços estavam nervosos. A guarnição francesa pressentia traição, e o castelo estava se preparando para um ataque. O comandante se retirara com os oficiais para a área interna de Rocchetta, onde havia mais segurança. Só com muita dificuldade e na base da amizade pessoal foi que consegui alugar a égua castanha para me levar à fazenda de Kestra.

O tempo estava funesto, com ventos gélidos soprando das montanhas. Eu sabia que precisava trazer o cavalo de volta ao escurecer, de forma que não parei para olhar o entorno quando passei pelo local da estrada onde cruzáramos com o acampamento cigano no último verão.

Meus pensamentos se concentravam em Elisabetta e no pedido em sua carta.

Assim, não percebi o homem que observava à espreita entre as árvores do bosque.

Cinquenta e cinco

Na fazenda havia sinais de abandono por todo lado. As ovelhas tinham invadido as plantações, e valiosos implementos agrícolas jaziam largados pelos cantos. Dentro da casa, Elisabetta e Paolo estavam sentados nas cabeceiras opostas da mesa da cozinha. Parecia que tinham brigado.

Paolo se pôs de pé imediatamente quando entrei.

— Finalmente! — gritou. — Alguém que possa fazer minha irmã raciocinar.

Olhei para um e depois para o outro. Eles não eram como a maioria dos irmãos e irmãs; praticamente nunca brigavam. Haviam sofrido demais na vida para permitir que discórdias triviais se interpusessem entre eles. Precisaria ser algo sério para perturbar sua harmonia.

Paolo fez sinal para eu me sentar.

— Acabo de contar a Elisabetta meus planos sobre o dinheiro do meu tio. Encontramos uma pilha de cédulas que ele havia escondido embaixo da cama, o velho sovina!

— Ele não era sovina; era um homem cuidadoso — Elisabetta contradisse o irmão. — Se fosse sovina, não nos teria acolhido e alimentado e vestido.

— Nunca me dava dinheiro quando eu pedia — teimou Paolo.

— Porque achava que você ia desperdiçar com bobagens — falou Elisabetta calmamente. — E o dinheiro que ele guardou é necessário para pagar impostos e obrigações da propriedade.

— É o suficiente para eu ter meu próprio grupo de homens armados — continuou Paolo empolgado. — Posso me tornar um capitão *condottiere* e então nós nos aliaremos aos franceses. Eles vão lutar contra o papa. Foi por causa da expansão papal que eu perdi minha família e agora tenho a chance de estragar os planos do papado.

— O papa está na terra como vigário de Cristo — ressaltou Elisabetta. — Você não deve ir contra os desejos dele.

— O rei Louis declarou que o papa é um líder espiritual e não pode interferir em nenhum assunto mundano — disse Paolo.

— Seria conveniente para o rei Louis imobilizar a única pessoa capaz de unir os italianos — falei, repetindo uma observação feita por Felipe.

Mas Paolo tinha encontrado um canal para sua raiva e uma forma de expiar sua dor.

— Já fiz meus planos. Comprarei armas e pagarei aos meus homens. Serei conhecido como *condottiere* Dell'Orte. Usaremos túnicas negras com uma faixa vermelha jogada ao peito na diagonal do ombro à cintura. Por essas faixas, seremos conhecidos e temidos. *A Bande Rosse*. Está vendo, Matteo? Já comprei o tecido e pedi a Elisabetta que costure as faixas para nós.

Olhei para onde Elisabetta estava sentada. Havia uma tesoura e um rolo de seda tingida de carmim na mesa à sua frente. Ela fez um pequeno gesto com as mãos, mostrando-se desamparada.

— Quem virá se unir a você? — perguntei a Paolo.

Ele se esticou por cima da mesa e segurou as minhas mãos nas dele.

— Você será o primeiro, é claro, Matteo. É o que sempre quisemos. O que juramos fazer juntos na montanha acima de Perela. Você se lembra? Ainda tenho a espada do meu pai e vou empunhá-la. Meu bando vai lutar contra os exércitos papais. É assim que tirarei minha desforra. E você será meu braço direito, meu fiel tenente.

Olhei para Elisabetta. Ela não respondeu, só deixou cair a cabeça para evitar meu olhar. Percebi seu cabelo, as tranças delicadas cuidadosamente enroladas na base da nuca.

— Preciso cuidar de alguns afazeres no celeiro. Depois que você tiver conversado com Elisabetta, venha ver o que já preparei. — Paolo se levantou e saiu.

Depois da saída dele, o ambiente ficou em silêncio. Em seguida, eu falei:

— Você poderia se recusar a ajudá-lo.

Ela levantou a cabeça, e seu olhar se encontrou com o meu.

— Como poderia fazer isso? Ele sofreu uma humilhação tão grande em Perela que quase o matou. A bem da verdade, há ocasiões em que chego a pensar se não teria sido melhor ele ter morrido ao lado do meu pai.

— Seu pai mandou que ele se escondesse.

— Acho que meu pai realmente acreditava que aqueles homens não violariam sua esposa e suas filhas.

— Aqueles bandoleiros eram uns brutos sem princípios.

— Sim. Você e eu sabemos disso, Matteo.

Meu coração bateu forte ante o choque das palavras dela. O que queria dizer com *"Você e eu* sabemos disso"? Olhei para ela, mas Elisabetta já havia desviado o olhar e fitava qualquer coisa do lado de fora da janela.

— Daqui posso ver os cumes distantes das montanhas — disse —, embora ache que não são as mesmas que víamos de nossa fortaleza em Perela.

Em seu temor do porvir incerto, ela se recordava da infância, buscando as lembranças queridas para lhe trazer confiança.

— Não sei o que será de mim — disse. — Paolo já tomou empréstimos dando como garantia a propriedade. A fazenda é boa, mas precisa de cuidados.

— Há homens que ganham a vida sendo contratados por exércitos e nobres — falei com delicadeza.

— Sim, mas não é a vida que meus pais desejariam para Paolo. A fazenda requer muito trabalho, mas é suficientemente lucrativa...

Sua voz sumiu. Ela sabia que Paolo jamais se satisfaria em trabalhar e viver como fazendeiro.

Tentei mais uma vez.

321

— Há homens que podem fazer as duas coisas — disse. — A cidade de Florença, aconselhada por Niccolò Machiavelli, tem seu próprio exército de cidadãos, recrutados, armados e pagos pelo Estado. Pareceria uma opção mais sensata. Significa que cada pessoa tem um interesse a preservar em lugar de atender a seus interesses próprios.

— Rá! — disse Elisabetta. — Vamos ver o que acontece se esse grande exército de cidadãos for colocado à prova. Contra homens que só pensam em matar, de que servem fazendeiros, artesãos e operários?

— Eles são treinados — persisti. — Têm seu uniforme próprio.

— Certo — concordou Elisabetta. — Dê um uniforme a um homem — ela ergueu a faixa vermelha que estava costurando para o irmão —, vista-o com uma libré impressionante, com uma bela pluma no chapéu e uma alabarda na mão, que ele marchará para qualquer lugar ao som dos tambores. Mas nós sabemos o que acontece depois. O capitão francês Charles d'Enville contou a verdade quando nos disse que há pouca glória na batalha. Pois muitos homens nos exércitos não passam de meros criminosos comuns das ruas que ganham a liberdade de saquear, matar, ultrajar, roubar e assassinar. Será *esse* o futuro do meu irmão, ficar na companhia de gente assim. — Rolaram lágrimas de seus olhos e ela se levantou aflita. — Meu irmão não tem vida sem seu propósito e vai morrer se não se tornar um capitão *condottiere*. Mas, caso se torne um, eu também o terei perdido certamente de uma forma muito pior! — E desatou a chorar.

Suas lágrimas caíam sobre a seda vermelha. Formaram-se grandes manchas úmidas no tecido.

Levantei-me e fui até onde ela estava.

— O tecido — falei. — Vai estragar.

Estiquei a mão para tirá-lo dali e, de repente, sua cabeça estava no meu ombro e seu rosto perto do meu. Senti suas lágrimas, cálidas, quando ela apertou o rosto contra meu pescoço. Parecia afundar sobre mim, e precisei segurá-la com mais firmeza. Seu cabelo se desenrolou um pouco, e o peso da trança se apoiou todo sobre meu pulso e braço, e ela ficou ali descansando alguns instantes até que ouvimos Paolo me chamar de onde estava no pátio.

Tive de ir inspecionar os cavalos, as armas e armaduras que ele havia providenciado. Havia um bom arcabuz, algumas espadas e escudos já um pouco surrados.

— Venha ver. Construí uma fundição no estábulo. O ferreiro já está lá.

Paolo me mostrou o progresso que havia feito. O ferreiro estava trabalhando, martelando uma lâmina de espada. Vários meninos e alguns homens mal-encarados o rodeavam, observando-o e tomando cerveja.

— Este é meu amigo. — Paolo os saudou quando nos aproximamos. — Será meu braço direito.

— Paolo... — comecei a falar.

Mas ele continuou sem parecer ter me ouvido.

— Matteo é um bom cavaleiro e muito habilidoso com o punhal.

— Não posso me afastar — atrevi-me a dizer. — Paolo, você sabe que tenho um compromisso...

Então ele se voltou contra mim.

— É isso que você pretende ser durante toda a vida? Um reles criado?

Meu rosto corou. Era assim que ele me enxergava? Como um criado do mais baixo calão?

Ele jogou o braço em torno do meu ombro.

— Achei que tivéssemos um laço — disse. — Um laço de irmandade, e mais que isso, um juramento que fizemos juntos quando saímos do convento em Melte.

Livrei-me do abraço e me afastei.

Na hora do jantar, fizemos a refeição juntos. A comida era saudável e estava bem preparada. Não era típico de Paolo guardar rancor, e logo estávamos conversando. Mas Elisabetta manteve-se em silêncio, observando-me, e eu tive de me forçar a responder e fingir que estava levando seus planos a sério.

Quando fui me despedir deles, Elisabetta me puxou para o canto.

— Você não precisa se deixar levar pelas intenções de Paolo. — Ela fez uma pausa. — Não há uma... — buscou a expressão correta — ...obrigação da sua parte. Apesar das circunstâncias que uniram nossas vidas.

323

Mas eu sabia que não era assim.

Fora eu o causador da morte de seus pais, seu irmão caçula e sua irmã.

Minha mente estava tão sombria quanto o céu em meu caminho de volta para Milão. O que deveria fazer? O Maestro, em sua generosidade, abrira as perspectivas da minha vida de uma forma que eu jamais imaginara possível. Contudo, Paolo falara a verdade ao dizer que eu lhe entregara meu laço de união. Não há dúvida de que um clérigo argumentaria que uma promessa feita sob constrangimento não tem validade. Por que, então, senti um arrepio na alma só de pensar em não cumprir com minha palavra?

Passei pelas trilhas das fazendas dos arredores e continuei até a encruzilhada com a estrada principal para Milão. Meus pensamentos ocupavam minha mente e meu humor, de forma que eu não estava atento ao entorno. Quando peguei a estrada principal depois da encruzilhada, trazia a cabeça baixa, com o queixo quase encostado no peito, sem prestar atenção ao que vinha pela frente. De qualquer forma, a essa altura o arvoredo à beira da estrada teria obscurecido minha visão quando cheguei à curva que escondia o trecho seguinte.

Portanto, não tive a menor indicação de que pudesse haver algo errado, nenhuma suspeita de emboscada. Antes que eu tomasse ciência deles, meus atacantes já me abordavam.

Cinquenta e seis

O primeiro homem pulou do canto da estrada e agarrou as rédeas do meu cavalo.

Soltei um grito assustado.

Ele puxou as rédeas até meu cavalo parar. Tentei arrancá-las das mãos dele, mas ele as reteve com toda firmeza. Reagindo conforme o instinto inato da autopreservação, dei um pontapé para acertar-lhe o rosto. Mas ele já previra algum tipo de retaliação e manteve a cabeça abaixada enquanto puxava as rédeas com toda a fúria. Não tive uma segunda chance com ele, pois a essa altura outro rufião já se atirara em cima do cavalo às minhas costas para me jogar ao chão. Formou-se uma confusão. O cavalo relinchou e começou a girar em círculos, dando coices para ajudar na resistência. Com a mão livre, o homem do chão agarrou minha perna enquanto o outro de trás agarrava minha túnica e meu cinto. Os dois juntos começaram a me dominar.

Mas a égua castanha era um animal valente e não se deixou dominar tão facilmente assim. Abocanhou a mão do homem que lhe segurava as rédeas, levando-o a soltar um grito de dor. E arremeteu.

As rédeas se soltaram da pegada firme, e o homem saltou de lado para não ser atingido pelas patadas do animal. O outro me agarrara pela cintura e conseguiu continuar preso comigo em cima da égua. Seus braços fortes me estrangulavam o corpo. Meio fora da sela, agarrei na crina da égua quando ela disparou galopando.

O homem às minhas costas arrancou o punhal do meu cinto. Tensionei-me para receber o golpe, mas ele não veio. Em algum lugar da minha mente, eu pensei: Ele está com o punhal, por que não o usa? A égua estava apavorada, e, quando a estrada ficou reta, ela aumentou a velocidade. Agora o homem conseguiu passar o braço em torno do meu pescoço. Eu não tinha como combatê-lo. Todo o meu ser estava concentrado em permanecer em cima do cavalo. Ele então levou a mão ao meu rosto e eu senti seus dedos procurando meus olhos.

Soltei um grito de medo e usei ambas as mãos para tentar agarrar os dedos dele. No instante seguinte, fui jogado ao chão com tanta força que fiquei tonto durante vários segundos.

O cavalo continuou em disparada, na direção de Milão.

Eu me pus de pé. Meu segundo atacante conseguiu se manter na garupa do cavalo. Imaginei que estivesse tentando ganhar o controle dela, pois percebi que a velocidade diminuía. Ele faria a volta assim que pudesse. Mas eu ganhara um pouco de tempo. Precisava correr para qualquer abrigo que conseguisse. Olhei para trás, de onde viéramos. Em pânico, a égua cobriu uma boa distância desde o bosque na curva da estrada. Pelo menos eu estava a uma boa distância do primeiro atacante para me considerar a salvo dele.

Então, surgiu do meio das árvores um homem a cavalo.

Meus olhos percorreram avidamente os arredores. O único abrigo eram algumas pedras a umas poucas centenas de metros. Corri para lá. O esconderijo parco teria de servir. Quando cheguei a elas, olhei para o perseguidor atrás de mim. Um homem, montado num cavalo grande, cavalgando a toda a velocidade. E mais atrás, outro homem, correndo também muito rápido. O que era aquilo? Três homens esperando por mim atrás das árvores?

Ao longe, vi que o segundo atacante conseguira girar a égua castanha e já vinha de volta a todo o galope. Dirigia-se para o primeiro atacante, que eu chegara a atingir com o pontapé no rosto, a fim de pegá-lo. Logo depois, os dois seguiriam o outro que partira com sua montaria no meu encalço. Não precisariam de muito tempo para me alcançar.

Mergulhei no meio das pedras. O chão se inclinava numa encosta íngreme, como uma fossa. Corria um riacho pela abertura no solo. Mais adiante, percebi um cume e um trecho de terra que me pareceram vagamente familiares. A caminho de Pavia para Kestra eu já havia feito uma parada para comer num canto perto de um rio. O curso d'água que passava ali por baixo deveria alimentá-lo, algum afluente do rio Pó. Se conseguisse alcançá-lo, talvez eu pudesse chegar a um lugar por onde os cavalos não poderiam seguir.

Trepei pelas pedras, saltei pelo riacho e já tinha chegado ao outro lado quando ouvi os gritos deles. Não olhei para trás. Concentrei toda a minha energia em chegar ao rio. O homem a cavalo teria de cuidar do animal para que ele não quebrasse uma perna nesse terreno. Mas os outros dois poderiam abandonar a égua castanha e me seguir por onde eu enveredasse. Com certeza era o que fariam para se aproximar de mim e me abordar um de cada lado.

Prossegui aos tropeços pela fossa o mais rápido que pude, escorregando e me desequilibrando durante todo o percurso. Não havia como me deslocar em silêncio para fugir. Eles já tinham me visto e me ameaçavam agora aos berros. Mas eu era mais jovem e estava em boas condições, de sorte que fui conseguindo manter uma boa distância até que o riacho sumiu debaixo da terra e eu me vi subitamente aos pés de um penhasco escarpado. Não havia para onde ir. O curso d'água era estreito demais para eu me meter ali dentro, um regato de proporções mínimas correndo por baixo da terra, e o talude era liso demais para eu escalar. Inclinei a cabeça para trás. Mas teria de escalar. Ouvi-os se aproximando, ganhando terreno, resfolegando e me xingando.

Parei para escolher uma pedra plana de bordas afiadas no leito do riacho e me pendurei no talude rochoso. Havia uma pequena reentrância cerca de um palmo acima da minha cabeça. Cravei a pedra com força e consegui abrir um buraco para apoiar a mão e, percebendo um ramo que nascia de um pedregulho, estiquei os dedos para agarrá-lo e me içar um pouco. Precisava ganhar mais altura. Onde me encontrava agora, embora mais longe do que alcançaria alguém com o braço esticado, ainda poderia ser alcançado se eles subissem nos ombros um do outro. Consegui escavar mais um apoio para a mão acima da minha cabeça bem no momento em que eles chegaram ali embaixo.

Um deles se atirou contra o talude. Sem perder um segundo sequer, icei-me o suficiente para escapar de seu alcance. Ele caiu de costas, batendo com a cabeça no chão. Era aquele em quem eu acertara o pontapé no rosto antes. Ele não estava se saindo muito bem hoje. O outro não parou para cuidar do companheiro; ficou vasculhando alguma coisa no chão. Escolheu uma pedra pequena o suficiente para conseguir jogar ao longe mas grande o suficiente para me machucar se me acertasse. Tomou posição, com as pernas abertas, fez pontaria e preparou o braço para o arremesso.

— Não!

A voz veio do terceiro homem a cavalo. Ele balançava os braços no ar.

— Não! — gritou novamente.

Vinha escolhendo bem onde pisar ao longo do riacho. Não esperei para vê-lo se aproximar; continuei escavando mais um apoio para me içar ainda mais alto, para longe deles. Fui ganhando confiança à medida que obtive progresso. Os dois rufiões deveriam ser assassinos treinados, mas eu era mais jovem e mais ágil e não me esquecera de como se faz para escalar um penhasco. Só quando cheguei ao topo foi que parei para olhar para baixo.

Os dois rufiões tinham sumido. O terceiro deve tê-los mandado procurar outro caminho para chegar a mim enquanto ele ficava para me vigiar. Estudei-o por um instante enquanto aproveitava para retomar o fôlego. Parecia companhia estranha para os outros dois. Seu cavalo era um puro-sangue, um corcel preto encilhado com ricos adornos em veludo roxo.

Quando me viu olhando na sua direção, gritou alguma coisa. Mas estava longe demais para que eu o escutasse com clareza. Acenou com o punho cerrado, indicando que queria que eu fosse até ele.

Teria achado que eu estava louco? Afastei-me da beira do penhasco para considerar em que direção deveria seguir. Havia uma planície aqui em cima que se transformava gradativamente num vale com vegetação densa. Avistei onde o curso d'água subterrâneo aflorava à superfície e ia dar no rio. Comecei a correr. Quanto tempo eu teria antes que eles dessem a volta completa e ele viesse atrás a cavalo? Eles não tinham cães, o que significava que eu não precisaria me ater à orla do rio. E seria melhor não seguir esse caminho, decidi quando cheguei ao rio. Era a rota mais provável, pensariam eles. Ia dar numa cidade, lugar onde eu poderia me esconder no meio da multidão, a fuga mais óbvia e mais fácil. Portanto, não era a que eu seguiria. Preferi escolher outra. Mantendo-me sob a cobertura das árvores, encontrei uma trilha na floresta e enveredei pela terra firme.

Corri entre as árvores sem parar. Depois de uma hora, cheguei a uma clareira com algumas cabanas. Evitei-as. Caso eles tivessem pegado minha pista, o povo dali diria sinceramente que não tinha me visto. Isso talvez levasse meus perseguidores a pensar que eu teria tomado outro curso.

Mal saí dali e estava prestes a retomar a trilha quando ouvi o tropel de cavalos vindo devagar logo atrás de mim. No caminho, havia um carvalho com a folhagem plena do verão, e eu me pendurei nos galhos mais baixos e fiquei paralisado quando o cavaleiro entrou no meu campo de visão.

Era o homem no corcel preto.

Que descuido o meu não pensar nisso! Eles se dividiram. Ele deve ter mandado os dois rufiões seguirem o rio enquanto ele próprio exploraria esta rota.

Estava a menos de 1 metro de mim. Enxerguei seu manto requintadamente forrado de pele, as luvas finas e o chapéu elegante, do tipo que usam os nobres, com uma sedalha comprida pendurada na aba.

Ele seguiu pela trilha. Quando desapareceu de vista, desci da árvore e me esgueirei silenciosamente pelo caminho por onde tinha vindo. Percorri meus próprios rastros, num sentido e noutro. Depois, subi noutra árvore.

Ele não havia andado nem 400 metros!

Vi o que estava fazendo. Metodicamente, percorria cada uma das trilhas na floresta, olhando para o chão, de um lado para o outro, buscando encontrar gravetos partidos ou qualquer outra indicação da minha presença. Um homem que caçava e tinha alguma experiência em seguir pistas.

Ele se ajoelhou, pegou algumas folhas e olhou ao redor.

Abri um pouco a boca para não arfar muito. Agora estava perto o suficiente para eu tocar nele. Se ele resolvesse olhar para cima, seria meu fim.

Surgiu um camponês lá adiante na trilha. Imediatamente, o homem montou no corcel e seguiu na direção dele.

Eu deveria ter escolhido seguir na direção da cidade. Ele era esperto demais para ter me seguido até ali, embora não pudesse ter certeza que era o fugitivo a quem procurava que estava neste bosque agora. Poderia facilmente haver outro viajante andando pelas redondezas.

Tornei a percorrer meus próprios passos, com cuidado agora para não tocar nas moitas. De repente, vi um muro. A parede de uma vila, quem sabe uma casa grande que poderia ter alguma construção de apoio onde talvez eu conseguisse me esconder. Do lado de lá, havia terra cultivada e campos abertos.

Da floresta vinha o som de um cavalo com seu cavaleiro.

Teria de me arriscar dentro da vila. Ele não teria como vasculhar o lugar inteiro. Ninguém me vira, nenhum cão latira. Ele não poderia ter certeza de que eu tinha vindo por aqui.

Cinquenta e sete

O muro estava se despedaçando e foi fácil de subir. Cheguei do outro lado numa questão de segundos. Na pressa de não ser visto por meu perseguidor, pulei para o chão, sem olhar, e caí bem em cima do passeio no jardim do outro lado.

Ao canto, havia uma menina sentada, costurando. Estava vestida com um hábito de freira, mas toda de branco. Ela olhou para cima quando caí do céu bem a seu lado.

Coloquei a mão no cinto.

— Não se mexa ou mato você — anunciei.

Ela ficou me olhando.

— Tenho uma faca comigo — falei.

— Estou pronta para morrer por Cristo — ela me informou calmamente.

Aquilo me fez parar. Mas me recuperei logo.

— Talvez você não tenha de morrer — falei. — Basta fazer o que eu mandar.

— Você pretende me violentar?

— O quê?

— Essa é a parte que acho a mais difícil de aguentar. — Ela olhou diretamente para mim. Seus olhos eram castanhos com manchas verdes. — Pelo menos eu *acho* que seria a mais difícil de aguentar. Não tenho conhecimento algum de um evento assim, de forma que não posso dizer. Embora já tenha ouvido dizer que pode ser uma experiência agradável. Mas seria pecado eu sentir prazer, não seria? É errado sentir prazer com uma coisa proibida quando não se desejou aquilo para si? Não se pode tirar proveito de uma situação desafortunada quando ela surge no nosso caminho? Afinal, não é culpa minha ter acontecido. Você caiu do céu. O que posso fazer?

Gritar. Foi o pensamento que me veio à cabeça. Qualquer outra garota teria gritado imediatamente. Mas eu não iria sugerir isso a ela.

Ela continuou, sem parar.

— Vou ter de perguntar isso ao meu confessor, padre Bartolomeo. Mas ele é tão velho que eu não gostaria de perturbá-lo com perguntas difíceis. Dizem que o coração dele está fraco. Seria uma injustiça causar-lhe alguma ansiedade.

— Eu... — comecei a dizer.

Ela esticou a mão.

— Há um padre novo que vem nos confessar às vezes, quando o padre Bartolomeo não está bem. O nome dele é padre Martin. Talvez eu pergunte a ele. Nossa abadessa em geral não deixa as freiras mais jovens ou as noviças como eu se confessarem com o padre Martin. Reserva as visitas dele para as freiras mais idosas. Mas a irmã Maria da Sagrada Redenção, que tem 82 anos, me contou que, depois de se confessar com o padre Martin, ela precisou se confessar com o padre Bartolomeo sobre os pensamentos que teve em relação ao padre Martin. Isso me parece um desperdício de esforços, e, em vez de preservar o padre Bartolomeo quando ele não está se sentindo bem, acaba trazendo-lhe mais trabalho. Que confusão! Estou perdida, sem saber como resolver isso.

A menina trouxe a costura para perto do rosto. Abriu a boca e, usando os dentes alvos e perfeitos, partiu o fio. Em seguida, espetou a agulha numa almofadinha e se levantou.

— Você parece que está com fome. Espere aqui que vou lhe trazer um pão.

— Não — falei, ao mesmo tempo em que tentei bloquear-lhe a passagem, mas ela se foi.

Fiquei ali, boquiaberto. Do outro lado do muro, veio um barulho, o som de um punho golpeando a porta da rua! Eu seria capturado. Olhei à volta, desesperado, e vi a garota vindo correndo em minha direção.

332

— Quando cheguei à cozinha para pegar um pão para você, deparei com uma grande movimentação na entrada e parei para espiar. Você está sendo perseguido por alguém?

Fiz que sim com a cabeça.

— E ele vai matá-lo se o encontrar?

Pensei em Sandino e em seu método de castigar aqueles que o traíam.

— Vindo deste homem — falei —, a morte seria uma bondade.

— Se é tão impiedoso assim, virá até aqui. Mesmo se tratando de uma ordem fechada, isso não irá detê-lo. — Ela olhou ao redor.

Comecei a subir o muro para partir, mas ela agarrou meu braço. Suas mãos eram pálidas como as pétalas do lírio, mas seus dedos eram fortes.

— Se ficar aqui, vou colocá-la em perigo — falei.

— Se for embora agora, não terá chance alguma. Fique embaixo do banco — ela mandou. — Vou espalhar a saia por cima de você. É o melhor que podemos fazer.

— Se me descobrir, ele a matará. O fato de ser uma freira não a protegerá.

— Primeiramente — ela falou de forma brusca —, não sou freira... ainda. De qualquer modo, vou dizer que você me ameaçou com a faca.

— Não tenho faca — admiti.

— Então, pegue a minha. — De debaixo da escapular do hábito ela retirou uma. E ergueu as sobrancelhas ante minha expressão. — Achei prudente trazê-la comigo quando fui pegar o pão na cozinha.

Peguei a faca da mão dela e me enfiei ligeiro debaixo do banco.

Vozes se faziam ouvir cada vez mais alto, e escutei passos pesados se aproximando. Então, uma mulher de mais idade bradou:

— Ao procurarem um fugitivo no interior deste recinto, vocês estão desonrando as antigas leis do santuário.

— Madre Abadessa, o homem que procuro é muito perigoso — disse pacientemente a voz de um homem.

Quem era essa pessoa que podia exigir acesso a um convento com tal autoridade? Certamente não seria um dos asseclas de Sandino. O tom de voz deste homem era refinado.

333

— A senhora e todas as irmãs seriam assassinadas nas próprias camas se eu deixasse esse homem em liberdade.

— Sendo assim, procure onde achar que deve.

— Esta freira passou a tarde inteira no jardim? — perguntou ele.

— Sim — respondeu a abadessa. — Irmã, você ouviu o que este cavalheiro disse. Por acaso algum homem importuno veio perturbar sua paz hoje? — perguntou delicadamente.

— Por aqui não passou nenhum rufião, reverenda madre — disse minha pequena noviça reservadamente. — Há horas que estou costurando aqui na mais santa paz.

— Você é uma boa postulante que trabalha com afinco. Vá para dentro agora. Já é quase hora do jantar.

Sob a saia, embaixo do banco, me preparei para correr.

— Ah... — minha noviça tomou um pouco de fôlego. — Pode ser do seu agrado saber, Madre Abadessa, que em minha última confissão recebi do padre Bartolomeo a penitência de me abster de uma refeição esta semana. Portanto, ficarei aqui e, com a luz de Deus, continuarei minha costura, se me for permitido. — Ela baixou a cabeça.

— É claro, minha criança. — Ouvi a abadessa seguir o homem que percorria o jardim em direção à casa.

— Acho que deve continuar aí um pouco mais. — A noviça falou comigo em voz baixa quando escutamos os passos do homem adentrando a casa. — Se o está procurando com tanta avidez, ele pode vigiar nossa porta. Mandará buscar ajuda. E, assim que puder, ocupará todas as estradas da vizinhança, e depois voltará amanhã para vasculhar mais minuciosamente todos os lugares. Então, você deve esperar até o cair da noite para ir embora.

— Vou agora. — Eu estava começando a ficar com vergonha da maneira como havia me escondido, usando uma freira para me proteger. Ergui a cabeça por trás do banco.

— Shh! — ela me repreendeu com firmeza. — Não vamos desfazer o bom trabalho que fizemos até agora. Tenho um plano. Ao pôr do sol, um homem vem regar os jardins. Justamente quando as irmãs estão na capela rezando as completas. Ele se chama Marco e foi criado do meu pai e gosta muito de mim. Vou falar com ele e pedir que o tire daqui.

— E como ele vai conseguir me esconder?

— Ele nos traz água em barris num carrinho de mão.

— Um barril vazio seria o primeiro lugar onde me procurariam.

— Não sou tão burra a ponto de sugerir isso. — A pequena noviça me olhou com intensidade, a boca retesada, os olhos faiscando, e eu pude ter uma ideia do que ela seria capaz se instigada. — Como parte do pagamento, Marco pode levar um pouco do estrume que nossos burros produzem. Você se esconderá embaixo e ele o levará até a cabana dele perto das pedreiras em Bisia. Consegue imaginar uma forma melhor?

Balancei a cabeça e tornei a me enfiar embaixo do banco.

— Estou curiosa — disse ela. — Você me disse que o homem que o procurava era um assassino. E está certo, é mesmo. Mas pelo que você disse, achei que se tratava de um salteador abrutalhado, não de um nobre tão grandioso.

— De qual nobre grandioso você está falando?

— O homem que esteve no jardim procurando por você. Não o conhece?

— Não. Qual é o nome dele?

— O nome é Jacopo de' Médici.

Pouco mais tarde, me deitei sob alguns sacos no carrinho de Marco e deixei que ele me cobrisse de esterco. A noviça ficou olhando enquanto nos arrumávamos. Parecia achar graça quando se aproximou para se despedir de mim.

— Deus deve tê-lo em boa conta — sussurrou-me.

— Seu Deus mal pensa em mim, já que me coloca num carrinho cheio de esterco — sussurrei em resposta.

— Agradeça por estar vivo — retrucou ela. — Ele guiou seus passos até este claustro. Pense no que poderia ter acontecido se você tivesse pulado o muro de uma ordem cujo hábito não tivesse uma saia tão ampla. Lembre-se disso se precisar buscar refúgio novamente em algum convento.

Ouvi seu riso e ainda o que ela disse baixinho quando partimos:

— Evite as Carmelitas a todo custo.

Fomos parados quase imediatamente após sairmos das dependências do convento. Não houve conversa alguma. Marco era um trabalhador insignificante demais para protestar ou questionar por que razão seu carrinho estava sendo revistado. Fechei bem os olhos e me encolhi o mais que pude. Mas a noviça tinha feito um julgamento correto. Todos os barris foram abertos e examinados, mas o esterco só sondaram um pouco. Em seguida nos deixaram passar.

Marco foi devagar. Se era o seu jeito não ser agitado ou se ele assim o fez de propósito para não atrair atenção, não sei dizer. Mas a hora e o pouco mais que levamos para chegar à casa dele me deram tempo para pensar. E quanto mais eu ponderava sobre os eventos do dia, mais perguntas sem resposta havia para eu ponderar.

Meus três perseguidores não eram ladrões comuns à espreita de um viajante desavisado qualquer. Sabiam quem eu era. Devem ter me visto passar pela estrada de manhã e aguardaram meu retorno. E como poderiam saber que era meu costume passar por aquela estrada? Assim que me fiz a pergunta, já sabia a resposta. O cigano. A pequena família cigana que acampara ali para a esposa dar à luz. Onde quer que passasse, teria contado a história — do soldado francês que o forçou a ir embora dali com um recém-nascido e do jovem que o acompanhava e compreendia os costumes e a língua romani. E Sandino, que tinha espiões em todo canto, teria farejado meu rastro. Não o suficiente para me rastrear por todas as estradas até a fazenda em Kestra, mas o suficiente para sentir meu faro e colocar uma vigília à espera naquele trecho de estrada para ver se eu passaria novamente.

Devem ter ouvido minha aproximação. Mas não esticaram um fio pelo meio da estrada para que eu tropeçasse e caísse ao passar com velocidade. E o homem que os liderava nessa expedição não deixou que eles jogassem pedras em mim quando escalei o penhasco. O padre em Ferrara me contou quando eu tinha apenas 9 anos de idade:

— Quem tiver este selo tem os Médici na palma da mão.

Mas agora eu via que era mais do que o selo que eu trazia em volta do pescoço. Eles me haviam rastreado tão longe e durante tanto tempo, e haviam matado o Escriba Sinistro. Só poderia significar uma coisa. Era uma vingança.

Minha vida salva por causa disto. Meu sangue gelou quando pensei isso. Agora que sabia a identidade do homem, um Médici, me dei conta da razão pela qual precisava ser capturado com vida. Era preciso, para a honra deles, poderem ir à forra comigo. E quando me capturassem, que tortura escolheriam? O cavalete? O alicate? Ou a favorita dos Médici e dos florentinos — o *strappado*? Amarrado pelos pulsos, suspenso bem alto e depois largado lá de cima. Várias vezes, até que todos os ossos do corpo estivessem deslocados das respectivas juntas.

Mas, embora eu tivesse fugido à captura desta feita, para onde poderia ir agora? Se tentasse voltar para Milão, seria descoberto. Embora a cidade ainda estivesse sob o comando dos franceses, os Médici tinham poder e dinheiro para pagar espiões que vigiassem os portões da cidade.

Percebi, então, que eu só tinha um rumo a tomar.

Precisava enviar uma mensagem a Felipe e ao Maestro informando-lhes o que estava prestes a fazer. Algum dia poderia reencontrá-los e, quem sabe, explicar que não tive outra opção a não ser abrir mão da vaga na universidade. As circunstâncias haviam determinado que eu deveria pagar a dívida pelo erro que cometera na infância. Deveria aceitar Paolo dell'Orte como meu capitão *condottiere* e tornar-me o segundo oficial no comando de seu grupo de voluntários armados.

Vestiria a faixa vermelha e cavalgaria junto à *Bande Rosse*.

Parte Seis
Bande Rosse

Ferrara, 1510

Cinquenta e oito

Reta como o voo de uma seta, a Via Emilia, antiga estrada romana, corta pelo meio o grande vale do rio Pó.
    E foi por essa rota, depois de uma ausência de sete anos, que tornei a entrar na România. Desta vez eu cavalgava com orgulho, junto a um corpo de cavalaria, em direção às cidades e às cidades-Estado cuja propriedade fora tão amargamente disputada.

Além de Bolonha ficavam as cidades que Cesare Borgia outrora conquistara de modo eficiente e brutal. Desde seu quartel-general em Imola até o mar Adriático, seus nomes ecoavam a história sangrenta.

Faenza, onde Astorre Manfredi, para salvar sua cidade da pilhagem e seu povo da morte, concordou em unir forças com Cesare Borgia e tornar-se um dos capitães dele. Depois, quando já havia sido seduzido a deixar para trás suas terras e partir para Roma, ele foi amarrado e jogado dentro do rio Tibre.

Logo depois, Forlì, onde a corajosa Caterina Sforza desafiou o Borgia até o fim. Quando os homens dele capturaram os filhos dela, gritaram-lhe para que viesse até as muralhas da cidadela. Seguraram-nos bem alto para que ela os pudesse ver e ameaçaram matá-los bem diante de seus olhos. Ela ergueu a saia e gritou em resposta:

— Podem fazer o que acharem pior. Eu tenho os meios para fazer mais.

Senigallia, onde eu estava quando Cesare Borgia estrangulou seus capitães depois de fingir tê-los perdoado.

Foi no outono daquele ano também, lembrei-me. O terror e os soldados saqueadores significavam que o povo do campo temia pela sua segurança e nunca sabia junto a qual senhor buscar proteção. Durante todos aqueles anos, suas terras foram disputadas em batalhas sem-fim, quando poderiam ter provido de abundância os pobres. Meu senhor estava certo quando lamentou o custo da guerra. Mas, à medida que nos aproximávamos do sul, as árvores pendiam de tanta fruta pendurada, e não havia dúvida de que, nos lugares mais tranquilos, as pessoas prosseguiam com suas vidas, fazendo suas provisões para a chegada do inverno. Nos vilarejos como aquele onde moravam os Dell'Orte, esperava-se evitar encrenca e continuar com a vida.

Pensamentos parecidos deviam ocupar a mente de Paolo, pois ele tocou seu cavalo para perto do meu.

— Estamos chegando perto de Perela, Matteo — começou a falar.

— Eu sei — respondi. E instintivamente soube quais seriam suas próximas palavras.

— Gostaria de fazer um desvio e ir até lá.

Não falei nada. E acho que isso não foi delicado. Significava que ele teria de me perguntar explicitamente.

— Você viria comigo?

— Quando chegar lá, o que você pretende fazer?

Ele me olhou surpreso.

— Ora, nada! — disse. Depois de algum tempo, continuou: — Ah, compreendo sua hesitação. Acha que posso querer expulsar a pessoa que estiver encarregada da fortaleza para substituir meu pai?

Não respondi. Não sabia o que pensar da sua ideia de visitar a casa onde morara na infância. Só sabia que eu estava triste com a ideia de voltar lá.

Deixamos nossos homens numa estalagem perto da estrada principal. Paolo pagou ao senhorio para lhes dar uma boa refeição e um pouco de vinho, e disse aos homens para não incomodar de jeito algum as atendentes da casa. Não tínhamos dúvida alguma em deixá-los. Na maioria, iam pelo dinheiro: jovens como Stefano e Federico, das vizinhanças de

Kestra, em busca de glória e fortuna, felizes por se livrar da chatice do trabalho nas fazendas, justamente agora na época mais agitada do ano.

Paolo e eu partimos a galope até chegarmos à confluência dos rios que marcavam o lugar onde devíamos cruzar a ponte para Perela. Subimos mais devagar a estrada que ia dar na fortaleza. Vi quando ele olhou de relance para a garganta. Nenhum dos dois disse nada. Ambos sabíamos que havia animais selvagens nesta área, e depois de tantos anos não haveria restos de sua mãe ou do irmão caçula. Confesso que foi um alívio ver que a fortaleza estava em ruínas. As paredes caíam aos pedaços, e a porta principal não se encontrava mais lá; provavelmente fora despedaçada para ser usada como lenha. Os moradores da região devem ter retirado toda pedra que havia e sem dúvida levaram tudo mais de valor. A entrada estava aberta, desprotegida. Passamos pelo arco e entramos no pátio.

Meu coração estremeceu de medo.

Uma tenda esfarrapada havia sido pendurada entre dois paus, e uma velha cigana estava aconchegada perto de uma fogueirinha feita com um chumaço de gravetos.

Virei meu cavalo imediatamente.

— Não vou ficar aqui — falei.

Para minha surpresa, Paolo concordou comigo.

— Não há nada para mim aqui agora. — Ele olhou o entorno. Não havia mais portas nem janelas, e praticamente nenhuma telha no telhado. A casa estava aberta para o céu e para o vento. — Para que perturbar essa pobre mulher se a casa lhe dá abrigo no inverno?

De volta à estrada principal, progredimos rapidamente até encontrarmos com Charles d'Enville e a cavalaria ligeira dos franceses.

O comandante francês havia disposto seu destacamento do exército nas redondezas de Bolonha. Esperava conseguir uma retomada fácil. O papa estava bastante doente, e sabia-se que os bolonheses acolheriam a ajuda francesa para restaurar seu governante antigo. Apoiavam a família Bentivoglio como seus governantes, e não qualquer delegado instaurado pelo santo padre. Mas, quando chegamos, as notícias não foram boas. O papa havia se recuperado, saíra de Roma e chegara a Bolonha para inspirar seus soldados. Não só resistiria vigorosamente a qualquer ataque a Bolonha como tencionava levar suas campanhas adiante. Agora que obtivera a ajuda de Veneza, não via razão alguma para deixar de sobrepujar Ferrara também e de desalojar a família d'Este.

A presença do papa em Bolonha dava um aspecto diferente à situação. O frio estava de amargar, e os soldados franceses queriam boas condições de alojamento para o inverno, e não ficar esperando em campo enquanto os exércitos papais comemoravam o Natal no aconchego da cidade. Os mensageiros avisaram que os venezianos tinham enviado um exército para ajudar o papa. Os franceses estavam se preparando para uma retirada de suas posições justamente quando chegamos.

Paolo ficou desanimado. Vinha torcendo para encontrar alguma ação, acreditando nas histórias de que Bolonha seria facilmente tomada. Prometera a nossos homens que eles tomariam parte numa importante batalha e voltariam para casa antes do festival do Dia de Reis carregados de joias e outras pilhagens.

Até Charles d'Enville estava desanimado.

— Foi isso que aconteceu com os venezianos em Agnadello — disse. — É necessário um comando firme para que não nos retiremos como eles fizeram e sejamos forçados a lutar em fuga.

Juntamo-nos à unidade de cavalaria ligeira de Charles e voltamos para o norte com os soldados franceses. Os exércitos papais reuniram as tropas e seus aliados e partiram em perseguição.

A meta do papa era clara. Ele pretendia arrasar Ferrara. Seu desejo era de um governo supremo do papado, desde Roma até as fronteiras de Veneza. Mas a pequena Ferrara desafiara seu intuito. Quando ficou sabendo que os franceses agora ajudavam o duque Alfonso, sua famosa índole extremada veio à tona e, aos berros, ele declarou que transformaria Ferrara num deserto — não deixaria pedra sobre pedra. Preferiria ver a cidade em ruínas a deixá-la cair nas mãos dos franceses.

Charles nos contou que o papa enviara mensageiros a Ferrara para divulgar sua ameaça. Mas o duque e a duquesa riram na cara deles. Levaram os enviados papais para ver suas fortificações e artilharia, e o duque deu um tapinha num de seus canhões e disse:

— Vou usar isto aqui para enviar uma mensagem de volta ao seu Santo Padre.

O enviado se retirou às pressas, com medo que o duque quisesse disparar o canhão lançando-o como projétil.

Essa história estava entre as muitas que os soldados contavam em torno das fogueiras do acampamento à noite. Havia outras e, como se poderia esperar, aquelas relativas a Lucrezia eram as mais ultrajantes. Era de imaginar se haveria algum fundo de verdade nelas todas. Dizia-se que ela havia enfeitiçado Francesco Gonzaga, o gonfaloneiro do papa, tanto que ele ofereceu passagem livre e segurança para ela e seus filhos caso ela resolvesse ir embora de Ferrara. Charles dizia de fonte fidedigna, seu tio, primo do rei, que seus espiões haviam interceptado cartas com esse conteúdo. Ainda assim, Lucrezia não desertou de seu ducado. Pelo contrário, ficou em Ferrara para encorajar o povo.

Durante aquele penoso inverno, enquanto as cidades no entorno de Ferrara eram conquistadas, ela passeava pela vizinhança com suas damas. Vestida com o máximo requinte para que o povo pudesse vê-la, a duquesa Lucrezia dava esmolas para os carentes e confeitos para as crianças. O povo da cidade se reconfortava ao vê-la tão tranquila e imperturbável.

Durante os meses de novembro e dezembro, as divisões do papa se aproximaram. Tomaram Sassuolo e depois Concordia, cidades aliadas a Ferrara. Parecia que nada seria capaz de impedir seu avanço. Quando chegou o Natal, eles estavam acampados a 50 quilômetros a oeste de Ferrara, e a *Bande Rosse* foi enviada para ajudar na cidade que eles estavam cercando, um lugar chamado Mirandola.

No início de janeiro de 1511, acampamos com a cavalaria de Charles e no dia seguinte avistamos as forças adversárias.

Localizamos a tenda papal em meio às outras, a bandeira com as chaves cruzadas tremelicando ao alto, cercada das flâmulas azuis e amarelas de sua Guarda Suíça.

— É um engodo — contou-nos Charles. — Nossos espiões nos informaram que ele dorme numa cabana rústica para que os soldados vejam que ele sofre as privações de uma campanha de inverno igual a eles.

— Dá um bom exemplo — falei. — Os homens são capazes de morrer por um líder assim.

— Ele não tem mais condições de andar sobre uma montaria — disse Charles. — Talvez nos poupe um problema morrendo antes.

— Que pereça na ponta da minha espada — declarou Paolo.

— Ele tem hemorroidas. Portanto, qualquer ponta vai incomodá-lo bastante. — Charles aproveitou para fazer troça, desatando fortes gargalhadas.

Mas o velho e indômito papa se recuperou. Ainda incapaz de montar num cavalo, insistiu em ser carregado numa liteira para assistir ao sítio de Mirandola.

Nós esperamos. Estávamos destacados para conter os flancos. Mas só deveríamos avançar caso eles lançassem uma ofensiva.

Havia espiões indo e vindo das linhas inimigas.

Certa manhã, em meados de janeiro, fomos avisados para nos prepararmos. Nosso alvo estava se organizando numa formação maciça.

Então, chegou um emissário a todo o galope erguendo a mensagem bem alto e alardeando a notícia:

— Eles atacaram. Eles atacaram.

Cinquenta e nove

Charles correu até Paolo e eu. Agarrou nossas mãos.
— Que seu bom Deus vá com vocês!
Seu rosto estava tenso. Estava em êxtase ante a perspectiva da luta.

Eu também estava excitado. Mas minha excitação era de um pressentimento. Uma sensação estranha me tomava as entranhas, um terror de fugir. Seria eu um covarde?

Os alardos soaram em nosso acampamento; os tambores retumbaram convocando nossos homens.

A tarefa da *Bande Rosse* era investir contra os soldados da infantaria aqui por este lado do cerco. Atacando seu flanco, atrairíamos seu fogo para longe da cidade. Se houvesse uma brecha, a defesa teria tempo para se reagrupar e restaurar os danos. Nosso alvo principal era um grupo de mosqueteiros armados de pesados arcabuzes. Eles disparavam projéteis mortais e, durante a recarga, eram protegidos por fileiras de lanceiros. Suas lanças tinham mais de 2 metros de comprimento e, em formação *schiltron*, constituíam uma barreira praticamente intransponível. Esperava-se que a cavalaria ligeira dos franceses, sob a liderança de Charles e com o apoio da *Bande Rosse*, diferentemente dos cavaleiros com pesadas armaduras de ataque, conseguisse passar.

Mas era nossa primeira batalha. Avançar com lanças sem impacto contra sacos cheios de palha e praticar esgrima com lâminas de madeira não nos preparara de fato para o temerário e barulhento embate de verdade. Stefano e Federico tocaram suas montarias uma para perto da outra e, quase sem perceber, Paolo e eu fizemos o mesmo.

Mirandola estava ali diante de nós. Parecia pequena e vulnerável. Os tufos de fumaça da artilharia subiam pelo céu claro. O barulho dos canhões percorria o ar gélido e chegava até onde estávamos. À medida que fomos avançando, começamos a ver a extensão do exército maciço que cercava a cidade. As fileiras de lanças se destacavam, as armaduras reluziam com a movimentação dos soldados assumindo suas posições, milhares de soldados a pé apoiados por cavalaria pesada e ligeira. Identifiquei flâmulas suíças, alemãs e venezianas, com muitos outros lordes em suas próprias librés.

Charles riu.

— Temos um dia feliz pela frente. — Ele sacou a espada e beijou a lâmina.

— À vitória! — disse.

Imediatamente, Paolo repetiu o gesto.

— À vitória!

Senti-me compelido a sacar minha própria espada e fazer o mesmo.

— À vitória! — disse.

Paolo girou o corpo sobre a sela e gritou ainda mais alto para seus homens.

— À vitória!

Eles sacaram suas espadas, e um urro ecoou de suas gargantas:

— À vitória!

Prosseguimos lado a lado, mantendo o ritmo dos soldados em marcha que nos seguiriam depois que atacássemos.

Numa elevação mais alta que o campo de batalha, paramos. As fileiras de soldados apeados na libré d'Este ergueram suas flâmulas e gritaram em conjunto.

— Ferrara! Ferrara!

Charles adiantou seu cavalo para a frente da fileira. Em formação de cavalaria, os ligeiros se reuniram atrás do líder.

Paolo orientou-se a partir de Charles. Guiou a montaria para sua posição à frente de nossos homens.

Fui para seu lado.

Ele se virou e sorriu para mim.

Minha garganta estava tesa de medo.

Charles ergueu a espada bem acima da própria cabeça. Antes de baixá-la sinalizando o ataque, gritou.

— Pelo rei Louis e pela França!

Paolo instigou sua montaria. Quando o animal saltou para a frente, também ele ergueu a espada e gritou.

— Dell'Orte! — gritou. — Dell'Orte!

Nossos homens repetiram o grito.

— Dell'Orte! Dell'Orte!

E eu percebi que estava gritando mais alto que todos.

— Dell'Orte! Dell'Orte!

Sessenta

Ouvi o estrondoso tropel dos animais à minha frente, atrás de mim, à minha volta.
Os arreios sacolejando, os homens suando. Alguns choravam, sem esconder as lágrimas no momento do ataque. Alguns bradavam, deleitados, numa loucura de raiva e excitação. Os cavalos se abalroavam, buscando posição, num tropel estrondoso sobre o solo. Atacamos nossa presa: lobos ferozes sobre ovelhas encurraladas.

Tínhamos a vantagem da surpresa. Os soldados deles ainda estavam entrando em formação, eriçados qual porcos-espinhos, empunhando suas lanças compridas.

Cinquenta metros... 40... 30.

Eles se viraram, gritando aterrorizados, tentando se juntar numa formação de defesa.

Caímos sobre eles.

Mas o comandante deles gritou uma ordem, e a fileira de trás teve tempo de obedecer.

Em vez de acudirem seus camaradas, os soldados da fileira de trás escoraram as lanças no chão. Não conseguimos conter nossas montarias. As lanças ficaram inclinadas, apontando para a barriga dos animais.

Seguiu-se um choque estremecido ao colidirmos com as fileiras deles. Os cavalos urraram quando lanças e estacas lhes rasgaram os flancos e perfuraram seus estômagos. O alvoroço foi tal que se podia ouvir no Inferno. Nossos animais não estavam acostumados a isso. Eram montados nos milharais nas redondezas de Ferrara, onde cuidávamos deles e os penteávamos e acalentávamos de forma que eles aprenderam a confiar em nós. Que traição vil cometêramos ao levá-los para essa carnificina concebida pela mente humana! Que horror testemunhar todo aquele pavor e selvageria!

Os homens colocavam as mãos onde lhes acertavam as espadas da cavalaria: rosto, pescoço, onde pegassem os golpes. Meu braço chocalhava inteiro quando minha espada atingia um osso. Um soldado alto girou a lança e arrancou as rédeas da minha mão com o gancho colocado na ponta da arma com esse propósito. Puxou para baixo a cabeça do meu cavalo, trazendo-a para perto de si.

Ele havia sacado um punhal comprido. Seu hálito atingiu meu rosto. Cálido em meio ao ar gélido.

Eu tinha a espada na minha mão. Mas isso não é a mesma coisa que desferir golpes aleatoriamente contra um inimigo desconhecido. Ali estava um homem. Um homem que respira, está vivo, e cujos olhos eu vejo brilhar ao fundo das ranhuras no capacete.

Este homem estava no afresco da batalha de Anghiari.

Assim como eu.

As cores me ofuscam. À minha frente está o porta-bandeira retratado na parede da Câmara do Conselho em Florença. Seu rosto se retorce com o esforço de sustentar as cores. Tudo se confunde.

E naquele instante compreendi por que o Maestro pintava daquele jeito, com símbolos e significados ocultos.

O soldado suíço me agarrou pelo pescoço e ergueu o punhal.

Fez-se um ruído de corpos de cavalo se chocando bruscamente.

Fui arrancado da mão que me prendia.

Paolo arremessara sua montaria contra a minha, o suficiente para me libertar do meu oponente e me aliviar. E agora desferia um golpe com sua espada.

O lanceiro gritou, com o sangue a lhe jorrar da garganta.

Paolo golpeou-o novamente, e mais uma vez. Sua espada atravessava o gibão do homem, rasgando-lhe o braço, o pescoço, espirrando uma torrente de sangue do meu atacante.

— Venha para cá, Matteo. Para cá! — gritou Paolo. — Fique perto de mim que eu o protegerei.

Ele abriu caminho à força com sua montaria pelo meio da turba violenta. Recolhi minhas rédeas e segui em seu esteio.

Conseguimos passar.

Então ouvi o corneteiro de Charles dar o toque de reunir e me esforcei para chegar até ele.

— Retirar. — Ele apontou a espada para a colina atrás de si.

— Soou o toque de retirar — gritei para Paolo.

— Deveríamos continuar — retrucou Paolo.

— Temos de obedecer ao comando.

— Eles estão fugindo.

— Venha. — Tomei as rédeas de sua mão.

Ele tentou se desvencilhar.

— Vamos perder a vantagem.

— Não estamos vendo o que ocorre noutros lugares.

Suas mãos estavam escorregadias de sangue. Olhei para baixo. As minhas também.

— Agora! — gritei-lhe.

Ele pestanejou e puxou as rédeas com força, arrancando-as da minha mão. Mas acabou me seguindo quando me retirei.

Alguns de seus homens haviam apeado para arrancar emblemas das túnicas e anéis dos dedos dos mortos no campo de batalha.

— Montem de volta em seus cavalos — gritou Paolo para eles.

— Troféus. Temos o direito de pegar troféus.

Um dos nossos homens mais rudes vociferou para Paolo:

— Não vou embora sem meu butim.

Paolo retrucou de imediato.

— Monte em seu cavalo — gritou. — Eu, Paolo dell'Orte, lhe dei uma ordem.

O homem pegou uma lança abandonada.

Dirigi minha montaria para o outro lado dele.

— O butim será dividido igualmente — bradei. — Mas não vai haver nada para quem ficar aqui.

Instiguei meu animal, para dar o exemplo. E logo ouvi nos seguindo os que haviam sobrevivido.

No alto da colina, fomos todos para onde Charles tentava conter sua montaria puxando as rédeas.

— À vitória! — Paolo acenou para ele. — À vitória!

Mas Charles não estava sorrindo. Outro oficial francês subira a colina para ter com ele. Em seguida, chegou um mensageiro. E logo, outro.

— Devemos retroceder — disse ele.

— O quê? Eu não vou! — Paolo não conseguiu se conter.

— Retroceder imediatamente. — O oficial francês deu a ordem num tom que não dava espaço para questionamento.

— Mas nós ganhamos a batalha! — protestou Paolo. — Deveríamos levar nossa vantagem até o fim.

Ouvi o oficial de Charles falar de forma ríspida com ele.

— A artilharia deles rompeu as muralhas do lado de lá — falou Charles. — Neste exato instante, os exércitos papais avançam sobre a cidade.

Fôramos derrotados.

— Mas nós ganhamos! — insistiu Paolo. — Ali matamos dúzias dos soldados deles. Os poucos que restaram fugiram. Este combate foi vencido por nós.

Charles deu de ombros.

— É bem possível que o gonfaloneiro dos exércitos papais tenha resolvido sacrificar esses homens para poder alcançar uma vitória maior noutro lugar!

— Não podemos sair de fininho feito cães vadios!

— Traga seus homens e sigam-me — retrucou Charles friamente.

— E os nossos mortos... nossos feridos?

— Ficam onde caíram — disse Charles. E acrescentou abruptamente: — Na guerra é assim.

Ele se afastou, mas Paolo o seguiu, protestando.

Charles puxou as rédeas de seu cavalo.

— Escute aqui — falou para Paolo em tom de repreensão. — Isto é uma guerra. Não é uma batalha de faz de conta ou um torneio enfeitado onde alguns homens são derrubados de seus cavalos para o entretenimento das damas da corte. Isto é uma guerra. Conforme eu lhe disse à sua mesa de jantar na fazenda de Kestra. É um negócio sangrento, e dos piores!

Paolo retraiu sua veemência.

— Agora, reúna seus homens, os que sobraram, e me siga.

Paolo pôs-se a segui-lo, deprimido, enquanto Charles esporeava a montaria e partia a galope. Orientei nosso grupo a formar certa ordem e os seguimos.

Mais tarde disseram que, antes do resto de suas tropas atravessar o imenso buraco aberto na muralha de proteção, o papa Julio mandou colocar uma escada do chão até a passagem aberta. Em seguida, apoiado por seus acompanhantes, ele próprio subiu nela para reclamar pessoalmente sua vitória.

No dia 19 de janeiro de 1511, o cerco estava terminado. Mirandola havia se rendido.

Sessenta e um

Retiramo-nos ordenadamente com o exército francês para Ferrara. Durante o percurso, Paolo recuperou a compostura e, quando chegamos a nosso acantonamento, ele e Charles já estavam se falando normalmente outra vez.

— O que acontece com os feridos que deixamos para trás? — perguntei a Charles.

— Torcemos para que estejam sendo cuidados — respondeu ele. — Prisioneiros importantes podem ser tratados como hóspedes de honra. Especialmente se puderem ser usados como moeda de troca ou se valerem um bom resgate.

Pensei em nossos homens mais jovens. Se algum sobrevivesse aos ferimentos, suas vidas valeriam muito pouco para o exército adversário, e expressei esse pensamento.

— Não seja tão ansioso — falou Charles. — Duvido que sejam trucidados a troco de nada.

Mas já tínhamos ouvido dizer que, embora Mirandola houvesse se rendido para salvar o povo, o papa agora questionava os termos e queria executar algumas pessoas como exemplo. E eu sabia que era bastante simples cortar a garganta de um homem enquanto ele jaz deitado no campo de batalha. Facilitava a espoliação e, quando juntassem os corpos para enterrar, ninguém questionaria se o ato fora cometido antes ou depois do combate.

Havíamos perdido seis homens, um dos quais era Federico. Precisamos conter Stefano para não deixá-lo ir à sua procura. Eles tinham crescido juntos em Kestra e esperavam voltar para casa como guerreiros vitoriosos carregados de tesouros.

— Vale a pena preservar um bom lutador — argumentou Charles. — E se tiverem um pouco de bom senso, seus homens farão o que os demais sobreviventes fazem e concordarão em lutar pelo papa.

— Isso quer dizer que é comum mudar de lado? — perguntou Paolo em tom chocado.

— Para os mercenários, sim — retrucou Charles. — É um negócio. E você fecha com a melhor oferta ou com o ganhador. — Deu um tapa nas costas de Paolo. — Venha, vamos arranjar o que comer — disse. — Eu comeria uma ovelha assada inteira.

Em Mirandola os cidadãos estavam passando fome, mas em Ferrara a comida era abundante. A cidade ficava perto de uma parte ampla do rio Pó, perto do mar, e o firme controle do duque Alfonso sobre o curso d'água significava que as linhas de abastecimento estavam intactas. Eles estavam numa posição vulnerável, de forma que guardavam uma grande quantidade de víveres, pois a cidade era uma guarnição abarrotada de soldados franceses. Havia meses que os engenheiros vinham preparando barricadas na cidade, derrubando casas e aprimorando as fortificações. Nos bastiões, as paredes tinham o triplo da espessura e a obra era sólida. As fornalhas nas fundições do duque Alfonso ficavam acesas noite e dia fazendo munição para canhões e artilharia. Dizia-se que, mesmo no dia do casamento com a bela Lucrezia, ele visitou suas fundições. Mas agora essa sua paixão mostrava-se inestimável para o povo. Numa questão de poucas semanas após a queda de Mirandola, o duque levou sua artilharia ao longo do rio Pó para tentar melhorar as fortificações em La Bastia. Paolo e eu fomos com nossos homens para ajudar.

Foi uma escaramuça que muito alegrou Paolo. O duque era um homem astuto e não entrava precipitadamente em confrontos, de forma que os soldados papais enviados para combatê-lo foram repelidos. Ele voltou para Ferrara, sendo recebido como herói. Uma vitória, ainda que pequena, após um inverno de derrotas e de um desespero cada vez maior, era um sinal para se rejubilar. O povo veio para as ruas e homenageou o corajoso duque que se levantou por eles contra o poderio de Roma.

Em La Bastia, Paolo sofreu um ferimento a bala de mosquetão, que não penetrou muito profundamente em sua coxa. Havia médicos que acompanhavam os exércitos e barbeiros-cirurgiões para realizar amputações, mas a reputação deles era tal que Paolo insistiu que eu cuidasse de seu ferimento. Óleo quente era o tratamento mais comum para uma bala de mosquetão encravada na carne. Mas em Pavia os estudantes de medicina falavam de remédios diferentes. Aproveitei-me dessa experiência e do conhecimento curandeiro de minha avó e extraí a bala de metal, limpei totalmente o ferimento com sal e fiz um curativo de musgo. Ele sobreviveu sem infecção, embora tenha ficado com uma cicatriz.

Longe de deixar que o ferimento o perturbasse, Paolo encarou-o como um sinal varonil. Depois de dois combates, via-se agora como um veterano. As esperanças que Elisabetta tinha de que o irmão pudesse se enojar com a experiência de uma batalha de verdade não mais frutificariam. Muito pelo contrário, Paolo ficou animado com a camaradagem entre os homens, que se fortalecia sob agruras. Ele mantinha a espada sempre bem polida e enviou a Elisabetta um recado para confeccionar mais faixas, pois as que usávamos estavam ficando manchadas e puídas.

Ela lhe enviara uma nota de dinheiro garantido por algum outro penhor que ele sacou. Mas eu percebi que ele não me deixou ler a carta recebida. Só pude imaginar o conteúdo. Pelo tom da carta enviada a mim, Elisabetta estava insatisfeita com o encaminhamento que ele vinha dando às finanças. Não o criticava abertamente, mas consegui perceber sua inquietação e ansiedade.

Os bens empenhados por Paolo vão deixar a fazenda vulnerável aos nossos credores.

Ela deve ter escrito para o irmão de forma semelhante, pois quando perguntei sobre o assunto, ele declarou:

— Eu disse a Elisabetta que o exército francês é imbatível. A França é um país muito maior que os estados desprezíveis que o papa Julio possui.

Eles podem se reabastecer infinitamente. A quem o papa convocou para ajudá-lo? Os espanhóis? Bah!

Havíamos alistado mais homens e não tivemos dificuldade alguma para encontrar voluntários quando eles viam que, apesar de nossa falta de ação momentânea, Paolo tinha dinheiro para gastar e que eles seriam pagos mesmo sem lutar agora. Eu não gostei desses nossos novos recrutas. Vinham de uma diferente parte do país e falavam um dialeto rústico e eram ainda menos obedientes que os homens que perdêramos em Mirandola. Já não parecíamos tanto o bando de irmãos que partiram juntos de Kestra. Mas Paolo estava satisfeito por ter mais homens para comandar e com os sinais de batalha em breve.

Espiões enviaram notícias de Bolonha para os franceses. O papa pretendia voltar para Roma. Tão logo isso ocorresse, eles incitariam o povo da cidade a se levantar contra seu representante. Deveríamos estar preparados para enviar reforços para ajudá-los.

Entrementes, em Ferrara, era como se eles tivessem ganhado a guerra.

Mesmo durante a Quaresma, a duquesa Lucrezia organizou pródigas festas e providenciou entretenimento para manter os soldados distraídos. Depois da Páscoa, declarou um momento especial para regozijo para comemorar a notícia de que a força do papa sobre a Romênia estava cedendo. Charles d'Amboise, governador de Milão, tinha morrido, e ela ficou adequadamente de luto, ainda que por pouco tempo, para marcar sua passagem, mas em seguida, para dar as boas-vindas ao jovem comandante francês Gaston de Foix, duque de Nemours, ofereceu um gandioso baile para o qual todos os oficiais foram convidados.

Eu fui incluído no convite.

De forma que, mais uma vez, estive na presença de Lucrezia Borgia. A última vez que a vi foi nas comemorações de seu casamento, mas minha atenção se concentrara noutros pontos, conforme as instruções de Sandino para encontrar o padre que tinha o selo que eu ainda carregava pendurado ao pescoço. Não era mais que um menino na ocasião, mas achei-a de um fascínio encantador, como ainda o era.

Apesar de ter tido filhos e enfrentado gravidezes difíceis, conservava-se esbelta como uma jovem. Era muito bonita e usava as melhores roupas. Dizia-se, à boca miúda, que uma equipe de costureiras trabalhava ininterruptamente para mantê-la em dia com a última moda.

— Ela pretende deixar os franceses deslumbrados — ouvi da boca de um cortesão naquela noite no baile.

— Devemos agradecer por eles responderem aos artifícios dela — retrucou o outro com quem ele conversava. — Assim ficamos mais seguros, contanto que eles continuem dispostos a não abandonar uma dama numa hora de necessidade.

Observei-a a uma certa distância. Ela conversava fluentemente em francês. Eu não era como Graziano e não tinha habilidade alguma para o flerte, mas percebia como a duquesa se apoiava no braço de um oficial, depois inclinava a cabeça para perto de outro e ria alegremente quando eles falavam com ela. O efeito que causava sobre esses homens era instantâneo e visível. Os amigos se aproximavam para ver essa mulher, filha de um papa, irmã do famoso Cesare Borgia. Esperavam um monstro. Se não o próprio demônio soltando fogo e fumaça pelas narinas, talvez uma obscura dama de olhos negros, boca escarlate e carmim no rosto. Mas que nada! Confrontavam-se, sim, com uma mulher adorável, cheia de vida, de cabelos que reluziam entre o louro e o castanho sob um manto de ouro branco.

Seus olhos brilhavam. Seu sorriso era delicado. Ela recitava poesia, tocava instrumentos musicais e sabia dançar. Adorava dançar. E quando o fazia, a pista se abria para que ela dançasse sozinha, ou com suas damas, ou com algum cavalheiro privilegiado.

Nesta noite, escolheu como parceiro Gaston de Foix. Esse homem, sobrinho do rei Louis, assumiria o comando do exército francês na Itália. Era alto e bem-apessoado, comandante carismático e engenhoso que empregava seu próprio método bélico de avanço e retirada, deslocando seus soldados em campo com muita velocidade. Agora, Gaston de Foix conduzia Lucrezia Borgia pelo salão. E eu, qual todos os demais ali presentes, observava-os quando vi Charles junto a uma moça que estava de costas para mim.

Ele fez sinal para eu me aproximar e, quando cheguei, disse:
— Eis uma amiga minha que você deve conhecer.
Ela se virou.
E eu olhei diretamente para um par de olhos verdes salpicados de castanho.

Sessenta e dois

— A senhora Eleanora d'Alciato da Travalle. Charles fez uma deferência exagerada ao apresentar a menina que eu conhecera antes nos trajes de uma freira.

Ela se recuperou primeiro. Seu olhar foi firme, e ela repetiu meu nome quando Charles o informou.

— Tenente Matteo da *Bande Rosse*.

Mas Charles percebera minha reação.

— Vocês se conheceram antes? — Seu olhar se alternou entre meu rosto e o dela.

— Acho pouco provável — disse ela depois de uma pausa de um segundo. — Vivi durante a maior parte do ano anterior num convento. Depois do falecimento de meu pai, fiquei em clausura para contemplar meu futuro e experimentar minha vocação.

— Em nome dos homens de todo canto, permita-me dizer que ficamos gratos pelo seu retorno ao mundo — respondeu Charles galanteadoramente.

— E o senhor? — ela se dirigiu a mim. — Como tem ocupado seu tempo?

— Estou ligado à cavalaria ligeira francesa — consegui responder.

— Matteo é modesto demais — disse Charles. — Ele é tenente do capitão *condottiere* Paolo dell'Orte, comandante da *Bande Rosse*. Mas antes disso era pupilo e acompanhante do famoso Leonardo da Vinci, ajudando-o recentemente com suas anatomias na escola médica de Pavia.

— Ora, Messer Matteo, o senhor teria habilidade no uso de uma faca, então? — retrucou ela de imediato.

Tenho a satisfação de dizer que respondi com a mesma presteza.

— Somente quando uma situação me force a fazê-lo.

Charles percebeu a tensão e ficou nos olhando com curiosidade. Mas eu mal estava ciente de seu escrutínio. O cabelo de Eleanora estava preso em minúsculas tranças da testa para trás, com cachos da cor de cobre polido emoldurando seu rosto. Um véu de renda se prendia à tiara em sua cabeça. Era de um verde-clarinho e tinha minúsculas pérolas costuradas nas bordas.

Então, Charles perguntou:

— É permitido convidá-la para dançar?

— *Enchantée, monsieur.* — Ela se virou e o presenteou com todo o seu charme. — *Connaissez-vous La Poursuite?*

— *Mais oui, mademoiselle* — disse ele. — *Je la connais très bien.*

— *Moi aussi* — interpus-me delicadamente. Ela achou que iria brincar comigo daquele jeito? — *Si vous voulez danser, je serais enchanté de vous accompagner.*

Os olhos dela se arregalaram. De suas profundezas, brilhou um verde ainda mais profundo.

Charles se retirou imediatamente.

Ela esticou a mão para mim.

Fiz uma reverência.

Experimente o latim comigo, pensei enquanto a conduzia para o salão, ou mesmo o grego rudimentar, e verá que sou seu igual.

La Poursuite.

A dança da aproximação e do afastamento.

Seus dedos roçam nos meus.

Olho-a fixamente nos olhos.

Ela baixa as pálpebras.

Mantenho o rosto sério, mas sorrio por dentro.

Graziano. Que boas as suas lições!
Ela ergue o olhar. Eu afasto o meu.
Agora ela está me seguindo.
Se você pretende conquistar uma dama, às vezes é necessário fazer de conta que está caminhando noutra direção.
A voz risonha de Graziano fazendo troça de mim está na minha cabeça.
Olho para ela com certo distanciamento e sou recompensado pela expressão de dúvida que lhe cruza o rosto. Ou seria de raiva? Talvez de aborrecimento?
— Cuidado para não exagerar na mão, amigo.
Levei um susto. Era Charles, sussurrando em meu ouvido quando passei perto dele durante a dança. Ele me acompanhava com um sorriso estampado no rosto.
Mais tarde, viu-me observando Eleanora cuidando da duquesa, ajeitando o vestido de Lucrezia quando ela se sentou para descansar na poltrona forrada de ouro.
— Se quiser galantear essa aí — disse-me —, é bom manter-se afiado. Ela não é uma dama frágil que se entrega aos joguetes da corte.
— Você a conhece?
— Somente coisas a seu respeito. Donna Eleanora é uma das damas do círculo da duquesa Lucrezia e, como tal, é inteligente e mais capaz do que muitas que frequentam a corte.
— É uma dama de boa família, e eu, um tenente *condottiere* ligado a um destacamento de cavalaria junto ao exército francês — falei todo empombado.
Charles riu.
— Você é independente e é um homem; e ela, uma mulher. Vá em frente, Matteo. Não a deixe escapar. Outros oficiais já a estão cercando.
Fui para perto de uma pilastra e fiquei onde podia ser visto mas, ainda assim, manter-me um pouco apartado dos demais convidados. E aguardei.
Passou-se quase uma hora até que, de braço dado a uma dama de mais idade, ela passou perto de mim. A outra dama já havia jogado este jogo e sabia o que se esperava dela.

— Ora se não é um dos jovens capitães *condottieri*! — exclamou. — Não é justo ficar sozinho num canto quando ele arrisca sua vida nos campos de batalha para nos defender. Eleanora, precisamos falar com ele. Seria uma falta nossa se não falássemos. — Ela conduziu Eleanora na direção de onde eu estava e, depois de trocarmos algumas amabilidades, afastou-se para um lado, mas continuou perto o suficiente para ouvir e observar o que se passava entre nós.

Agora que Eleanora estava na minha frente, não consegui falar. Tinha esquecido as tiradas de conversa que praticara enquanto esperava por ela. Acabei falando:

— Donna Eleanora, a vida aqui na corte de Ferrara lhe apraz?

Ela inclinou a cabeça como ponderando se levaria minha pergunta a sério.

— Tem seus encantos — respondeu devagar. — Mas é difícil desfrutar a vida enquanto tantas pessoas estão morrendo. — Fez uma pausa e, em seguida, continuou. — Mas o tenente deve estar mais ciente disso que eu.

Olhei para o salão à minha volta. O brilho da seda e do cetim dos vestidos se misturava às cores dos uniformes dos soldados — divisas nos casacos e nas calças, barretes emplumados. Quanta glória!

— Eu estava em Mirandola — falei.

— A cidade que foi perdida?

— Isso — falei —, com seis de nossos homens.

Tomada por um impulso, ela esticou a mão, e seus dedos encostaram na manga do meu casaco.

Sua acompanhante pigarreou. Eleanora afastou a mão.

— Ver os companheiros perecerem deve doer na alma.

Olhei de relance para seu rosto. Ela não disse aquilo por banalidade. Sua expressão era de solidariedade profunda. Pensei em Federico, finado agora, e no seu amigo Stefano que não mais cantava com os demais enquanto cuidávamos dos cavalos toda manhã.

— É muita sensibilidade sua perceber que os ferimentos não afligem somente a carne dos homens.

Ela corou. E eu vi que ela acolheu meu comentário como um elogio, pensando que essa Eleanora era diferente das outras mulheres, que aceitam elogios relativos ao estilo de seus vestidos ou à cor dos cabelos.

De repente, houve uma perturbação entre os cortesãos e os enviados estrangeiros. O duque Alfonso apareceu e falou rapidamente com a duquesa. Queria conferenciar com seus conselheiros. A duquesa Lucrezia reuniu suas damas e todas saíram.

Paolo entrou correndo com a notícia.

— O papa está a caminho de volta para Roma. Partimos amanhã para tomar Bolonha!

Sessenta e três

— Charles diz que Bolonha é o prêmio máximo — contou-me Paolo enquanto reuníamos nossos homens no dia seguinte. — É a cidade mais próspera de toda a România.

Da muralha do *castello*, um orador proclamou para o povo de Ferrara o propósito de seu duque de atacar Bolonha. Apresentou o direito indiscutível de nossa causa. Em seguida falou do valor de nossos exércitos, de nossa honra inquestionável e da nobreza dos feitos que estávamos prestes a realizar. Um canhão disparado das ameias para nos dar o sinal de partida interrompeu o discurso. Seu esforço para prosseguir foi baldado pela gargalhada geral dos soldados reunidos e pela multidão em êxtase.

O canhão foi disparado outra vez, e nós partimos.

A *Bande Rosse* cavalgou em formação esplêndida em direção aos portões da cidade, ao som do tropel de nossas montarias e do tilintar de nossas cotas e armas, dando ritmo a nosso deslocamento.

Ao contrário da dureza enfrentada na campanha de inverno, agora estávamos em meados de maio, e o tempo estava maravilhoso. Paolo cantarolava uma melodia em sintonia com o tilintar dos arreios e o ra-ta-tá dos tambores. Era um aspecto da vida de soldado que qualquer jovem apreciaria. Resplandecentes em nossas faixas carmim, com uma das mãos na cintura e a outra segurando as rédeas das montarias, passamos sob as varandas e telhados onde as mulheres acenavam com echarpes e jogavam punhados de pétalas em chuva sobre nossas cabeças.

Levantei-me sobre os estribos e olhei para nossas fileiras de *condottieri* que seguiam atrás de nós. Até Stefano estava mais animado nesta manhã. Seus olhos brilhavam, e ele acenou para mim tocando na viseira do capacete. Ergui meu punho em resposta e lhe dei um sorriso. Logo passamos pelos baluartes e prosseguimos.

Não demorou muito para avistarmos no horizonte as torres de tijolos vermelhos de Bolonha e ouvirmos o rumor e estrépito da batalha já iniciada. Nossos homens tocaram suas montarias, ansiosos por chegarem logo ao local da ação. Mas Paolo e eu estávamos mais experientes agora e não queríamos permitir uma repetição do entrevero de Mirandola. Ao dar as ordens, sua voz tinha um quê de autoridade que eu não ouvira antes. Vi Charles d'Enville lançar-lhe um furtivo olhar de aprovação enquanto nossos cavaleiros tomavam as posições determinadas ao lado dele.

O legado papal já fugira para Ravenna, uma cidade litorânea fortificada, 50 quilômetros a leste. A guarnição de defesa se entrincheirou dentro do Castello di Galliera e, de lá, realizou uma boa resistência até que a artilharia do duque Alfonso chegou e começou a detonar as muralhas.

Logo se abriu uma brecha, que cresceu rapidamente à medida que outros canhões foram acertando a pontaria.

Ouvimos uma série de explosões vindas do interior da fortaleza.

Chegou uma mensagem para Charles.

— Eles estão explodindo as próprias munições — disse ele. — Pediram-nos para entrar e convencê-los a desistir. — Desembainhou a espada e beijou a lâmina com os olhos brilhando enquanto fazia o sinal para que atacássemos através da abertura na muralha.

Foi um ataque triunfal contra uma defesa fraca, e galopamos facilmente através das linhas deles. Deixamos os soldados apeados darem cabo do inimigo e tomarem a fortaleza. E finalmente haveria o que saquear, para deixá-los satisfeitos.

Quando se espalhou a notícia da queda de Galliera, os cidadãos chegaram em hordas. Em pouco tempo as pessoas saíam carregadas de pratos e taças e outros apetrechos. Alguns dos mercenários enviados para proteger a fortaleza deixaram de lado suas armas e se juntaram aos saqueadores.

— Devemos encontrar armas e roupas suficientes para nos abastecer durante o próximo inverno — comentou Paolo comigo. — Talvez devêssemos capturar suprimentos que nos bastem durante alguns anos.

Olhei para ele alarmado. Tínhamos um acordo com os franceses por um ano. Eu ainda tinha esperança de frequentar a universidade em Pavia e pensava em encerrar a luta quando expirasse o contrato. A ocasião se aproximava.

— Mas conquistamos Bolonha — falei. — Não há mais o que fazer.

Ele não me respondeu, e só me restou segui-lo na direção do arsenal.

Havia uma multidão no prédio. Estavam derrubando as estátuas, rasgando as cortinas de seda, arrancando o soalho de madeira, usando machados para estraçalhar portas e janelas. Cortavam em pedaços tapeçarias que eram grandes demais para carregar. Num dos corredores, deparei-me com Stefano, que esperava se casar ao voltar para Kestra. Trazia no braço um fardo de trajes de padre.

— Vou levar para a minha Beatrice em casa. Ela vai fazer um belo vestido de seda para a noite do nosso casamento.

Paolo e eu espantamos um bando de saqueadores bolonheses e recolhemos lanças e espadas, tomando uma charrete para levá-las até nosso acantonamento. Paolo pegou pedaços de armaduras para seu próprio uso. Por cima do colete acolchoado, afivelou um decorado peitoral suíço e uma gargantilha de aço. Couberam-lhe muito bem as peças, e ele saiu exibindo seus novos ornamentos como uma menina exibe um colar novo.

Com o cair da noite, aumentou a inquietação na cidade. O ambiente estava selvagem e perigoso. Resolvi me resguardar dentro de uma edificação e fui jogar cartas com os oficiais franceses. Já passava da meia-noite e estávamos envolvidos com o jogo quando Charles ergueu a cabeça ao perceber a entrada de um de seus colegas oficiais, Thierry de Villars. Ele fora ao hospital universitário para visitar um amigo que fora atingido pela bala de um mosquetão no ombro.

— Como está Armand? — perguntou Charles.

— Está morrendo. — A voz do homem se calou.

Charles foi até um parapeito de janela onde havia um garrafão e serviu um pouco de vinho para Thierry.

— Um ferimento tão simples! — Thierry deu um soco com uma das mãos na palma da outra. — Seria de se esperar que pudessem curá-lo.

— São poucos os médicos por lá — disse outro homem que jogava cartas conosco. — Os monges hospitaleiros fazem o que podem, mas há cem feridos para cada frei.

— Matteo! — Charles se dirigiu a mim. — Vi como você tratou de Paolo em Ferrara quando ele levou um tiro de mosquetão na perna. Você tem alguma habilidade médica. Seria possível dar uma olhada no ferimento desse homem?

Sessenta e quatro

O amigo de Thierry, Armand, estava gravemente doente e com febre alta.

Era resultado de infecção, que era o desfecho mais comum de um ferimento causado por bala de mosquetão. A carne dilacerada fora tratada com óleo quente e agora estava supurando. Deduzi que esse veneno estava percorrendo todo o corpo e talvez chegando ao cérebro. Ele balbuciava coisas, de vez em quando se sentava na cama e olhava para todo canto, agitado, como se enxergasse demônios que não enxergávamos. Seu amigo Thierry, que me trouxera para vê-lo, estava parado ao lado da cama com um ar tão desolado que mal suportei revelar o que ele já sabia. Eu chegara tarde demais.

Mas fiz um calmante de mel e alume e limpei a ferida. Mandei pararem de usar o óleo e mandei que o tratassem de forma diferente.

Para começar, Thierry foi contra.

— O que você diz vai contra as instruções que os soldados recebem para tratar ferimentos desse tipo.

— É o método que aconselho — falei e me afastei. Para ser sincero, fiquei um pouco contrariado com a postura dele, em parte porque vinha ganhando no jogo de cartas e estava com uma boa mão e fiquei sentido com a interrupção.

Voltei na manhã seguinte e Armand não estava melhor, mas também não estava pior. Na manhã seguinte, a mesma coisa. Mas à tarde, Thierry veio me procurar e disse que, embora o ferimento ainda estivesse infectado, o amigo já estava acordado e conseguia conversar.

Voltei para examinar o ferimento de Armand. A pele começava a sarar nas bordas. Fiquei muito satisfeito comigo mesmo. Enquanto eu estava lá, um monge hospitaleiro veio me perguntar se eu não trataria dois outros soldados em situações parecidas. Tive de admitir que senti uma imensa satisfação com meu sucesso e uma grande curiosidade para ver se o método funcionaria novamente. E achei que, em vez de perder dinheiro nas cartas e ficar suspirando para ver Eleanora d'Alciato, o hospital era um lugar tão bom quanto outro qualquer para passar o tempo enquanto aguardávamos a indicação do nosso próximo posto com a cavalaria francesa.

Mais ou menos uma semana depois, quando fui para o hospital, disseram-me que havia uma pessoa importante ali que desejava me ver. Havia um homem esperando no gabinete do monge da enfermaria e se apresentou como dr. Claudio Ridolfi da Escola de Medicina da Universidade de Bolonha. Estava interessado nos detalhes do meu tratamento para ferimentos a bala de mosquetão.

— Eu não pedi para fazer esse trabalho — protestei imediatamente.

Desde minha época em Pavia, eu sabia das regras rígidas para se medicar alguém. Os barbeiros-cirurgiões não tinham autorização para dar remédios, e até os boticários dos dispensários precisavam ser inspecionados pelas guildas dos vendeiros. O clérigo era proibido de realizar cirurgias, e qualquer um que praticasse a medicina sem a qualificação apropriada poderia ser jogado na cadeia ou até pior.

— Não recebi pagamento algum — falei — e só tratei das pessoas que os monges me pediram.

— Não desejo criticá-lo — disse o dr. Ridolfi —, apenas aprender o que você faz e como é que o faz tão bem. Para alguém tão jovem, você parece ter um conhecimento específico.

— Fui criado no campo — falei, agora menos ansioso. — Desde muito novo, fui aprendendo os remédios do povo. E tenho algum conhecimento do funcionamento interno do corpo humano, por ter assistido a algumas anatomias realizadas pelo professor de anatomia da Universidade de Pavia.

— Teria sido Marcantonio della Torre?

— É esse o nome — falei.

— Então você teve um privilégio muito grande. A obra dele é renomada em toda a Europa.

Concordei.

— É um homem muito capaz, de muito conhecimento.

— *Era*. — Dr. Ridolfi falou devagar. — Se você era conhecido dele, então tenho o pesar de lhe informar. Messer della Torre morreu.

— Morreu! — fiquei espantado. Ele não era muito velho, não tinha nem 30 anos.

— Sinto muito — disse o médico.

— Como foi que ele morreu?

— A peste. Foi cuidar de vítimas em Verona. Tinha familiares na região e acabou sucumbindo à doença.

Bem do seu feitio, o do médico verdadeiro, ir cuidar de outrem à custa da própria segurança. Esse golpe teria deixado meu senhor de luto, pensei. Charles d'Amboise, o governador de Milão, que recebera o Maestro na cidade, morrera recentemente. E agora o professor Della Torre. Dois amigos dele, com quem compartilhara seus pensamentos, mortos.

O dr. Ridolfi me concedeu um momento para me recuperar e depois falou:

— Estou interessado em saber por que você não começou tratando ferimentos de artilharia com o método convencional.

— Não conheço nenhum método convencional.

— Achei ter ouvido que você estudou em Pavia.

— Foram apenas alguns meses, enquanto meu senhor trabalhava lá em suas próprias anatomias e pesquisas — retruquei.

— Seu senhor?

— Na época eu estava com Leonardo da Vinci.

— O grande Leonardo! Você desfrutou de ótima companhia na juventude, Matteo.

— É verdade — disse eu. — Agora que tenho mais idade, consigo apreciar isso melhor. O Maestro estava disposto a me sustentar para que eu prosseguisse nos estudos em Pavia, mas... — interrompi a frase.

A busca de Sandino por vingança e minha obrigação de me aliar aos *condottieri* de Paolo haviam me impossibilitado de aceitar a oferta do Maestro no ano anterior. Mas eu sempre tive, em algum lugar, a noção de que essas minhas provações atuais eram transitórias. Na ignorância da juventude, torcia para que um dia pudesse voltar a Milão, e as providências seriam tomadas para que eu fosse estudar na universidade em Pavia. Mas, se Marcantonio della Torre estava morto, cruelmente abatido pela peste, o mundo tinha perdido um grande médico e eu, minha oportunidade de progredir.

Sentei-me à mesa e peguei uma pena e tinta.

— Vou escrever minha receita — falei para o médico — para que o senhor a tenha consigo e ao seu dispor.

Eu mal tinha acabado quando Paolo e alguns de nossos homens chegaram ao hospital à minha procura.

— Venha — gritou Paolo. — Você precisa ver uma coisa, Matteo. Estão derrubando a estátua do papa.

Fomos até a *piazza*, onde havia uma multidão enorme, abrimos caminho e conseguimos chegar a um telhado. Haviam amarrado cordas à colossal estátua de bronze que Michelangelo fizera do papa Julio. Tinha três vezes o tamanho de um homem, e várias equipes puxavam as cordas enquanto um gordo conselheiro bolonhês fazia soar um tambor e gritava "Puxem" para coordenar os esforços.

— Puxem. Puxem. — Os curiosos aderiam ao cântico.

Paolo segurou meu braço quando a estátua começou a balançar para a frente e para trás.

— Puxem. Puxem. — A multidão encorajava.

Vários magistrados da cidade saíram às pressas, mandando os soldados esvaziarem a praça. Tentaram afastar as pessoas para as ruas laterais, mas, mesmo sob risco de vida, elas não se afastaram. Havia pelo menos uma dúzia de moleques em cada árvore, e as pessoas subiam ao telhado das construções vizinhas, disputando os melhores lugares para verem o feito.

— Puxem. Puxem. — O brado reverberava na *piazza*.

A estátua do papa Julio balançava de forma aterradora, até que o colosso desabou pesadamente no chão. Lascas de pedra foram arremessadas para todos os cantos quando os paralelepípedos se despedaçaram.

As pessoas erguiam seus filhos para que eles pudessem ver, dizendo:

— Estão vendo? Bolonha derruba o papa. Estamos dando um exemplo para o resto da Europa.

Ouviu-se o som de trombetas, e soldados assomaram à praça para afastar as pessoas que se aglomeravam em torno da estátua. Os magistrados tiveram de mandar montar guarda. Foram chamados ferreiros para cortar a cabeça, que foi arrastada pelas ruas da cidade, enquanto as pessoas jogavam contra ela pedras e montes de esterco, aos gritos:

— Ei, Julio, tome os dízimos que exigia de nós.

A cidade de Bolonha resolveu oferecer a estátua ao duque Alfonso. Ele mandou que a entregassem imediatamente. Declarou que iria derretê-la para transformá-la num canhão, ao qual daria o nome do papa. Seria um canhão veemente e barulhento, conhecido como *Il Julio*.

Sessenta e cinco

Foi construída uma carroça especial para transportar a estátua do papa até Ferrara. Com rodas de ferro e puxada por doze bois, percorreu a Via Montegrappa, saindo pelo portão de San Felipe em direção a Ferrara.

Parecia que toda a população de Bolonha viera apreciar a saída da procissão: vendeiros e lavadeiras, comerciantes e mercadores, artesão, cortesãos, a gente humilde, o clérigo, artífices, nobres e mendigos. A *Bande Rosse* foi destacada para abrir o caminho, de forma que cavalgávamos lentamente adiante da procissão. No dia anterior foram enviadas equipes encarregadas de cuidar da estrada para evitar que o chão cedesse ao peso da carroça, que, por sua vez, foram acompanhadas por soldados da infantaria para impedir qualquer outro trânsito na ocasião.

Os camponeses paravam seus trabalhos para nos ver passar, e os aldeões saíam de suas casas para cumprimentar os soldados. Jogavam buquês de ranúnculos amarelos, margaridas brancas e outras flores do campo, que caíam como chuva sobre nós, que ríamos enquanto as tirávamos da cabeça e dos ombros. O inverno fora árduo para essa gente, mas agora, estando a família Bentivoglio novamente instaurada como seus suseranos, era esperado um verão de paz na região. Paolo exultava de prazer, e os rapazes mais jovens do nosso grupo assobiavam e gritavam para as meninas nos campos. Foi nossa marcha da vitória, ostentando o butim da conquista, com os elogios e o aplauso de admiradores agradecidos.

— Agora nós fazemos parte da história — Paolo me disse orgulhosamente quando nos aproximávamos de Ferrara e começamos a avistar as multidões de cidadãos à nossa espera nos bastiões.

Foi realizada uma festa a céu aberto naquela noite. Acenderam uma fogueira imensa diante do Palazzo dei Diamanti, e o povo da cidade dançou em torno do corpo de bronze do papa.

Havia uma grande massa de gente na parte interna da cidade de Ferrara quando Charles e eu chegamos ao acantonamento à noitinha. Percorremos a custo as ruas até a Piazza del Castello, onde as comemorações estavam mais organizadas. Uma área fora reservada para a dança, e os músicos tocavam canções populares para o deleite do povo da cidade.

O duque e a duquesa resolveram honrar o evento com sua presença e tomaram assento num palanque elevado para assistirem aos desfiles. O duque se cansou cedo da festa e se recolheu, decerto para atiçar as fornalhas da fundição onde iria torrar o papa, ainda que apenas sua efígie. Donna Lucrezia fora coroada Rainha de Maio. Tinha flores no cabelo e usava um vestido de finíssima renda branca, assessorada por suas damas igualmente vestidas.

Charles me cutucou. Mas eu já havia avistado uma delas, cuja forma e aparência reconhecera.

Eleanora d'Alciato.

— Com sua licença — ele me sussurrou ao ouvido —, vou a uma caçada diferente hoje à noite. Há um carteado muito bom na estalagem. Faça bom proveito da sua.

Apesar do treino recebido de Graziano e Felipe, eu estava inseguro quanto à etiqueta. Supus que durante o Carnaval, ou num evento como este, haveria um pouco de folga nas restrições. Onde estava Charles quando precisei de seu conselho? E Paolo? Devia estar polindo sua armadura em preparação para a próxima batalha. Será que eu poderia abordar uma dama sem ser anunciado?

Com uma máscara, tudo é possível.

Paguei algumas moedas a um ambulante por uma máscara para os olhos. Amarrei-a ao rosto e fui em frente, confiante.

— Posso convidar uma bela dama para dançar? — ofereci a mão a Eleanora.

Ela se retraiu um pouco e se protegeu com o manto.

Um dos cortesãos presentes colocou a mão sobre o cabo da espada. Tendo alguma experiência com armas, percebi que se tratava de uma lâmina leve com punho ornamentado. Do tipo que se carrega para exibição, não para uso prático. Tratava-se de um poeta ou algo que o valha, daqueles que pairam sempre em grandes quantidades no entorno da duquesa Lucrezia.

— Eu tinha esperança de que a dama me reconhecesse — falei baixinho. — Já dançamos juntos antes. Mas na ocasião, claro, foi a mais sofisticada dança francesa *La Poursuite* e estávamos num salão diferente.

Eleanora soltou um pequeno suspiro.

— Os passos desta são menos complicados — continuei —, ainda assim bastante divertidos. — Fiz uma pausa. — Guiada por mim, tenho certeza de que a aprenderia facilmente.

Seus olhos brilharam.

Arrá! Acertei.

Eleanora olhou para Donna Lucrezia.

— Com sua permissão?

Lucrezia Borgia nos observou, entretidamente.

— Conhece esse homem? — perguntou a Eleanora.

— Sim. Conhecêmo-nos de maneira apropriada dentro de seu próprio palácio, *milady*.

Donna Lucrezia concedeu-lhe a permissão com um aceno da cabeça.

— Pode dançar com Donna Eleanora — disse-me ela —, mas os dois deverão permanecer onde eu possa vê-los, e fiquem restritos a somente uma dança.

Concordei com seus termos e estendi a mão para Eleanora.

Conduzi-a até a *piazza*.

Os músicos estavam tocando uma cantiga de roda, tradicionalmente dançada nos vinhedos à época da trituração das uvas. Formamos um círculo e de imediato senti uma pontada de ciúme ao ver que o parceiro dela no outro lado seria um homem. Peguei seu braço e acompanhei-a até outro lugar da roda de forma que ela ficasse entre mim e outra mulher.

Teria ela sorrido discretamente da minha atitude? Não tive tempo para estudar seu rosto, pois a dança começou de imediato com muita animação.

Na primeira volta, batemos os pés diversas vezes, e ela reclamou que seus sapatos não eram resistentes o suficiente para os paralelepípedos.

— Veja só — disse ela, erguendo um pouco a saia para me mostrar os graciosos pés vestidos em meias brancas e calçados por sapatinhos de cetim cor-de-rosa.

Ofereci-lhe minhas botas.

Ela riu. Vi os dentes brancos perfeitamente alinhados, com a ponta da língua a tocá-los. Entre minhas mãos, as dela eram pequenas e macias como a camurça. Seus olhos tinham em si as chamas da fogueira, e, quando giramos na roda, seu cabelo se soltou, cobrindo-lhe o rosto de pequenos cachos, sua boca estava úmida, e eu tive muita, muita vontade de beijá-la.

Sessenta e seis

Quando a dança terminou, um dos integrantes da comitiva da duquesa Lucrezia veio para acompanhar Eleanora de volta para seu lugar no palanque. Não era o fatídico poeta, mas sim um exemplo mais robusto da masculinidade ferrarense e não houve tempo algum para privacidade.

Veio andando atrás de nós enquanto eu a devolvia ao grupo de damas.

Estávamos quase lá quando ela falou baixinho:

— Ainda preciso descobrir, Messer Matteo, por que escolheu uma forma tão inusitada de visitar o convento de minha tia no ano anterior.

Então, a duquesa Lucrezia fez um sinal, e Eleanora baixou a cabeça e se despediu de mim.

Nos dias que se seguiram, os ferreiros de Ferrara trabalharam na confecção do novo canhão. Vestindo nada mais que tangas, seus corpos suados se empenharam laboriosamente sob a direção do duque para transformar a obra-prima de Michelangelo num instrumento de guerra. Fui assistir a uma parte do processo e tive uma visão súbita na minha imaginação do rosto feliz de Zoroastro inclinado sobre o fogo de sua fornalha.

A vermelhidão do metal quente resplandecia enquanto o bronze derretido escorria para dentro dos moldes assentados no chão. Com esse calor intenso e a força e a majestade dos elementos, pude ver como era fácil os homens acreditarem na alquimia mágica. Criamos formas usando outras substâncias, transmutando os elementos, submetendo-os à nossa vontade. Que ser, além de um deus, é capaz disso?

Quando o novo canhão ficou pronto, o duque mandou um enviado a Roma para ousadamente informar ao papa que sua imagem sagrada agora se encontrava sob outra vestimenta, defendendo Ferrara. Através de cartazes e de uma proclamação, foi anunciado que *Il Julio* estava pronto. Então, a arma imensa foi transportada para céu aberto de forma que o povo pudesse vê-lo, e foi celebrado um dia especial com jogos e pelejas no trecho de relva abaixo do Castel Tedaldo.

Acompanhados por seus escudeiros, os cavaleiros franceses desfilaram primeiro. Ostentando sobrecasacas de cetim e ouro, sentados em seus cavalos de batalha ricamente ornamentados por brocados e veludo grosso, eles percorriam pomposamente o campo. Depois desses suntuosos cavaleiros, os cavalariços levaram os animais mais ligeiros para exibir suas técnicas de equitação. Eles passearam e mostraram o galope, a andadura, o trote com elegância, o andar em círculos, até o balanço da cabeça. Todos que assistiam ficaram maravilhados, mas eu sorri em silêncio. Eram truques fáceis que qualquer criança cigana sabia ensinar um cavalo a fazer.

Os homens dos vários *condottieri* realizaram pelejas entre si e quebraram diversas lanças de madeira. E chegou a vez da *Bande Rosse*. No arsenal em Bolonha, Paolo encontrara um livro de regras do exército suíço e vinha treinando nossos homens a fazerem novas formações. Vínhamos em passo de andadura e, com um grito forte, jogávamos os chapéus para o alto. Depois, virávamos os cavalos no sentido oposto e saíamos a todo o galope pela relva. Numa virada súbita, corríamos de volta e, inclinados sobre as selas, recolhíamos os chapéus nas mãos em concha. Eu me considerava o melhor cavaleiro.

Será que ela estaria me observando da plataforma do duque?

Para encerrar o torneio, teve lugar o evento conhecido como Prêmio das Damas. Uma estaca comprida era enfiada no centro do terreno. Nela havia pregos cravados com a cabeça de fora, o suficiente para prender fitas. Os homens tinham de vir cavalgando em grupo e tentar tirar essas oferendas do poste. As damas participantes tiravam fitas dos cabelos ou vestidos e as seguravam bem alto para que todos pudessem ver quem elas eram e quais eram as suas cores. Um pajem fazia a declaração apropriada, e a multidão repetia o nome e as cores enquanto a dama amarrava suas fitas ao poste.

Era preciso coragem para uma dama fazer isso. Algumas se recusavam, por timidez ou por medo de que nenhum homem se candidatasse a correr por suas cores. Ou, ainda, podiam não querer que suas cores fossem vistas assim em público no caso de abuso de algum engraçadinho na plateia sem pudor de revelar o escândalo do momento associado a seu nome. Um marido podia descobrir a infidelidade da esposa assim, mesmo sem ter a menor noção de qualquer comportamento inadequado.

Eu estava procurando uma pessoa. Meu coração acelerou quando a avistei entre as outras damas.

A duquesa Lucrezia havia colocado as próprias cores dos Borgia, amora e amarelo, no ponto mais alto do poste. Assim que os cavaleiros alinhados na extremidade oposta da pista viram isso, começaram a se empurrar para conseguir a melhor posição de largada. Cada qual queria ser aquele que pegaria as fitas de Lucrezia. Mas meus olhos estavam fixos no laço roxo e verde-claro que fora amarrado um pouco mais abaixo. O vestido de Eleanora era brocado, aberto na manga e no pescoço de forma a mostrar seda roxa arrematada com renda branca. Quando colocou suas cores no poste, Eleanora não as ergueu bem alto, nem esperou que seu nome fosse chamado. Tratou apenas de prendê-las rapidamente e se afastar logo em seguida. E não olhou na minha direção.

O campo estava repleto de gente. Vários homens saltavam em suas montarias para tentar conquistar a oferenda da duquesa de Ferrara. A maioria trocara de roupa para esta parte final do evento. Eu estava usando uma camisa de linho branco, com babados na gola e no punho, amarrada com folga em torno do peito para me dar liberdade de movimentos. Minha calça era de camurça preta, e as botas vinham por cima dela até o joelho. Minhas luvas eram de couro macio, e eu usava uma manopla na mão que segurava as rédeas, o que me dava mais controle do cavalo, pois tínhamos de montar a pelo — sem sela e sem estribos para ajudar. Prendendo-me ao animal com a pressão dos joelhos, eu sentia os flancos fortes do alazão entre as minhas pernas.

O sinal!

Meu cavalo saltou na dianteira.

Vinte homens para cinco oferendas.

Eu estava quase na frente, mas não podia ganhar a corrida: se chegasse primeiro, seria obrigado a pegar as fitas da duquesa Lucrezia. Os outros cavaleiros se espremiam à minha volta e eu tentava contê-los, mas ainda permitindo que o nobre ferrarense agora à minha frente chegasse antes de mim.

Os cascos dos animais jogavam nacos grandes de terra para o alto e a multidão aclamava ruidosamente a nossa passagem.

Chegamos ao poste! E o nobre à minha frente pegou as fitas da duquesa. Agora o caminho estava livre para que eu pegasse meu prêmio.

Coloquei a mão nas fitas roxas.

Mas outro homem, mais velho e pesado que eu, acertou um soco com o punho cerrado no meu rosto.

Os espectadores gritaram-lhe impropérios.

Eu me desviei.

Ele foi pegar as fitas. Estavam bem amarradas, e ele não conseguiu soltá-las.

A multidão riu dele, e eu voltei para a contenda. Meu cavalo enfrentou o dele, e os dois disputaram o espaço. O dele mordeu o meu.

Mas eu viajara com meu alazão e cuidara dele todos os dias, tirara pedras de suas ferraduras, dormira aconchegado a ele nas noites frias do inverno nas redondezas de Mirandola, de forma que ele não me abandonou agora.

Escorou-se, sim, contra o adversário, agitando as patas no ar. O outro animal relinchou de medo e se afastou.

Eu me estiquei.

Peguei as fitas! Peguei as fitas!

Agora ela precisaria vir resgatá-las de mim.

Os cinco vitoriosos se alinharam para devolver as oferendas. Uma fanfarra chamava as damas uma de cada vez para recolherem suas fitas.

A duquesa Lucrezia deixou que seu ganhador beijasse as pontas de seus dedos.

Sob as vaias dos espectadores, a próxima dama tirou o pé do sapato e ofereceu a ponta do dedão.

As duas damas seguintes ofereceram a mão.

A última nota das trombetas.

O pajem anunciou:

— A dama Eleanora d'Alciato!

Ela desceu os degraus da escada, e eu cutuquei meu cavalo. Meu alazão inclinou a pata dianteira e baixou a cabeça diante dela. A multidão riu, deleitada, e aplaudiu.

Percebi que ela ficou satisfeita. Embora fingisse um ar de superioridade tranquila, esta Eleanora d'Alciato não conseguiu esconder o rubor e as covinhas que apareciam quando sorria.

— Eu reclamo meu beijo.

Minha garganta estava seca. Mal consegui articular as palavras.

Seus olhos se cruzaram com os meus. Gerou-se uma corrente entre nós.

Os olhos dela cravados nos meus. Escureceram-se enquanto ela me fitava. Embora o dia estivesse claro, as pupilas de seus olhos se dilataram.

Então, ela virou o rosto de lado.

E eu lhe dei um beijo no rosto.

Naquela noite, houve outra grande festividade na praça. Cheguei cedo para garantir um lugar onde achei que a duquesa poderia aparecer com suas damas. Mas a noite foi passando e a duquesa não chegava, de forma que acabei indagando a um dos cortesãos reais se havia alguma coisa errada. Os eventos do dia haviam exaurido a boa duquesa, disse-me ele. Ela ficou indisposta e se recolheu para repousar.

383

Sessenta e sete

Numa questão de dias, ficamos sabendo que a duquesa Lucrezia havia sofrido um aborto espontâneo. Ela e suas acompanhantes passariam um período prolongado no Convento de San Bernardino.

Agora, vendo-me privado da presença de Eleanora, comecei a me atormentar com a ideia de talvez ter imaginado que ela estava atraída por mim. Ela poderia pensar, durante essa estada em San Bernardino, que a vida de freira lhe servia muito bem. Talvez resolvesse ficar por lá, e eu jamais tornaria a vê-la. Senti saudades, e meu estado de espírito era espelhado pela corte de Ferrara, que sentia imensa falta da sua duquesa.

Sem Lucrezia para entreter os comandantes do exército, os franceses ficavam inquietos. Charles nos contou que eles esperariam mais um inverno na Itália, mas, a menos que conquistassem uma vitória decisiva, as tropas francesas seriam retiradas. O rei Louis estava ficando menos interessado nas conquistas italianas e mais preocupado com a segurança da terra mãe da França.

Porém, mesmo sem a duquesa a seu lado, o duque Alfonso d'Este não se dobraria a Julio. A captura da Bolonha e seu novo canhão eram fonte de imenso orgulho para ele e aborrecimento para o papado.

— Você acha que o Santo Padre ficaria lisonjeado — Charles brincou conosco — de uma máquina maravilhosa como essa receber o nome em sua homenagem?

Muito embora estivesse novamente muito doente, o papa ainda conseguia disparar mais fogo que qualquer canhão. Estava possesso de raiva porque Ferrara não cedia a ele. Quando soube que os Bentivoglio haviam sido instaurados novamente na Bolonha, jurou vingança contra Ferrara por ajudar seus inimigos. Os enviados do duque Alfonso relataram que Julio se arrastara da cama e percorrera os corredores do Vaticano dizendo que tomaria Ferrara mesmo que fosse a última coisa que fizesse na face da terra — que preferiria morrer feito um cão a abrir mão dela.

O que só serviu para fortalecer a resistência dos ferrarenses e sua determinação para continuar lutando. E Paolo queria tomar parte nisso. Quanto a mim, não sabia que rumo tomar na vida.

Quando voltamos da Bolonha, havia cartas de Milão à minha espera. Uma do Maestro e uma de Felipe.

Finalmente [o Maestro escreveu], *temos notícias do paradeiro de um rapaz errante! Minhas penas estão desarrumadas, e meu lápis de ponta de prata desapareceu há dias. Por que isso? Porque a pessoa responsável pela organização dessas coisas resolveu ir embora sem avisar. Como posso trabalhar com eficiência?*
Ontem eu estava caminhando pelos canais no entorno da cidade e considerando a lentidão com que a água se desloca. Pensei, então, no corpo do velho que anatomizamos e na comparação que fizemos na ocasião da constrição das veias com o assoreamento. Virei-me para chamar sua atenção para isso e você não estava lá, Matteo.

Senti lágrimas se formarem em meus olhos e estiquei a mão para tocar no papel. Fiquei emocionado de saber que minha ausência foi notada e que não fui esquecido.

Cuide-se [terminava a carta], *pois treinar outro assistente seria um dispêndio problemático para mim.*

Uma piada? Foi assim que entendi e sorri. E mais tarde pensei que havia tristeza e arrependimento em suas palavras.

A de Felipe era mais alegre e prática.

Você decerto já ouviu falar que as tropas francesas em Milão estão algo assediadas no momento. Graziano lhe manda todo o carinho e [ri das palavras seguintes] *pede que você dê lembranças dele à Bela Lucrezia. Ele não tem passado muito bem ultimamente; caso contrário, escreveria. Espera que você venha levando em conta os ensinamentos dele quanto a seus modos na corte dela.*

E em seguida acrescentava:

O Maestro quer que você saiba que, apesar dessas dificuldades, você será muito bem-vindo, Matteo, caso algum dia retorne.

Mas no momento eu não podia voltar. Paolo queria entrar num acordo com os franceses para um novo contrato. Nossos homens precisavam fazer sua marca no documento. Os que haviam sobrevivido ao último inverno e à batalha de Mirandola estavam muito dispostos a fazê-lo. Estavam com o ânimo revigorado depois de nosso êxito em Bolonha e da festança em Ferrara. Cuidar de doentes era algo que eu estava gostando mais de fazer do que de guerrear, mas que escolha eu tinha? Eleanora d'Alciato era uma razão boa o suficiente para eu ficar em Ferrara. O próprio Maestro estava tendo dificuldade para manter sua casa. Minha vaga na Universidade de Pavia dependia da boa vontade de Marcantonio della Torre. Agora ele estava morto. Portanto, eu também deveria assinar meu nome no contrato do meu capitão *condottiere*.

Nosso acordo com os franceses especificava um certo número de homens e cavalos, de forma que precisávamos providenciar a quantidade exigida. Um ou dois de nossos homens haviam desertado em Bolonha. Outro se apaixonara por uma moça e pedira para ser liberado de sua obrigação. Precisávamos substituir tanto os homens quanto os cavalos. Procurei e comprei cavalos da melhor qualidade enquanto Paolo recrutou mais homens, os armou e treinou.

Esses homens em geral não tinham procedência. Eram do tipo que aparecia e se unia ao lado que estivesse ganhando. Paolo precisou dar duro para conter seu temperamento, mas já se tornara um bom capitão *condottiere*. Vivia buscando junto aos franceses novos métodos de guerrear e os colocava em prática. Começava a se afirmar como líder e, com a pressão de um treinamento árduo, colocou nossos homens na linha.

Gastou uma boa quantidade de dinheiro para renovar os equipamentos. Comprou pistolas e munição, pólvora e chumbo. Para que ficássemos mais bem protegidos em batalhas futuras, trocou nossos capacetes de couro grosso por outros feitos de aço, com chapas laterais para proteger o rosto e uma aba atrás para proteger a parte mais vulnerável da nuca. Comprou casacos de couro cru e armaduras de peito e de costas separadas para usar por cima. Para a proteção das mãos, tínhamos luvas de couro do tipo manopla e também calças e botas compridas de montaria.

Enquanto nos preparávamos para uma campanha de inverno, a França montava um sínodo rebelde de bispos para desafiar o papa. O rei Louis queria que declarassem claramente que o papa não tinha nenhuma autoridade temporal na Itália. Exigiu que Julio retirasse suas forças dos estados italianos que os franceses haviam tomado.

Ao que, dizia-se, o papa retrucou com veemência:

— Eu sou o papa! E o papa não é um capelão do rei da França!

Mas, enquanto o rei Louis conspirava contra ele de um jeito, o papa Julio se deslocava com presteza no tabuleiro de xadrez da Europa. Formou uma nova aliança chamada Liga Sagrada, que incluía a Suíça, a Inglaterra e a Espanha. Agora a França estava cercada por estados hostis. E a Espanha enviava soldados de seu reino em Nápoles para ajudar os exércitos papais na Itália.

Em Ferrara, preparamo-nos para a luta inevitável.

Então, Felipe me escreveu uma carta datada nas vésperas do Natal de 1511. Disse que estava ficando perigoso demais continuar em Milão.

Os suíços atearam incêndios nas redondezas da cidade. Do telhado do Duomo, podemos ver fazendas e vinhedos inteiros pegando fogo. O Maestro pretende ir para Vaprio no rio Adda. O pai de Francesco Melzi

lhe ofereceu abrigo em sua propriedade por lá. Queremos nos mudar
logo, pois há um temor de que Milão possa ser cercada.

Kestra não ficava tão longe da cidade.
Elisabetta estava em perigo.

Sessenta e oito

Paolo precisava ficar em Ferrara para treinar nossos novos recrutas, de forma que levei Stefano e outros dois comigo para Kestra.

Meu objetivo, ao escolher Stefano, era prestar-lhe um serviço. Queria lhe dar a oportunidade de se retirar da *Bande Rosse*. Ele ficara arrasado com a perda do amigo Federico, e achei que, ao se encontrar novamente com a família e ver sua prometida, ele perceberia que a vida numa fazenda era preferível e mais segura a voltar para Ferrara. Mas aconteceu algo estranho a caminho de Kestra. Stefano, que se lamentara tanto depois de Mirandola e jurara que, se tornasse a ver a fazenda do pai, não a deixaria mais, mudou de ideia.

A tomada de Bolonha mudou sua opinião. Uma vitória fácil e algum butim o transformaram num homem diferente. Em nossa cavalgada rumo ao oeste, ele foi se vangloriando de suas bravuras, que ficavam mais grandiosas e ousadas a cada quilômetro percorrido. Desapareceram seus resmungos sobre a derrota em Mirandola, as agruras do inverno, o surto de disenteria. Suas narrativas falavam da glória na tomada de Bolonha, de termos feito o legado papal sair correndo para Ravenna e expulsado os homens do papa. Quando chegamos à sua fazenda, levando fardos amarrados a cada um dos lados de seu cavalo e alguns pacotinhos para sua garota amarrados à sela, ele foi recebido como herói. Sua família o acolheu com orgulho e, ao ver o butim trazido, insistiu para que eu o pegasse na volta para Ferrara e levasse junto o irmão caçula Silvio para que eles pudessem ir e voltar trazendo-lhes mais. Deixei-o lá, contando histórias extravagantes de suas lutas contra exércitos imaginários, e segui para Kestra.

A princípio, achei que a fazenda estava deserta. Não havia sinal de vida quando eu e meus dois companheiros desmontamos. Dei-lhes a tarefa de desfazer a bagagem e colocar os cavalos na estrebaria e entrei na casa. Elisabetta estava na cozinha, agachada, lutando para acender o fogo sob a caldeira.

Cheguei por trás dela e tirei-lhe a pederneira das mãos.

— Seus gravetos estão úmidos demais — falei. — Uma menina do campo como você deveria saber que o fogo não pega se a lenha não estiver bem sequinha.

Ela soltou um gritinho de susto. Depois, quando viu que era eu, desatou a chorar.

— Que recepção! — exclamei. — Logo eu, um pobre soldado voltando da guerra!

Ela limpou as lágrimas, e nós nos abraçamos.

— Oh, Matteo — falou. — Matteo, Matteo, Matteo.

— Dá para perceber que você não está chateada por me ver — fiz um pouco de troça. — Espero que fique ainda mais feliz quando eu lhe disser que seu irmão Paolo está bem e manda as lembranças mais carinhosas com um monte de presentes.

A esta altura, meus dois soldados estavam nos fundos da casa desembrulhando os apetrechos que eu trouxera de Ferrara. Mandei que pegassem um bocado da comida que trouxéramos e encontrassem um lugar no celeiro para comer e descansar; em seguida, trouxe os pacotes para dentro. Abri aquele que era o meu presente para Elisabetta. Era uma peça de fino tecido ferrarense pelo qual paguei uma vultosa quantia.

— O que acha disso? — perguntei, segurando a peça bem alto para ela inspecionar.

Ela correu o dedo pelo tecido, apreciando-o.

— É de ótima qualidade — disse. — Devo conseguir um bom preço por ele.

— Você vai vender? — falei. — Este brocado foi comprado especialmente com o intuito de fazer um vestido para você usar no Natal.

Ela dobrou a peça e colocou-a em cima da mesa.

— Posso ver que meu irmão não o mantém informado sobre nossas verdadeiras condições — disse. — Vamos comer primeiro, depois conversamos.

Ela cortou um pedaço do presunto salgado que eu trouxe e colocou-o para ferver com algumas cebolas brancas. Enquanto comíamos, ela me fez contar algumas de nossas aventuras, e eu tive a satisfação de contar a verdadeira história de como o irmão dela me salvara a vida em Mirandola. Já me disseram que sou um bom contador de histórias, e é bem possível que eu tenha pavoneado algumas das ações de Paolo ao descrevê-las para a irmã dele naquele dia.

— Ele atacou com seu cavalo para me salvar — falei. — Foi como nas vezes que brincamos em Perela. Paolo foi um nobre cavaleiro para a cruzada. Um verdadeiro leão! Um guerreiro tártaro de grande ferocidade! Parecia um gladiador na arena do Coliseu. Ele foi tudo isso. Salvou a minha vida. — E era verdade. O cerne da história não era falso. Sem Paolo, eu teria morrido naquele dia.

Depois, Elisabetta me contou como iam as coisas com ela. Havia uma pequena renda gerada com a venda de ervas para o boticário em Milão, mas nem de longe o suficiente para tocar a fazenda. Ela me levou em visita à casa. Os quartos estavam fechados. Quase toda a mobília já se fora. Comemos em pratos simples, pois a prata ela penhorara alguns meses antes. Contou-me que, ao longo do ano, Paolo foi vendendo os campos um por um e acabou hipotecando a casa. As escrituras estavam na mão de Rinaldo Salviati.

— O homem que veio aqui insultá-la naquele dia? — perguntei.

— Exatamente — respondeu ela. — O homem cujo nariz você quebrou. E Paolo não fez os pagamentos, de forma que agora não somos mais os donos da casa. Dentro de um mês, Rinaldo Salviati vai executar a hipoteca e... — desatou a chorar.

— E o quê? — perguntei alarmado. — Ele se insinuou para cima de você de alguma forma?

— Deu a entender que podemos chegar a um acerto.

— Pode dizer que esse tipo de coisa não vai acontecer.

— É tão simples para você dizer isso! — Elisabetta se inflamou comigo. Foi a primeira vez em que a vi zangada. — Sei que você é mais solidário que muitos outros homens, Matteo, mas enquanto não viver como mulher não terá ideia dos constrangimentos que sofremos. Não tenho dinheiro, não tenho terras, não tenho título, nada. O que vou fazer? Para onde devo ir? Como vou comer? Como vou viver?

Sessenta e nove

Na manhã seguinte, parti de Kestra prometendo retornar assim que pudesse.

Fomos para Milão, querendo chegar lá pelo sul, bem longe da estrada onde eu fora pego de surpresa no último outono. Já na cidade, deixei que meus homens passeassem pela área do *duomo*. Dei-lhes instruções para que ficassem atentos e evitassem contratempos, mas buscassem quaisquer informações possíveis. Eram bons homens, inexperientes mas de bom coração. Então, dirigi-me ao estúdio do Maestro em San Babila.

Lá, só encontrei Felipe cuidando das sobras das oficinas, separando as últimas coisas a serem levadas para a vila dos Melzi em Vaprio. Ele me deu calorosas boas-vindas, e eu pensei na maneira como fui recebido por eles desde o início, e na maneira como Leonardo da Vinci lidou comigo na minha infância, com ternura porém firmeza, como um verdadeiro pai faria.

Felipe me contou da morte de Graziano, um mês antes. Falou das brincadeiras que nosso corpulento amigo fez até o fim; dizendo que nosso senhor deveria abri-lo depois que ele se fosse, para ver que seu estômago estava inchado por causa de um câncer, e não por causa da paixão que ele tinha por comida e vinho.

Depois me perguntou se era verdade que os bolonheses haviam derrubado a grande estátua do papa. Quando eu disse que era, ele saiu da sala. Fui para o jardim, atrás dele. Imaginei que a derrubada de uma obra como aquela, feita por um gênio como Michelangelo, fosse igual a uma dor física para ele. Felipe trabalhava com meu senhor havia muitos anos. Sabia o custo, o investimento emocional e o esforço físico e mental de se criar algo daquela magnitude. E se solidarizava com o desânimo que um artista deve sentir ao saber de tal destruição. No início de sua estada em Milão, Leonardo da Vinci fez um modelo em gesso para uma estátua imensa de um cavalo, que foi destruído por soldados que o usaram para praticar tiro ao alvo.

Ficamos ali juntos em silêncio durante alguns instantes.

Costuma-se dizer que havia uma rivalidade entre os dois talentos daquela época, Leonardo da Vinci e Michelangelo. Suas naturezas não poderiam ser mais opostas. Comenta-se que Leonardo teria rido da profissão preferida do outro, declarando que a escultura não era capaz de retratar a alma; que isso poderia ser mais bem-feito usando-se a pintura como meio, pois ela mostrava os olhos do observador. Por outro lado, diz-se que Michelangelo teria declarado que somente através de representações do corpo nas três dimensões de uma estátua a vida real poderia ser refletida, e a grande Arte, criada. Contudo, Leonardo esculpiu e fundiu estátuas, e Michelangelo obedeceu à ordem do papa e pintou uma obra-prima no teto da Capela Sistina.

— Somos nós os bárbaros — falou Felipe. — De permitirmos um ultraje desses! — Olhou para mim. — Eu gostaria de ouvir seu próprio relato, Matteo. Alguém se ressentiu do fim dela?

— O regozijo foi geral pelas ruas quando ela caiu — contei-lhe com toda a sinceridade. — Em Ferrara, fizeram fogueiras e queimaram a efígie do papa para mostrar o que aconteceria com a imagem de bronze. O duque Alfonso a derreteu nas fornalhas e a transformou num canhão imenso.

Felipe se sentou num banco. Colocou a mão no coração.

— Ah, eu fiquei velho — disse. E depois de alguns instantes, acrescentou: — Assim como seu senhor.

Sentei-me a seu lado.

— Ele me perdoou de verdade por eu não ter pegado a vaga na universidade em Pavia?

— Você mesmo deveria ir falar com ele — insistiu Felipe. — Ele está em Santa Maria delle Grazie. Os dominicanos estão reclamando que o afresco que ele pintou no refeitório anos atrás está descascando da parede.

— E como ele está? — perguntei.

— As mortes dos amigos Marcantonio della Torre e Charles d'Amboise o afetaram bastante, e ainda estamos de luto pelo falecimento de Graziano.

Morte. O absoluto cruel que separa amigos para sempre.

Morte. Companheira do Maestro e minha naquelas noites no necrotério em Averno.

— Mas Vaprio está em paz — continuou Felipe —, e ele pretende traçar a geologia da região. Será bom ele descansar um pouco por lá.

— O que vai fazer se os franceses perderem o controle de Milão?

— Ele precisa cuidar dos assuntos e da renda dele. Assim que as estradas estiverem seguras, devo ir para Florença cuidar das finanças. Depois, vamos nos alternar para buscar patrocínio e evitar as áreas de guerra.

— Para onde se pode ir hoje em dia de forma a evitar a guerra? — perguntei.

Havia um propósito quando fiz essa pergunta a Felipe, pois minha mente se preocupava com a situação de Elisabetta. Eu sabia que Paolo não tinha intenção de ficar com a fazenda. Vi agora que foi essa a razão para eu ter vindo a Kestra enquanto ele ficava em Ferrara — para que ele não tivesse de discutir com Elisabetta. Todo dinheiro que tinha ele gastava para equipar a *Bande Rosse*. Eu estava avesso a levá-la comigo para Ferrara porque não considerava o lugar seguro.

— Deve ser difícil acompanhar a política mais ampla quando se está em combate nos campos de batalha — Felipe falou —, mas você deve saber que os franceses vão embora da Itália. Não têm como manter um exército aqui enquanto o papa encoraja o jovem Henrique da Inglaterra a reunir suas tropas contra eles na fronteira norte.

— Em Ferrara, todos creem no papa como um conspirador do mal.

— O antigo duque de Ferrara tinha se aliado ao papa Alexandre VI, Rodrigo Borgia, casando o filho com Lucrezia Borgia. Assim foi que Ferrara, num dado momento, esteve ao lado do papado por uma questão de poder e proteção. Mas este papa de agora, Julio, parece agir pelo bem de todos. Começou a fazer uma reforma monástica e baixou uma ordem contra a simonia. Agiu diferente dos outros, não usou a posição para favorecer sua família. — Felipe sorriu. — É claro, favorece as Artes, e pode até ser que eu tenha um certo preconceito na opinião que faço dele.

Mais uma vez, o raciocínio objetivo de Felipe esclareceu meus pensamentos.

— Então você acha que o rumo do papa Julio é mais benigno para o estado da Itália do que qualquer outro?

— Acho que Julio procura colocar certos governantes no controle das cidades-Estado — disse ele — e depois espera reuni-las sob a autoridade única de Roma. Já declarou que os assuntos italianos devem estar em mãos italianas. Eu acho que não dá para discordar disso. Podemos estar presenciando uma Itália que luta para nascer.

Enquanto conversávamos, um pensamento me cruzou a cabeça. Eu já lhe contara sobre minha preocupação com Elisabetta e agora lhe fiz uma proposta.

— Posso providenciar uma escolta para levá-lo até Florença — falei — se você levar Elisabetta junto. Ela correria menos perigo em Florença do que em qualquer outro lugar no momento.

Ele considerou a proposta por alguns instantes.

— Seria útil se eu pudesse chegar lá em breve — falou. — Temos algum dinheiro numa conta em Florença do qual estamos precisando. E — acrescentou — tenho amigos morando nas redondezas da cidade que podem cuidar dela. É uma casa respeitável, e grande o suficiente para acomodar um inquilino.

Fiz o acerto com Felipe e parti para Santa Maria delle Grazie ao encontro do Maestro. Quando passei pela loja do boticário que comprava ervas da horta de Elisabetta, ocorreu-me outra ideia. Em nossa viagem de volta, eu faria um desvio para encontrar a caixa que continha as receitas de minha avó. Com elas na mão, Elisabetta poderia conseguir alguma renda para ajudar a se sustentar independentemente.

Setenta

O monastério dominicano de Santa Maria delle Grazie ficava no lado mais distante do castelo, e eu percebi os olhares suspeitos dos sentinelas franceses para meu uniforme de *condottiere* quando passei.

Encontrei o Maestro sentado num banquinho no refeitório dos monges examinando seu famoso quadro da Última Ceia de Jesus Cristo com os Apóstolos.

Entrei no cômodo vindo do claustro externo e fechei a porta silenciosamente ao passar. Fiquei parado um instante olhando para ele e senti tamanha onda de amor e afeto que não consegui me mexer.

Ele percebeu minha presença e girou a cabeça.

— Matteo! — Esticou as mãos. — É você!

Atravessei o salão e me abaixei sobre um joelho diante dele.

— Ora essa, Matteo! — disse. — Eu não sou um deus para quem você precise fazer um genuflexo.

— Receio tê-lo irritado por não voltar para estudar na universidade.

— Estou triste por você ter perdido a oportunidade de explorar as profundezas dessa sua mente inteligente. — Segurou-me pelos ombros e me ergueu. — Mas você ainda está vivo, e isso é o mais importante. E estou muito feliz em vê-lo.

Ele me colocou a certa distância para poder examinar minha bela túnica e a faixa carmim que adotáramos como *condottieri*.

— Sinto muito não ter correspondido às suas expectativas a meu respeito — falei com humildade.

— Mas na vida de um capitão *condottiere* não faltam oportunidades. — O Maestro gesticulou com a mão na direção da outra extremidade do refeitório e do afresco da crucificação, feito por Montorfano. — Se olhar para os dois lados da Cruz, você vai ver a pintura que fiz de Ludovico "*Il Moro*" Sforza e sua família. Os Sforza eram capitães *condottieri*, no entanto chegaram a governar o ducado de Milão e, se o papa Julio conseguir, vão governar aqui novamente depois que os franceses forem expulsos.

— Não foi um desejo sincero tornar-me um *condottiere*. Parti com Paolo dell'Orte porque... — parei de falar. Não podia explicar a razão sem revelar meu temor e minha culpa.

— Você teve razão de fazer o que fez — falou o Maestro pensativamente. Em seguida, acrescentou: — Desde o início da sua vida.

Eu não soube exatamente o que ele quis dizer com aquilo, mas percebi que talvez me levasse a um território que eu não queria explorar, de forma que virei a cabeça para poder ver o magnífico afresco da Última Ceia.

— É verdade que a tinta está despegando da parede?

— Há alguma umidade que está causando essa perturbação. Pelo menos — ele sorriu — está causando perturbação ao prior do monastério. Se vale a pena restaurar a obra, não sei, considerando que a guerra está chegando à cidade e ela pode muito bem ser destruída no conflito.

Ele se levantou, e eu fui junto dele para perto de sua obra-prima. Foi como se estivéssemos entrando na própria sala da ceia, na presença viva dos treze homens reunidos em torno daquela mesa. O decurso imediato da bombástica declaração de Jesus, "*Um dentre vós me trairá*", estava aparente na reação dos Apóstolos às palavras de seu Mestre. A tensão do momento exibida pelas várias expressões de atônita descrença e perturbação. O rictos dos dedos esticados na mão direita de Cristo espelhado pelo de Iscariote.

Judas.

O Traidor.

Tomei um susto quando o Maestro colocou a mão sobre meu ombro.

— Eis o seu xará, Matteo. — Ele apontou para um dos Apóstolos à esquerda de Jesus. Um homem retratado de perfil, com manto azul e uma aparência séria. — São Mateus — repetiu ele —, cuja imagem Felipe traz presa ao manto por causa de sua devoção especial ao santo. Você sabia disso?

Meu coração estava batendo muito rápido. Balancei a cabeça.

— São Mateus era coletor de impostos, e dizem que protege os que lidam com contas. É por isso que Felipe sente uma certa afinidade por ele.

— Entendi — respondi com cuidado.

O Maestro esticou os braços e colocou as mãos uma em cada lado da minha cabeça.

— Você é um rapaz honrado, Matteo — disse. — Quando a hora chegar, sei que você vai encontrar o caminho para a verdade. — Ele abriu os dedos, espalhando-os por todo o meu rosto, circundando meus olhos com os polegares e os indicadores. — Matteo — repetiu mais uma vez o nome que não era meu.

Setenta e um

Empenhei quase todos os presentes que trouxera para Elisabetta de forma a conseguir um cavalo para ela e Felipe.
Fizemos a jornada de volta pela Via Emilia em boa velocidade. Felipe sabia montar bem, e Elisabetta não reclamou, embora tenha despencado do cavalo exausta quando paramos para descansar na primeira noite.

Eu determinara um ritmo pesado porque havia uma razão para chegar a este lugar específico. Aos primeiros raios de sol, levantei-me e acordei Stefano. Falei que precisava cuidar de um assunto e que ele estava no comando até que eu voltasse.

Estávamos no território onde minha avó morrera, e eu queria encontrar o córrego perto do qual enterrara sua caixa. Mesmo passados vários anos, seria capaz de achá-la, pois marcara o local com pedras distintas.

Retirei as pedras e cavei a terra.

Lá estava, a caixa feita com a madeira do carvalho, num embrulho de cordas amarradas à volta. Dentro dela estavam seu pilão, sua tigela, suas colheres e umas peneirinhas para o preparo de infusões. Ouvi o chocalhar desses objetos quando ergui a caixa. Eu sabia que ali dentro também estava, embrulhado num envoltório à prova d'água, seu livro de receitas e outros papéis. A caixa quadrada não tinha nem meio metro de lado e pesava menos de 5 quilos. O que parecera um fardo grande para um menino de 9 anos eu agora erguia com facilidade e pendurava no cepilho da minha sela.

Quando entreguei a caixa a Elisabetta, uma tristeza horrível se abateu sobre mim.

— Espere até chegar à sua nova casa para abri-la — solicitei. Fiquei embaraçado com a minha óbvia exibição de pesar diante dela, que sofrera tanto mais que eu. — É o legado de minha avó que lhe dou. Os apetrechos que ela usava para o preparo de ervas e a confecção de pílulas, e o que é mais importante, seu livro de receitas. Você pode tentar fazer para vender.

— Ah, Matteo! — respondeu ela. — Agora eu vejo a razão para você me mandar trazer aquelas mudas e sementes do meu herbário.

Dei a Felipe todo o dinheiro que tinha para cobrir o custo de manutenção de Elisabetta e prometi enviar mais assim que pudesse. Então, deleguei a Stefano e seu irmão Silvio, nosso mais recente recruta, a tarefa de acompanhar Felipe e Elisabetta no percurso das colinas até Florença.

— Não se preocupe com Elisabetta — falou Felipe. — Meus amigos não têm mais filhos com vida. Não vão recusá-la.

Chegou a hora de me despedir.

Felipe tomou minha mão.

— Fique fora do caminho das balas dos canhões, se puder, Matteo.

Elisabetta estava prestes a chorar, mas firmou o queixo e não o fez.

— Vou escrever assim que estiver instalada — disse. — Se conseguir ganhar algum dinheiro, vou arranjar um lugar para morar que também será uma casa para você e Paolo. Traga-o em segurança para mim, se puder, Matteo.

Parte Sete
O Selo Médici

Ferrara e Florença, 1512

Setenta e dois

No meu retorno para Ferrara, havia um banquete para comemorar os sucessos recentes do novo comandante francês, Gaston de Foix.

Lucrezia Borgia, que recuperara a saúde após o aborto espontâneo, estava de volta ao *castello* organizando uma refeição de cem pratos. Deveria transcorrer desde o pôr do sol até o raiar do dia, e foi considerada um ato de desafio à nova aliança papal, a chamada Liga Sagrada. E também, conforme Charles observou com perspicácia, para mostrar aos franceses quão importante sua presença era para a cidade e o ducado.

Mais de um salão foi reservado para o banquete, onde foram montadas mesas sobre cavaletes para atender a tantos convidados. Elas foram cobertas com panos brancos e dourados e enfeitadas com plantas e fitas vermelhas para comemorar o ano-novo. Os criados corriam o tempo todo entre as cozinhas e as mesas, trazendo comida e tigelas com água e toalhinhas para limpar os dedos. Entre cada batelada de comida, as damas se levantavam da mesa para ir ao toalete ou passear pelos jardins e varandas. Os cavalheiros as acompanhavam ou se reuniam em grupos para discutir a guerra e a política. Ainda fazia frio, mas foram colocados músicos em tendas abertas no jardim para entreter aqueles que porventura quisessem se expor ao relento. Durante esses intervalos, eu ia de sala em sala, entrando e saindo dos apartamentos, tentando encontrar uma dama.

Já passava da meia-noite quando afinal, por uma das janelas, avistei Eleanora andando na companhia de duas outras damas. Sinalizei para Charles e puxei-o para que me acompanhasse num caminho paralelo de forma que pudéssemos interceptá-las mais adiante.

Fingimos grande surpresa quando nos encontramos. Trocamos amabilidades, em seguida Charles delicadamente assumiu as duas outras damas, uma em cada braço, e saiu caminhando com elas à nossa frente.

Agora eu estava a sós com Eleanora.

Ofereci-lhe o braço. Ela aceitou.

Após minha ação inicial para providenciar nosso encontro, eu não sabia o que fazer. Deveria falar primeiro? O que deveria dizer? Olhei para a frente e vi que Charles conversava animadamente com as duas damas. Um comentário sobre o tempo, talvez? Limpei a voz.

— E então, Messer Matteo? — Eleanora falou antes que eu começasse. — Conte-me como foi parar escondido sob a saia de uma freira no jardim de um convento.

Quando a vi pela primeira vez em Ferrara, achei que em algum momento ela fosse me fazer essa pergunta, de forma que tinha uma história pronta para lhe contar.

— Eu estava em visita a alguns amigos no campo — falei — e fui acossado por rufiões no caminho de volta a Milão.

— Que estranho! — disse ela. — Embora ele seja conhecido como um homem implacável, para mim não é fácil imaginar Jacopo de' Médici esperando para pegar um viajante distraído de emboscada.

— Nem para mim — falei tranquilamente. — Talvez ele tenha me visto fugir, e meus atacantes lhe pediram ajuda para me pegar contando alguma mentira, que eu os tivesse roubado, quem sabe.

— E tinha?

— Claro que não.

Ela ficou me olhando, pensativa.

— Você viu que eu não trazia nada comigo — falei. Em seguida, acrescentei por brincadeira: — Sequer uma arma.

Ela sorriu disso e falou:

406

— É verdade. Entretanto, tenho a impressão de que você não me contou a história inteira.

— Você também não me contou a sua — retruquei. — Como pode estar na corte de Ferrara e conhecer uma pessoa como Jacopo de' Médici?

— Ele visitou a casa do meu pai em Florença uma vez. Eu era bem menor, só uma criança, e foi por isso que ele não me reconheceu.

Chegamos a uma bifurcação no caminho. Charles tomou a direção do *castello*. Eu hesitei, mas depois fiz uma leve pressão no braço dela de forma a tomarmos a outra.

Ela olhou de relance para trás, mas deixou-se guiar por ali.

— Não devo demorar para que minha ausência não seja notada.

Caminhamos um pouco mais. Chegamos a um chafariz. A fonte de água fora desligada para a passagem do inverno, e a poça de água que restara no fundo estava congelada. Ela se sentou na borda, encostou os dedos no gelo e estremeceu. Senti uma vontade imensa de envolvê-la em meus braços, para aquecê-la de encontro ao meu corpo.

Ela me perguntou sobre Leonardo da Vinci.

— Meu pai me levou para a Igreja da Anunciação em Florença quando o esboço que Leonardo fez da Virgem e de Santa Analysis foi ali exibido. — Ela inclinou a cabeça para o lado. — Você o conhece. É verdade que ele fez os símbolos dos Três em Um nessa pintura?

— Ele não diz o que há nos seus quadros — respondi. — Só podemos adivinhar.

— O círculo do amor que ele fez entre as figuras é único — disse Eleanora. — Muitos artistas vêm olhar para aprender. Ele é um gênio.

— É, sim — falei.

— Você quer virar artista?

— Ah, não. Cheguei a pensar em virar médico.

— Dizem que Leonardo da Vinci dissecava corpos na calada da noite para buscar a fonte da alma.

— Ele dissecava cadáveres para descobrir como o corpo humano funciona.

— Você estava junto!

Ela era rápida. Percebi que, com ela, seria preciso manter a mente em alerta.

— E é por isso que você quer virar médico, Matteo? — prosseguiu. — Por ter descoberto coisas sobre o funcionamento do corpo humano?

Enquanto considerava o que iria responder, me ocorreu que, com esta conversa, estava podendo vislumbrar os pensamentos dela. Uma luz sobre quem era Eleanora d'Alciato e como ela pensava.

— Quando investigava os órgãos internos, o Maestro, Da Vinci, sempre discutia comigo o funcionamento e como eles poderiam ser prejudicados por um acidente ou uma doença. Depois discorríamos sobre como eles poderiam ser reparados. Durante algum tempo, estudei sob a orientação de um amigo dele, que morreu pouco depois. O professor Marcantonio della Torre, que dava aulas na Escola de Medicina na universidade em Pavia.

— Existe uma biblioteca famosa em Pavia — disse ela. — É tão maravilhosa quanto a reputação que tem?

— É, sim. Eu li alguns dos livros de lá.

— Eu adoraria visitá-la! — Seus olhos brilharam. — Foi meu pai quem me educou, e ele tinha uma grande biblioteca. Estudei Aristóteles e Petrarco, e já li Dante também. Mas os livros do meu pai foram vendidos para pagar as dívidas, quando ele morreu. — Ela soltou um suspiro. — Dupla perda: eu o amava e adorava seus livros.

— E como foi que veio parar na corte em Ferrara? — perguntei.

— Quando meu pai morreu na miséria, meu tio cuidou de mim. Foi muita generosidade dele, pois já tinha quatro filhas. Elas são jovens, mas em breve será hora de casá-las, de forma que ele quer que eu me ajeite logo. Depois do enterro do meu pai, ele arranjou para eu casar com um respeitável mercador florentino. O homem tinha meia dúzia de filhos das três esposas anteriores que haviam morrido. Meu tio achou que eu ficaria grata. Embora mais velho, o homem tinha algum dinheiro, e meu tio achou que cuidar das crianças afastaria meus pensamentos da perda do meu pai. Eu estava insegura e transtornada e falei que não seria capaz de enfrentar aquilo naquele momento. Fui para o convento onde minha tia é abadessa, e ela me deu abrigo. Mas não me adaptei à vida monástica, de forma que a abadessa escreveu para o duque Alfonso, que é parente dela, e ele me deixou vir para cá durante um tempo. — Ela se levantou. — E agora preciso voltar à casa. O próximo prato vai ser servido, e estou sentada dentro do campo de visão da duquesa. Ela vai querer saber onde estou.

Ela começou a andar para passar por mim, mas eu dei um passo bloqueando-lhe o caminho de forma que ela ficou bem perto de mim e não consegui resistir e toquei seu rosto com a mão.

Sua pele era macia, e ela pôs a mão sobre a minha, espalmando-a contra o próprio rosto.

— Eleanora — sussurrei.

O barulho do sino anunciando o serviço do próximo prato varou a noite e chegou aos nossos ouvidos.

— Preciso ir — disse ela.

Setenta e três

Enquanto estive em Milão, o exército francês empreendeu uma série de campanhas bem-sucedidas para recapturar as cidades menores nos arredores de Ferrara.

Gaston de Foix me fez lembrar de outro comandante que eu vira operar na România anos antes. Os cidadãos não tinham tempo para se preparar para seus ataques. Seu método de deslocamento rápido para chegar ao local e cair em cima do inimigo desprevenido era semelhante ao de Cesare Borgia. Para esse tipo de operação, a *Bande Rosse* era sempre solicitada para prestar apoio à força principal. Sabia-se que nossos homens estavam bem equipados e treinados para o uso das armas que portávamos.

Mas os saques às cidades me incomodavam. Não era uma perseguição a soldados armados, como fora em Bolonha. Eram um abuso em cima dos cidadãos. Paolo tinha uma forma de ignorar os fatos, de fechar os olhos para as coisas com as quais não queria lidar. Assim como fizera ao vender a fazenda sem prever as consequências que aquilo teria para sua irmã, estava agora determinado a continuar no encalço de sua meta de buscar vingança contra os exércitos do papa, sem ver que seria assim para sempre, batalha após batalha, sem fim.

Quando voltamos a Ferrara depois da última breve campanha, havia cartas de Felipe e Elisabetta à nossa espera.

Ela escreveu para dizer que a casa em Prato, onde morava agora, tinha um jardim. Os amigos de Felipe eram um casal de idosos, bastante frágeis, felizes por poderem contar com sua companhia e ajuda nas tarefas da casa. Deram-lhe a liberdade de plantar as ervas que escolhesse. E ela já fizera um acordo com um boticário de Florença. Quando as plantas começassem a florescer na primavera, ela pretendia abrir os livros de minha avó e preparar receitas próprias.

Felipe concluíra seus negócios em Florença e conseguira arranjar um salvo-conduto para voltar a Milão e estava agora em Vaprio com o Maestro.

Na primavera, os franceses montaram um conselho de guerra. Propunham atacar Ravenna. Era a última grande cidade fortificada na România sob governo do Vaticano e uma sede apostólica.

— O papa não vai deixar que Ravenna caia — disse Paolo. — Se for tomada, ele ficará arrasado na România.

— Portanto, ao atacar Ravenna — falou Charles —, Gaston de Foix forçará os exércitos papais ao combate. E assim poderá parar de tomar cidades e perdê-las para depois retomá-las novamente.

Então, ficou decidido. Os franceses e os ferrarenses reuniriam todos os homens e armas para dar um fim ao conflito.

Antes de partirmos para realizar o cerco a Ravenna, a duquesa Lucrezia encomendou um elegante desfile para mostrar os sucessos dos franceses sob a liderança do esplêndido de Foix. Havia estruturas móveis, com atores fantasiados de soldados fazendo pose num imenso palco montado na *piazza* principal.

A duquesa Lucrezia sentou-se na frente para assistir ao espetáculo. O evento era demorado, de forma que ela e suas damas iam e vinham durante as mudanças de cenas. Num desses intervalos, dei um jeito de conversar com Eleanora no pátio da igreja que estava sendo usado como recinto de descanso para as mulheres.

— Vim para me despedir — falei baixinho quando ela passou junto de outra mulher pela entrada.

Eleanora parou e olhou ao redor. A outra pessoa me viu primeiro. Era uma moça, novinha, de rosto travesso. Ela colocou o dedo sobre os lábios e empurrou Eleanora na minha direção. Eu a puxei para o recanto mais escuro do claustro.

411

— A *Bande Rosse* parte amanhã para Ravenna — falei. — Eu queria falar com você antes de partir.

— Por quê? — ela quis saber.

— Porque... — Parei de falar e olhei-a mais atentamente. Ela parecia zangada. — Acaso a ofendi de alguma forma? — perguntei.

— Responda à pergunta que lhe fiz primeiro, senhor — retrucou prontamente.

— Tenho fortes sentimentos por você e queria vê-la e ouvir sua voz novamente antes de partir de Ferrara.

— E não tem consideração alguma pelos meus sentimentos?

— É a minha consideração por você que me traz aqui a este claustro hoje.

— Se fosse verdade, você não iria para a guerra novamente. Por que continua com a *Bande Rosse*? — perguntou. — Caso se lembre, tivemos uma conversa sobre sua falta de vocação para soldado.

— Eu tenho uma obrigação com o capitão Paolo dell'Orte — respondi. — Ele acredita que o papado trouxe a ruína da sua família, e eu tenho um contrato de honra para ajudá-lo a lutar para vingar o que lhe fizeram.

— Você não se desincumbiu disso na tomada de Bolonha? O legado do papa foi expulso da cidade mais importante na România. Isso não é o bastante? Não acha que já pode conduzir sua vida como bem entender?

Eu já havia pensado nisso. O doutor em Bolonha, Claudio Ridolfi, me indicara que, se eu partilhasse mais dos meus remédios com ele, talvez conseguisse uma vaga em sua escola de medicina. E agora que Elisabetta iria transcrever as receitas da minha avó, isso talvez fosse possível. Mas Paolo nos alistara para mais um período de serviço, e Elisabetta me incumbira de trazê-lo a salvo para casa.

— É complicado — falei para Eleanora. Não podia explicar a dívida que eu achava ter com a família dell'Orte. Não podia lhe contar minha vergonhosa participação em sua derrocada.

— O papa não vai entregar Ravenna facilmente. Está enviando todos os soldados que pode para ajudar. Se for para Ravenna, Matteo, você vai morrer.

— Eu já lhe falei das minhas obrigações — disse eu. — O que mais posso fazer?

— Assuma a responsabilidade por seu próprio destino — retrucou ela animada. — O homem pode fazer isso, mas a mulher não.

Envolvi o pescoço dela com as mãos em concha e puxei-a para mim. Ela estava de pé com bastante firmeza. Vi uma sarda pequenina ao lado de sua sobrancelha, os cabelos delicados na têmpora, cada fio sedoso em separado. Seu lábio superior estremeceu.

Aproximei minha boca da dela, lábio superior sobre lábio superior, lábio inferior sobre lábio inferior. Mas não apertei os lábios dela com os meus. Esperei. Deixei que sua respiração se confundisse com a minha, até sentir que se acelerava, até ficar ofegante e curta.

Então a beijei. E ela deixou.

Quando nos separamos, falei:

— Voltarei para você.

Seu olhar se dissipou e depois se concentrou.

— E eu posso estar aqui como posso não estar — respondeu.

Setenta e quatro

Achei que ela não viria nos ver partir. Mas, quando olhei para as ameias ao passarmos pelos portões da cidade no dia seguinte, avistei Eleanora ali parada com as outras damas. Ergui a mão enluvada até o capacete em continência e fui recompensado com um aceno de fitas roxas e verde-claras.

Charles também viu o movimento e cavalgou ao meu lado quando saímos pelos portões da cidade rumo ao sul para cruzar o rio.

— Fitas roxas e verdes — disse. — Seriam as cores de Eleanora d'Alciato?

Senti-me ruborizar.

— Cuidado, Matteo.

— Como assim?

— Eu o conheço, meu amigo. Você não brinca nem faz pouco do amor. Com você, é tudo ou nada. Não gostaria de vê-lo magoado.

— Por que está dizendo isso? — perguntei, aborrecido. — Ela não é como as outras damas da corte, que brincam com o afeto dos homens.

— Claro que não — Charles me acalmou. — Mas embora a mulher possa dar seu amor a quem escolher, para contrair matrimônio ela não tem escolha.

— Contrair matrimônio! Eleanora não vai contrair matrimônio.

— Ainda não — disse Charles. — Mas rejeitou o convento e já está com quase 17 anos, de forma que o tutor deve ter planos para o futuro dela.

Então, não foi uma conversa ao acaso quando Eleanora me falou da falta de liberdade das mulheres. Talvez me achasse sabedor de planos casamenteiros que seu tio pudesse ter para ela. Agora eu enxergava mais sentido nas últimas palavras que me disse.

Quando lhe disse que voltaria para ela, suas palavras foram: *"Posso estar aqui como posso não estar."*

Chegamos ao entorno de Ravenna pouco antes da Páscoa.

Charles nos relatou que os aliados da Liga Sagrada tinham vindo e se posicionado onde se sentiam seguros, no lado sul do rio Ronco. Os engenheiros franceses construíram rapidamente uma ponte flutuante. Na manhã do domingo de Páscoa, Gaston de Foix cruzou o rio conduzindo suas tropas e as dispôs em forma de meia-lua de frente para as obras de terraplenagem dos franceses. Ao mesmo tempo, o duque Alfonso deslocou seu canhão para onde avistou um ponto fraco no flanco.

Nossa infantaria avançou. Dos bastiões inimigos vinham saraivadas de tiros dos canhões e carros de guerra. Caíam fileiras inteiras de nossos homens, que jamais tornariam a se levantar.

Mas a artilharia ferrarense não estava parada e, quando deram início à sua barreira, a esperteza do duque Alfonso se mostrou. Seus canhões tinham sido montados para acertar as trincheiras inimigas de enfiada, e os espanhóis foram pegos sem chance de escapar.

Estava evidente que a lista de baixas seria grande. Charles, que costumava se empolgar ao ver a ação da batalha, estava tenso, e seu rosto ficou sombrio.

Foi um alívio quando chegou a hora de a cavalaria ligeira dos franceses, inclusive a *Bande Rosse*, atacar as posições inimigas. Não éramos mais os rapazes inexperientes de Mirandola, mas guerreiros atrozes que gritavam por sangue no galope até o campo da batalha. Mas, se não éramos mais jovens imaturos, tampouco o eram os homens que enfrentávamos. E eles também tinham um comandante talentoso e experiente, o espanhol Ramón de Cardona. Ele agora sinalizava para sua própria cavalaria ligeira entrar em ação. E daí por diante era mão contra mão, cavalo contra cavalo. E na densidade da luta não havia tempo para olhar ao redor, para perceber se um camarada havia caído ou para resgatar outro que estava sendo dominado.

De repente destacou-se um grito. A infantaria espanhola estava abandonando o campo. Nós tínhamos vencido!

Mas então, o desastre. Melhor se tivéssemos perdido a batalha do dia do que aquilo ocorrer agora.

Em perseguição à divisão espanhola, que ele corretamente supôs serem soldados experientes em retirada para lutar outro dia, Gaston de Foix desviou sua montaria e cavalgou pelo passeio. Instigando seus homens, perseguiu a infantaria em fuga, na intenção de destruí-los. Mas De Cardona e seus homens escaparam, e, na confusão, Gaston de Foix foi derrubado e morto.

Ravenna era nossa. A vitória nos pertencia. O papa Julio fora derrotado, mas a que custo?

O comandante espanhol evitara a captura e levara consigo seus melhores homens. A França e o rei Louis haviam perdido, irremediavelmente, um dos melhores e mais brilhantes soldados. E foi só quando começaram a empilhar os corpos em montes que se percebeu a extensão total do massacre. Milhares e milhares de homens de ambos os lados haviam morrido. Os poetas, escribas e historiadores da corte sempre exageram os números das baixas, de forma que, ao contarem suas histórias de guerra nos banquetes e festas, a vitória do ganhador parece mais ferrenha, e a derrota do inimigo, maior. Em Ravenna, não houve necessidade de hipérboles. Os corpos de homens mortos desafiavam qualquer contagem.

Mais de 10 mil homens. Dentre os quais, Stefano e seu irmão caçula, Silvio.

E Charles d'Enville.

A bala de canhão que atingiu Charles teve menos misericórdia que a alabarda em Agnadello. O tiro arrancou seu braço e metade do rosto. No dia seguinte ao da batalha, Charles morreu por causa dos ferimentos sofridos, e eu não pude salvá-lo.

Nossos soldados entraram em Ravenna. Uma semana depois, a peste atacou.

Setenta e cinco

— Não posso partir.

Paolo olhou para mim. Tinha vindo me dizer que o restante de nosso exército se preparava para voltar a Ferrara e que deveríamos ir junto.

— Estas pessoas estão sofrendo — falei. — Eu tenho os meios para ajudá-las. Não posso partir.

Ele concordou com um lento movimento da cabeça, começando a entender.

— Você é um médico — disse. — Assim como eu sou um soldado.

A condição dos cidadãos estava ficando mais horrível que a dos sobreviventes de ambos os exércitos. A peste assolava os recantos mais pobres. Nessas áreas, o conselho da cidade resolveu lacrar as casas, pregando tábuas nas janelas e portas de forma que os doentes lá dentro não pudessem sair. Seus pedidos de ajuda e gritos de socorro eram de partir o coração, assim como o choro comovente de seus filhos.

Lembrei-me que a freira em Melte tempos atrás acreditava que a doença se transportava nas roupas e, sob seus cuidados, eu sobrevivi ao contato com a peste. Mandei que todas as roupas usadas pelas vítimas e suas famílias fossem queimadas. Depois enviei nossos homens para tomar as roupas que haviam sido pegas como prêmio nas casas dos nobres e as distribuí para os que ficaram sem roupas. Nossos homens estavam muito amedrontados. Não era para menos. Marcantonio della Torre, que deve ter tido mais conhecimento e habilidade que eu, sucumbira a essa doença. Era um inimigo mais mortal e insidioso que aqueles que enfrentáramos em qualquer campo de batalha, mas era um campo de batalha ainda assim, e eu precisava encontrar uma forma de combatê-lo com a habilidade de um general de exército. Nessa empreitada, descobri que Paolo tinha muita força.

— Precisamos destrancar essas casas — falei.

— Não — disse ele. — Não devemos.

— Não podemos deixar essas pessoas que ficaram trancadas aí dentro morrerem de fome. Talvez nem tenham a peste.

— Se pedirmos aos homens para destrancarem as casas, eles vão se amotinar — ponderou. — Podem até massacrar quem estiver lá dentro para evitar que saiam.

— Não posso ficar parado vendo gente morrer de fome quando há comida que baste para todos.

— Existe uma alternativa — disse Paolo.

Explicou-me que iria instruir os soldados a tirarem uma ripa de cada casa e a gritarem para os habitantes informando que comida e água seriam empurradas pela abertura todo dia. Mas os soldados também avisariam que, se tentassem sair da casa, seriam executados.

— Eles precisam de mais coisas, além de comida — falei. — Precisam de cuidados médicos.

— Mas não podem ter, Matteo. — Paolo me olhou com seriedade. — Você precisa entender isso. Você precisa ajudar nossos médicos a tratar dos feridos franceses, caso contrário o oficial intendente do exército não nos dará acesso aos estoques de alimento. E também, se você for cuidar desses cidadãos no local onde eles estão, acometidos da peste, vai correr de uma casa para outra, sem descanso, até se exaurir, ou alguém matá-lo, ou mesmo pegar a doença.

"Você vai se retirar para um lugar limpo e seguro — prosseguiu Paolo —, e lá poderá tratar das pessoas.

— Mas eu...

— Matteo, é assim que tem de ser — falou Paolo com firmeza.

Nisso eu me deixei ser guiado por ele. E descobri que muita gente não tinha a peste, apenas disenteria, ou furúnculos, ou sarna, ou algum outro eczema que jogara as autoridades da cidade num estado de pânico a ponto de declará-los contaminados.

Um dia, um oficial do exército francês de alta patente veio falar comigo.

— Você cuidou de soldados espanhóis aqui enquanto há franceses esperando para serem atendidos. Minha ordem é para não fazer isso.

— Eu não sou médico — respondi. — Só ajudo os que vêm a mim em desespero. Quando me trazem um homem nu, não sei sua raça ou devoção. Eu trato dos doentes e, se não tiver a permissão para fazê-lo, não vou tratar ninguém.

Ele foi embora.

* * *

A vitória na batalha de Ravenna foi reivindicada pelos franceses.

Quando ficou sabendo da morte do sobrinho, Gaston de Foix, o rei Louis chorou. E disse que chorou não apenas por sua própria perda, mas também pela da França. Declarou dia de luto em sua corte. Depois, informou aos seus ministros da guerra que não se deveria derramar mais sangue real francês sobre solo italiano.

Paolo escreveu para os pais de Stefano e Silvio que seus filhos haviam morrido. Pensei no dia na fazenda deles, poucos meses antes, quando a namorada de Stefano segurou a seda branca que ele lhe trouxera contra o corpo e o induziu a imaginar como ela ficaria usando aquilo no casamento.

Coube a mim escrever para Elisabetta dizendo que Charles havia falecido. Eu sabia que ela iria sofrer por ele, pois, embora só tivessem se falado uma vez, os dois vinham se correspondendo. Fiz dele um herói, dando-lhe o crédito por um feito heroico e inventando-lhe um fim rápido e indolor. Não senti culpa alguma ao fazer isso. Ele tinha sido um capitão corajoso e bondoso, e sua memória não merecia nada menos.

Não participei da marcha principal de volta a Ferrara. Fiquei um pouco mais em Ravenna, para garantir que o sofrimento daqueles cidadãos que ainda sucumbiam à peste fosse aplacado. E também porque eu não tinha estômago para nenhuma procissão triunfal. Portanto, passaram-se semanas até que, ao finalmente voltar para Ferrara, fiquei sabendo que um prisioneiro importantíssimo fora capturado em Ravenna. Um poderoso aliado do papa Julio que estava usando o papado para ajudar a recolocar sua família no que ele considerava seu lugar de direito como governantes de Florença. Esse homem era o cardeal Giovanni de' Médici.

Setenta e seis

Em conformidade com seu status de filho de Lorenzo, o Magnífico, o governante mais influente que já houve em Florença, o cardeal Giovanni de'Médici estava alojado nos aposentos reais e tinha liberdade para se deslocar.

Mal cheguei a Ferrara e fui chamado ao *castello*. O cardeal estivera caçando com o falcão na região do Barco e se machucou ao apear da montaria no fim da caçada. Ele era muito gordo e fiquei mais propenso a achar que ele teria machucado o cavalo.

O camareiro do duque, que me cumprimentara, disse:

— Ouvi dizer que o senhor é mais que um tenente *condottieri*, Messer Matteo. Foi pedido que ajudasse no tratamento do cardeal Giovanni de' Médici. A pele da perna dele foi rasgada e agora está infeccionada. É sabido que o senhor tem certa habilidade médica, de forma que vai olhar a ferida dele e ver o que se pode fazer para curá-la.

Eu poderia ter dito que não conseguiria ajudar. Mas teria sido tolice causar aborrecimento para o duque e a duquesa. Estar perto de um Médici me causava inquietude e fiquei nervoso quando o camareiro me conduziu aos aposentos do cardeal, onde ele se encontrava acamado, com a visita da duquesa e uma de suas primas.

Não precisava ter me preocupado. O cardeal não tinha interesse algum em mim como indivíduo. Era míope, e de qualquer forma não quis nem olhar enquanto eu examinava sua perna. Virou o rosto para o outro lado enquanto uma das damas da duquesa Lucrezia segurava sua mão.

Fosse eu um criado e teria sido completamente ignorado enquanto realizava meu trabalho, mas minha reputação como alguém capaz de curar me dava um certo status. A duquesa me observou quando me inclinei para ver de perto a ferida, depois fez um comentário. Era bem formada e passava facilmente de uma língua para outra, mas, para o comentário, que deveria ser privativo e que fora feito para uma pessoa de sua família, ela falou em catalão.

Que eu entendia.

— O jovem médico, Dorotea — a voz da duquesa Lucrezia soou lânguida e sensual —, mostra que tem uma perna bem torneada embaixo dessa túnica, não acha?

Tentei manter a expressão inabalada, mas foi difícil ocultar meu desconforto.

A duquesa me olhou com curiosidade. Percebeu que eu a compreendera.

Sua prima Dorotea salvou a situação.

— Ele ficou corado! — gritou alegremente. — Pelo gesto, *madonna*, ele adivinhou o que quis dizer.

Elas riram juntas do meu embaraço.

A dama, então, veio para cima de mim:

— Dizem que suas mãos curam, Messer Matteo. Gostaria de colocá-las sobre mim? Eu sinto tanta dor.

— Silêncio, Dorotea — a duquesa Lucrezia a repreendeu. — Que ousadia! Isso são modos?

Enquanto eu escrevia uma receita e me preparava para ir embora, a duquesa Lucrezia se levantou e me entregou uma moeda de ouro.

— Pelo seu constrangimento.

— Não foi constrangimento algum diante de uma grande dama como a senhora — falei.

— Ah, agora o estou reconhecendo! — exclamou ela.

Fiquei sem fala. Não era possível. Fazia tantos anos, apenas um olhar de relance no meio da multidão. Mas ela era uma mulher inteligente.

— Você foi o cavalheiro que pegou as fitas de Eleanora na justa!

Voltei a respirar.

— S... sou — consegui dizer.

— E... — ela riu — reclamou seu prêmio de forma muito eloquente.

Baixei a cabeça em reconhecimento ao elogio.

— Fazer seu cavalo se curvar daquele jeito. É um truque que os ciganos ensinam aos animais, não é?

Ainda bem que minha cabeça estava abaixada, e levantei-a bem devagar.

— Lembro-me de quando era garota em Roma — continuou ela —, faziam uma feira equestre todo ano, e ficávamos olhando das janelas do Vaticano enquanto eles se exibiam para nós. Eram os melhores cavaleiros, correndo de um lado para o outro em suas montarias só para exibi-las para nós. — Lucrezia Borgia me lançou um olhar que não estava isento de compaixão. — Sou bastante simpática aos assuntos do coração, mas você deve saber que Eleanora d'Alciato de Travalle está para contrair matrimônio. Ela vive sob a tutela do tio, já que ambos os pais faleceram. Tem um dote pequeno, de forma que é o convento ou esse matrimônio. — Fez uma pausa. — É claro, um homem pode bem aceitar uma mulher sem fortuna, embora ele mesmo precise ter algum dinheiro próprio. Se aparecer alguém assim, capaz de fazer uma oferta... — Fez outra pausa. — Pode ser possível...

Setenta e sete

A sabedoria do comandante espanhol Ramón de Cardona logo se fez evidente. No cerco a Ravenna, percebendo que a cidade estava perdida, ele se retirou, amealhando os melhores soldados para que pudessem lutar outro dia. Sua infantaria era uma força formidável, muito bem armada. Agora se reuniram com o restante dos exércitos papais e começaram a devorar os lugares disputados da România.

Nossos soldados exaustos foram enviados em bateladas para ajudar a guarnecer algumas cidades nas redondezas de Ferrara. Seria apenas uma ação defensiva. Dizimados por nossas perdas em Ravenna, não conseguimos reagrupar força suficiente para combater em qualquer batalha que fosse, muito menos montar uma campanha. Os venezianos e os suíços, apesar da desconfiança mútua, estavam se reunindo. Sob a direção do papa, queriam controlar a parte norte da Itália. Era chegada a hora. Os franceses teriam de deixar Ferrara e chegar a Milão enquanto as estradas ainda estavam abertas para eles.

Essa informação nos chegou, a Paolo e eu, através de boatos e mexericos. Desde a morte de Charles e muitos dos oficiais franceses, tivéramos pouco contato com o que estava acontecendo no seio do exército francês e nos conselhos de guerra.

Mas eu recebi um bilhete de Eleanora pedindo para nos encontrarmos a sós perto do chafariz no jardim do *castello* logo após o escurecer.

Fui para lá sozinho e aguardei. Já era quase meia-noite quando ela apareceu.

— Não consegui escapar antes — sussurrou.

Fiz menção de abraçá-la, mas ela se retraiu.

— Vim para informá-lo que o duque Alfonso está a caminho de Roma.

— De Roma?

— Silêncio! — ela olhou à volta. — Vai acabar sendo do conhecimento de todos, mas achei que seria vantajoso você ficar sabendo disso agora. Ele foi fazer as pazes com o papa.

— Fico-lhe grato por me contar isso — falei. Toquei em seu braço, e ela estremeceu.

— Também vim lhe dizer que estou indo embora de Ferrara.

Dei um passo atrás.

— Quando? Por quê?

— Meu tio — ela olhou para longe — quer que eu me case. Há um outro homem mais velho cuja mulher morreu e fez uma oferta. Devo viajar para a casa do meu tio em Travalle perto de Florença para encontrá-lo.

— Eleanora!

Ela não quis me olhar nos olhos.

— Eleanora! — peguei sua mão e a fiz olhar para mim. Seus olhos estavam rasos d'água.

— Foi assinado um contrato de matrimônio?

— Não. — Ela franziu o cenho e balançou a cabeça. — Primeiro devo ser inspecionada pela família dele, para verem se valho a pena. São esses os procedimentos.

— Não precisa ser assim — falei. — Se eu tivesse dinheiro ou patrocínio, poderia procurar seu tio...

— Shhh! — ela colocou o dedo nos meus lábios. — Não há por que especular inutilmente, Matteo. Não somos capazes de viver nossa vida como gostaríamos.

Pensei no que ela e Elisabetta haviam me dito acerca da diferença entre os desejos de um homem e os de uma mulher.

— O que você gostaria de ser, Eleanora, se pudesse fazer o que quisesse?

— Se eu fosse um homem?

— Eu sou um homem, contudo não posso fazer o que quero.

— Então, diga-me você. Que profissão ou atividade seguiria se tivesse liberdade para escolher?

— Acho que agora eu me tornaria um médico — falei. — E você? O que faria se tivesse liberdade para se ocupar da forma que quisesse?

— Eu gostaria de estudar os textos da humanidade. Como mulheres, nos ensinam a ler, e, a menos que você vá para um convento, são poucas as oportunidades para aprofundar o conhecimento. E — ela conseguiu dar um sorriso — eu não quero ser freira.

— Várias mulheres frequentavam as dissecações em Bolonha — contei-lhe.

— Não sei se suportaria isso, mas gostaria muito de assistir a uma aula dada por um dos filósofos.

— E — aproximei-me dela — se tivesse a liberdade de escolher com quem se casar?

— Como poderia eu, uma reles mulher, tomar tal decisão?

Aproximei meu rosto do dela. Com a ponta da língua, percorri o contorno de sua boca: passei-a pela borda externa de seu lábio superior e depois pelo inferior. Afastei-me e olhei em seus olhos. Ela correspondeu ao meu olhar. Seus olhos estavam bem abertos e verdes qual esmeraldas. Inclinei-me para a frente, sem encostar nela, e inseri a ponta da minha língua entre seus lábios entreabertos.

Ela soltou um gemido minúsculo.

Houve um barulho de gente se aproximando, passos do guarda marchando pelos corredores.

Ela se encolheu.

— Preciso ir — sussurrou.

— Não, espere — pedi. — Por favor...

— Quem está aí? — O soldado trazia a baioneta em riste quando se aproximou.

Dei um passo para um lugar onde ele pudesse me enxergar e me identifiquei. Quando consegui convencê-lo de que não era um espião do papa, Eleanora já tinha ido embora.

Paolo ficou tão alarmado quanto eu quando lhe contei que o duque Alfonso estava a caminho de Roma para tentar entrar num acordo com o papa Julio.

— Não há futuro para nós aqui, Matteo — disse ele.

— Não quero ir para a França — falei com firmeza.

— Nem eu — concordou ele. — Mas gosto da vida de soldado. De certa forma, me faz sentir próximo do meu pai.

— Então escute. — Eu já tinha pensado no que iria dizer a Paolo. — A república de Florença tem seu próprio exército de cidadãos — falei —, conforme concebido por Niccolò Machiavelli. Você pode oferecer seus serviços a eles. Parece bem adequado a você, e Elisabetta mora lá. Eu vou com você — acrescentei. E contei a Paolo que esperava poder ir à casa do tio de Eleanora e fazer uma proposta de casamento.

Mas eu não tinha dinheiro para isso. Nem os meios de conseguir algum.

Exceto pela única coisa de valor que eu possuía.

Setenta e oito

Sozinho na pequena barraca onde Paolo e eu dormíamos toda noite, desembrulhei o selo. Encaixava-se perfeitamente na palma da minha mão, e o ouro emitia um brilho fosco à luz da lamparina. As bolas do brasão dos Médici se destacavam orgulhosamente na superfície, junto ao escudo que continha os dizeres:

MÉDICI...

Quanto valeria?

Se aparecer algum homem com dinheiro capaz de fazer uma oferta...

A própria Lucrezia Borgia dissera isso.

O tio de Eleanora a enxergava como um negócio a ser tratado. O dinheiro que eu ganharia com a venda do selo me daria riqueza suficiente para convencê-lo de minhas boas intenções.

Eleanora partiu de Ferrara para a casa do tio no dia seguinte.

E eu comecei a investigar os mercadores em Ferrara para escolher um que pudesse se interessar pela compra de um objeto como o Selo Médici. Passei vários dias pesquisando cuidadosamente até escolher um ourives pertinente. De manhã bem cedinho entrei numa loja perto da Ponte d'Oro, tirei o Selo Médici do saco pendurado ao pescoço e coloquei-o em cima do balcão.

Os olhos do comerciante foram se arregalando enquanto o examinava. Primeiro, ele o pesou e, depois, pegou uma ferramenta minúscula de ourives e arranhou a borda externa.

— Parece genuíno.

— E é — falei. — E devo adverti-lo. Não venha me oferecer uma ninharia porque não tenho tempo para regatear. Faça uma oferta decente, caso contrário vou embora procurar outro lugar.

Ele ergueu uma das sobrancelhas, retraiu os lábios e em seguida mencionou uma quantia bastante vultosa de dinheiro.

— Pode dobrar — falei — e me dê em ouro que eu lhe entrego o selo agora.

Ele abriu as mãos espalmadas para cima.

— Eu não guardo uma quantia dessas na loja. Volte amanhã.

— Hoje à noite — disse-lhe. Tirei meu punhal e coloquei a lâmina contra o pescoço dele. — E se falar com alguém sobre este assunto, corto sua garganta.

Paolo e eu usamos o resto do dia nos preparativos para nossa partida. Acomodamos algumas coisas nos dois melhores cavalos e os conduzimos para um lugar fora dos muros da cidade. Falei para Paolo que tinha uma dívida para resgatar e que iria fazê-lo enquanto ele aguardava ali com os dois animais. Depois, seguiríamos para Florença.

Fui até a loja uma hora antes do horário marcado. Aguardei na passagem de acesso, vigiando a porta, mas os negócios na rua estavam normais. Como não havia nada inoportuno acontecendo, na hora marcada saí do meu recanto discreto, atravessei a rua e entrei.

Assim que me viu, o ourives afastou a cortina que dava para a oficina nos fundos.

— Por aqui — falou.

Coloquei a mão na espada.

Ele soltou um estalido com a língua.

— Não há ninguém esperando para roubá-lo — disse. Afastou a cortina um pouco mais, e eu vi que seu cubículo estava, de fato, vazio. — Só não quero que sejamos vistos pelas pessoas que possam olhar da rua.

Entramos os dois, e ele deixou a cortina cair depois.

Naquele momento, ouvimos a porta da rua se abrindo.

Meu punhal estava na minha mão antes de o ourives começar a sussurrar:

— Eu não o traí. Tenho tanto interesse em obter o selo quanto você em vendê-lo. Deixe-me ir para me livrar de quem quer que seja.

Ele afastou meu braço e passou pela cortina, saudando efusivamente o novo cliente.

Uma voz de homem falou:

— O Grande Selo da família Médici foi trazido para esta loja. Eu o quero.

— O Grande Selo dos Médici? — O ourives expressou espanto. — Nunca ouvi falar de tal coisa.

— Não me venha com empecilhos. — O tom do homem era impaciente e ameaçador. — Há muito que busco o Selo Médici. Meus espiões me informaram que você tomou dinheiro emprestado hoje, citando-o como garantia para o empréstimo. Portanto, tem conhecimento de seu paradeiro. Cavalguei muitos quilômetros para chegar aqui e estou disposto a pagar muito bem pela informação.

Fez-se um barulho, como se uma sacola de moedas tivesse sido colocada sobre o balcão.

— Eis aqui o que lhe darei.

— É uma quantia primorosa — falou o ourives devagar. — Por essa quantidade de ouro, vou tentar de todas as maneiras conseguir-lhe o selo.

— Onde está o rapaz que o trouxe para cá?

— Se eu lhe der o selo, para que vai querer o rapaz?

— Tenho minhas razões.

— Para que castigá-lo? — A voz do ourives estava tensionada quase a ponto da súplica. Estava ansioso por evitar derramamento de sangue em sua loja. — Para que se vingar do rapaz se conseguir recuperar o que quer?

— Isso é assunto meu — falou o homem, teimoso. — Veja bem, pode ficar com este saco de ouro e eu lhe trarei outro se me levar até o rapaz.

Fez-se um segundo de silêncio. O tempo que foi necessário para o ourives estabelecer o preço pela minha cabeça.

Bastava ele girar os olhos na direção da cortina que meu inimigo poderia me acertar sem sequer ver meu rosto.

Ouvi o homem tomando fôlego e, naquele instante, percebi que o ourives havia me traído.

Setenta e nove

Corri.

Baixando a cabeça, impulsionei meu corpo de trás da cortina e varei a loja. Mãos me agarraram, minha túnica se rasgou, mas eu me livrei delas num frenesi.

— Pare — gritou a voz do homem atrás de mim. — Pare.

Mas eu já estava na rua, com os dois a me perseguir.

— Ladrão! — O grito do ourives atraiu mais atenção. — Ladrão!

As pessoas acudiram às janelas e portas das lojas.

— Ladrão! — Passaram também a gritar. — Ladrão! Ladrão!

Algumas saíram do meu caminho e me instigaram a continuar, molecotes e rapazolas, satisfeitos com uma chance de desdenhar da autoridade. Outras jogaram objetos no meu caminho, restos de frutas e legumes, diversas coisas para me impedir de chegar ao rio.

Cheguei à ponte. Se conseguisse alcançar o outro lado, talvez os deixasse para trás pelas passagens entre os cais.

— Recompensa! — Ouvi o desconhecido gritar. — Dez moedas de ouro para quem o pegar.

Um homem correu de uma loja do outro lado do rio. Um açougueiro truculento com uma machadinha na mão.

— Não o machuque. — O desconhecido agora estava mais perto de mim. — Eu o quero inteiro. Quem o machucar será esfolado.

O açougueiro jogou a machadinha no chão e abriu os braços para evitar que eu passasse.

Olhei de relance para trás.

O desconhecido, que deixara o ourives para trás na corrida, avançava, cada vez mais perto. Ele parou quando eu o encarei. Era o homem do bosque perto de Kestra, aquele que me perseguiu até o convento de Eleanora.

Jacopo de' Médici.

Ele viu que eu o reconheci e sorriu. Foi um sorriso sem piedade. Ele estava me estudando, percorrendo meu corpo inteiro com os olhos e por fim voltando para meu rosto. Viu o punhal no meu cinto e a espada ao meu lado. Mas ele estava empunhando sua espada.

Olhei com medo para a arma dele.

— Eu... — começou a dizer.

Houve um som atrás de mim. Virei instantaneamente para trás. O açougueiro aproveitara para se aproximar. Mas, ao fazê-lo, veio parar na parte central mais larga da ponte. Ainda assim, duvidei que fosse conseguir passar por ele. Era um homem corpulento. Só que era tão corpulento que deveria ser lento. E eu sabia que tinha boa agilidade. Se não conseguisse atingir o outro lado da ponte, ainda haveria uma alternativa ao meu alcance.

— Não! — Jacopo de' Médici jogou a espada no chão e avançou para cima de mim.

Mas eu já tinha corrido até o parapeito, saltado por cima e me jogado no rio.

Procurei mergulhar bem fundo.

Embora estivéssemos no verão, a água estava fria. O choque da queda e o frio me pegaram ao mesmo tempo e atrapalharam meu mergulho. E dentro da água, não consegui me recuperar direito, pois, mais que o frio, a corrente me dominava. Forte e rápida, ela enrolava minhas pernas e me puxava para o fundo. Eu não conseguia respirar. Meus pulmões já estavam sem ar, minha cabeça querendo arrebentar, e meus membros já não obedeciam à minha vontade. Estava mais uma vez na cachoeira, mas desta vez não haveria salvação. Eu não iria sobreviver.

Senti meu corpo esmorecer. A luz acima de mim era cinza, a água ao meu redor também. Tão cinza quanto a tinta no afresco destruído do Maestro, tão cinza quanto o rosto de Rossana em seu leito de morte. O cinza do túmulo. E eu pensei nela, Rossana, imaginando se a tornaria a ver depois da morte. E pensei em sua irmã, Elisabetta, e depois em Eleanora. Enquanto pensava em Eleanora, tentei desesperadamente bater as pernas e dar braçadas em direção à superfície.

A corrente que quase me matara serviu para me salvar, pois me levou tão longe e tão rápido rio abaixo que meus perseguidores não conseguiram me seguir, e na primeira curva onde a força da água diminuía, consegui pegar um galho de árvore que avançava por cima das águas. Havia homens com tochas vasculhando ambas as margens do rio. Avistei a luz do fogo aceso e ouvi as vozes das conversas. Mas esgueirei-me para longe o mais rápido possível e fui para o local onde combinara de encontrar Paolo e os cavalos.

Já haviam se passado muitas horas do horário acertado, mas ele estava lá, esperando fielmente por mim. Ao ver que eu estava todo descomposto e encharcado, ele riu e falou:

— Pelo visto, você não recolheu o dinheiro que lhe deviam, Matteo!

— Não, mesmo — falei. — E não foi só isso, também estou sendo perseguido. Vai ser bom se estivermos bem longe de Ferrara antes de o dia raiar.

Oitenta

Montamos nos cavalos e partimos.
    Minhas roupas se secaram, pois era verão, a noite estava quente, e nosso ritmo, acelerado. Tomamos trilhas e caminhos paralelos que conhecíamos muito bem por conta dos frequentes treinamentos que dávamos a nossos homens no campo. Alguns quilômetros depois de Bolonha, quando devíamos virar na direção das montanhas e de Florença, Paolo falou:

— Existe um caminho mais curto. Quando você estava em Kestra e Milão ajudando Elisabetta, vim cavalgar com Charles por toda esta região. Existe uma trilha pelas colinas depois de Castel Barta.

Castel Barta.

Por que minha mente se agitou ao ouvir aquele nome?

Castel Barta. Repeti as palavras. Foi como se o vento se mexesse e depois o mundo parasse, tal como costuma acontecer antes de uma tempestade.

Descansamos durante o período mais escuro da noite.

Paolo caiu no sono assim que se deitou. Mas bastou meu sono vir que comecei a ter um pesadelo. Tinha caído num grande lago. A água borbulhava entrando pela minha boca, e comecei a me afogar. Luzes brilhavam diante de meus olhos, mas elas mudavam e eram as tochas de homens me perseguindo, em seguida eram velas, e aí havia o som de música ao fundo. E a água desaparecia, e eu estava num chão duro de azulejos decorados numa padronagem mourisca, dando-me uma sensação de frio ao contato. Mas de repente eu não escutava mais a música e me encontrava embaixo d'água me debatendo, vendo a mim mesmo de uma grande distância, e sabia que estava morrendo. E, bem pertinho do meu ouvido, alguém falou um nome.

Acordei com um grito.

— Quem está aí?

Paolo balbuciou:

— Volte a dormir, Matteo. Descanse um pouco mais.

Mas o nome que ouvi não era o meu. Era o nome de um lugar. O lugar ao qual minha avó estava ansiosa por chegar antes de morrer. Castel Barta.

Quando Paolo acordou, eu lhe disse:

— Preciso ir até esse lugar, Castel Barta.

— Não é longe da estrada — disse ele —, mas é uma ruína.

— Ainda assim — falei —, devo vê-lo com meus próprios olhos e talvez descobrir o que causou sua ruína.

Aleguei ser algum tipo de peregrinação em memória da minha avó, e Paolo concordou em esperar na estrada enquanto eu ia lá olhar. Para ganhar mais velocidade, desafivelei a espada e deixei o cavalo.

— Não demore — falou Paolo quando eu já me afastava. — Devemos tentar chegar a Florença antes do anoitecer.

Subi a trilha na encosta do morro até o pequeno alojamento de caça no topo do penhasco. Estava em ruínas, conforme Paolo dissera. O lugar tivera o mesmo destino que Perela. Enquanto eu subia, uma pedra foi deslocada no barranco acima. Olhei para cima e avistei uma pequena abertura. Aguardei, na esperança que algum coelho saísse correndo, ou um pássaro voando. Mas nada se mexeu. Há muito eu já descartara a crença de que perturbações na terra eram causadas por criaturas como Ciclope, que acendia as fogueiras para o deus de nome Vulcano. O Maestro me contara que a terra se mexe e estremece às vezes, conforme as forças da Natureza.

Entrei no pátio e olhei o entorno. Alguns muros ainda estavam intactos. Da mesma forma que para Paolo em Perela, não havia nada ali para mim. Mas eu precisava ver com meus próprios olhos. Caminhei até a edificação e entrei no que teria sido o saguão principal. Os saltos das minhas botas ecoaram sobre o piso. Olhei para o chão.

Os azulejos do chão tinham um padrão mouro.

Fiquei parado.

Os primeiros raios de sol me mostraram com clareza a padronagem. Agachei-me e estiquei a mão para tocar neles.

E logo adiante um vulto se mexeu.

Ergui a cabeça.

Sandino estava ali na minha frente.

Oitenta e um

—Sandino!

— Sim — disse ele baixinho —, sou eu.

Nenhum dos dois se mexeu. Eu não consegui: meu sangue e meu intestino tinham virado água. Ele permaneceu parado, me observando. Os braços estavam soltos ao longo do corpo. Vi os dedos com as unhas amarelecidas dos polegares, compridas e recurvadas e horrendas.

— Quando farejei seu rastro e descobri que você estava de volta a esta região, sabia que você iria acabar vindo até aqui, garoto. Bastava esperar o suficiente.

Levei a mão à bolsa pendurada ao pescoço.

— Tome, pegue este maldito Selo Médici.

— Não tenho interesse algum no selo agora — retrucou Sandino. — *Você* é meu prêmio, e esperei muito tempo para recebê-lo.

Fez um movimento, apenas um leve descanso do peso para a frente, mas o suficiente para eu ver que tinha uma faca comprida escondida numa das mãos.

— Está querendo se vingar de mim. — Levantei-me cuidadosamente, de olho grudado na faca. — Mas vai ver que não sou fácil de matar.

— E para que iria querer você morto? — Deu um passo de modo a ficar entre mim e a porta. — Vale mais para mim vivo.

— Está trabalhando para os Médici?

— Trabalho para quem pagar mais. No momento, são os Médici. Ofereceram uma recompensa a quem conseguir levá-lo para eles.

Saquei meu punhal do cinto, mas no segundo que levei para fazê-lo ele já estava em cima de mim. Para um homem robusto como ele, sua agilidade era boa, pois, no bote, desferiu um golpe com sua faca no meu braço armado.

Esquivei-me dele e acertei-lhe de imediato um soco na cara.

Sandino cambaleou para trás. Não estava esperando por isso. Uma manobra de esgrima que eu aprendera com os ferrarenses: segundo eles, um homem armado só pensa nas armas do inimigo e se esquece que há outra mão para ser usada.

Mas Sandino era um salteador e não vivera tanto tempo sendo descuidado ou fraco. Lançou-se na minha direção novamente. Eu me joguei nos pés dele, derrubando-o e rolando pelo chão. Ele tinha se jogado com todo o peso sobre mim, e sua faca caiu no chão e acabou parando um pouco longe. Nós dois, ainda no chão, partimos para pegá-la. Cheguei primeiro, mas antes de agarrá-la ele me prendeu, agarrando-me as pernas e me puxando para trás. Ficamos nos debatendo juntos. Ele afrouxou o aperto, e eu esperneei para me livrar do abraço. Ouvi o barulho do chute que acertei na faca, jogando-a para o outro lado do salão.

Mas ele já tinha conseguido me prender com os braços em torno do peito, apertando-me como um torno. Dei-lhe uma punhalada com minha própria arma, mas, como ele estava me prendendo num abraço ferrenho, não consegui acertar nenhum ponto vital. Ele arquejou enquanto eu lhe acertava uns pontapés, mas era muito mais forte que eu e não me soltou. Senti minhas costelas se dobrando sob a pressão. Ele estava me matando de tanto apertar. À medida que fui enfraquecendo, ele foi subindo o abraço pelo meu corpo. Chegou até minha garganta. Fiquei sem conseguir respirar.

Caí no chão.

Suas mãos agora apertavam meu crânio com força tamanha que faltou pouco para esmigalhá-lo. Ele enfiou as pontas dos dedos nos meus olhos. E conseguiu dar a volta de forma a ficar de frente para mim.

— Ele disse que o queria capturado com vida, inteiro — rugiu Sandino. Encaixou os polegares nas órbitas dos meus olhos. — Mas não disse que o queria com olhos.

Soltei um grito de pavor.

Ouvi-o rugir novamente.

Um jorro de líquido quente se esparramou pelo meu rosto.

Era sangue. Senti o cheiro.

Ele havia arrancado meus olhos.

Oitenta e dois

Escorria muito sangue pelo meu rosto, pelo meu nariz, pela minha boca.
Eu estava me afogando no meu próprio sangue.
Meus olhos! Não enxergava nada. Levei as mãos ao rosto. Senti os cortes profundos que as unhas dele fizeram na minha pele. Cheguei a soluçar de medo. Meus olhos estavam abertos, mas eu não via nada. Meu rosto estava molhado. Era sangue. Eu sabia, mesmo sem conseguir ver.
Fiquei cego. Ele arrancara meus olhos.
Ouvi um barulho de passos corridos sobre o piso atrás de mim. Ele vinha me atacar de novo. Mas não havia necessidade. Com tanto sangue perdido, eu já estava morto, ou logo estaria.
Deixei-me cair de joelhos, chorando e esmurrando o chão. Eu estava cego. Eleanora não me amaria mais. Como viveria dali para a frente?
Levei os dedos ao rosto. Fui sentir os olhos, as órbitas. O que aconteceu? E por que ele parou de me atacar? Ainda ouvia seus grunhidos e gemidos.
A mão de alguém pousou sobre minhas costas.
— Levante-se, Matteo — disse uma voz.
Era Paolo.
Chorei e gritei ainda mais alucinadamente:
— Estou acabado! Há um salteador aqui querendo me pegar. Cuidado, Paolo. Salve-se.
— Eu acabei com ele — disse Paolo.

Aproximou-se, então, e falou comigo em tom calmo.

— Vendo que você não voltava, resolvi ir procurá-lo. Vi este homem atacando você, então saquei meu punhal e acertei-o no pescoço.

— Ele está morto?

— Ele está morto.

— Tem certeza?

— Absoluta. Está caído no meio de uma poça imensa do próprio sangue e não respira. Eu o matei. Ele está morto.

Gemi baixinho. Aquilo que eu mais quis durante toda a minha vida aconteceu, e eu não pude me regozijar. Sandino estava morto, mas eu estava cego.

— Espere aqui — falou Paolo. — Vou usar meu capacete para trazer um pouco de água do riacho.

Ele voltou instantes depois.

— Tome, beba um pouco. Vou lavar seus olhos.

— Paolo — sussurrei —, não consigo ver.

— Não me supreende — disse ele. — O homem apertou seus olhos com tanta força que os machucou e estão sujos de sangue. Mas depois de um tempo você vai recuperar boa parte da visão.

Quando o líquido fresco bateu no meu rosto, um arco-íris se formou na minha vista, me ofuscando e ardendo como fogo.

— Não está vendo nada? — perguntou Paolo.

Girei os olhos nas órbitas. As luzes coloridas desapareceram. Balancei a cabeça. Depois tateei para encontrar a mão de Paolo.

— Devemos ir — disse ele. — Vou colocar pedras sobre o corpo desse homem para que os urubus não venham e atraiam mais gente para cá. Pode ser que ele seja de um bando, e os demais irão procurar por ele.

Mas Sandino estava sozinho. Fosse qual fosse a forma do seu pagamento ou de agir, era sempre para seu ganho próprio.

Fiz uma atadura para meus olhos, de forma a protegê-los do sol. Paolo me levou até os cavalos e me ajudou a montar na sela. Íamos devagar agora, com ele puxando minha montaria pelas rédeas, mas não paramos em lugar algum durante o dia. Ao pôr do sol, ele tornou a lavar meus olhos, e nós nos deitamos para descansar nas poucas horas de escuridão de uma noite de verão.

Na manhã seguinte, Paolo me sacudiu para que eu acordasse. Sentei, e seu rosto apareceu meio turvo na minha frente. Estiquei as mãos e toquei sua boca e seus olhos.

— É você — falei. Percebi seus traços com muita granulosidade e pouca nitidez, mas consegui reconhecer que era Paolo. E desatei a chorar.

Nós nos abraçamos durante um tempo.

— Mais uma vez, você salvou minha vida, Paolo dell'Orte.

— Somos irmãos — respondeu ele. — Que mais eu poderia fazer?

Oitenta e três

Quando chegamos aos arredores de Florença, minha visão estava boa num dos olhos e parcial no outro. Mas meu rosto estava tão arranhado e contundido que eu não estava em condições de me apresentar na casa do tio de Eleanora.

— É melhor não entrar pela porta da frente, de qualquer jeito — aconselhou Paolo. — Embora Eleanora estivesse na corte de Ferrara, você não sabe de quem o tio dela é simpatizante. Se for pelo papa Julio e se der conta de que você lutou com os franceses, ele pode mandar prendê-lo. De qualquer forma — ele riu —, no momento você está com a aparência de um ladrão, e o porteiro dele não vai deixá-lo passar do portão.

Tínhamos percorrido toda a subida íngreme e difícil para chegar à área onde o tio de Eleanora morava nas colinas ao norte da cidade, e acabáramos de parar nossos cavalos a certa distância e estávamos olhando para a vila d'Alciato.

— Preciso ver Eleanora — falei. Estava ansioso porque ela poderia concordar em assinar um contrato de matrimônio antes que eu ao menos tivesse uma chance de conversar com ela. — Vou observar a casa e procurar uma forma de entrar.

— Então, vou deixá-lo aqui e seguir para Prato — disse Paolo. — Quanto mais perto de encontrar Elisabetta, mais percebo o quanto senti a falta da minha irmã ao longo deste ano.

— Vou encontrá-lo depois que falar com Eleanora — prometi-lhe.

Nós nos abraçamos, e ele afagou meu cabelo, do jeito que um irmão mais velho faria com um mais novo.

— Tome cuidado, Matteo — disse ele.

Deixei meu cavalo amarrado a umas árvores e percorri as vinhas e oliveiras até chegar ao muro alto que cercava a casa.

A propriedade dos d'Alciato era mais simples de entrar que o convento onde conheci Eleanora. Não fora construída para impedir seriamente que as pessoas entrassem ou saíssem. Encontrei uma portinha na parede lateral do terreno. Embora estivesse trancada, consegui entrar com facilidade. Lá dentro, olhei à volta. Havia uma horta perto dos fundos da edificação principal, mas quase todo o resto não estava tratado, e sim cheio de mato, em algumas partes: moitas de flores, plantas, árvores e arbustos com caminhos que iam para dentro e para fora. Num trecho gramado, havia uma árvore grande de copa densa. Do alto dela, seria possível enxergar a porta dos fundos e as janelas da casa que davam para o jardim. Peguei umas pedrinhas no chão e coloquei-as dentro da camisa. Depois subi na árvore e me escondi entre os galhos para aguardar uma boa oportunidade. Enquanto esperava, fiquei pensando no Médici que me perseguira. Ele disse ao açougueiro em Ferrara para não me matar, e Sandino também tinha as mesmas instruções. Era agosto, estávamos em pleno verão, ainda assim eu estremeci. Jacopo de' Médici não só me queria morto como estava disposto a me torturar antes. Eleanora disse que, pela reputação, era o mais cruel dos Médici. Precisava dar o exemplo a partir de toda e qualquer pessoa que lhe roubasse algo, para mostrar o que acontecia com qualquer um que zombasse de seu poder.

De tarde, uma mulher saiu da casa; pelos trajes, uma governanta. Veio tocando um grupo de menininhas à sua frente. Eram quatro, primas de Eleanora.

Foi quando a avistei. Eleanora. Vinha andando atrás das pequenas, com um livro numa das mãos. Os cabelos estavam soltos, caídos sobre os ombros, tão escuros quanto claro o seu rosto. Estava usando um vestido vinho com renda branca em torno do pescoço e mangas largas no ombro mas apertadas no punho.

— Anna — ouvi-a dirigir-se à governanta —, pode ir descansar. Vou tomar conta das crianças um pouco. — Ela colocou o livro sobre um banco de pedra que ficava no gramado não muito longe da árvore onde eu estava escondido e dedicou-se a entreter as crianças.

Durante mais ou menos uma hora, elas se divertiram com as brincadeiras normais de meninas, fazendo de conta que estavam num grande baile dançando com lordes e damas imaginários. Pegaram flores no jardim e fizeram guirlandas para o cabelo de cada uma, a menorzinha com a ajuda de Eleanora. Penduraram as campânulas da dedaleira em torno do pescoço e colocaram os pequenos tubérculos dos brincos-de-princesa em cima das unhas para fingir que estavam pintadas de lilás. Senti uma certa mágoa enquanto as observava e tive noção de que a dor sentida agora era pelos tempos em Perela, quando Rossana e Elisabetta desfrutavam igualmente de sua meninice com brincadeiras inocentes.

O sol já ia bem baixo no céu quando a governanta voltou e chamou as meninas.

— É hora de se lavar e mudar de roupa. Vai entrar agora, Eleanora?

Eu contive meu fôlego.

— Vou ficar mais um tempo e ler um pouco — respondeu ela.

As meninas foram atrás da governanta e entraram na casa. Eleanora sentou-se no banco. Olhou à volta e soltou um suspiro. Em seguida, abriu o livro.

Peguei uma das minhas pedrinhas e joguei-a perto dos pés dela.

Ela se levantou.

— Quem está aí? — perguntou.

Saltei da árvore em cima do chão de grama.

— Ah! — Ela levou a mão ao peito.

Fiz uma reverência para ela.

— Mais uma vez, você cai do céu, Messer Matteo.

Ela tentou dizer isso com calma, mas sua voz não estava firme.

Recuei para o pedaço onde o mato crescia alto e fiz sinal para ela se aproximar de mim.

Ela veio andando devagar. Afinal chegou e nós nos abraçamos.

— Achei que jamais tornaria a vê-lo — sussurrou.

— Segui-a assim que pude — falei. — E a seguiria até os confins da terra.

Enfiei minha cabeça nos cabelos dela e abracei-a com força, sentindo sua maciez de encontro ao meu corpo. Nós nos beijamos. E nos beijamos novamente. Havia uma impetuosidade em nosso enlace, uma paixão emocionante, assustadora. As batidas de seu coração repercutiam com as minhas num ritmo inconstante. Ela se afastou um pouco, mas voltou a pousar sua boca na minha. Pegou a parte mais carnuda do meu lábio inferior entre os dentes e mordeu de leve.

Eu a tinha novamente em meus braços, sendo desta vez senhor do beijo, e ela se entregou.

Quando nos afastamos, ela levou as mãos ao meu rosto e tocou minhas cicatrizes.

— Que maus tempos se abateram sobre você?

— Minha jornada não foi tranquila — falei. — Mas um inimigo de longa data agora está morto, e eu estou muito mais à vontade — cobri as mãos dela com as minhas —, embora um pouco abalado pela experiência.

Ela me contou como tinha passado desde que nos víramos pela última vez. No ano seguinte, a filha mais velha do seu tio chegaria à idade de casar. Ele queria que Eleanora se casasse antes. Se isso não acontecesse, suas chances de um bom partido estariam perdidas quando as outras filhas atingissem a idade.

— Meu tio me chamou, e, embora a duquesa Lucrezia estivesse solidária, o duque declarou que eu devia ir. Meu tio só está tentando fazer o que acha ser melhor para mim — explicou.

— E fez um contrato para seu matrimônio? — perguntei.

— Estava prestes a fazer isso, mas, dado o estado de coisas por aqui, os papéis ainda não foram assinados.

— De que estado de coisas você está falando?

— Você não sabe? — Ela me olhou, surpresa. — Florença está num rebuliço. Os franceses estão em total retirada pelos Alpes. Houve uma conferência em Mantua, uma reunião dos membros da Liga Sagrada para repartir a Itália entre os vencedores. Já foi decidido. A família Sforza irá governar em Milão, e Florença terá os Médici.

— Mas como se vai conseguir isso? — perguntei. — O cardeal Giovanni de' Médici está nas mãos dos franceses. Eles o capturaram em Ravenna e trouxeram para Ferrara. Eu o vi lá com meus próprios olhos. Está sendo bem tratado, mas ainda é prisioneiro deles. E os franceses pretendiam levá-lo junto quando saíssem de Ferrara para o norte.

— E foi o que fizeram, mas ele foi resgatado durante o deslocamento e conseguiu fugir para Mantua — disse Eleanora. — O papa lhe prometeu um exército para ajudá-lo a retomar Florença.

Fiquei curioso para saber como Pier Soderini e o Conselho da Cidade iriam receber essa notícia. Acaso achariam que os milicianos de Niccolò Machiavelli seriam capazes de defendê-los? O papa tinha os espanhóis a seu lado, com soldados hábeis e muitas peças de artilharia. Lembrei-me de Ravenna e do astuto comandante deles, Ramón de Cardona. Tinha canhões quase iguais aos do duque Alfonso. E eu já vira o que acontece com uma cidade depois de ser sitiada — Bolonha e Ravenna, matar por matar, a destruição dissoluta de coisas belas. O que esses soldados fariam com Florença, a joia da Toscana?

Tentei me colocar no lugar deles. Por que lado fariam a abordagem? Imaginei o território nos arredores de Florença, as colinas que cercavam seu sítio no vale do Arno. Eu avistara a cidade a partir das montanhas quando cheguei de Melte, da colina de Fiesole quando estive lá com o Maestro, do passo entre as colinas de Castel Barta e agora da vila do tio de Eleanora. Que caminho estaria aberto para um exército que se aproximasse com soldados e artilharia para capturar a cidade? Lembrei-me de passear pelas ruas de Imola com Leonardo da Vinci enquanto ele media cada passo e desenhava as casas e ruas: o ângulo de cada curva, o alinhamento dos cantos. O mapa que resultou daí como se fosse um pássaro olhando para o terreno lá embaixo. Se pudesse olhar o terreno do mesmo jeito, que rota eu escolheria?

De repente, vi mais uma coisa com bastante clareza. Os Médici acreditavam-se donos de Florença. Não queriam vê-la arruinada, por um cerco ou pela luta. Queriam capturar outro lugar nas proximidades e destruí-lo, fazendo disso um exemplo para mostrar aos florentinos que destino teriam eles e sua cidade caso continuassem resistindo.

— Eu sei o que eles vão fazer — falei em voz alta. — Vão atacar Prato.

Virei-me para Eleanora. Beijei-lhe o rosto, o pescoço, a pálpebra.

— Tenho amigos em Prato. Preciso avisá-los.

— Não! — gritou ela. — Matteo, não vá se arriscar novamente.

Ela colocou os braços em torno do meu pescoço, e senti esmorecer meu senso de obrigação. Mas falei com ela e, embora começasse a chorar, ela me escutou.

— Tenho de ir a Prato — falei. — Se estivéssemos em posições invertidas, Paolo viria me salvar. Graças ao seu pensamento rápido e à sua coragem estou aqui neste jardim com você agora, e não morto num passo de montanha.

— Eu vou perdê-lo. — Estava chorando de fato agora. — Você será morto. E então eu também vou morrer.

— Silêncio! Silêncio! — tentei secar-lhe as lágrimas. — Eu vou voltar, mas há uma coisa que você deve considerar sobre nossa situação. Eu não tenho renda.

— Por que me diz isso?

— Isso interfere em como as coisas podem se dar entre nós — falei.

— O que o faz pensar que eu estaria preocupada com a quantidade de dinheiro que um homem pode reclamar para si? — perguntou ela.

— Sempre é útil ter algum. — Sorri. — A obtenção de pão para comer é facilitada quando se possui dinheiro.

— Não zombe de mim. — Os olhos dela se incendiaram.

— Não foi minha intenção fazer zombaria. Pretendi apenas aliviar a situação com humor.

— Humor! Ser homem e ter os meios de controlar seu caminho na vida significa que você pode brincar com essas questões. Mas as mulheres não.

— Sinto muito tê-la ofendido. — Tentei aproximá-la de mim, mas ela resistiu. Soltei-a e, em seguida, falei seriamente. — Eleanora, preciso ir até Prato imediatamente e ajudar meu irmão de criação Paolo e sua irmã

Elisabetta. Perdoe-me por tê-la ofendido, e não vamos nos separar aqui com uma briga. — Aproximei-me e dei-lhe um beijo de leve na boca. — Assim que Paolo e Elisabetta estiverem a salvo, voltarei aqui e conversarei com você e com seu tio. Você pode querer considerar se deseja aceitar um pedido de casamento de um tenente *condottieri* sem dinheiro.

Saí pela porta do jardim rapidamente para não abalar minha determinação. Mas ao pé da colina não consegui resistir e me virei para vê-la mais uma vez.

É uma lembrança que tenho dela, ali parada, chorando baixinho. Em seguida, fui em busca do meu cavalo, mais devagar agora, pois meus próprios olhos estavam cheios de lágrimas.

Oitenta e quatro

Já passava da meia-noite quando cheguei à casa onde Elisabetta estava instalada em Prato.

Achei que teria problemas para entrar na cidade, mas Paolo já falara com o comandante da guarnição, de forma que me esperavam e me deram passe livre.

Elisabetta e Paolo estavam sentados juntos no jardim, conversando baixinho. Elisabetta se levantou para me cumprimentar e oferecer comida.

— Não tenho tempo para isso — falei após nos abraçarmos. — Precisamos partir agora. Os Médici estão determinados a reconquistar Florença.

— Soubemos da notícia, Matteo.

— Vai haver uma batalha aqui em breve — falei em tom de urgência.

— Sabemos disso — falou Paolo. — Machiavelli está reunindo os milicianos, e eu resolvi ficar e lutar por Florença.

Virei-me para Elisabetta.

— Você não pode ficar aqui.

— Não posso partir — respondeu ela.

— Elisabetta — tomei-lhe a mão —, escute. Já estive no cerco a algumas cidades, de ambos os lados. Vi o que acontece com os cidadãos. Você *tem* de sair.

— Eu não vou sair — falou com firmeza. — Donna Cosma, que mora nesta casa, está doente demais para ser removida. Ela e o marido me acolheram quando eu não tinha nada e cuidaram de mim. O marido dela já morreu, e não vou abandoná-la na hora em que ela precisa.

— Paolo — apelei para ele. — Diga à sua irmã para ir embora enquanto ainda há tempo de escapar.

— Venho discutindo com ela durante as últimas horas — retrucou Paolo —, e não consegui fazê-la mudar de ideia.

— Os dias em que eu fazia o que meu irmão mandava se foram há muito tempo. — Elisabetta riu. — Quer comer alguma coisa agora, Matteo?

Comemos e depois nos deitamos para descansar, temendo o que o dia seguinte nos reservava.

Paolo e eu fizemos camas para dormir no pavimento térreo. Paolo ainda levava consigo a espada do pai e dormia com ela a seu lado. Não caímos no sono de imediato; ficamos acordados, conversando, recordando as noites anteriores a todas as batalhas que lutamos juntos. Mas a de amanhã seria o desfecho final. Ambos sabíamos disso. Se Prato caísse, Florença não seria mais uma república: os Médici seriam empossados para governar a cidade.

Depois de um tempo, ficamos em silêncio, cada qual com seus próprios pensamentos e temores. Minha mente se voltou para a luta com Sandino. O alívio da sua morte já se esvaziara, e agora restava-me um enigma por resolver. Como é que eu sabia do alojamento de caça em Castel Barta? Por que reconheci o padrão nos azulejos do piso? Aquilo vinha de uma memória profunda, mas eu não conseguia desencavar de que recônditos na minha mente. Então, pensei em Eleanora e nos beijos que trocamos no jardim do tio dela, e meu coração se encheu da esperança de talvez ganhar e tornar a vê-la.

Paolo deve ter caído no sono pois de repente gritou:

— Dario!

— Silêncio! — falei. — Vai acordar as mulheres.

— Ele está aqui — falou Paolo, sentando-se no colchão.

A janela estava aberta por causa do calor da noite e, com a luz do luar, pude ver que estávamos sós. Mas Paolo estava tão agitado que me levantei e fui até ele.

— Não há mais ninguém aqui além de nós — falei.

Ele esticou o braço à sua frente como para pegar o braço de alguém que estivesse ali. Então, acordou direito e me viu ali ajoelhado junto à sua cama. Tentou rir para afugentar os pensamentos, mas estava tremendo. Fui pegar um pouco de vinho, e nós dois fomos para o lado de fora.

As estrelas estavam bastante luminosas. A lua, perto do horizonte, cheia e mística na escuridão do céu. Seria coberta de água, conforme meu senhor acreditava? Aquele lustro prateado seria a superfície de grandes lagos refletindo seu brilho translúcido de volta para a Terra? Ou haveria mais alguma coisa por lá, outro mundo de prata e luz? E o que haveria além daquele corpo celeste? O Reino dos Céus?

— Lembro-me de quando meu irmão Dario nasceu — falou Paolo de repente. — Eu tinha uns 9 ou 10 anos. Antes do nascimento dele, minha mãe tinha perdido alguns filhos, um que nasceu morto e outros dois que viveram só uns poucos dias. De forma que meu pai estava bastante ansioso durante a gestação deste último filho, e eu já tinha idade para saber por quê.

"Mas aí Dario nasceu e veio tão forte e saudável que eles choraram de alegria. E eu fiquei ali parado na porta olhando para eles, e de repente eles viram que eu os estava observando, e ficaram preocupados que eu pudesse sentir ciúmes de mais um irmão. Mas quando vi Dario, me enchi de amor imediatamente. Ia até o berço todo dia ficar olhando para ele. Queria que crescesse mais rápido. Queria ensinar-lhe todas as coisas que eu sabia, todas as coisas que um menino precisa saber, sobre o que é certo e o que não é, e o jeito correto de se comportar.

"E logo ele já não era mais um bebê. Começou a andar e falar, e já dava para compartilhar meu conhecimento com ele. O menino me acompanhava do nascer ao pôr do sol, fugindo da saia da minha mãe assim que me via. E ela ria e fingia reclamar, e dizia: 'Perdi meu bebê. Dario agora ama Paolo mais que a mim.'

Paolo soltou um suspiro do fundo do peito.

— E aí ele foi tirado de mim da forma mais cruel possível.

Paolo não estava chorando, mas estava profundamente melancólico. Não era o melhor estado de espírito para se ficar às vésperas de uma batalha. O soldado deve estar animado: pode ser a diferença entre a vida e a morte. E, assim como no passado Paolo me protegeu, eu agora deveria cuidar dele.

— Considere as estrelas — falei, dirigindo-lhe a atenção para o céu noturno.

Discorri os nomes das constelações que me havia ensinado o amigo do meu senhor, o astrônomo Tomaso Reslini. Então, uma das histórias da minha avó me veio à lembrança.

— Olhe — falei para Paolo —, lá estão Cástor e Pólux, filhos gêmeos do grande deus Júpiter. Eram filhos de Leda, esposa do rei de Esparta, depois que Júpiter foi até ela disfarçado de cisne. Cástor e Pólux eram tão unidos que, ao morrerem, Júpiter os colocou juntos entre as estrelas. Assim eles compartilham sua luz em todo o firmamento e ficarão juntos até o fim dos tempos.

— Acha que é assim que será para nós no fim, quando deixarmos esta terra? — perguntou Paolo.

Eu não sabia. Alguém saberia com certeza? O velho pensamento, o novo pensamento. As crenças da Igreja, as crenças dos Antigos. Quem estaria certo?

— Cada homem faz seu próprio caminho — retruquei.

— Lembro-me de você contando histórias em Perela — disse Paolo.

— Eu as achava ótimas para passar o tempo. Mas agora vejo que servem tanto para reconfortar quanto para esclarecer.

A madrugada se aproximava. Ouvimos os barulhos da cidade se movimentando, os gritos dos vigias, soldados marchando sobre o paralelepípedo. A milícia de Machiavelli chegara.

De repente, soou um alarme.

O inimigo fora avistado.

A batalha por Prato tinha início.

Oitenta e cinco

O cardeal Giovanni de' Médici e os comandantes papais enviaram um mensageiro para negociar.

Os magistrados da cidade o trataram com desdém. Confiavam nos milicianos que estavam se reunindo na praça principal, se alinhando em belas fileiras com seus capacetes e armaduras reluzentes. Do alto do campanário da basílica, Paolo e eu vimos o emissário voltar para as forças inimigas reunidas do lado de fora das muralhas.

— O que você acha? — perguntou Paolo, indicando a massa de infantaria e cavaleiros dispostos contra nós.

— Há bem menos gente do que eu pensava — falei.

Paolo apontou para a estrada que acompanhava o rio ao longe.

— Há um trem de bagagem se aproximando, bem devagar.

Minha visão ainda não estava totalmente recuperada, e a princípio não distingui o grosso do movimento a que ele se referia. Mas depois de alguns minutos comecei a enxergar. Tomei fôlego.

— Canhões? — perguntei.

Ele confirmou.

— Canhões espanhóis. Um dos sentinelas com quem falei disse ter ouvido que talvez eles os tragam do sul.

Havíamos descoberto que os espanhóis, dispostos a tomar o campo para o papa, estavam relutantes em lutar para os Médici. Mas o cardeal Giovanni de' Médici derreteu seu ouro e vendeu suas joias e os subornou para continuarem. Ele próprio os liderava agora e os encorajava falando da riqueza que os esperava em Florença. Pagara pelos melhores homens, pelas melhores armas. Se a chegada dessa artilharia era resultado disso, então não seria fácil para Prato.

Paolo se virou para mim.

— Acho que deveríamos colocar as mulheres na igreja.

Nessa questão, Elisabetta não discutiu com ele. Paolo e eu erguemos o colchão com a senhora idosa em cima. Elisabetta nos seguiu com os remédios e tanta comida e água quanto foi capaz de carregar. Algumas mulheres e crianças já haviam se dirigido para lá, e os monges as estavam acolhendo. Encontramos um bom lugar para Elisabetta numa porta lateral perto da escada que dava na cripta subterrânea. Se precisasse fugir, estaria perto da porta. Se precisasse de abrigo mais seguro, havia a cripta. Eu lhe disse que um de nós iria até a porta toda noite para ver se a comida era suficiente. E depois a deixamos. Era tudo que podíamos fazer.

Eles não propuseram outra negociação.

Trouxeram sua artilharia para um local que ficava fora do alcance da nossa. Eu estava com um grupo de milicianos que fora destacado para defender um trecho da muralha. Ensaiamos um tiro contra eles com os canhões do nosso posto. Nossa bala caiu antes e um dos milicianos riu, dizendo:

— Se nós não os alcançamos, eles também não nos alcançam.

Eles levaram um bom tempo preparando a artilharia. Durante uma hora ou mais, os bombardeiros deles ajeitaram as peças, mexendo de um lado e de outro, levantando e abaixando, até acharem a melhor pontaria. Depois trouxeram as balas de metal e formaram uma pilha ao lado de cada peça. Eram mais ou menos nove para cada canhão. Seis canhões, nove balas cada. Cinquenta e quatro balas. E quantas outras peças de artilharia teriam na retaguarda?

Caminhei ao longo da muralha da qual estávamos encarregados. Havíamos construído algumas defesas, mas elas não eram profundas. Pensei nas defesas de Mirandola e de Ravenna e em como elas foram rompidas. Deparei com Paolo no meio do caminho. Achava a mesma coisa. Fomos conversar com o comandante. Não nos escutou.

— De onde estão agora, não podem nos atingir — declarou. — Todo o esforço deles é em vão. Precisarão remontar a artilharia e se aproximar. Então, nossos tiros os destruirão.

Não era culpa desse homem. Nunca estivera na guerra, nunca vivenciara uma campanha. A última vez que saboreou alguma ação foi quando os franceses vieram para Florença e deixaram para trás a artilharia que ele agora estava usando: falconetes de curto alcance e algumas meias colubrinas antiquadas. Não sabia que os espanhóis eram, agora os soldados mais profissionais da Europa.

Aguardaram até o dia seguinte. Passamos a noite vendo as fogueiras no acampamento deles. Ouvíamos suas risadas e cantoria. Paolo e eu fomos ver Elisabetta. Além da comida, Paolo deu-lhe um punhal e eu lhe trouxe uma espada que encontrara largada ao lado de um miliciano adormecido. O fato de um deles conseguir dormir em estado de sítio com a espada desafivelada era um indicativo de como eles entendiam a guerra.

Elisabetta escondeu o punhal sob o travesseiro da senhora, Donna Cosma.

— Vai saber o que fazer com isso? — perguntou Paolo.

Elisabetta confirmou.

Nós nos abraçamos e acariciamos, e ela chorou um pouco.

— Vou rezar — falou Elisabetta. — Vou rezar a noite inteira por vocês dois. Fiquem sabendo e tirem conforto disso.

Um dos padres veio nos abençoar. A última vez que um padre me abençoou foi quando o padre Albieri colocou a mão sobre minha cabeça quando eu ainda era menino. Estive perto da morte na ocasião, mas não sabia. Mas agora estava bastante ciente do grande perigo que todos estávamos correndo. Falei para Elisabetta puxar um banco e colocar atrás da porta quando saíssemos. E no raiar do dia nos despedimos dela.

Voltei para minha posição na muralha. Meu debochado soldado miliciano de ontem estava de plantão. Tremia de excitação.

— Estão se preparando para disparar — disse ele. — Estamos espiando desde os primeiros raios de sol, e eles estão se preparando para disparar agora.

457

Estiquei a cabeça por cima da muralha bem a tempo de avistar o artilheiro do primeiro canhão alinhado com a vela na mão, pronto para acender o pavio.

— Protejam-se — gritei.

Houve um estrondo abafado e alguns segundos depois um grande estalo. A bala foi parar no gramado à nossa frente. Caiu antes.

— Eu falei. Eu falei. — O soldado miliciano estava quase dançando de tão deleitado. — Eles não conseguem nos alcançar. Foi como eu disse. Não conseguem nos alcançar.

Mas eu sabia que o canhão ao lado daquele estaria preparado para uma distância muito maior.

— Abaixe-se — gritei para ele. — Abaixe-se, seu tolo.

Soou o estrondo do próximo canhão, e a bala passou voando por cima de nossas cabeças. Espatifou-se na parede atrás de nós, derrubando um pedaço enorme de alvenaria.

Segundos depois, a terceira peça disparou. Atingiu exatamente nosso parapeito, abrindo um rombo enorme em nossas defesas e aniquilando completamente meu miliciano dançante.

Eles tinham encontrado a mira.

Oitenta e seis

Tivemos clemência por mais ou menos vinte minutos até que eles ajustassem os outros canhões na mesma pontaria do terceiro tiro.

Paolo e eu vociferamos algumas ordens, e os milicianos florentinos, boquiabertos de susto, responderam da melhor forma que puderam. Saíram correndo às nossas ordens para recolher móveis das casas e lojas e amontoá-los contra os muros.

— Não basta — disse Paolo, agitado. — Nem de longe.

Mas era tudo que podíamos fazer no tempo que tínhamos. No meio da manhã, o canhonaço deles começou a disparar sem trégua. Uma fumaça densa pairava no ar a cada explosão que chacoalhava o parapeito. Estavam concentrando os tiros numa parte da muralha. Pretendiam abrir uma brecha e entrar por ela. Enquanto nos movimentávamos para defender o local, avistei uma onda de cidadãos — velhos, mulheres carregando crianças — correndo para a igreja.

Então, os canhões deles pararam. Eu vinha contando cada tiro. Eles não usaram toda a munição. O que aconteceu? Arrisquei uma olhadela. A infantaria deles avançava para a brecha. Besteiros com grandes enxergões formavam um escudo impenetrável. Atrás deles, lanceiros em formação *schiltron* protegiam seus mosqueteiros. Posicionaram-se em rígidas formações losangulares e aguardaram. Mas nenhum dos milicianos florentinos de Prato saiu para desafiá-los.

— Disparem nossos canhões — bradou Paolo. — É hora de dispararmos nossos canhões.

Ninguém respondeu ao comando.

Ele enviou um mensageiro à bateria. O homem voltou e disse que o comandante de lá estava morto. Só havia três artilheiros, que estavam fazendo o que podiam. Conseguiram disparar um tiro, que derrubou uma massa de soldados da infantaria, mas não impediu o avanço. O inimigo começou a avançar mais prontamente. Agora estavam dentro do arco de alcance de nossos canhões. Era tarde demais para devolvermos o fogo.

As bestas deles dispararam. O alvo eram nossos bombardeiros. Em meio ao silvo mortal das setas, ouvimos os gritos sofridos dos homens defendendo os contrafortes de nossa muralha. Então, os arcabuzes se adiantaram das fileiras.

Lançaram uma saraivada de tiros. Depois outra, e outra.

Ao meu lado, Paolo cambaleou para trás. Olhei para ele. Havia uma grande mancha de sangue em seu peito. Como podia ser? Ele estava usando a armadura e a gargantilha.

Ainda estava ereto, com um olhar estarrecido no rosto.

Então, enxerguei a razão do sangue. Havia um furo no centro do metal.

— Você está ferido. — Minha voz estremeceu enquanto eu falava. — Paolo, você está ferido no peito.

Ele olhou para baixo.

— Ah — disse ele —, é por isso que não consigo ficar de pé.

E, ao dizer isso, caiu aos meus pés.

Meu coração deu um grande salto de medo, e eu me abaixei e desafivelei sua armadura, a da frente e a de trás.

— Metal inferior — balbuciou ele enquanto eu o liberava dos apetrechos. — Eu deveria ter comprado as armaduras de Milão. As armaduras de lá têm a melhor reputação de qualidade.

Pensei comigo: "Ele está delirando."

Precisava parar o sangramento. Peguei meu punhal e rasguei a manga da minha camisa, formando um chumaço de pano e pressionando-o contra o ferimento para estancar o fluxo.

Formou-se um alvoroço atrás de nós. As hordas de milicianos passaram correndo por onde estávamos, empurrando-se e acotovelando-se e largando as armas por todo canto.

— Eles estão fugindo — falou Paolo, ofegante. — Salve-se, Matteo. Salve-se.

O sangue encharcava a bandagem que eu improvisara. Paolo precisava de um atendimento apropriado, e eu pensei em Elisabetta. Ergui seu corpo.

Às minhas costas, escutei o barulho dos invasores entrando pela brecha.

Carreguei Paolo, arrastando-o até a igreja. Dei uma pancada na porta lateral.

Lá de dentro, gritaram:

— Santuário! Santuário! É preciso respeitar o santuário de um lugar sagrado.

— Estou com um homem ferido aqui — gritei. — Um de seus defensores. Deixem-me entrar.

— Vá embora — gritaram de volta. — Vá embora.

Ergui o punho e esmurrei a porta.

— Dell'Orte! — gritei. — Dell'Orte!

Elisabetta abriu a porta. Algumas pessoas lá dentro pularam em cima dela, puxando-lhe o cabelo e as roupas, tentando impedi-la. Mas ela abriu espaço suficiente para que eu pudesse passar com Paolo antes de ser fechada novamente com toda a força.

As mulheres lá dentro empurraram o banco de volta contra a porta. Da nave, veio o barulho de vidro quebrado. Um tição em chamas foi jogado pela janela quebrada, e uma dúzia de crianças começou a berrar ao mesmo tempo.

Deitamos Paolo no chão. Examinei o lugar em seu peito onde a bala tinha entrado. Era perto do coração. Ele estava morrendo.

Elisabetta olhou para mim. Balancei a cabeça.

Ela despejou água num pedaço de pano e levou-o aos lábios dele.

Ele abriu os olhos, olhou para mim e falou com toda a clareza:

— Meu irmão. Você é meu irmão.

— Sim — falei —, mas não fale. Economize suas forças.
— Eu tive outro irmão. Mas ele morreu.
— Eu sei disso — falei.
— Eu o matei.
— Que nada!
— Matei, sim. Minha covardia os matou a todos.
— Não, não, Paolo. Isso não é verdade.
— É, sim.

Ele pegou a frente da minha túnica e me puxou para perto.
— Eu nunca lhe contei isso, Matteo, mas eu as ouvi.
— O quê?
— Eu as ouvi — repetiu.
— Quem? De quem você está falando?
— Das minhas irmãs. Minhas irmãs gritando. — Ele colocou as mãos sobre o rosto. — Ainda as ouço.
— O que aconteceu não foi culpa sua.
— Você não ouve o que eu digo? — perguntou com uma força súbita. — Eu ouvi minhas irmãs implorando por misericórdia. Minha mãe, quando pulou da janela, segurando Dario, gritou quando eles caíram nas pedras lá embaixo. Eu ouvi tudo isso e não fiz nada.

Peguei a mão dele na minha.
— Não foi culpa sua — repeti.
— Mas eu fui covarde. Deveria ter saído do esconderijo e lutado.
— Se tivesse saído do esconderijo, você e suas irmãs teriam sido mortos — falei. — Teria lutado, sim, mas teria lutado e morrido.
— Eu estou morrendo agora, não estou, Matteo?

Não pude responder, nem pude tirar o olhar do rosto dele. Portanto, ele leu a verdade nos meus olhos.
— Melhor ter morrido lá — disse ele — do que fazer o que fiz e levar a vida de um covarde.
— Assim você teria desobedecido à ordem de seu pai — falei.

Seus olhos exploraram meu rosto.
— Um filho não pode desobedecer à lei que seu pai determina.

— Meu pai não sabia que a família dele seria tratada com tanta crueldade.

— Seu pai era um soldado — insisti. — Um soldado empregado pelo Borgia. Ele deve ter visto o que fazem os soldados, o que alguns homens tomam como seu de direito no momento da conquista.

Paolo pareceu considerar isso.

— Quem teria salvado Elisabetta e Rossana? — continuei. — Elas não teriam conseguido escapar sem você. Teriam sido apanhadas na encosta da montanha. E foi você, você sozinho, quem deu a Elisabetta razão para continuar. Levou-a para morar com seu tio, e ela construiu uma nova vida. Portanto, seu pai sabia que você precisava ser salvo. E, se você tivesse desobedecido à ordem dele, como poderia olhar para ele de frente no Céu?

Paolo confirmou. Seus olhos ficaram nublados. Estava nos deixando.

Levei meus lábios ao seu ouvido.

— Você vai encontrar seu pai, no Céu, e poderá dizer: "Meu pai, fiz o que me mandou. Isso me perturbou sempre e me custou muitas agruras, mas fiz o que me pediu." E ele vai dizer para você: "Seja bem-vindo, meu filho." E vai chamá-lo pelo seu nome, "Paolo". E você vai vê-los a todos, Rossana e sua mãe. Elas vão beijá-lo. E o pequeno Dario vai correr a seu encontro, e você vai colocá-lo nos ombros, como costumava fazer.

Minha voz fraquejou. Olhei de relance para o rosto de Paolo. Seus olhos estavam fixos, sem ver nada. Coloquei os dedos na lateral do seu pescoço. Não havia pulso.

Teria me ouvido? Sentei-me sobre meus calcanhares.

— Matteo!

Virei-me.

Corriam lágrimas pelo rosto de Elisabetta.

— Matteo! — Ela soluçou. — Que coisas maravilhosas você disse a ele!

Estiquei a mão e fechei os olhos dele. Não haveria tempo para um funeral apropriado, nem oportunidade para contratar um bom orador que fizesse um discurso pela morte desse jovem. Ninguém confeccionaria uma máscara mortuária para Paolo dell'Orte. Mas eu não esqueceria seu rosto. Paolo foi um verdadeiro irmão para mim. Salvou minha vida em Mirandola e novamente quando matou o salteador Sandino em meu nome. Em sua vida, ele pouco tinha do que se envergonhar. Era eu, Janek, o cigano, também conhecido como Matteo, quem carregava a verdadeira culpa.

Eu sou o traidor, o patife, o covarde. Sou eu quem deve ser desprezado. Nenhuma mãe ou pai vai correr ao meu encontro na terra dos santos. A família dell'Orte não vai me saudar carinhosamente ou deixar que eu passeie em sua companhia pelas nuvens.

Esfreguei o rosto com as mãos enquanto me assolavam os soluços.

Elisabetta havia se ajoelhado a meu lado para fazer uma oração pelo corpo do irmão. Colocou o braço em torno do meu ombro.

Encostei-me nela.

— Preciso lhe contar uma coisa — falei.

Oitenta e sete

Então, contei a Elisabetta a verdadeira história do menino que ela conhecia como Matteo.
    Contei-lhe primeiramente que meu nome não era Matteo, mas Janek.
    Janek, o cigano.
    Não tive um bom pai que morreu e me deixou aos cuidados de um tio mau. Só tive uma avó. Ela me amou, isso é verdade, mas era uma cigana. Uma mulher cigana com grande habilidade para a cura. Ela morreu, e eu fiquei na miséria e lancei mão do roubo, uma ocupação na qual, acabei descobrindo, eu era muito bom, especialmente em arrombar trancas. Então, caí nas mãos de Sandino, e seu bando de salteadores, que me prometeu boa comida e meu próprio navio pirata se eu lhe fizesse uma única tarefa. Sandino me instruiu a roubar uma coisa muito preciosa, o Grande Selo da família Médici, que ele disse ter sido surrupiado do Palácio Médici na Via Larga em Florença quando eles foram forçados a abandonar a cidade anos atrás.
    Precisávamos esperar até depois do casamento de Lucrezia Borgia com o duque Alfonso em Ferrara, e então encontrei um certo sacerdote, o padre Albieri, que me levou até um quarto numa casa com um armário trancado onde o selo ficava guardado. Depois que roubei o selo, o padre e eu voltamos para o ponto de encontro com Sandino. O padre contou a Sandino que havia lhe trazido o verdadeiro tesouro. Quando o padre disse isso, Sandino se virou para um de seus homens, dizendo:

— O Borgia vai nos pagar bem pelo Selo Médici.

E o padre Albieri ficou chocado, pois achava que Sandino estava trabalhando para os Médici. E viu que fora traído. Mas já era tarde demais para escapar. Sandino matou o padre com um golpe do porrete. E eu tentei fugir.

Mas Sandino veio correndo atrás de mim, e eu caí no rio, e os companheiros de Leonardo da Vinci me resgataram. Eles me embrulharam no manto de Felipe, o chefe da casa. Quando me recuperei do quase afogamento, perguntaram meu nome e, ao lado do meu rosto, vi o emblema de peregrino que Felipe usava no manto e reconheci a imagem de são Mateus. Felipe, que era treinado e empregado para fazer contas, era devoto do discípulo de Cristo chamado Mateus, que fora coletor de impostos. Então, sem querer revelar meu nome verdadeiro, peguei aquele para mim.

Assim, como o menino Matteo, cheguei a Perela. Fiquei feliz de estar com a família dell'Orte, e os amei e tive receio de lhes contar a verdade, pois poderia ser expulso. E, quando fomos embora, achei que estava em segurança, não sabia que Sandino me rastrearia até ali. Mas, quando estava em Senigallia, ouvi homens de Sandino falando dos planos para atacar Perela e parti a todo galope para avisar à família. Mas cheguei tarde. Portanto, a culpa foi minha de todo o sofrimento pelo qual eles passaram. Eu não merecia que Paolo e ela me chamassem de irmão. Eu não merecia suas boas graças.

— Não era Paolo que os saqueadores procuravam quando revistaram a fortaleza de seu pai — contei. — Era eu o menino que eles procuravam.

— Eu já sabia algumas partes disso, Matteo — falou Elisabetta.

Olhei-a fixamente.

— Como é possível?

— Tive anos para pensar no que acontecera à minha família — respondeu ela. — Sempre houve esse mistério. Não consegui pensar direito enquanto Paolo e eu viajávamos para Milão, mas depois de nos estabelecermos na fazenda do meu tio, comecei a repassar na minha cabeça as coisas que haviam acontecido. Pensei no que o monge no hospital de Averno nos perguntou, e, depois, quando ele me escreveu com mais informações, consegui montar a história. Pois os homens que atacaram nossa fortaleza não perguntaram por Paolo pelo nome, eles perguntaram por um menino. E passei a acreditar que o menino que procuravam era você, Matteo.

"E também... — ela fez uma pausa — ...li as anotações de sua avó que estavam na caixa que você me deu com o livro de receitas."

— As anotações dela?

— Isso — disse Elisabetta. — Ela...

Um estrondo infernal começou na porta principal da igreja.

— Abram. Abram esta porta.

— Santuário! — as pessoas à nossa volta gritaram em conjunto. — Santuário!

Então, ouviu-se o barulho de um aríete e o de madeira se despedaçando.

Uma mulher de mais idade subiu a uma das janelas e gritou lá para fora.

— Isto é uma igreja onde se abrigam mulheres e crianças. Vão pegar o que quiserem na cidade e deixem-nos em paz.

— Há soldados aí dentro — gritou uma voz. — Nós os vimos entrar.

A mulher olhou para mim, em seguida respondeu:

— Os soldados estavam feridos e já morreram. Só há mulheres e crianças aqui dentro.

Ao lado de Elisabetta, um velho se levantou.

— Você! — apontou para mim. — Saia daqui e lute. Ficando aqui, coloca todos nós em perigo.

As batidas à porta recomeçaram.

— Eu vou — falei.

— Não — disse Elisabetta. — É um truque para nos fazerem abrir a porta. Então, vão devastar tudo.

— Vou sair pela torre do sino — falei e, quando ela começou a protestar, continuei: — Mais parece a plebe lá fora do que soldados decentes. Talvez eu consiga afastá-los daqui.

— Se sair, Matteo, você vai morrer.

— Sim — falei —, mas aí talvez você não morra.

— Não saia por essa razão.

— Não só por essa — falei. — Olhe só para elas. — Indiquei as crianças agarradas às saias das mães e os velhos. Eram camponeses e trabalhadores, gente pobre demais para ter armas com que se defender, os fracos, aqueles que não conseguiram fugir a tempo nem comprar seu resgate.

— Por toda essa gente — falei.

Entramos na torre do sino e subimos os degraus de madeira até o topo. Puxei a corda de um dos sinos.

— Vou jogar esta corda para o lado de fora e descer por ela. Corte a corda ou puxe-a rapidamente para cima quando eu tiver chegado ao chão — instruí Elisabetta — para que eles não consigam entrar por aqui.

Ela pegou meu rosto entre as mãos e me beijou.

— Saiba de uma coisa — falou. — Você é meu irmão, e nada do que você foi ou disse que fez vai me fazer pensar mal a seu respeito.

Virei-me rapidamente para evitar as lágrimas. E joguei a corda do alto da torre. Com braçadas curtas, comecei a descer.

Quando estava a pouco mais de 3 metros do chão, me retorci para enxergar lá embaixo. Os prédios em torno da *piazza* estavam em chamas, e grupos de soldados corriam de um lado para outro levando seus espólios de guerra. A multidão diante da porta da igreja havia parado temporariamente de insistir. Decerto não tinham me visto, pois teriam vindo logo no meu encalço. Desci o pouco que faltava o mais rápido que pude e depois dei um puxão na corda como sinal para Elisabetta cortá-la ou puxá-la imediatamente de volta para cima.

Sacando a espada, corri para a frente da igreja. Imediatamente vi a razão pela qual as batidas à porta haviam parado. Nos degraus de acesso, diante de uma horda de mercenários e vivandeiros, havia dois homens. Um, vestido de vermelho, era o cardeal De' Médici. O outro, segurando uma espada, era Jacopo de' Médici.

Ao me ver, Jacopo de' Médici sacou uma pistola do cinto.

Oitenta e oito

Fiquei parado. A essa distância, uma espada não era defesa contra um tiro.
— Aqui — disse ele. — Pegue isto e junte-se a nós.
Fiquei olhando para ele feito um idiota.
— Venha cá, Matteo! Ou seja lá como você se chama. Agora!
Saltei para o lado dele e peguei a pistola.
Bem na hora, pois a multidão, vendo que sua atenção fora desviada, começou a avançar.
O cardeal Giovanni de' Médici era gordo e, envolto em seus mantos vermelhos, grudou-se de costas à porta da igreja.
— Parem — gritou. — Em nome do Senhor Deus. Em nome do Vaticano e do papa em Roma, ordeno que se afastem desta casa de Deus.
Mas um dragão liberto não pode tornar a ser acorrentado. Aqueles homens estavam enlouquecidos pela sanha da batalha, assolados pela fome de ouro, saques, mulheres e morte. Era uma causa perdida. Não se pode fazer um apelo a uma multidão, a razão não impera.
— Escutem — sua voz retumbou. — Qualquer um que cruzar este limite sofrerá a ira dos Médici.
Isso os deteve, mas estava claro que só duraria um instante. Em seguida, viriam contra nós e nos dilacerariam.
Em vez de andar para trás, Jacopo de' Médici deu um passo adiante na direção do povo. Dirigiu-se a dois ou três logo na linha de frente do grupo principal.

— Qual é o seu nome? — apontou para o que estava no meio.

O homem não quis responder, mas alguém na multidão gritou:

— Luca. O nome dele é Luca.

— Matteo — Jacopo me deu uma ordem em voz alta. — Faça pontaria com a pistola. Se alguém da multidão se mexer, qualquer um, atire primeiro neste homem chamado Luca.

Ergui a pistola e fiz pontaria, apoiando a arma no braço para evitar que a mão tremesse.

O tal do Luca deu imediatamente um passo para trás.

— O cardeal e eu vamos matar os que estão em ambos os lados dele — acrescentou Jacopo com um sorriso malicioso no rosto.

Os dois companheiros de Luca se entreolharam, confusos. Eles também deram um ou dois passos para trás.

— Atire na barriga — acrescentou Jacopo em voz alta. — Assim, tem menos chance de errar. E eles morrem agonizando.

— Vamos apontar um pouco mais embaixo — recomendou o cardeal. — Assim, caso sobrevivam, não prestarão para mais nada.

Um dos companheiros de Luca se infiltrou na multidão às suas costas e desapareceu. Luca e o que ficou trocaram olhares desesperados.

— Vamos encontrar outro lugar — disse o amigo de Luca. — Há vários outros prédios nesta cidade para saquearmos.

— Isso mesmo — Luca se virou para a multidão atrás de si. Ergueu as mãos bem alto. — Para o prédio do conselho! — gritou. — Para o prédio do conselho!

A multidão se mexeu e deu meia-volta.

Mas o cardeal Giovanni de' Médici não tinha terminado com ele.

— Saiba de uma coisa, Luca — gritou bem alto no seu encalço. — Se esta igreja for violada, eu vou encontrá-lo. O castigo do Céu e da Terra se abaterá sobre você.

Minhas pernas fraquejaram, e eu me apoiei na porta.

Jacopo de' Médici me agarrou com brutalidade e me girou o corpo, empurrando meu rosto contra a porta da igreja. Prendeu minha nuca com os dedos. Então, tirou a pistola da minha mão.

— Não sou bom de pontaria — disse eu. — Duvido que conseguisse acertar nele.

— Não teria feito diferença alguma — disse Jacopo. — A arma não está carregada.

Oitenta e nove

Enquanto o cardeal Giovanni de' Médici organizava soldados para guardarem a igreja, fiz um pedido a Jacopo de' Médici pela segurança de Elisabetta e da senhora Donna Cosma, e um enterro decente para Paolo dell'Orte.

Jacopo de' Médici concordou com os pedidos na condição de que eu desse minha palavra de que não tentaria fugir dele outra vez. Destacou homens armados para me acompanharem até que me mandasse chamar à sua presença.

Foi chamado um padre, que rezou no enterro de Paolo, e meu irmão de criação foi colocado para o descanso eterno na cripta da basílica. Os guerreiros dos Médici levaram Donna Cosma numa liteira até sua casa, e eu ajudei Elisabetta a acomodá-la.

— Preciso ir agora — disse-lhe —, para descobrir que destino os Médici planejaram para mim.

— Antes de partir — ela me disse —, há algo que deve saber.

Ela desfez o embrulho onde levara comida e remédios para a igreja.

— Junto ao livro de receitas da sua avó havia estes documentos, Matteo. Você nunca os leu, não é mesmo?

— Não — respondi. — Não aprendi a ler quando criança.

— Para compilar esses livros, sua avó devia saber ler e escrever. Você nunca achou estranho ela não lhe ensinar essas habilidades?

— Nunca pensei nisso.

— Acho que sei por que ela queria que você continuasse analfabeto — disse Elisabetta. — Estes documentos lhe pertencem. Ela não queria que você os lesse. Se em criança compreendesse as informações ali contidas, teria falado delas, o que o colocaria em grande perigo.

— Que tipo de perigo?

— Todo tipo. Acima de tudo, rapto e assassinato.

— Não entendo. Deixe-me ver.

— Há várias coisas aqui, cartas e outros documentos, mas o mais importante é este. — Elisabetta me entregou um pergaminho. Era uma certidão de batismo datada de 1492 e o nome da criança: *Jacomo*.

— O que isso tem a ver comigo? — perguntei.

— Esta é sua certidão de batismo, Matteo.

— Não pode ser — falei. — Eu me chamo Janek. É o nome pelo qual minha avó sempre me chamou.

— Agia assim para protegê-lo.

Tornei a olhar para a certidão. O padre assinara embaixo: *Albieri d'Interdo*. Albieri d'Interdo. O mesmo padre que me levou ao Selo Médici em Ferrara.

— Os demais papéis aqui não deixam dúvida, Matteo — continuou Elisabetta. — Você *é* esse menino.

Olhei mais uma vez para a certidão, e desta feita li-a com mais cuidado: *No dia de hoje, na vigésima quarta hora, eu batizei um menino, recém-nascido da mulher Melissa e do homem Jacopo de' Médici.*

Eu vi o nome escrito.

Meu pai.

Jacopo de' Médici.

Noventa

MÉDICI.
   Eu sou um Médici.
   Um Médici.
Egoísta, arrogante, orgulhoso, ganancioso, desdenhoso, brutal.
Sábio, artístico, nobre, generoso, imponente, clemente.

Durante dois dias, os soldados vitoriosos devastaram Prato. Homens ensandecidos — arrebentando, saqueando, incendiando e destruindo a cidade, matando mais de 2 mil pessoas.

Florença se rendeu. O cardeal Giovanni de' Médici, seu irmão e os primos entraram na cidade. Pier Soderini fugiu, e Niccolò Machiavelli foi banido.

Florença foi devolvida aos descendentes de Cosimo e Lorenzo, o Magnífico.

Jacopo de' Médici me convocou à sua presença. Estava alojado numa casa perto de seu antigo palácio na Via Larga, e meus guardas me levaram para onde ele se encontrava num cômodo superior diante de uma escrivaninha imensa.

— Tenho tido muita dificuldade para encontrá-lo nos últimos anos — disse ele. — Você foi muito esperto para escapar de todos os que enviei no seu encalço.

— Eu achava que sua intenção era mandar me matar — falei. — Só agora descobri que temos parentesco.

— Devo dizer que é mais do que parentesco! — retrucou ele prontamente. — Eu sou seu pai.

Enfrentei seu olhar com outro de igual força.

— Enquanto seguia sua própria vida, outros desempenharam esse papel.

Ele se inflou. Depois, abrandou.

— Vou lhe relatar as circunstâncias de seu nascimento, depois você poderá me julgar.

Contou-me que tinha minha idade quando fui concebido. Os Médici usavam Castel Barta como alojamento de caça, e minha mãe era a filha da caseira que morava lá para cuidar das dependências. A caseira era uma mulher inteligente e honesta, metade cigana e bastante versada no folclore, com grande conhecimento de coisas naturais. Melissa, filha dela, minha mãe, tinha apenas 15 anos quando ela e Jacopo de' Médici se apaixonaram.

— Eu amava sua mãe apaixonadamente — falou Jacopo. — Você foi o resultado. Mas havia um contrato de matrimônio para mim junto a outra família, e eu não pude legitimar seu nascimento. Então, você ficou lá com sua mãe e sua avó, e eu ia visitá-lo com a máxima frequência que podia. Sua mãe morreu no verão de 1494, quando você tinha cerca de 2 anos. Foram tempos difíceis. Poucos meses depois ocorreram distúrbios e agitação, e os Médici foram expulsos de Florença. Nossos inimigos o teriam matado. A coisa mais segura ao meu alcance era fazer com que você desaparecesse. Conseguimos uma carroça cigana, e sua avó o levou. Foi nesse momento que o Grande Selo dos Médici passou a ser guardado por um parente dos Médici, o único padre em quem eu confiava, padre Albieri, da paróquia de Castel Barta.

"Os Médici estavam despojados de tudo e precisaram percorrer as cortes da Europa buscando ajuda onde fosse possível. Eu mesmo fui caçado e não pude nem mandar dinheiro para sua avó com medo de que descobrissem. E aí perdi o rastro de onde vocês estavam. Sua avó viajou para o norte até Veneza para que você estivesse seguro, mas a peste se abateu sobre o último lugar onde eu sabia que vocês tinham estado. Cheguei a acreditar que você e sua avó tinham perecido.

"Para começar, o salteador Sandino era agente da família da mulher com quem me casei. Ela não era má, mas era muito ciumenta, e a mu-

475

lher sabe quando não é amada. Os anos se passaram, e não houve filho algum. Ela tinha acessos de raiva, acusando-me de ser incapaz de lhe dar filhos, e eu, enraivecido, um dia declarei saber que minha semente era capaz de gerar um filho, como já havia feito.

"Ela não disse nada.

"Deve-se temer a raiva silenciosa. A raiva que entra em ebulição e extravasa é um perigo perceptível com o qual se pode lidar, mas a maldade silenciosa é um adversário mortal.

"Minha esposa descobriu que você tinha nascido em Castel Barta e contratou Sandino para caçá-lo e matá-lo. Mas, para começar, ele não encontrou vestígio algum de vocês.

"Então, Cesare Borgia entrou na România para tentar reter os territórios papais a qualquer custo e também usou Sandino como um de seus principais espiões. A essa altura, Sandino já tinha encontrado seu rastro através de informações obtidas com um assassino que ele conhecia. O homem tinha comprado veneno de uma velha cigana que, ele disse, tinha um menino escondido na carroça.

— Ora, eu me lembro desse homem! — exclamei. — Ele forçou minha avó a fazer caldo de papoula. Ela ficou muito assustada e, assim que ele foi embora, nós partimos pelas montanhas no meio da noite.

— Foi um sábio gesto da parte dela — disse Jacopo —, pois Sandino estava muito perto de vocês. Mas ele precisava ter certeza de que você era o menino que ele procurava. Ele sabia onde você tinha nascido, de forma que foi até o pároco de Castel Barta, padre Albieri, e fingiu estar trabalhando para mim e que eu queria encontrá-lo para lhe dar dinheiro e um título. O padre Albieri disse que não sabia onde você se encontrava, mas que conseguiria reconhecê-lo se o visse novamente.

— Mas como poderia? — perguntei. — Ele não me via desde bebê. Minha avó nunca me levou a nenhum lugar perto de Castel Barta, só quando percebeu que estava perto de morrer.

Jacopo de' Médici se levantou e saiu de trás da escrivaninha. Ele girou minha cabeça da mesma forma que tinha feito quando empurrou meu rosto de encontro à porta da igreja de Prato.

— Logo abaixo de seu couro cabeludo, há uma marca em cada um dos lados de sua nuca.

A marca dos dedos da minha parteira. Lembrei-me da brincadeira feita por Giulio, o Encarregado de Rouparia do castelo em Averno, quando me aconselhou a cortar o cabelo.

— Padre Albieri era um bom homem, mas inocente — prosseguiu Jacopo. — Disse a Sandino que, se você fosse de fato Jacomo de' Médici, seria o verdadeiro dono do Selo Médici, que estava sob sua guarda.

"Sandino viu a oportunidade de ganhar muito dinheiro. O selo poderia ser usado para forjar diversos documentos, ordens bancárias, cartas de conspiração, o suficiente para derrubar o Conselho de Florença. Sabia que Cesare Borgia lhe pagaria muito bem por ele. Portanto, montou um plano para conseguir você e o selo.

"Por uma questão de segurança, padre Albieri escondeu o selo no jardim de um primo em Ferrara. Não contou a Sandino, mas disse que estava indo a Ferrara para o casamento de Lucrezia Borgia com o duque Alfonso. Mandou que Sandino tomasse as providências para que você fosse ao encontro dele mediante algum pretexto e, se você fosse de fato Jacomo, ele traria tanto você quanto o Selo Médici para um ponto de encontro previamente acertado. E o fez na certeza de que Sandino iria levá-lo em segurança de volta para sua verdadeira família.

— Mas, quando nos encontramos, ele não me contou minha verdadeira identidade — falei.

— Você era um menino muito novo. Talvez tenha achado melhor guardar o segredo e deixar que eu, seu pai, lhe contasse a verdade.

— O padre insistiu para que eu levasse o selo — falei. — E acho que foi assim que ele acertou com Sandino para lhe dizer que eu era mesmo um Médici. Pois, quando chegamos ao ponto de encontro, padre Albieri colocou a mão no meu ombro e falou claramente para Sandino: "Trouxe o que você buscava."

— E, ao dizer tais palavras, sua vida foi confiscada — falou Jacopo secamente. — Sandino não precisava mais dele.

— Eu deveria ter adivinhado que havia algum subterfúgio — falei —, pois o trinco que precisei arrombar era muito simples. E, embora não tenha achado nada de mais na ocasião, padre Albieri pediu para eu me ajoelhar para uma bênção. E quando eu me ajoelhei, ele afastou o cabelo da minha nuca. Achei que estivesse me dando absolvição pelo crime de roubo, mas estava mesmo era confirmando se eu era seu filho.

— Ele comentou sobre as marcas quando o batizou em Castel Barta — disse Jacopo. — Se bem que qualquer um que esteja familiarizado com os Médici perceberia a linhagem pela expressão de seus olhos.

Levei a mão ao rosto.

Jacopo percebeu e falou:

— É óbvio para mim que você é Jacomo, meu filho.

A expressão dos meus olhos.

Havia um homem que olhara intensamente para os meus olhos. Leonardo da Vinci. No refeitório dos monges em Milão, usou os dedos para circundá-los. Na ocasião, ele disse: "Você vai encontrar sua própria verdade, Matteo." Agora eu encontrei — ou melhor, ela me encontrou. E era confusa, extasiante e profundamente perturbadora.

— Por minha causa, padre Albieri perdeu a vida — falei.

— Ele mandou me avisar que iria se encontrar com meu agente Sandino e que acompanharia você e o selo até minha presença. Logo vi que padre Albieri estava correndo risco de vida, já que eu não havia contratado nenhum agente chamado Sandino para tentar encontrá-lo, pois acreditava que você tivesse morrido.

— Sandino matou o padre — falei. — Acertou-lhe a cabeça com o porrete até rachar-lhe o crânio e o cérebro escorrer para fora.

Jacopo fez um gesto afirmativo com a cabeça.

— E eu posso bem entender por quê. Sandino precisava matar o padre Albieri para evitar que ele viesse me contar que meu filho fora encontrado e que Cesare Borgia tinha o Selo Médici.

— Eu vi Sandino matar o padre. Foi por isso que fugi dele.

— E fez bem em fugir. Sandino o teria matado em proveito próprio sem sequer pestanejar. Percebendo que o padre Albieri tinha desaparecido, me dei conta de que deveria tratar a astúcia com astúcia. Mandei divulgar que queria contratar Sandino e que pagaria o dobro do que qualquer outra pessoa oferecesse se ele me trouxesse você com vida.

— Acho que isso me salvou — falei.

— Fico feliz de ter tido algum valor para você.

Reconheci seu argumento com uma inclinação da cabeça.

— Minhas instruções para Sandino eram de que ele deveria me manter informado de cada passo dado — disse Jacopo. — E também mandei divulgar sua descrição em toda a comunidade cigana, pedindo-lhes que entrassem em contato comigo caso tivessem alguma notícia sua.

— Então foi assim que veio me perseguir naquele bosque perto de Lodi?

— Você tem de me contar como conseguiu escapar naquela ocasião.

— Tem a ver com o comprimento dos tecidos usados para os hábitos das ordens monásticas da Igreja. — Lembrei-me de estar escondido embaixo da saia de Eleanora. Depois pensei no que tinha feito mais cedo naquele mesmo dia na fazenda com Elisabetta e Paolo, e todos os eventos que entrelaçaram minha vida com a da família dell'Orte vieram de uma vez só à minha cabeça.

— Vejo que lhe dei muito o que pensar. — Jacopo de' Médici vinha observando meu rosto.

— Ao evitar ser capturado ao longo desses anos todos, eu sempre trouxe confusão e desacerto para aqueles que me ajudaram — falei. — Há pessoas a quem devo muito.

— Então, é seu dever honrar suas dívidas da melhor forma que puder — retrucou. — E, como seu pai, vou ajudá-lo nisso.

Então, ergui minhas mãos e, pela última vez, tirei a bolsa que trazia pendurada ao pescoço. Coloquei o saquinho de couro sobre a mesa e o abri. De dentro dele, tirei o Grande Selo dos Médici e o entreguei nas mãos do meu pai.

Ele o ergueu de forma que os raios de sol que entravam inclinados pela janela batessem sobre a superfície.

— Você fez muito bem em mantê-lo em segurança durante tanto tempo.

Na verdade, não sei se fiquei satisfeito com esse elogio ou não.

Jacopo de' Médici passou os dedos sobre o alto-relevo do brasão de sua família.

— Meu primo, o cardeal, ficará especialmente satisfeito de ver este selo resguardado novamente. Pode querer usá-lo para autenticar sua primeira Proclamação papal.

— Ele é apenas um cardeal — falei, assustado. — Não acho que o papa atual iria deixar alguém fazer uma Bula papal em seu nome.

— O papa Julio está à beira da morte — disse Jacopo. — Não demora e no Vaticano vai haver um Médici.

Jacopo devolveu o selo à bolsa de couro e colocou-o em torno do próprio pescoço. Então, pegou-me pelos ombros e olhou fixamente para meu rosto.

— Meu filho — disse baixinho. — Antes de ir embora para cuidar de seus afazeres, eu gostaria que você me chamasse pelo menos uma vez de pai.

— Pai. — Experimentei a palavra. Não cabia direito para mim.

Noventa e um

Havia um homem a quem eu considerava como um pai mais verdadeiro.

E, enquanto ia me encontrar com Elisabetta, fui pensando numa maneira de retribuir o apoio que Leonardo da Vinci me dera durante a parte mais problemática da minha vida. Com ele, eu tinha uma dívida maior que todas as outras. Sem a intervenção do Maestro e seus dois companheiros, eu teria me afogado na cachoeira. Seu próprio fôlego me trouxe de volta do mundo dos mortos. E, em toda a vida que tive, desde menino até me tornar adulto, fui acalentado por sua orientação, seu intelecto e a generosidade de seu espírito.

Elisabetta estava de volta à casa em Prato. Como recompensa parcial pelos estragos causados à cidade, os Médici entraram num acordo para substituir os telhados das edificações que ainda estavam de pé. Donna Cosma estava em seu colchão no quarto do térreo. Estava claro que não viveria muito tempo mais. Fui me sentar com Elisabetta no jardim e coloquei em cima da mesa uma sacola de moedas que Jacopo de' Médici me dera.

— Esse dinheiro é seu de direito — falei —, pelas perdas que você sofreu. Vai ajudá-la a montar sua própria botica, e você poderá viver aqui de forma independente.

— Matteo — disse ela —, vou voltar para Kestra.

— Kestra? Não há nada para você lá.

— Baldassare está lá.

— Baldassare? — perguntei, surpreso. Então me lembrei do homem na fazenda vizinha que estava sempre ajudando quando eu ia visitar Paolo e Elisabetta. — O fazendeiro, vizinho de seu tio?

— Isso — disse Elisabetta. — Ele mesmo.

— É muito mais velho que você.

— Eu sei. E é essa uma das razões pelas quais resolvi aceitar sua oferta de casamento. Ele é confiável e vai me dar estabilidade.

— Você o ama?

— Tenho muito afeto e respeito por ele, assim como ele por mim.

Seu rosto era só contentamento.

— Acredito que isso seja suficiente para ambos — disse ela. — Ele me pediu em casamento várias vezes nos últimos anos. Eu o desanimei porque, quando a fazenda do meu tio foi perdida, achei que não teria nada para doar ao casamento. Ele não se importava com isso. Só queria a mim. Mas agora que aprendi as receitas nos livros da sua avó e consigo fazer seus remédios para curar gente, posso levar essa habilidade e a renda decorrente como meu dote para Baldassare.

— Isso também pode ser o seu dote. — Apontei para o saco de moedas que estava entre nós em cima da mesa. — Eu lhe dou de presente como seu irmão de criação. Sob uma condição — acrescentei: — que você me receba como convidado na sua cerimônia de casamento.

Escrevi uma longa carta para Eleanora.

Informei-lhe minha identidade verdadeira e também as coisas que me haviam acontecido antes de nos conhecermos. Perguntei se ela compreenderia as pressões que eu sofria e se aceitaria as providências que tomei.

Também lhe falei de meus planos para o futuro. Que queria frequentar a escola de Medicina em Bolonha, e finalmente me tornar um médico.

Declarei que ficaria satisfeito se ela quisesse compartilhar esta nova vida comigo. Que me lembrava do interesse dela pelas obras dos pensadores e escritores mais influentes. Que, com o patrocínio do meu pai, ela poderia seguir seus interesses enquanto eu dava continuidade aos meus estudos.

Disse-lhe que a amava.

Noventa e dois

Em pouco tempo, recebi uma carta convidando-me para comparecer à Villa d'Alciato para discutir um contrato de matrimônio entre mim e Eleanora d'Alciato.

Jacopo de' Médici designou um secretário para me acompanhar com a finalidade de acertar os termos apropriados. O tio de Eleanora era um mercador corpulento com o rosto alegre, e nós ficamos sentados em seu escritório enquanto ele vasculhava todos os detalhes, acrescentando e eliminando cláusulas aqui e ali. Os passarinhos cantavam perto da janela. Da última vez que falara com Eleanora, estávamos no jardim, e eu me lembrei dos beijos que trocamos na ocasião. Estava fazendo muito calor hoje, e as janelas estavam fechadas para barrar o sol. Duvidei que ela estivesse lá fora e fiquei querendo saber em que parte da casa estaria.

Veio-me à lembrança a nossa dança na *piazza* em Ferrara, ela com o rosto erguido na direção do meu.

Levantei-me.

— Queiram me desculpar — falei.

O tio de Eleanora olhou para mim, concordou com um aceno de cabeça e voltou à análise do documento à sua frente.

Abri a porta que dava no corredor.

Um farfalhar de saias.

Corri atrás dela e agarrei-a pela cintura.

— Você fica escutando atrás das portas? — ri.

Ela se debateu para se livrar de mim, e eu percebi que não estava se divertindo.

— É claro que estou escutando — disse. — Você acha que eu iria permitir que me negociassem assim, como se faz com carne no mercado, e me satisfazer em não saber nada a respeito?

Ergui uma das sobrancelhas.

— Achei que tinha sido por sua vontade que eu fui convidado a vir aqui para acertar nosso matrimônio.

— Ora, pois então estava errado, senhor! — retrucou Eleanora. — Ninguém pediu minha opinião sobre o assunto. Meu tio leu a carta que você me enviou e resolveu que sua oferta não deveria ser recusada. Disse-me que cuidaria de tudo. Disse que os Médici tinham dinheiro para gastar e que nós ficaríamos com um pouco.

— Dinheiro! — exclamei. — Não se trata de dinheiro, Eleanora.

— Trata-se, sim — disse ela. — Dinheiro e medo.

— Medo? — repeti, atônito.

— Como meu tio poderia recusar um pedido de um Médici? Ficaria amedrontado demais se não atendesse.

— Você está com medo de mim agora? — perguntei-lhe, e ao mesmo tempo me ocorreu que talvez não fosse ruim de todo essa impertinente e insolente Eleanora sentir um pouco de medo de mim.

Em resposta, seus olhos emitiram um fogo esmeralda.

— Eu não me entrego a ninguém por medo nem por ouro.

Soltei seu pulso.

— Eu achei que você me amava, Eleanora — falei, ríspido. — Sinto muito se estava errado. Vou avisar ao secretário para interromper as negociações.

— Ora, faça isso — disse ela. E quando me virei, ela me chamou com desdém na voz: — *Jacomo de' Médici*.

— O quê? — virei de volta e encarei-a, sentindo minha própria índole se alterar. — Por que diz meu nome dessa maneira?

— Não é esse quem você realmente é? — Ela tirou minha carta da manga de sua blusa. — Foi assim que você assinou quando escreveu para mim. — Ela enfiou o dedo com força no papel.

— Ora, essa! E eu deveria negar meu verdadeiro nome de direito?

— Eu não conheço nenhum Jacomo de' Médici! — gritou ela. — O homem que eu amo se chama Matteo.

Estiquei o braço e arranquei da sua mão a carta, que joguei para o lado. Em seguida, agarrei ambos os seus pulsos com minhas mãos e puxei-a na minha direção. E nós nos beijamos até precisarmos parar para respirar. Então, abracei-a bem forte e disse:

— Para você, então, serei sempre Matteo.

Noventa e três

— Vou chamá-lo de Matteo.
O Maestro pegou meu rosto com as duas mãos, me beijou e me abraçou carinhosamente.

Viera a Florença a caminho de Roma. As palavras de Jacopo de' Médici se tornaram realidade. O papa Julio morreu e o cardeal Giovanni de' Médici assumia o Vaticano como Leão X. E, a meu pedido, os Médici fizeram encomendas artísticas para Leonardo da Vinci em Roma.

— Matteo — o Maestro tornou a dizer, e me abraçou e me levou para sentar a seu lado num banco.

Senti-me mais seguro com sua saudação, pois, embora tivesse escrito contando-lhe toda a verdadeira história da minha vida e pedido seu perdão, estava apreensivo quanto à maneira como iria acolher em sua presença uma pessoa que o havia enganado.

— Logo que o conheci, eu menti — comecei dizendo.

— É claro! — ele me interrompeu, rindo. — Pegou um nome que não era seu para usar.

— Sabia desde o início?

— Deduzi depois. Percebi seu olhar de relance para a imagem de são Mateus no manto de Felipe quando você acordou.

Na verdade, isso não deveria ter me surpreendido. Eu tinha visto seus croquis. O olhar do Maestro era capaz de gravar, através da pena no papel, o movimento de um pássaro em pleno voo.

— Intrigou-me o fato de você fazer isso — continuou ele. — E, à medida que os dias foram passando, diversas coisas a seu respeito me fascinaram: sua fala, seu conhecimento, sua objetividade, seus modos em geral.

— Só muito mais tarde foi que imaginei se o senhor não teria alguma noção — falei. — Quando ficamos juntos olhando para seu afresco da Última Ceia em Milão.

— Isso mesmo! — retrucou ele. — Naquela ocasião, você estava ansioso para que eu não me decepcionasse por você ter perdido a vaga na Universidade de Pavia. E você estava absorto pela minha imagem do Iscariote.

Lembrei-me que ele havia tirado minha atenção do rosto de Judas e a direcionado para o de Mateus, o Apóstolo, e buscado, com seu raciocínio, apaziguar meus pensamentos conturbados.

— Sempre havia em seus olhos algo que me era familiar, e ao vê-lo ali no refeitório pensei em Lorenzo de' Médici, a quem conheci na juventude.

— Ele seria meu avô natural. Um homem inegavelmente honrado.

— Você tentou ser honrado, Matteo, e cumpriu seu dever. Existe uma veracidade na sua conduta, apesar das mentiras que contou.

Baixei a cabeça.

— Peço desculpas por qualquer problema que eu tenha causado ao senhor ou aos seus acompanhantes.

Ele sorriu.

— Você mais do que compensou com seu interesse e humor. Talvez seja de seu interesse saber que, no leito de morte, Graziano falou de você. Imaginou que Lucrezia Borgia poderia comentar sua técnica de dança em algum baile de Ferrara e que você mencionaria o nome dele como seu instrutor. Assim ele poderia se vangloriar de que a mulher mais notória da Europa tinha o nome dele nos lábios.

Sorri ao ouvir isso.

— Está vendo, Matteo? Mesmo estando ausente, você sempre esteve conosco. Graziano falava sempre de você. E Felipe se ocupou muito tentando encontrar uma forma de você poder continuar com seus estudos. E eu... — ele parou de falar.

487

Olhei para seu rosto. Seus olhos estavam no mesmo nível que os meus.

— Todos o amamos, Matteo.

Ignorando seus protestos quando nos despedimos desta vez, eu me ajoelhei diante dele.

— Perdoo prontamente toda e qualquer transgressão sua — ele me disse. — O menino precisa encontrar seu verdadeiro eu para se tornar um homem, e você agora é um homem, Matteo.

O Maestro esticou os braços e me fez ficar de pé, e nós nos abraçamos.

— É um desafio difícil a pessoa encontrar sua própria identidade — disse ele. — E, embora você tenha evitado a verdade, Matteo, ela o seguiu e o encontrou, e agora é preciso que você a vivencie, como fazem os homens bons.

Foi assim com ele, o Maestro Da Vinci. Suas expectativas faziam com que aqueles que o conheciam aspirassem a encontrar sua confiança.

E assim eu resolvi me tornar um bom médico e um bom homem.

Este livro foi impresso na Divisão Gráfica da
DISTRIBUIDORA RECORD DE SERVIÇOS DE IMPRENSA S.A.
Rua Argentina, 171 - Rio de Janeiro/RJ - Tel.: 2585-2000